《姑苏水巷》盛小云演出剧照

《光前裕后永绵绵》娄雅芳演出剧照

《好一朵江南奇葩》盛小云演出剧照

《肝胆相照》演出剧照

《劫后北川》盛小云演出剧照

《瑞兔迎春》演出剧照

《乡愁》盛小云演出剧照

小组唱《好人礼赞》盛小云
演出剧照

少儿评弹《姑苏游》

男女声对唱《枫桥夜泊》盛小云、
吴伟东演出剧照（2015年）

少儿评弹《芦花谣》演出剧照

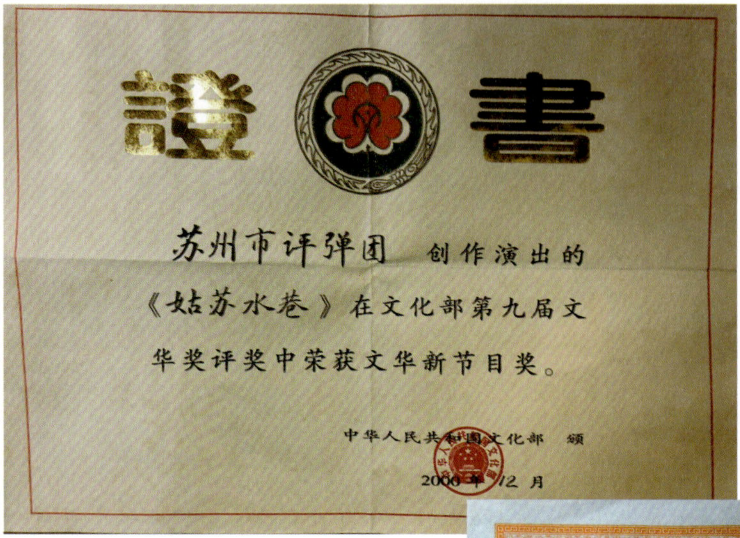
證書
苏州市评弹团 创作演出的
《姑苏水巷》在文化部第九届文
华奖评奖中荣获文华新节目奖。
中华人民共和国文化部 颁
2000年12月

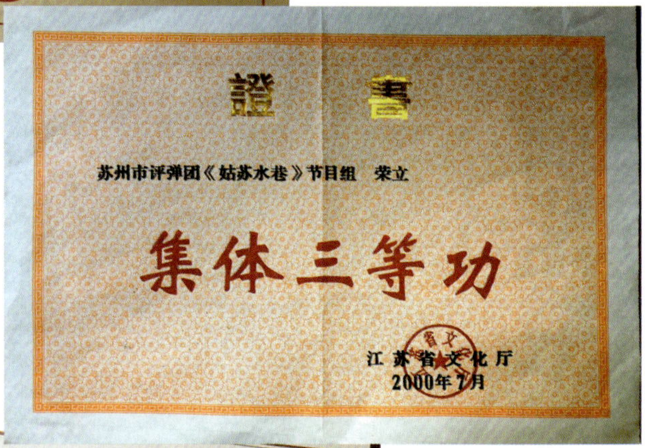
證書
苏州市评弹团《姑苏水巷》节目组 荣立
集体三等功
江苏省文化厅
2000年7月

证书
潘益麟同志作曲的弹词开篇《盘门行》荣获
第二届江苏曲艺芦花奖·音乐奖。
特颁此证
潘益麟同志：
花奖·音乐奖，特颁此证。
荣誉证书
获奖证书
Award Certificate
潘益麟同志创作的苏州弹词开篇
奖·音乐奖。
特颁此证
证 书

部分获奖证书

潘益麟在苏州评弹学校留影（2005年）

潘益麟与邢晏春（左）在苏州电视台演播厅的演出剧照（2006年）

潘益麟在澳门留影（2007年）

潘益麟与2010届评弹学校传承班学生在一起（2009年）

潘益麟与薛小飞（左）合影（2009年）

潘益麟在苏州电视台录制《珍珠塔·二见姑》（2010年）

潘益麟在陈云纪念馆留影（2010年）

潘益麟在常熟留影（2011年）

潘益麟在新疆天池留影（2011年）

潘益麟与王蔚（左）演出剧照（2012年）

潘益麟在辅导学生（2012年）

潘益麟在苏州广电演播厅与学生们合影（2013年）

潘益麟演出照（2014年）

潘益麟在太湖梅舍留影（2014年）

潘益麟在吴江同里古镇留影（2016年）

潘益麟在苏州评弹学校校园留影（2015年）

潘益麟在唱腔课上（2017年）

弦索吟

潘益麟弹词音乐作品选

潘益麟 著

苏州大学出版社
Soochow University Press

图书在版编目（CIP）数据

弦索吟：潘益麟弹词音乐作品选 / 潘益麟著．—
苏州：苏州大学出版社，2018.9
ISBN 978-7-5672-2483-4

Ⅰ．①弦… Ⅱ．①潘… Ⅲ．①苏州弹词—作品集—
中国—当代 Ⅳ．①I239.1

中国版本图书馆 CIP 数据核字（2018）第 140528 号

扫描书中二维码欣赏音（视）频

书　　名：弦索吟——潘益麟弹词音乐作品选

著　　者：潘益麟
封面题签：朱骏益
责任编辑：洪少华
装帧设计：吴　钰

出 版 人：盛惠良
出版发行：苏州大学出版社（Soochow University Press）
社　　址：苏州市十梓街 1 号　**邮编**：215006
网　　址：www.sudapress.com
E－mail：Liuwang@suda.edu.cn
印　　刷：苏州工业园区美柯乐制版印务有限责任公司
邮购热线：0512-67480030　**销售热线**：0512-65225020
网店地址：https://szdxcbs.tmall.com/（天猫旗舰店）

开　　本：787mm×1092mm　1/16　**印张**：13.5　**字数**：278 千
版　　次：2018 年 9 月第 1 版
印　　次：2018 年 9 月第 1 次印刷
书　　号：ISBN 978-7-5672-2483-4
定　　价：128.00 元

凡购本社图书发现印装错误，请与本社联系调换。
服务热线：0512-65225020

目录

附 录：

序　一

孙惕

中华曲艺音乐的本质特征和主要功能在于它的音乐和语言的完美结合，加上说唱相间、叙事与代言互为一体的特点，从而描绘出生动的故事情节，刻画出逼真的人物形象。作为曲艺音乐的重要载体和杰出代表，纵观苏州弹词音乐结构的最初形成，无论是侧重于叙事的马调，还是偏向于抒情的俞调，如果纯粹而单一地局限于叙事或代言（抒情）的话，都将难以全面地显现它的说唱功能和艺术感染力，因为它们处于不同性质的两个极端。所以，一代代评弹人都十分自觉地去注意并解决好这个问题，使这两种曲调在各自完善的过程中都朝着同一个目标相融相生，更服从于所表现的人物情感和曲目内容的最终需要。随着时代的发展和社会的进步，人们对传统曲艺艺术的观赏要求、对苏州弹词音乐的审美心理，都在发生着悄然的变化；广大受众不再仅仅停留于对一般意义上苏州弹词长篇说唱式的被动接受，而是更本能地结合着作品的主题思想、人物情感和规定情境去进行体验式的主观鉴赏；尤其是一些特定的大型主题项目和全新的整体构思创编，更要求我们在继承传统经典的同时，带着富有开创性的音乐思维去描绘和展现苏州评弹更加多姿多彩的缤纷世界。

潘益麟先生20世纪60年代中期毕业于苏州评弹学校，出身“科班”，具有良好的舞台实践感悟和专业积累，并长期从事苏州弹词音乐的教学研究和创作实践。本书中，他集半个多世纪的从业经历和独特匠心，在自觉遵循且高度敬畏苏州评弹文化个性和丰厚历史底蕴的同时，对苏州弹词唱腔艺术做出了富有积极意义的、“润物细无声”的音乐创新；这种创新既合乎传统苏州弹词中“阴阳、清浊、四呼、五音”等字正腔圆的基本规律，又较好地顾及了唱腔与声部、同声与转调、伴奏与配器等多重手段的相互关系，实现了苏州弹词音乐艺术与苏州地方语言文化的相得益彰和完美融合，推出了《姑苏水巷》《英雄谱》《佛缘》《茉莉情》《蘩漪悲歌》《乡愁》等一系列不同主题、不同韵味、不同风格、让人赏心悦目的弹词新曲，赢得了各级领导、广大受众和社会各界的高度赞誉。

仅以《姑苏水巷》和《茉莉情》两个作品为例（朱寅全、谭亚新作词；潘益麟作曲）。从文学创作的角度看，《姑苏水巷》以写实为主，以“哎！卖花哎！”一声叫卖和幽幽水巷、碧波轻舟为引领，十分形象地勾勒出一幅“小桥流水人家、船头老翁垂钓、书场琵琶声声”的生动画面；而《茉莉情》则以写意见长，它是通过颇为抽象的“曼舞阳光”“花前月下”和“烟雨江南”等一幅幅中国水墨画式的意境组合，倾情渲染和赞美了高洁芬芳的茉莉花作为“花中精华”所蕴含的水乡之韵的品格和江南之魂的特质，给人带来了无限的遐想。再看潘益麟先生的音乐设计，从总体来讲，虽然都以苏州弹词中“宛转抑扬，如小儿女绿窗私语，喁喁可听”的俞调为主要呈现载体，但是巧妙之处在于《姑苏水巷》一开始就以一曲悠扬的笛声奠定了“江南丝竹式”的传统基调，而《茉莉情》则根据词意所给予的场景氛围而加入了更多“轻歌曼舞化”的时尚元素；也正是由于这两种作曲理念上的不同设计，再通过演唱者的二度诠释，才使得广大听众在欣赏的过程中产生了美妙且又别样的音乐审美感受。

《弦索吟——潘益麟弹词音乐作品选》的编撰、出版，不仅极大地丰富了苏州弹词音乐的艺术宝库，更为可贵的是，为我们在现当代重新审视究竟该如何践行对苏州弹词音乐的保护、传承、发扬和光大，如何努力地去创作出与当今时代审美相适应、为当下新老观众所喜爱的弹词新作和艺术精品等问题，提供了多角度、多侧面、多样性的选项和有益启迪！

期待此书早日问世，以飨读者。

（孙惕，江苏省曲协副主席、苏州评弹学校校长、苏州市评弹团团长）

序　二

朱寅全

濂溪坊，多么漂亮的名字，它原是姑苏一条幽雅恬静的街巷。

一方方金山石铺就的路面，横竖成行，一垛垛如蝴蝶飞檐的砖墙上，悬下一条条、一簇簇花藤花枝，红白相映，万紫千红。一个个卖花姑娘清甜悦耳的叫卖声，和着水巷中吴侬软语的山歌小调飘来又远去……我们的弹词音乐作曲家潘益麟自幼就生长在这样的环境里，他创作的优美动听的旋律，溢满了花香、巷趣、塔影、苏韵，是那么的沁人心脾，情趣独到。

从稍微懂事开始，他就在周边书场听书、听唱，从小受到丰富多彩的弹词流派唱腔的熏陶。在他幼小的心灵里，蕴藉着丰富的音乐语汇。1962 年双塔小学毕业后他考进了苏州评弹学校就读，毕业后，跟着评弹前辈朱丽安合作演唱长篇弹词《珍珠塔》；拜师弹词名家薛小飞，擅唱沈（沈俭安）调、薛（薛筱卿）调、小飞（薛小飞）调，经历了一段艺术实践。因工作需要，1980 年他被调到苏州评弹学校当上了一名专业教师；后由于勤奋努力，1993 年当上了副校长，从事艺术教育和行政工作，之后又被评为高级讲师。在默默耕耘和刻苦钻研中，潘益麟走上了弹词音乐的创作道路。虽然他的名字不能像一些著名演员那样红透、风光，但“无声胜有声”，他创编的风格各异、流派纷呈的弹词音乐作品，产生了情深意长的艺术效果，是符合时代节拍的创新之作。《好一朵江南奇葩》是那样的抒情，《姑苏水巷》是那样的动听，《江南小阿妹》是那样的明快，《梅兰竹菊吟》是那样的含蓄，《盘门行》是那样的流畅，《忆峥嵘岁月》是那样的激情，《伍子胥》是那样的凝重……喜怒哀乐，音随情回，悠长短促，恰如其分，“行到水穷处，坐看云起时”（唐 · 王维），苏韵醺然。一个个音符，一条条旋律，像张开了翅膀的飞鸟，飞入听众的耳中，陶冶听众的情操，抚慰听众的心灵，他深得评弹流派的精髓而化之，硕果累累，作品连连获奖，也是情理之中。

苏州音，苏州腔，苏州情，苏州味，融进他一个个跳跃的音符之中；他是个典型的苏州人，不温不火的性格，不快不慢的语音，不卑不亢的为人；他是个温文尔雅的苏州人，清雅、求实、真情、灵气、变幻无穷的弹词唱腔，细致入微的音乐元素，形成了他独特的艺术创作风格。他淡泊名利，随遇而安，德艺双馨，是一个受人尊敬的苏州人。

本人有好多拙作，横在纸面上，是他让它们竖起来，通过构思、谱曲，让它飞起来，扬出去，在此深致谢意。

唐朝白居易的名篇《琵琶行》中有这样四句诗：

大弦嘈嘈如急雨，

小弦切切如细语。

嘈嘈切切错杂弹，

大珠小珠落玉盘。

在此祝愿潘益麟先生再接再厉，再出新作，再创辉煌！

（朱寅全，著名弹词作家，苏州市文联原副主席）

贺潘益麟先生著作出版

邢晏春

良师益友总难寻，艺事当推潘益麟。
初出茅庐初露角，风华正茂正青春。
登台一曲小飞调，几可乱真动苏城。
信手琵琶清点子，高山流水惹人听。
精研流派千千曲，参悟高妙有慧根。
久炼金丹尝万苦，从来功到自然成。
匠心独运通音律，倒翻杨枝别样新。
精细犹如双面绣，清新每比在三春。
堂皇仿佛中秋月，典雅琴箫两和鸣。
娓娓动听高格调，新盟旧雨俱欢欣。
构思缜密用心苦，工匠精神艺自精。
年已古稀功名就，著书在案大功成。
出新推陈慰先哲，贡献同行励后生。
继往开来千秋业，传承凭籍有心人。
恭贺高才潘先生，金秋捷报好收成。

（邢晏春，国家一级演员，国家级非物质文化遗产苏州评弹传承人）

师生情　词曲缘

胡磊蕾

一方水土孕育一方艺术，一方艺术滋润一方水土。流传了四百多年的苏州弹词尽得吴中山水之灵气，成为江南大地上的奇珍异葩。弹词艺术的传承与发展，是人，是书，是流派，是音乐，而音乐则是将苏州弹词与其他曲艺门类进行最直观区分的有效载体。

口传心授是苏州弹词最原始的传承方式。因为苏州弹词发展之初的四大流派因其程式化、个性化、质朴化的声腔特点而便于口传心授，这与众多曲种早期的传承方式并无二致。然而，随着时代的变迁与艺术自身的发展需求，书目不断更新，流派日益发展，弹词音乐也变得越来越丰富和复杂，这就亟待出现一批在此领域进行研究与创作的专业化人才，对苏州弹词音乐的艺术特征与发展脉络进行系统性的归纳与梳理，创作出既不失传统韵味又符合现代人审美需求的弹词音乐作品，促使苏州弹词沿着艺术规律的方向健康从容地发展。潘益麟老师就是苏州弹词音乐领域的探索者、实践者、创新者、建功者。

潘老师的弹词创作是从20世纪80年代开始的。30多年来，他一边从事苏州评弹的教育工作，一边在研究与创作领域探索耕耘。他的作品题材广泛、样式丰富，既遵循苏州评弹曲调的传统性，又富于音乐传播的时代性，以至于他的诸多作品备受业内外好评而屡获省部级大奖。

作为一名词作者，我与潘老师的合作要从师生之缘说起。27年前，正值及笄之年的我误打误撞地成为苏州评弹学校弹词表演专业的一名学生，而作为班主任的潘老师自然而然地成为我学艺生涯的启蒙之师与领路之人。喉咙好、脾气好、唱得好、教得好是潘老师留给我的最初印象，在他身上有着姑苏男子特有的刚柔并济，细腻不失大气，练达不失婉约。这些特质从他的作品中可见一斑，与他的创作风格也一脉相承。

与潘老师的初次合作并非“写”，而是我从苏州评弹学校毕业进入苏州市评弹团后，以一名演员的身份“唱”了潘老师的两首作品：弹词女声小组唱《英雄谱》和弹词曲牌连缀《十佳展唱》。前者是一首歌颂新时期各条战线先进人物的“主旋律”作品，作曲者在把握作品轻快昂扬基调的基础上，将激越高亢的琴调唱腔和委婉抒情的丽调唱腔交织于叙事中，给观众一种美好向上的精神体验。后者则将现今书坛上很少出现、几近失传的曲牌小调如山歌调、无锡景、柳青娘、银绞丝、金绞丝、剪剪花等熔于一炉，根据作品的结构要求进行别出心裁的裁剪、连缀，创作成一件饶有趣味、耐人寻味、值得回味的音乐作品，也让听众在领略韵味无穷的弹词曲牌音乐时煞了念、过了瘾。

2009 年，我从苏州市评弹团调入苏州市文艺创作中心成为一名职业编剧，四年后与潘老师首度合作评弹与快板《生命的价值》，我们师生俩开启了真正意义上的词曲合作。《生命的价值》是以 2007 年感动中国人物、勇救落水女子而在婺江中献出生命的军人楷模孟祥斌为人物原型，以北京二炮文工团著名演员王岩先生原先创作的快板节目《碧浪丹心》中的叙事内容作为快板部分，结合由我创作的以抒情为目的的弹词部分，将苏州评弹与北方快板进行嫁接，首次尝试将南北曲艺联姻。潘老师作为弹词部分的曲作者，在以韵白语言为主的快板表演中，以丽调、俞调为框架，先后设计了引子、江中救人、悲天恸地、祭奠英烈、尾声等五段弹词女声齐唱唱段。声情并茂，催人泪下，较好地烘托了作品的主题，将英雄人物塑造得立体化、生动化、人性化。特别是情节发展至高潮部分，当岸上的围观群众急切寻找跳入江中的主人公时，五个“在哪里”在音乐处理上层层递进，直击心灵，营造出空前紧张的气氛，使听众仿佛置身现场，深感震撼。《生命的价值》以其南北曲艺说唱互补、亦刚亦柔的鲜明特色，开拓了苏州评弹和北方快板合作的崭新空间，对不同门类的艺术融合和艺术创新做了有益的尝试。而我与潘老师的首次合作，也让我收获了第六届中国曲艺“牡丹奖”文学奖的莫大殊荣。

碰巧的是，由我参与改编创作的中篇弹词《雷雨》也进入了第六届中国曲艺“牡丹奖”的终评角逐。2010 年秋，我受苏州市评弹团副团长、《雷雨》主演盛小云之邀为此届牡丹奖颁奖晚会《金陵牡丹曲》创作一个与《雷雨》有关的节目，且由她本人担纲独唱。在时间紧、任务重的情况下，经过再三斟酌酝酿并数易其稿，我拿出了弹词开篇《蘩漪悲歌》的文字稿。这首作品其实是蘩漪的素描，以“千种风韵，万般柔肠，心意彷徨，望断高墙”起笔，试图刻画出一位受过新式教育且备受旧家庭束缚，在情感与理智的冲突中欲作“困兽之斗”的悲情女子形象。起笔两句的写法，完全打破了弹词唱词“二五”或“四三”的传统句式，给曲作者营造创作空间的同时也增加了不小的难度。但得知作曲的重任仍落于潘老师之笔，我对此作的音乐呈现一下子充满了信心。演出那天，当那个美得无与伦比的与盛小云融为一体的“蘩漪”开口唱第一句时，我竟有种轻啜琼浆的微醉感。迤逦委婉的丽调辅以 1 1323 5 - 这般深沉低抑的过门，使得蘩漪的人物形象倾刻呼之欲出。第一、第二乐段的慢板，在音乐节奏的处理上又将丽调的缠绵悱恻发挥到极致，向听众展示出“枯萎之莲”从“寂寞孤枕”到“爱河徜徉”的情感历程。而当作品进入第三乐段的高潮部分，为了渲染“惊雷醒好梦”“大雨舞酣畅”的雷雨之境，烘托女主人公与命运抗争，向苍天发出“纵然你笑我痴癫笑我狂，笑我自作自受自荒唐，烈焰燃身又何妨？”的诘问，节奏倏然转快，唱腔设计上运用四度临时转调和紧拉慢唱的手法，使得作品的音乐形象和人物的情感表达浑然一体。再加上盛小云声情并茂、无懈可击的演唱，此作品达到了几近完美的艺术境界。结尾虽以传统开篇的方式进行落调，但当在前奏、唱腔、间奏和尾奏中反复出现的 1 1323 5 - 主题音调再次响起，我和在场的所有观众无不醉享天籁，深陷其中。《蘩漪悲歌》正是因其在音乐创作上对蘩漪这一复杂的人物形象做了细腻而不失精准、丰富不乏诗意的诠释，才凸显出其浓厚的美学意蕴与较高的艺术价值。它不但成为潘老师和我都深爱的一件自信之作，也被盛小云这位当今评弹一姐收录进了她的最新个人演唱专辑《盛世云霓》中。

专业上的良师成为创作中的搭档，我无疑成为弹词创作领域的幸运儿。自此之后，我们师生俩又联合创作推出了宣扬社会主义核心价值观的《好人礼赞》、少儿评弹表演唱《姑苏游》、以苏州历史文化名人为题材的《冯梦龙》等一系列作品。或许因为我们有着相同的专业背景，又极熟悉舞台，也热爱这份事业，所以无论是潘老师与我的词曲合作还是我俩与演员们的创演合作，几乎都因无障碍沟通而倍感愉悦。虽然多数作品都要经历一稿、二稿、三稿……反复修改的“折磨”，但是这种“折磨”却让每一件作品越磨越精，在舞台上愈发闪亮。

这些年，已从苏州评弹学校副校长位子上退休多年的潘老师其实一直过着退而不休的生活。他依旧在评弹教学和弹词音乐创作及理论研究领域积极地发挥着颇有能量的余热。这本凝结着他创作智慧与事业追求的个人作品集《弦索吟——潘益麟弹词音乐作品选》的出版，无疑是对潘老师这位书坛园丁、评弹音乐人最诚挚、最崇高的礼赞！作为学生的我，在撰此文恭祝的同时，真心期待着与潘老师的下一次合作……

（胡磊蕾，苏州市文广新局文艺创作中心国家一级编剧）

潘益麟艺术简历

潘益麟，1948年生于苏州，苏州评弹学校高级讲师。现为中国曲艺家协会会员。1965年毕业于苏州评弹学校，历任苏州市评弹团演员，苏州评弹学校教务科长、副校长、工会主席等职。

长期从事评弹艺术教育教学和弹词音乐研究创作工作。曾撰写《艺术职业教育课程改革的探索与研究——评弹表演专业“唱腔设计”课程开发意义》《音声相和话对唱——以苏州弹词传统经典男女声对唱为例》《试论艺术创造中的借鉴——以弹词部分流派唱腔对蒋调的借鉴为例》等论文和苏州评弹学校校本教材《弹词唱腔设计》。参加《中国曲艺音乐集成·江苏卷》《苏州评弹社会艺术水平考级（演唱）教材》、江苏地方戏曲系列《苏州评弹简明读本》《邢晏芝唱腔集》等书的编著工作。2013年，被评为“中国艺术职业教育名师”。

弹词音乐作品主要有《姑苏水巷》《茉莉情》《乡愁》《蘩漪悲歌》《劫后北川》《好人礼赞》《美德扬帆》《盘门行》《英雄谱》《相女婿》《凯旋曲》《好一朵江南奇葩》《江南小阿妹》《肝胆相照》《评弹摇滚3·15》《乐为农家添春光》《和之韵》《梅兰竹菊吟》《生命的价值》《爱河荡漾》等。

弹词开篇《姑苏水巷》获第九届文华新节目奖、第十九届中国电视金鹰奖、全国戏曲MTV比赛银奖、全国百家电视台音乐MTV比赛金奖、江苏省第三届曲艺节创作银奖、江苏省文化厅颁发的“集体三等功”、苏州市“五个一工程”创作奖；弹词开篇《凯旋曲》（合作）获全国曲艺比赛作曲三等奖；小组唱《相女婿》获江苏省曲艺节优秀节目奖；小组唱《英雄谱》获江苏省曲艺节优秀节目奖、苏州市“五个一工程”作品奖；开篇《盘门行》《茉莉情》《劫后北川》《乡愁》《蘩漪悲歌》蝉联五届江苏曲艺最高奖“芦花奖·音乐奖”；评弹表演唱《乐为农家添春光》获国家卫生部全国会演一等奖；开篇

《美德扬帆》获中宣部、中央文明办、中国曲协“新创优秀曲艺节目奖”；《梦在江南》获中国曲协“中国梦·曲艺比赛”一等奖。

《姑苏水巷》《相女婿》《英雄谱》《佛缘》《江南小阿妹》《肝胆相照》《美德扬帆》《茉莉情》《蘩漪悲歌》《乡愁》《乐为农家添春光》《芦花谣》等十余首弹词音乐作品先后在中央电视台播出。

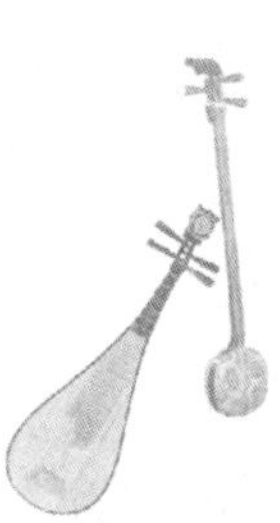

贾巧姐

（弹词开篇）

邢晏春、窦福龙 词
潘益麟 曲
赵慧兰 演唱

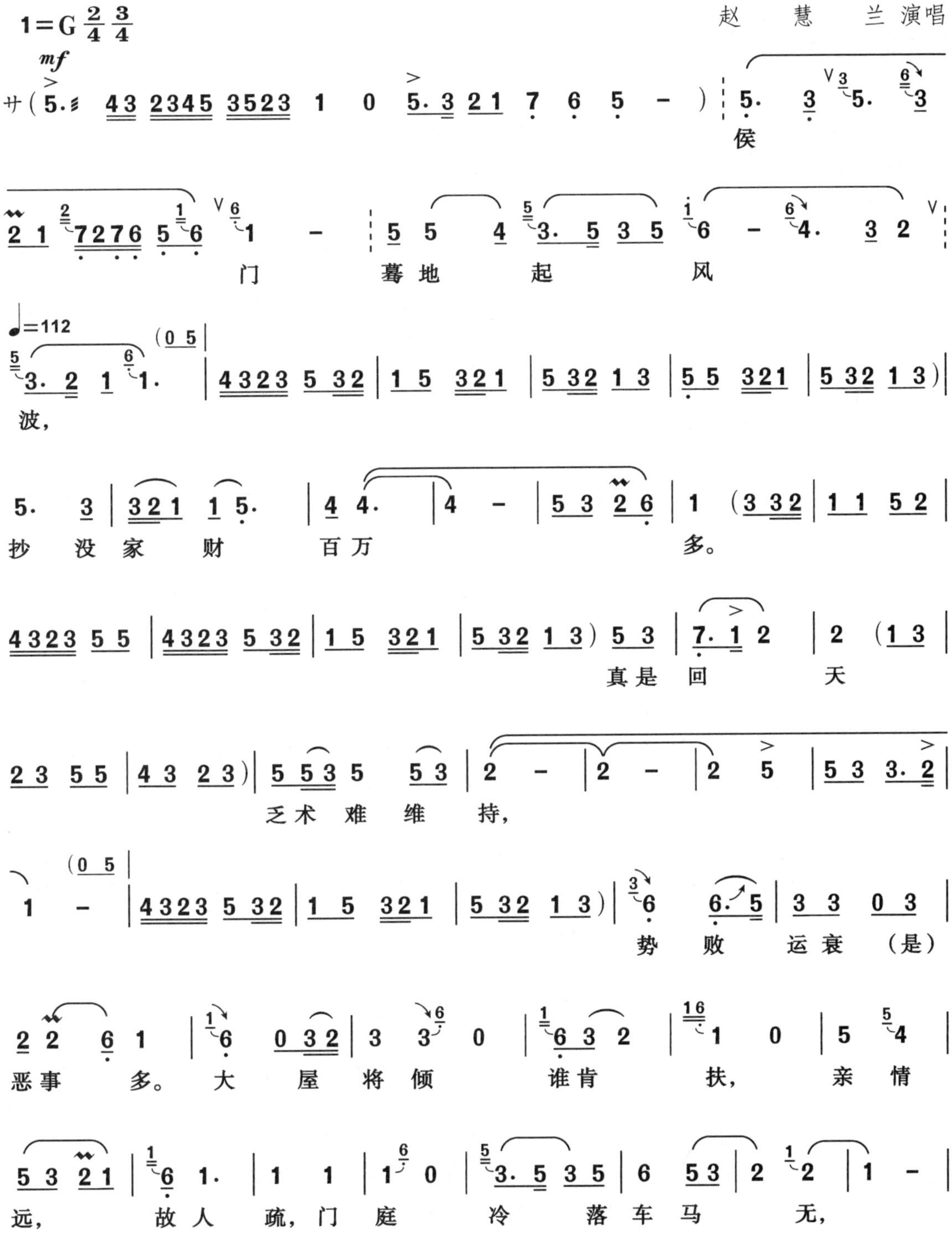

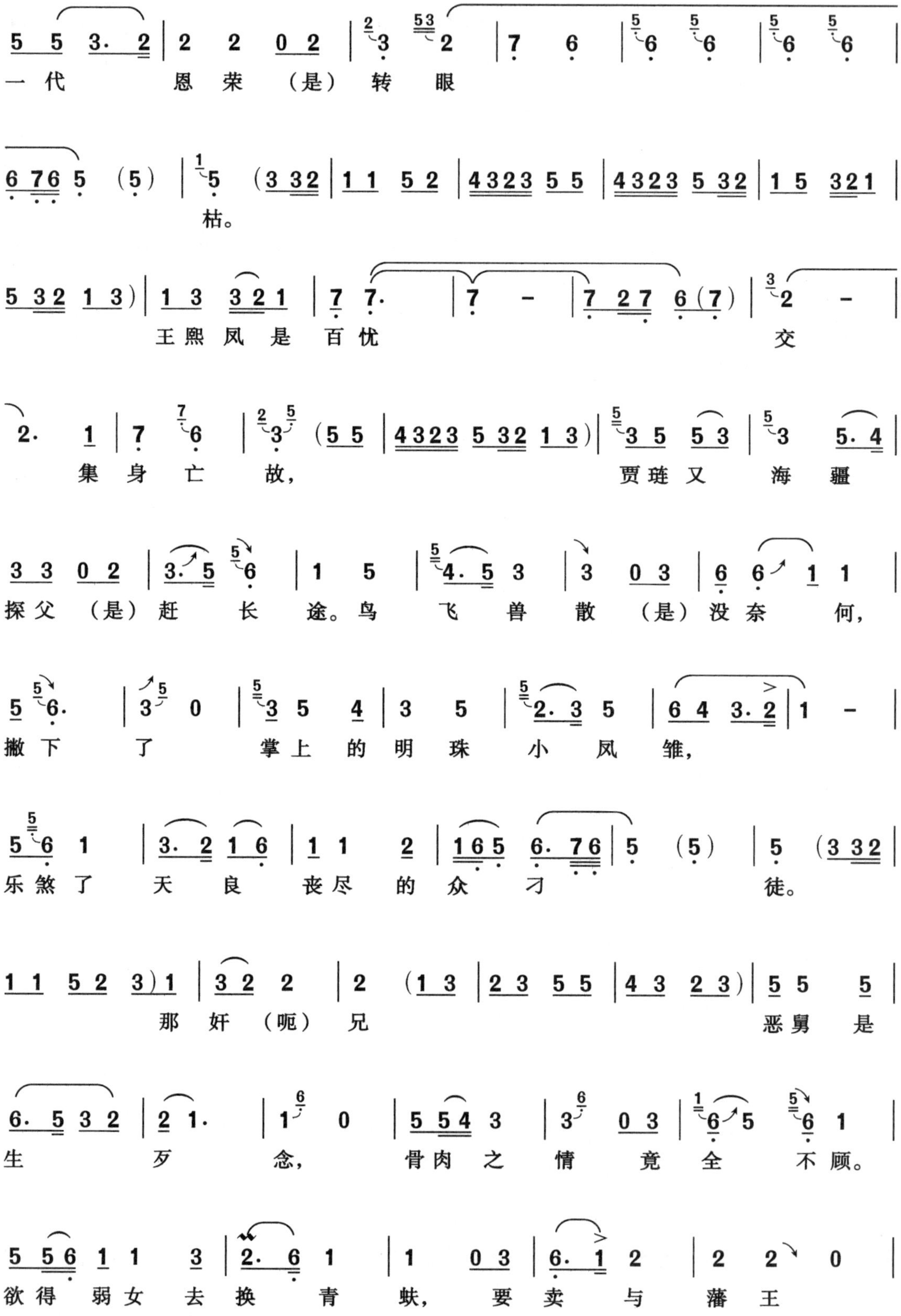
一代恩荣（是）转眼
枯。
王熙凤是百忧交
集身亡故，贾琏又海疆
探父（是）赶长途。鸟飞兽散（是）没奈何，
撇下了掌上的明珠小凤雏，
乐煞了天良丧尽的众刁徒。
那奸（呃）兄恶舅是
生歹念，骨肉之情竟全不顾。
欲得弱女去换青蚨，要卖与藩王

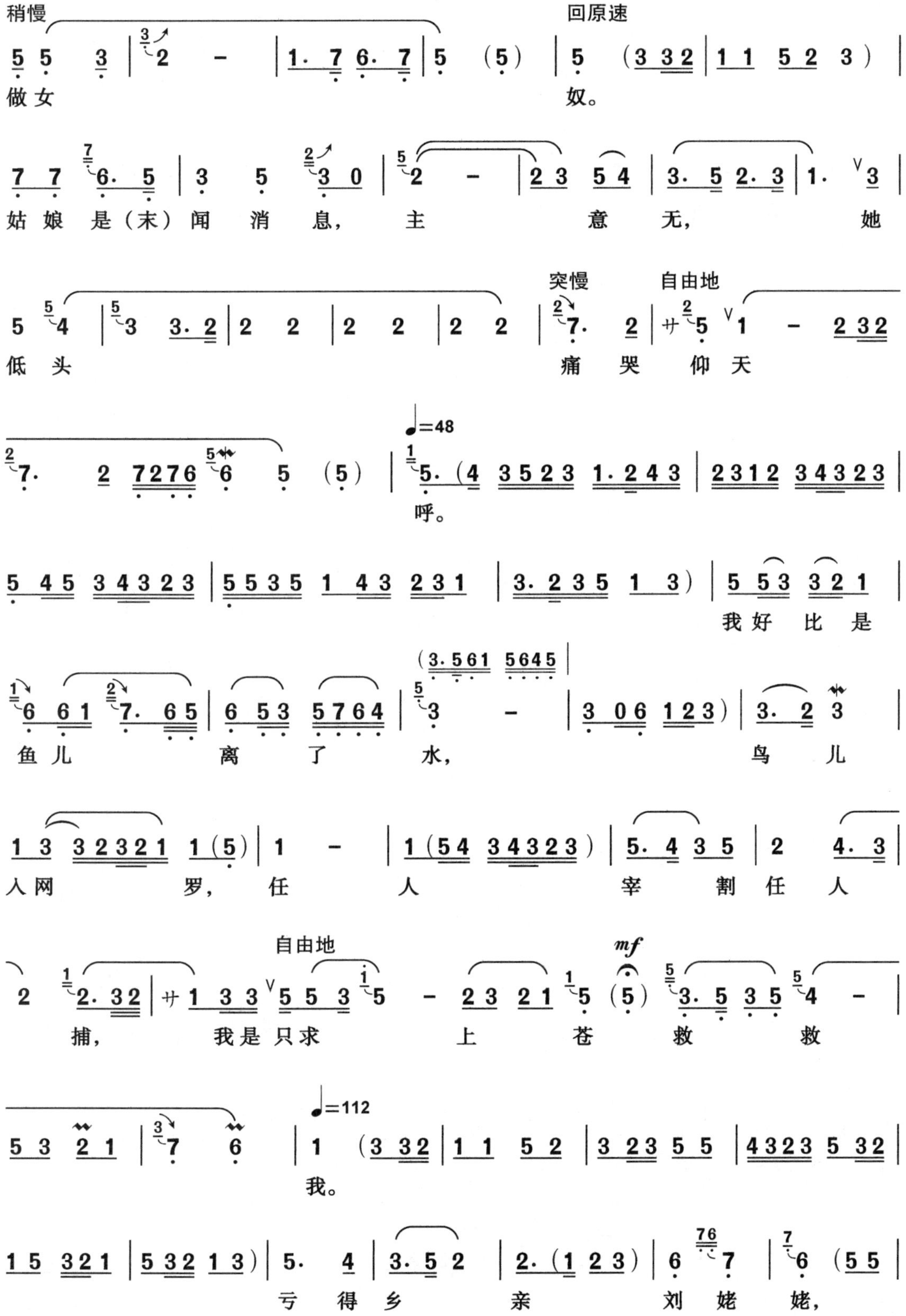
稍慢
回原速
做女
奴。
姑娘是（末）闻消息，主意无，她
突慢
自由地
低头
痛哭仰天
呼。
我好比是
鱼儿离了水，鸟儿
入网罗，任人宰割任人
自由地
捕，我是只求上苍救救
mf
我。
亏得乡亲刘姥姥，

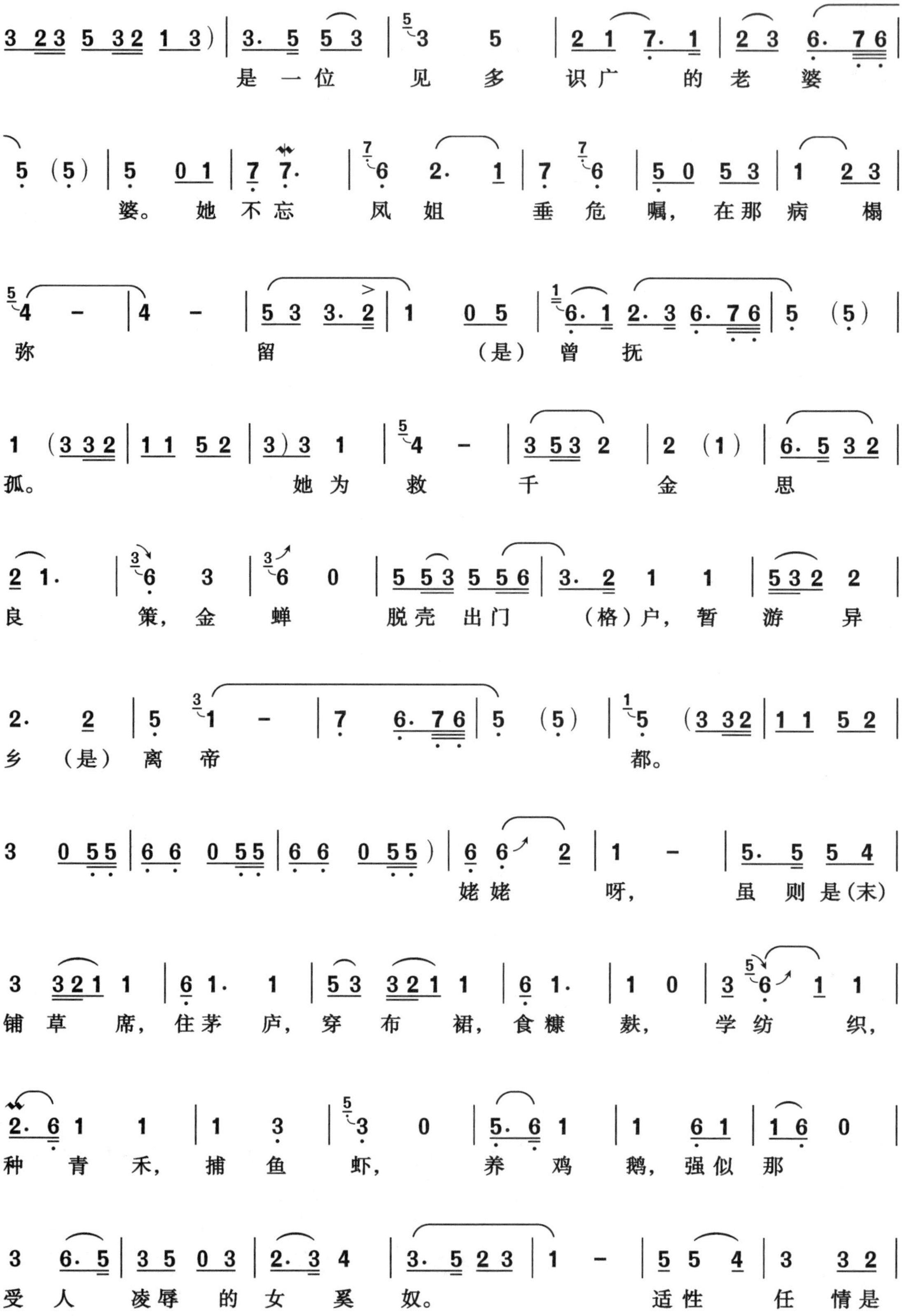
是一位见多识广的老婆
婆。她不忘凤姐垂危嘱，在那病榻
弥留（是）曾抚
孤。她为救千金思
良策，金蝉脱壳出门（格）户，暂游异
乡（是）离帝都。
姥姥呀，虽则是（末）
铺草席，住茅庐，穿布裙，食糠麸，学纺织，
种青禾，捕鱼虾，养鸡鹅，强似那
受人凌辱的女奚奴。适性任情是

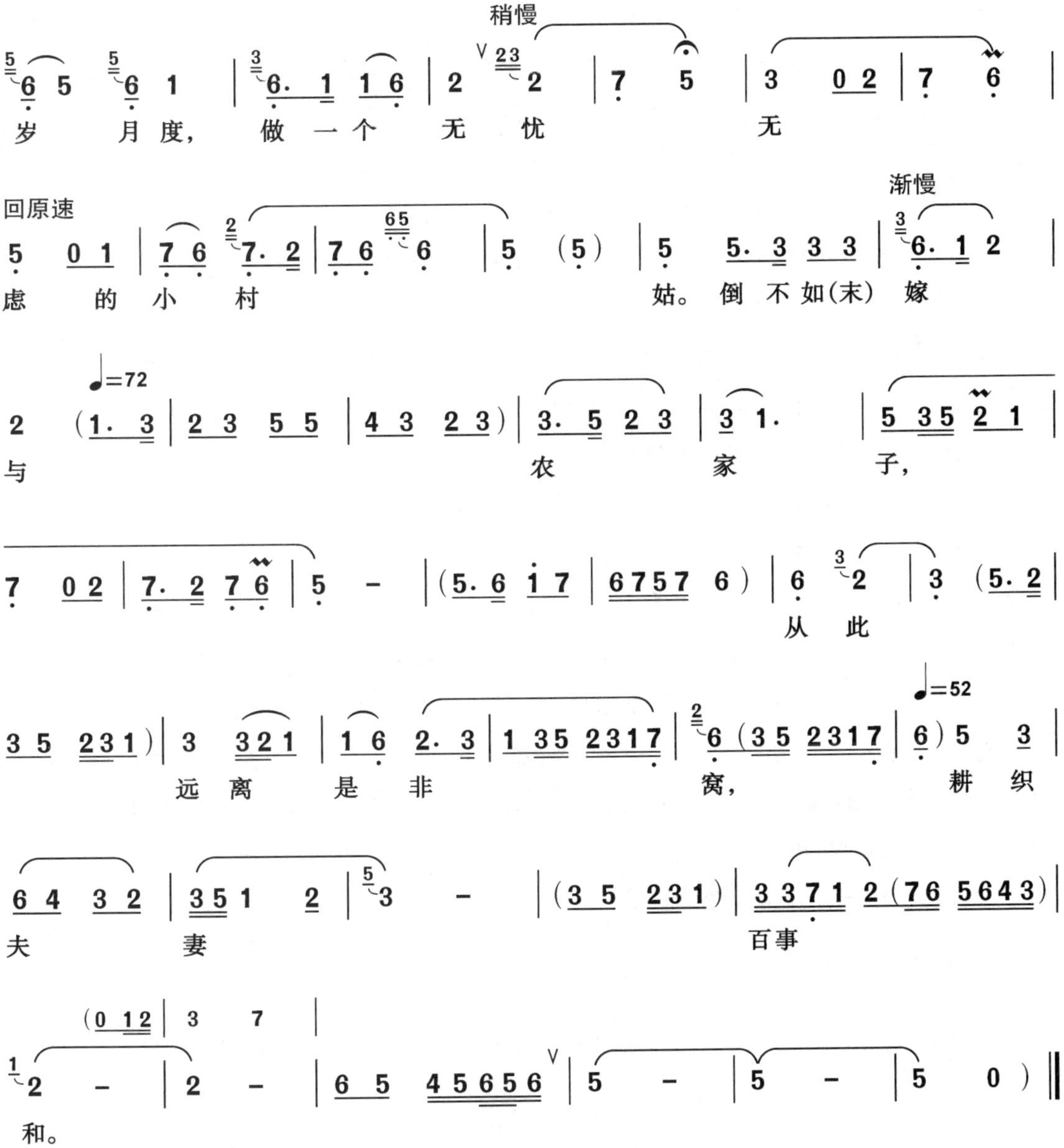

作品简介

《贾巧姐》创作于1986年。作曲期间，我正协助王月香老师上排书课。在助教期间，我学到了很多东西，不仅对“香香调”有了深入的了解，对《贾巧姐》的音乐创作有了清晰的构思，更学习到王月香老师对艺术传授一丝不苟的精神。

弹词开篇往往是叙事与代言相结合的体裁，《贾巧姐》同样如此。为了表现好人物，不使这种“跳进跳出”搅和在一起，所谓“眉毛胡子一把抓”，我的做法是：

第一，分段落，加强音乐层次感。我借鉴吸收了戏曲板腔体的一些表现手法，分别采用散板、快板、慢板等板式进行有机组合，开篇的段落层次变化对比，避免了平铺直叙，打破了一种板式唱到底固定不变的旧格式。在多种板式的有机组合中，关键之处还要看段落与段落之间的板式转换是否处理得当，是否做到天衣无缝、恰到好处。如第一段中“低头痛哭仰天呼”的由快转慢，第二段中“只求上苍救救我”的由慢转快，这几种板式的转换，如何做到衔接熨帖、平服、顺畅、不突兀、不拗口，对此我进行了反复的推敲锤炼。

第二，唱人物，加强音乐表现力。我认为，表现巧姐的“香香调”应该不同于以往表现祝英台、霍定金的“香香调”。为了做到这一点，我努力寻找巧姐的音乐语言，并在音腔的长短高低组合、唱法的抑扬顿挫、字音位置的组合变化等方面下功夫。比如作品第二小段，这是巧姐特定性唱腔的重要部分。“我好比鱼儿离了水，鸟儿入网罗……”，这是人物内心独白的咏叹，设计较为精细、缜密，缓缓的慢板、悲怆的音腔为强化人物情感和表现人物形象起到了推进作用。而同样是巧姐特定性唱腔的最后一段“姥姥呀，虽则是铺草席，住茅庐，穿布裙，食糠麸……”，这是一组节奏轻快的叠句连唱，展露了巧姐宁愿远离富贵、向往乡间生活的强烈心声，也使人物形象的塑造更趋丰满鲜明。

总之，通过《贾巧姐》的唱腔设计，使我对王月香“感情真切动人，咬字清晰准确，运腔别致流畅，不矫揉造作，不拖泥带水，朗朗上口，如行云流水”的演唱特点有了较深的理解。正是这样的认识，使我很好地完成了《贾巧姐》的作曲任务。

本作品由中国唱片上海公司出版。

凯 旋 曲

（弹词开篇）

朱 寅 全词
潘益麟、金丽生 曲
金 丽 生演唱

1＝C $\frac{2}{4}$ $\frac{3}{4}$

♩=66 雄壮地

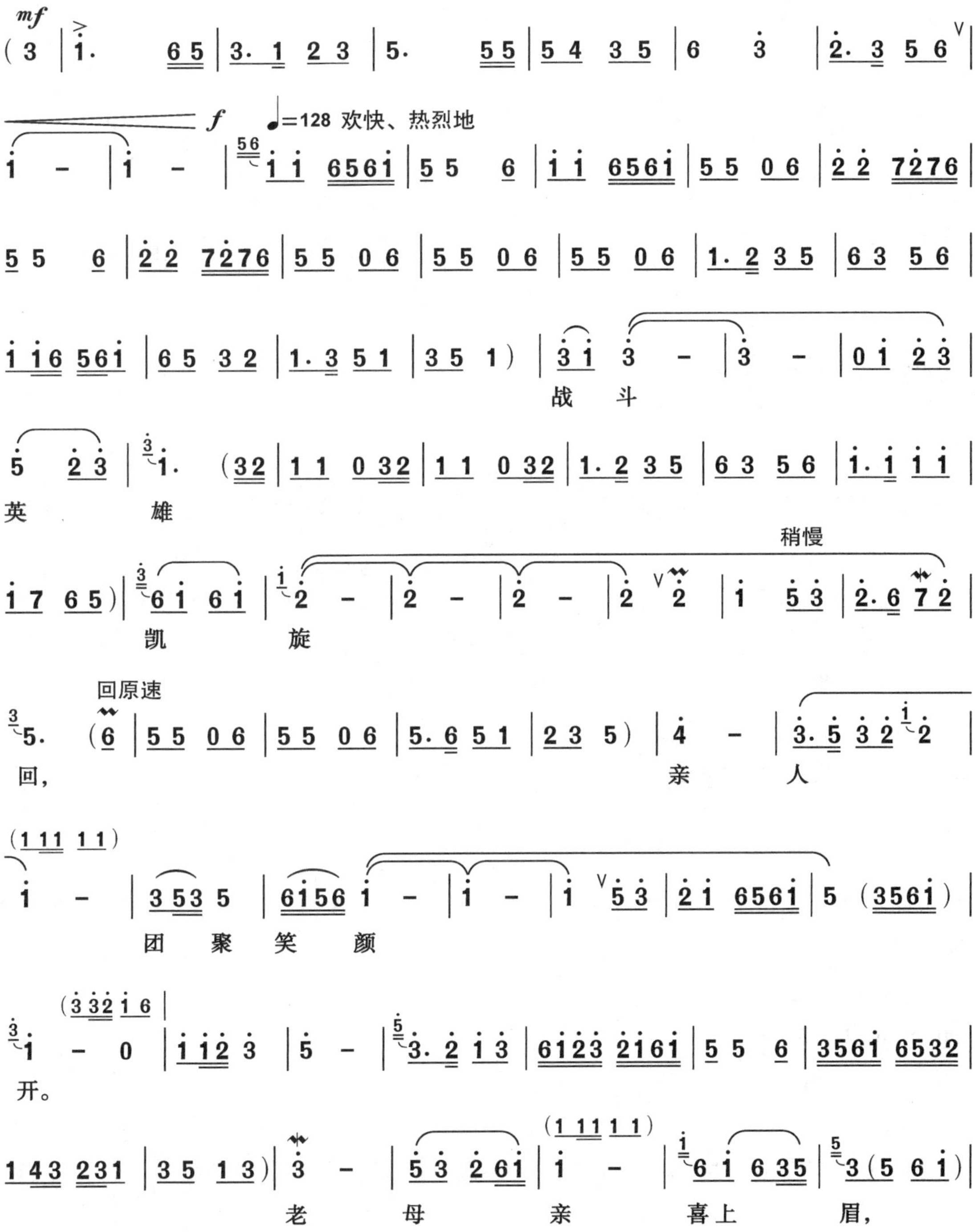

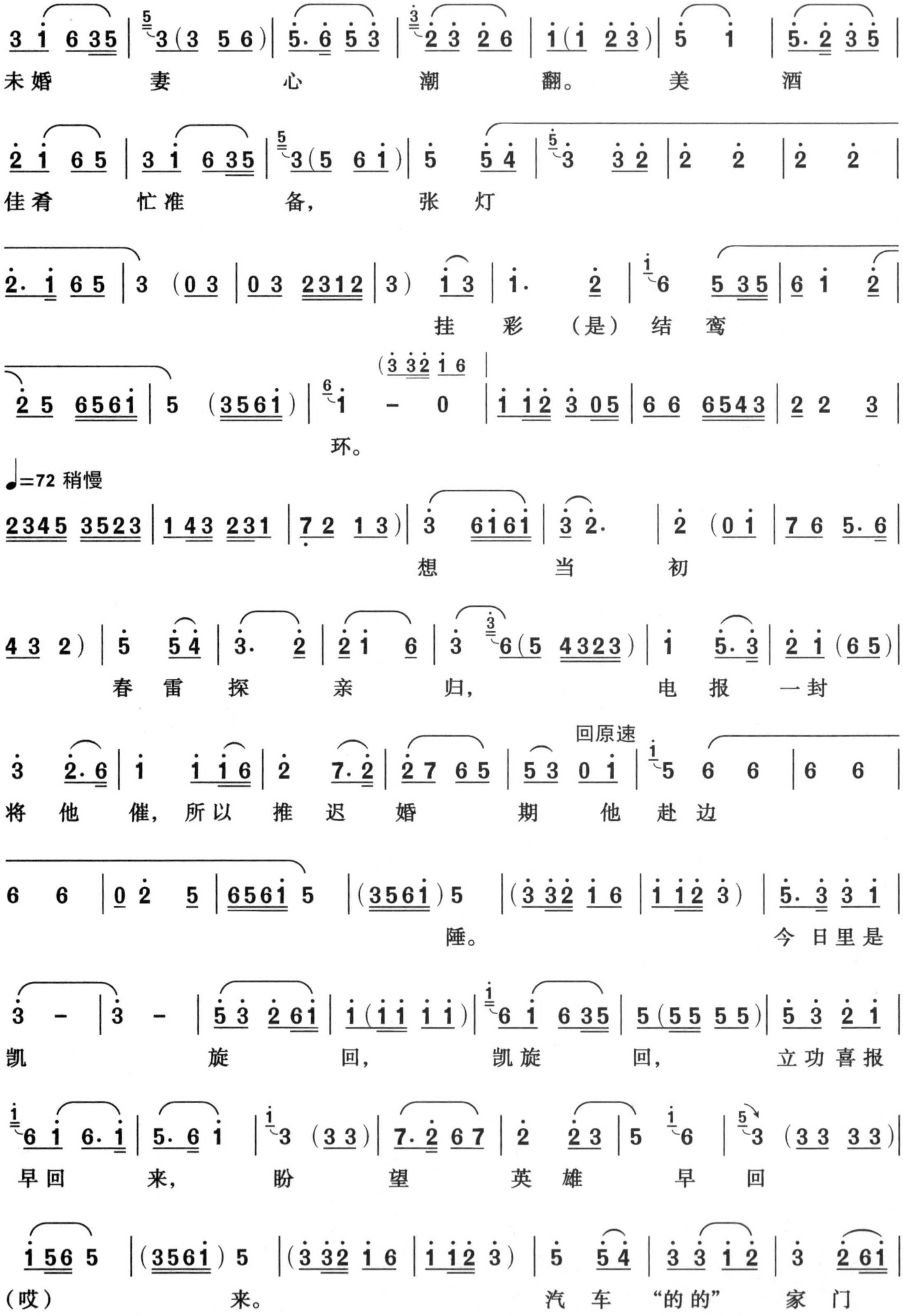
未婚妻心潮翻。美酒
佳肴忙准备，张灯
挂彩（是）结鸾
环。
♩=72 稍慢
想当初
春雷探亲归，电报一封
回原速
将他催，所以推迟婚期他赴边
陲。今日里是
凯旋回，凯旋回，立功喜报
早回来，盼望英雄早回
（哎）来。汽车“的的”家门

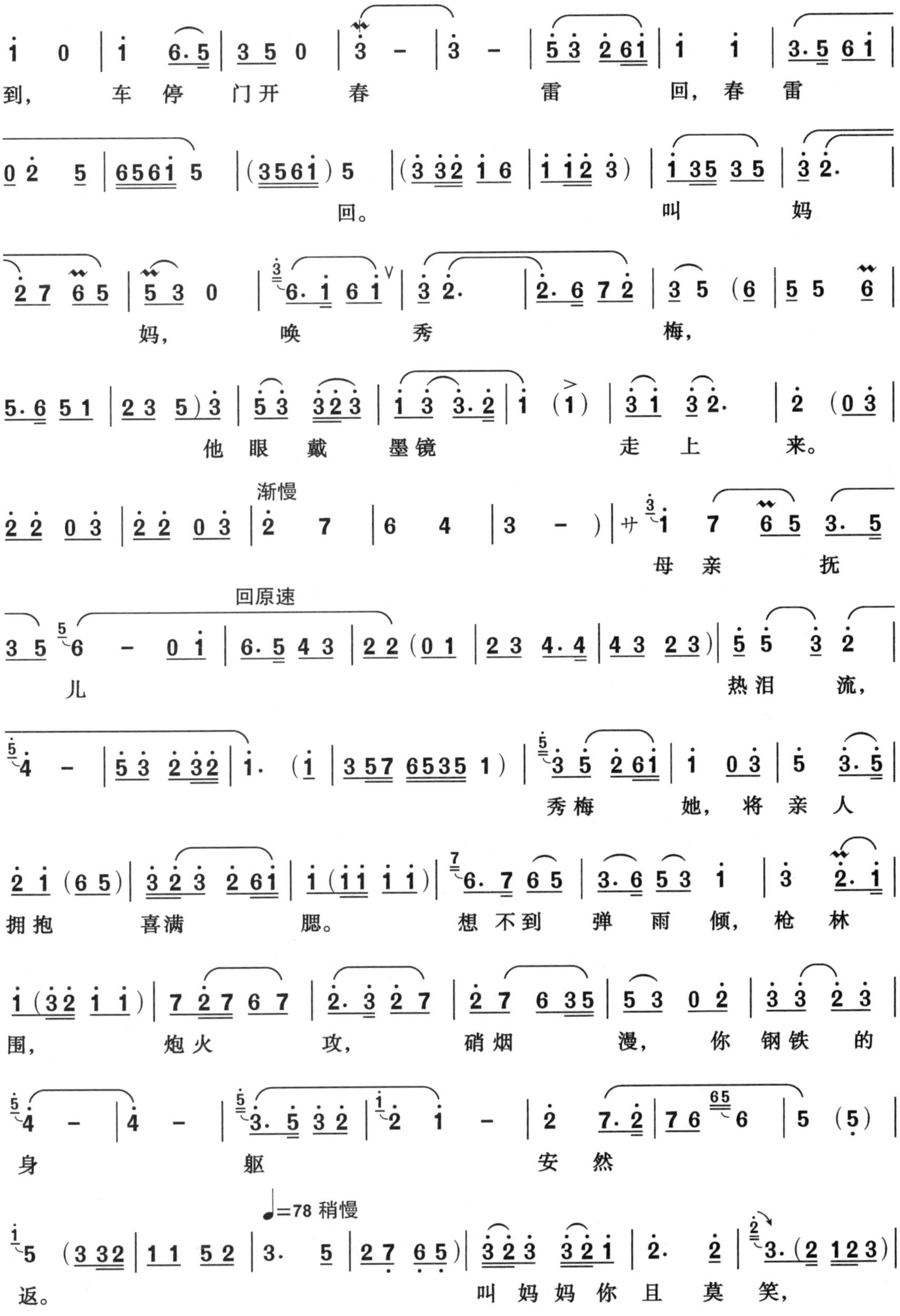
到，车停门开春雷回，春雷
回。叫妈
妈，唤秀梅，
他眼戴墨镜走上来。
渐慢
母亲抚
回原速
儿热泪流，
秀梅她，将亲人
拥抱喜满腮。想不到弹雨倾，枪林
围，炮火攻，硝烟漫，你钢铁的
身躯安然
=78 稍慢
返。叫妈妈你且莫笑，

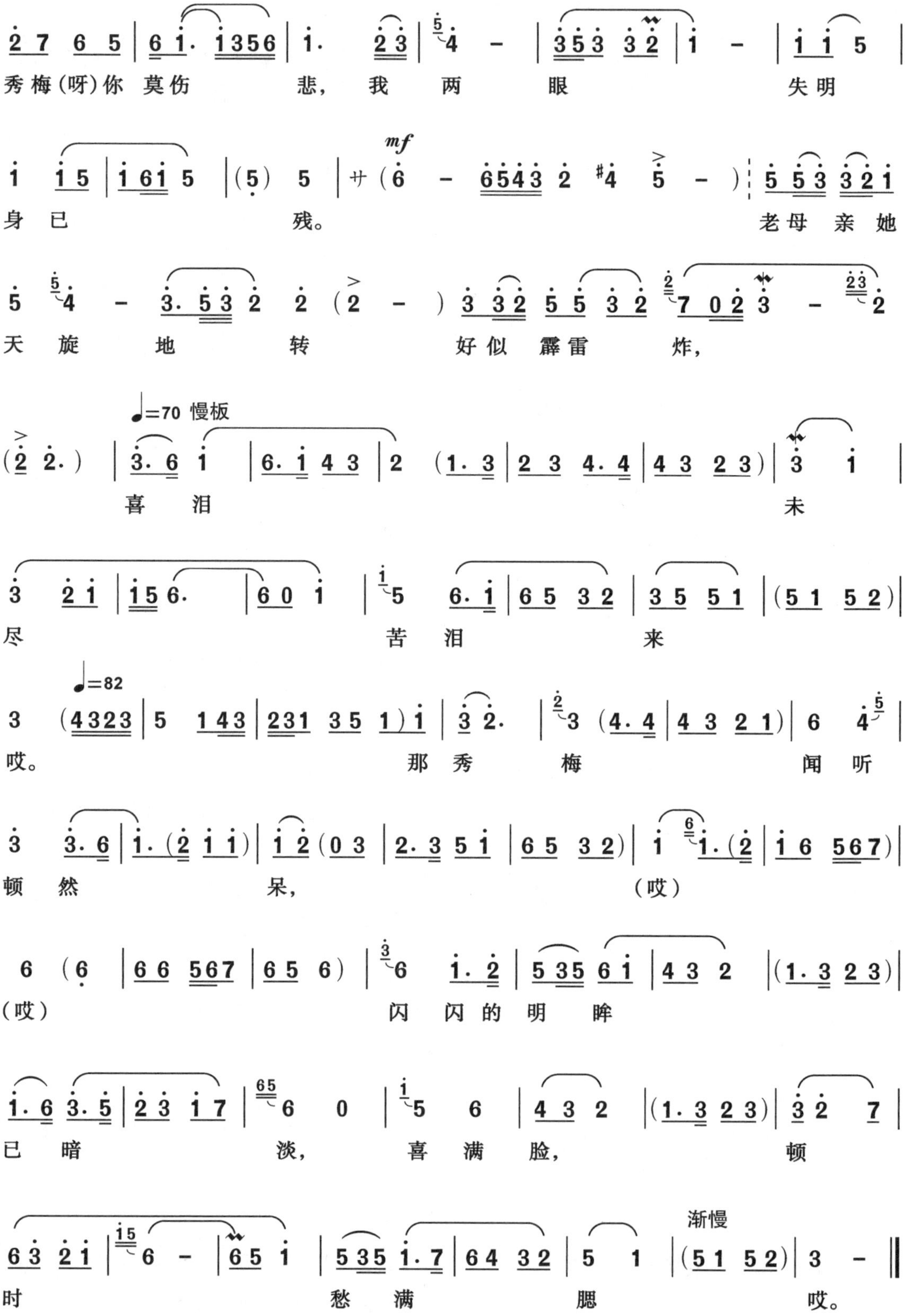
秀梅(呀)你莫伤悲，我两眼失明
mf
身已残。老母亲她
天旋地转好似霹雷炸，
♩=70 慢板
喜泪未
尽苦泪来
♩=82
哎。那秀梅闻听
顿然呆，(哎)
(哎)闪闪的明眸
已暗淡，喜满脸，顿
渐慢
时愁满腮哎。

作品简介

这是弹词开篇《凯旋曲》的上半部分。

《凯旋曲》创作于 1986 年，是一首表现对越自卫反击战题材的男声独唱弹词开篇。

根据开篇叙事与代言相结合“跳进跳出”的唱词特点，又从演员的演唱特长出发，我选择了弹词传统的陈调、海伦调和仲康调等几种流派唱腔作为唱腔基础。前两种曲调旋律质朴沉郁，正好用来表现感情起伏较大的母亲和未婚妻；后一种曲调挺拔昂扬，用来表现儿子身残志不残、刚强坚毅的人物形象。

作品对开篇的前奏进行了革新，音乐性得到了加强。先是散起的引子，两个上行的模进乐句，豪迈、宽广而舒展，表现了英雄凯旋的音乐形象；接着转为热烈的小快板，然后在衔接紧弹的评弹过门中，引出高亢悠长的“战斗英雄凯旋归”的男声唱腔，生动表现了敲锣打鼓欢迎英雄归来的喜庆场面，也为即将转喜为悲的情节做了衬托和铺垫。总之，通过弹词音乐的创新，能够突出和渲染特定的时代背景和情景氛围，而如果一味套用传统弹词的表现手法就会显得陈旧和不合时宜。

本作品曾获得 1986 年文化部、中国曲艺家协会举办的全国曲艺新节目比赛作曲三等奖。

此时房内寂无声

弹词广播剧《爱的升华》选曲

华　觉　平 词
潘　益　麟 曲
邢晏芝、陈　勇 演唱

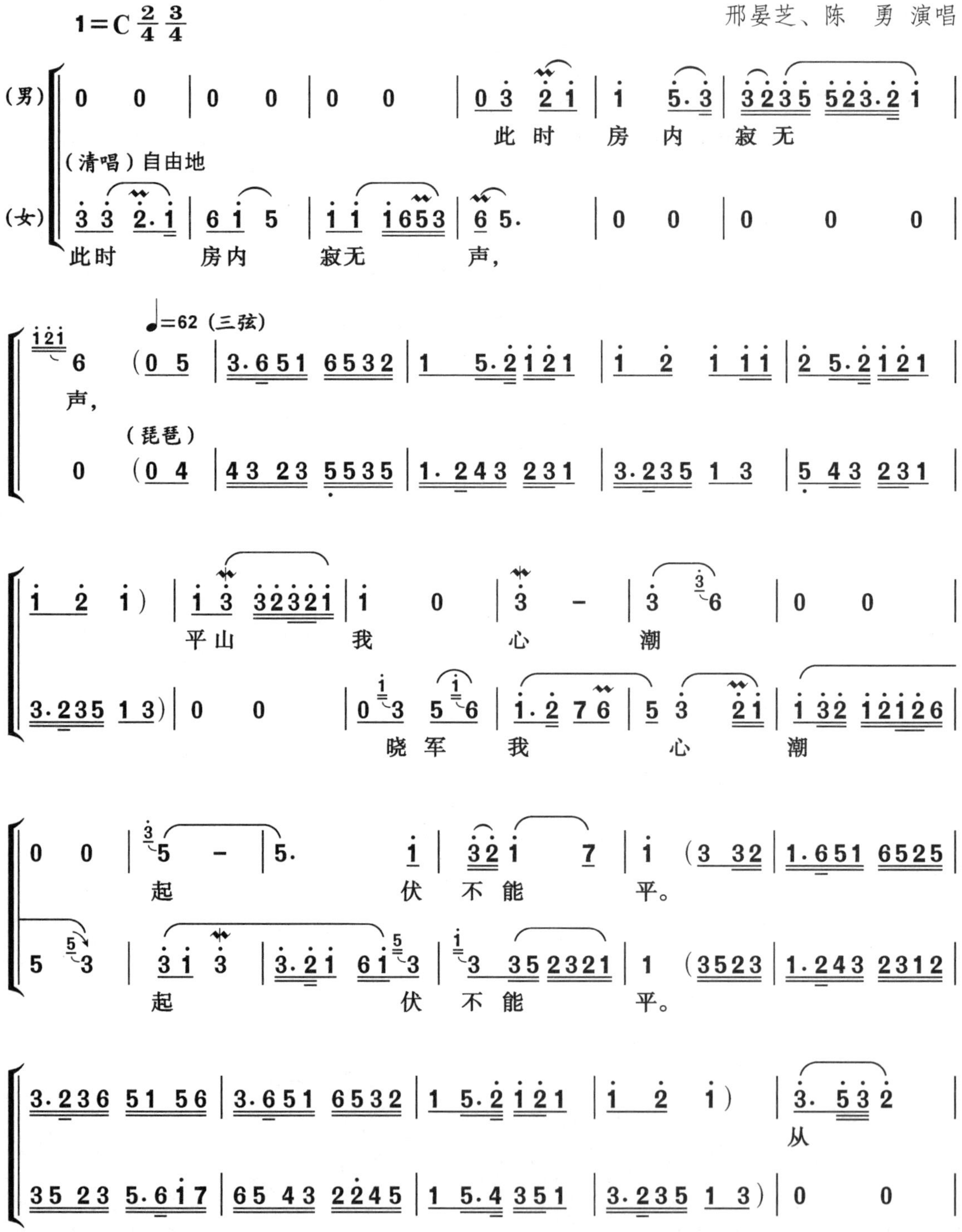

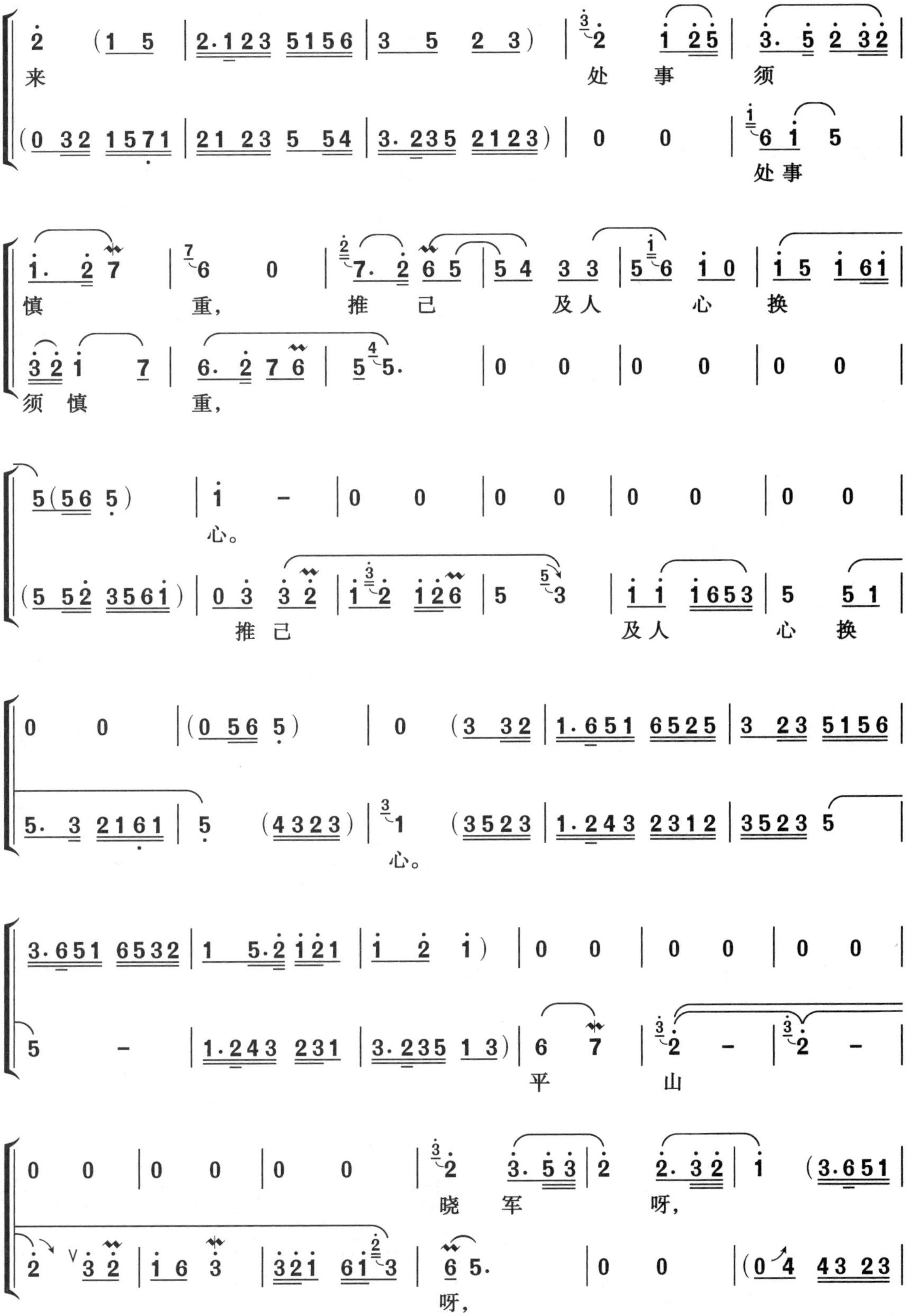
来 处 事 须
处事
慎 重， 推 己 及人 心 换
须 慎 重，
心。
推 己 及人 心 换
心。
平 山
晓 军 呀，
呀，

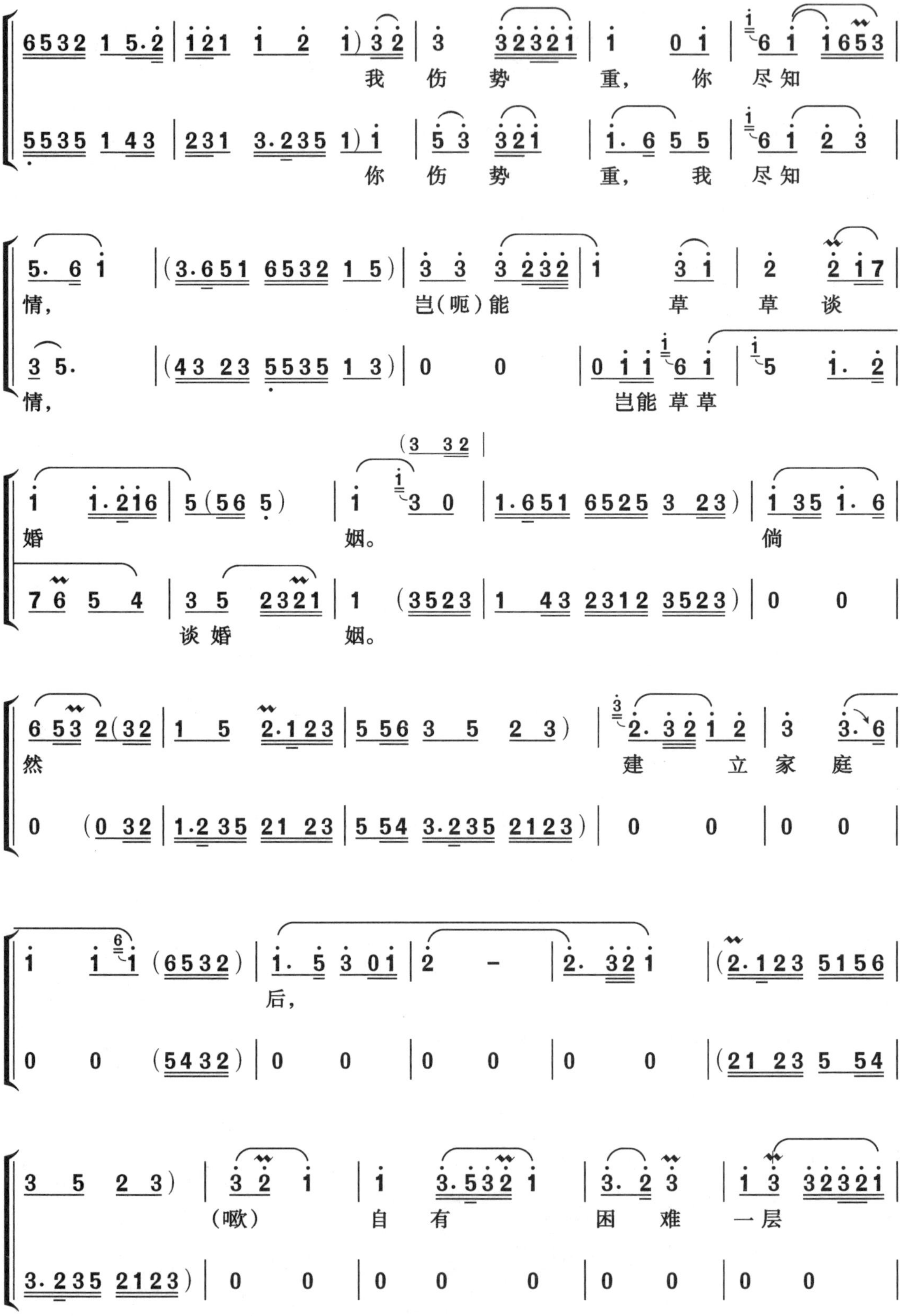
我 伤 势 重，你 尽知
你 伤 势 重，我 尽知
情，岂(呃)能 草 草 谈
情，岂能草草
婚 姻。倘
谈婚 姻。
然 建 立 家 庭
后，
(嗽) 自 有 困 难 一层

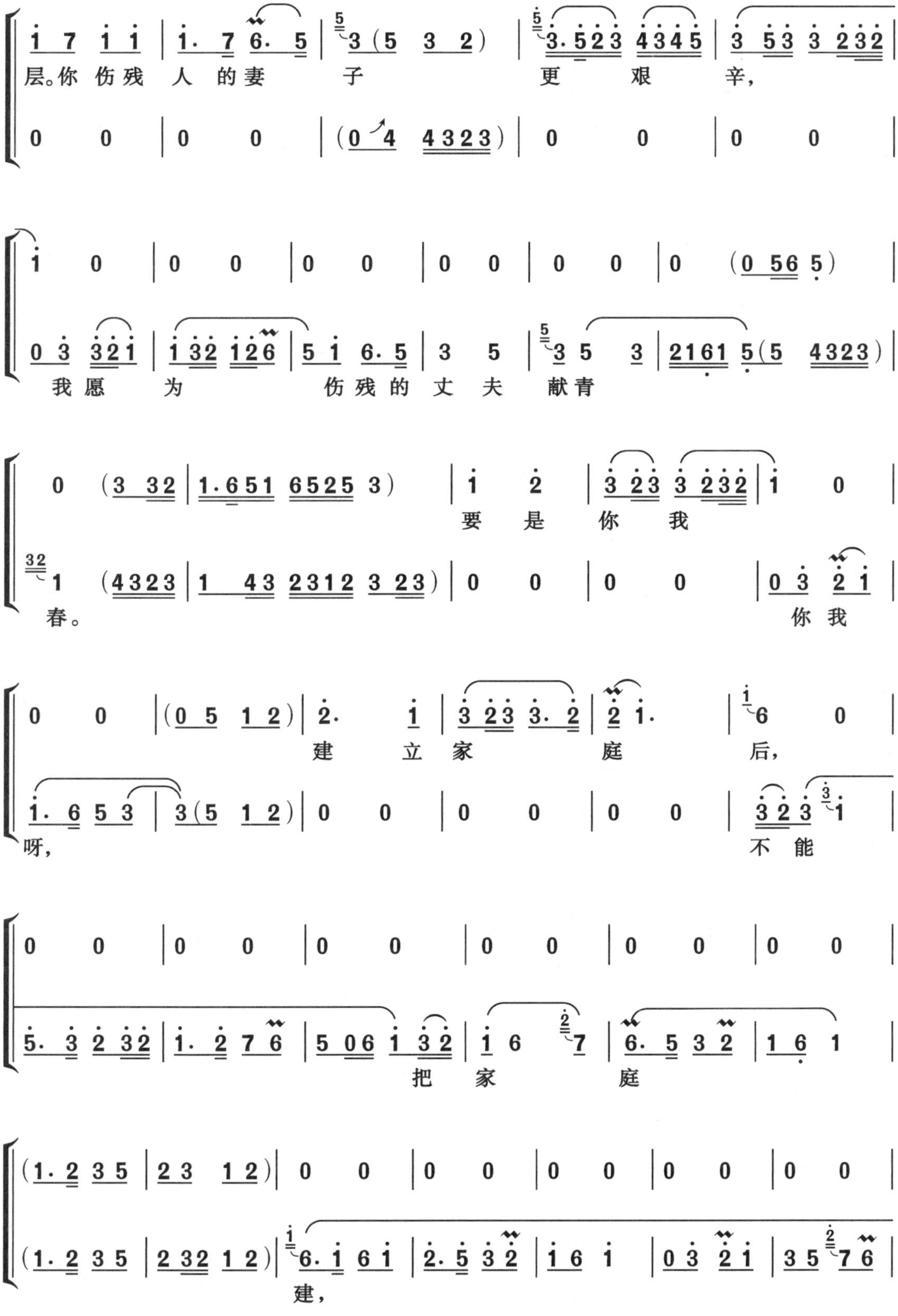
层。你伤残人的妻子
更艰辛，
我愿为
伤残的丈夫献青
要是你我
春。
你我
建立家庭后，
呀，
不能
把家庭
建，

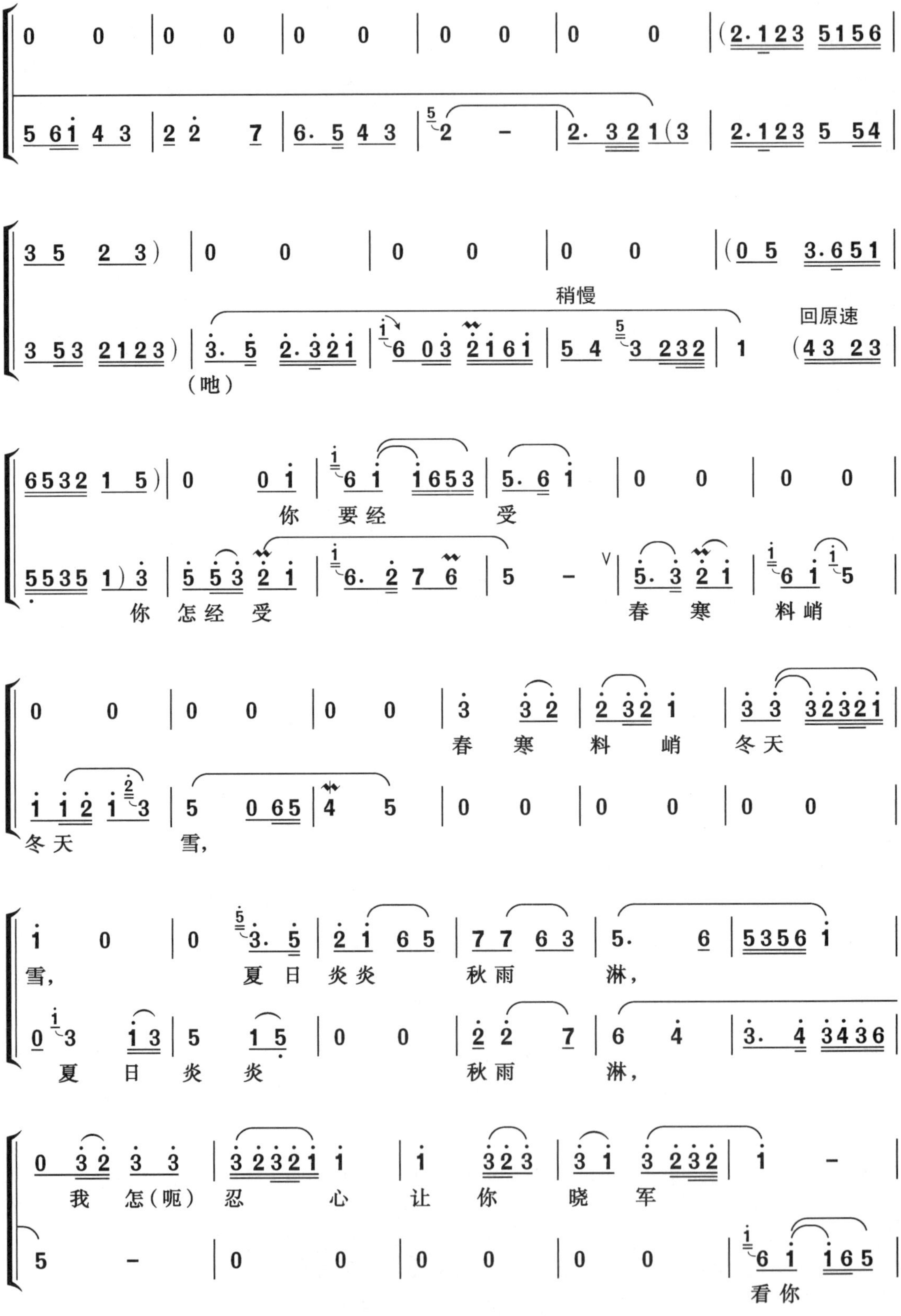

稍慢
回原速
（吔）
你 要经 受
你 怎经 受
春 寒 料峭
春 寒 料 峭 冬天
冬天 雪，
雪， 夏 日 炎炎 秋雨 淋，
夏 日 炎 炎 秋雨 淋，
我 怎（呃）忍 心 让 你 晓 军
看你

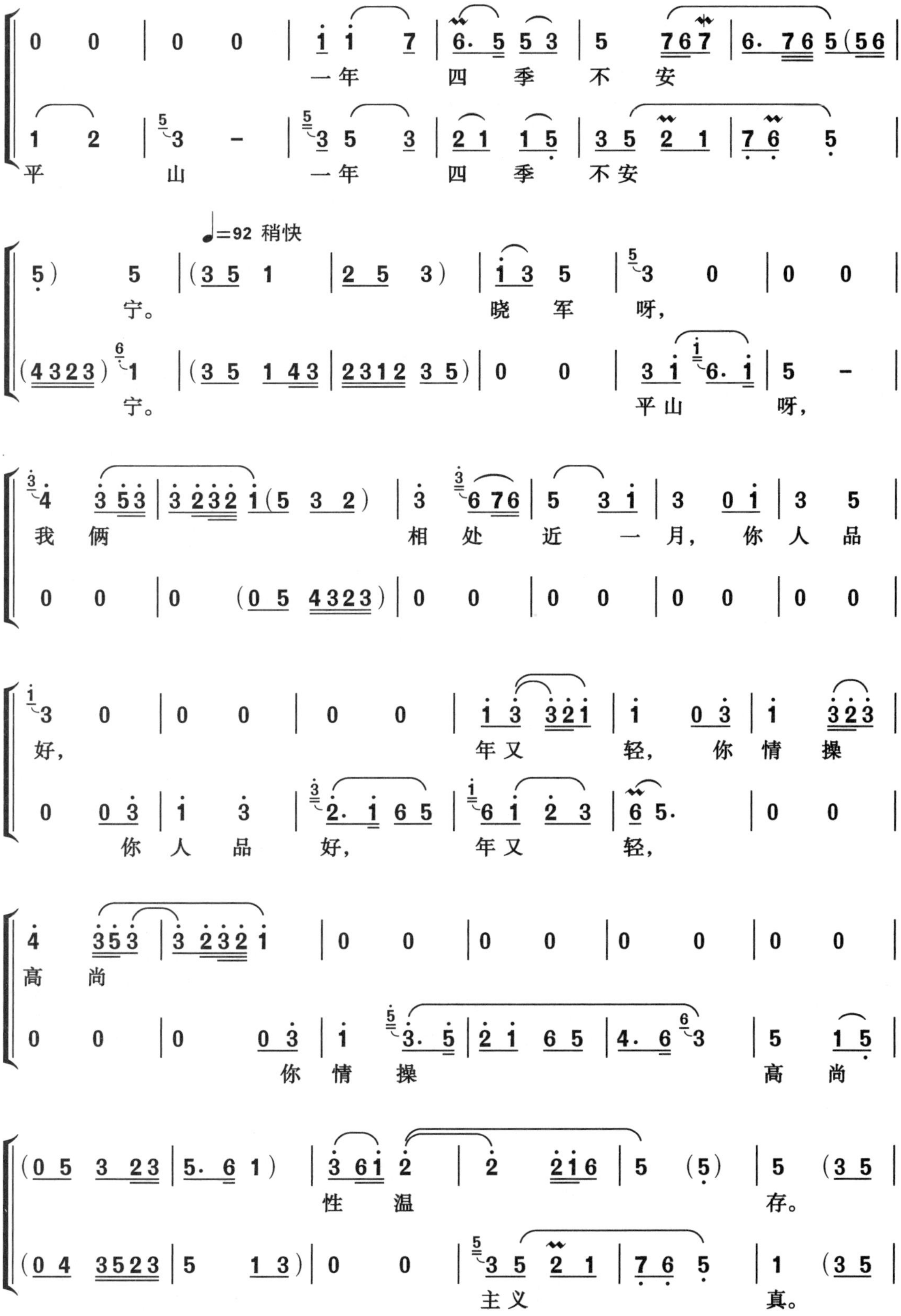
一年四季不安
平山一年四季不安
♩=92 稍快
宁。晓军呀，
宁。平山呀，
我俩相处近一月，你人品
好，年又轻，你情操
你人品好，年又轻，
高尚
你情操高尚
性温存。
主义真。

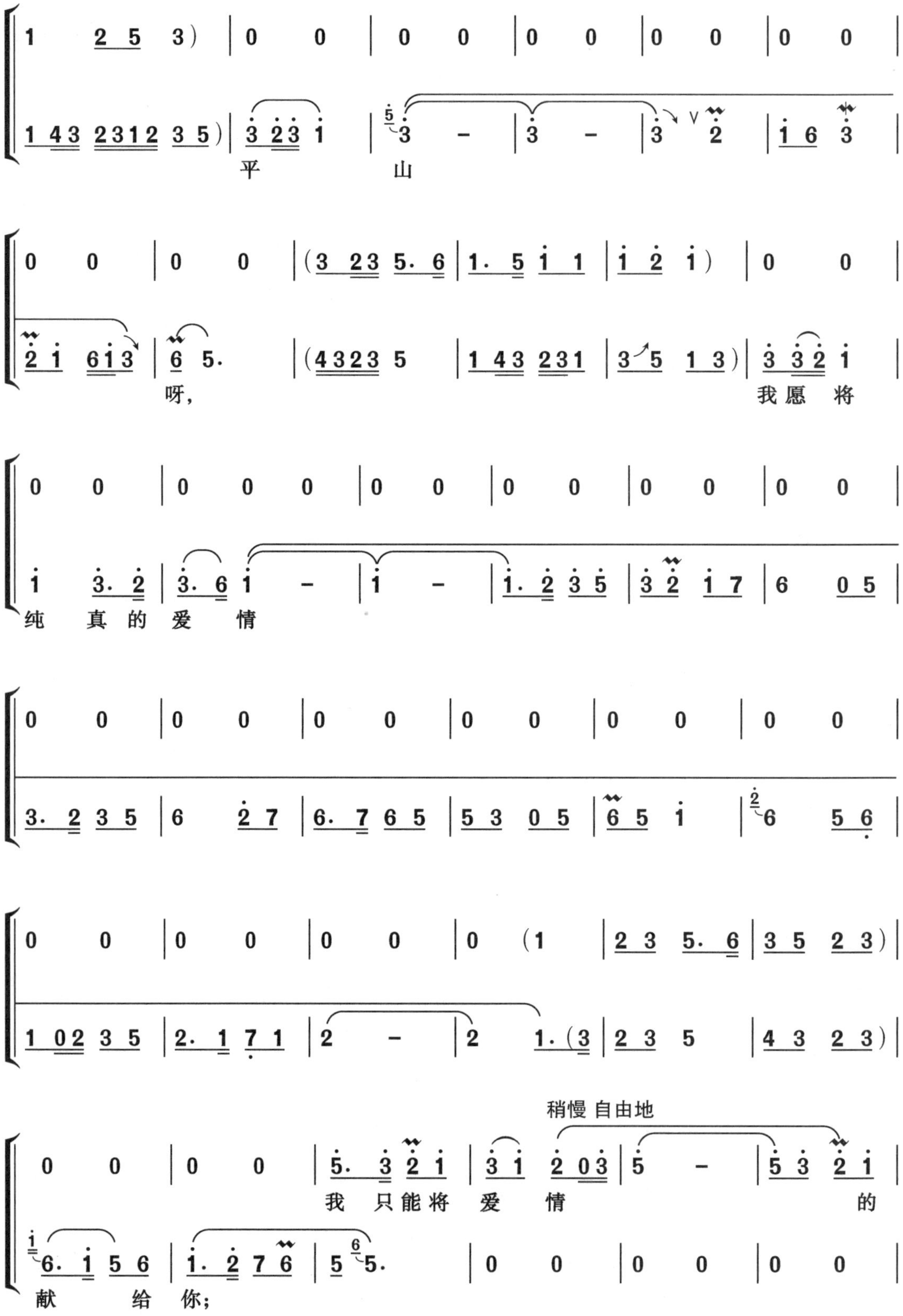
平
山
呀，
我愿将
纯真的爱情
稍慢 自由地
我只能将爱情
的
献给你；

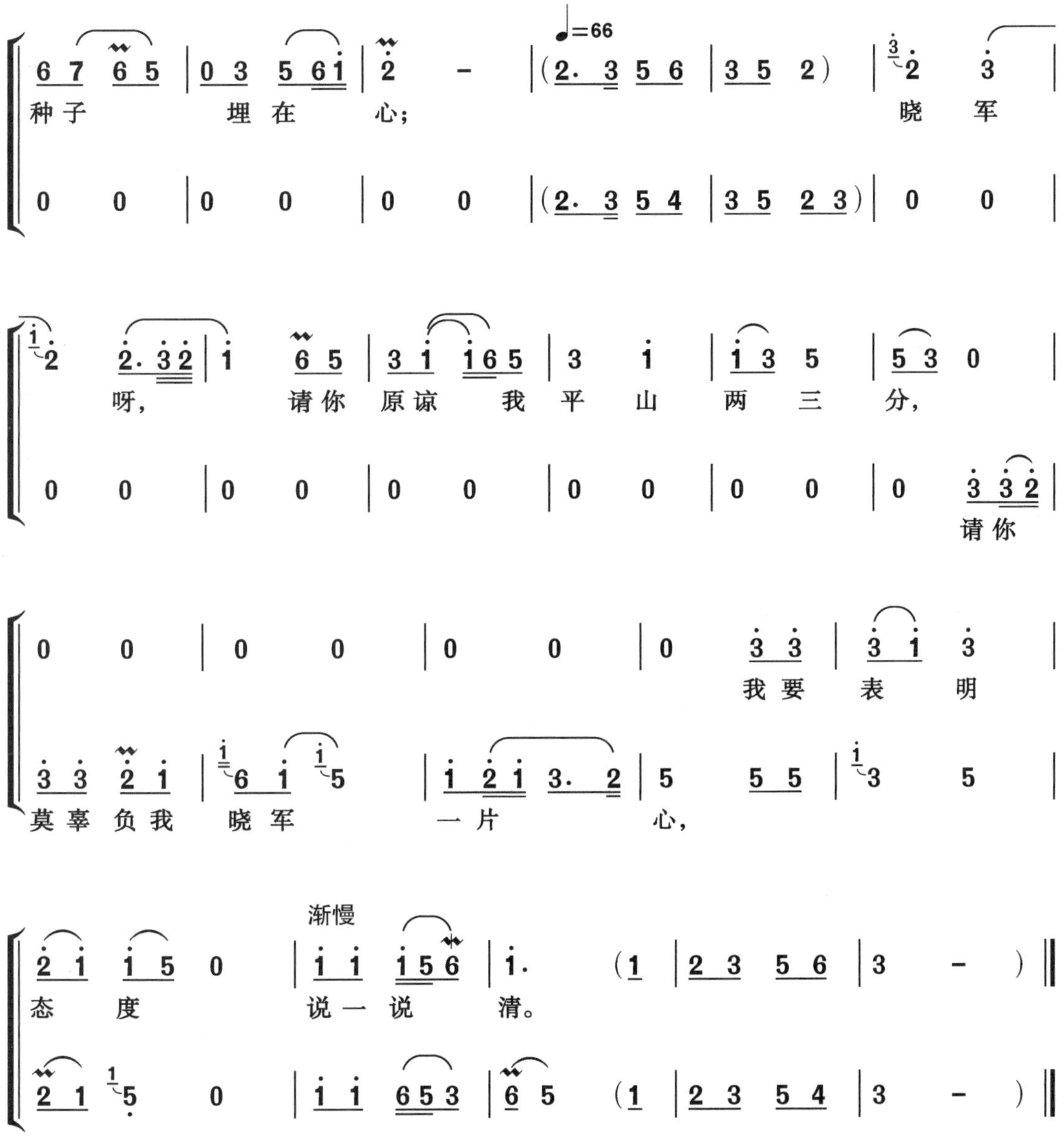

作品简介

《此时房内寂无声》是评弹广播剧《爱的升华》男女主人翁张平山与李晓军的一段对唱，这个反映对越自卫反击战题材的作品创作于 1987 年。

为表现当代青年人高尚的理想情操和揭示人物波澜起伏的内心活动，作品中混合了蒋调和尤调的男声唱腔，表现得深沉、厚重，从而较好地塑造了人物坚韧刚毅的性格；

而混合了俞调和祁调的女声唱腔，又是那样的热情、奔放，将人物内心的纯真和善良表现得淋漓尽致。音乐设计在保持弹词传统曲调原汁原味的前提下，突破了一般“你唱一句，我唱一句”男女对唱的简单模式，而是运用了复调和声等音乐作曲技法，不但注意男女声腔高低、长短、疏密、音色等方面的相应对比，更是刻意让两个不同旋律错落有致地在进行中时而分离、时而会合、时而穿插、时而呼应，给人以曲调传统、手法新颖、既旧又新的艺术享受！

作品于 1989 年获“长治杯”全国曲艺比赛节目奖。

杨淑英告状

长篇弹词《杨乃武与小白菜》选曲

邢晏春 词
潘益麟 曲
赵慧兰 演唱

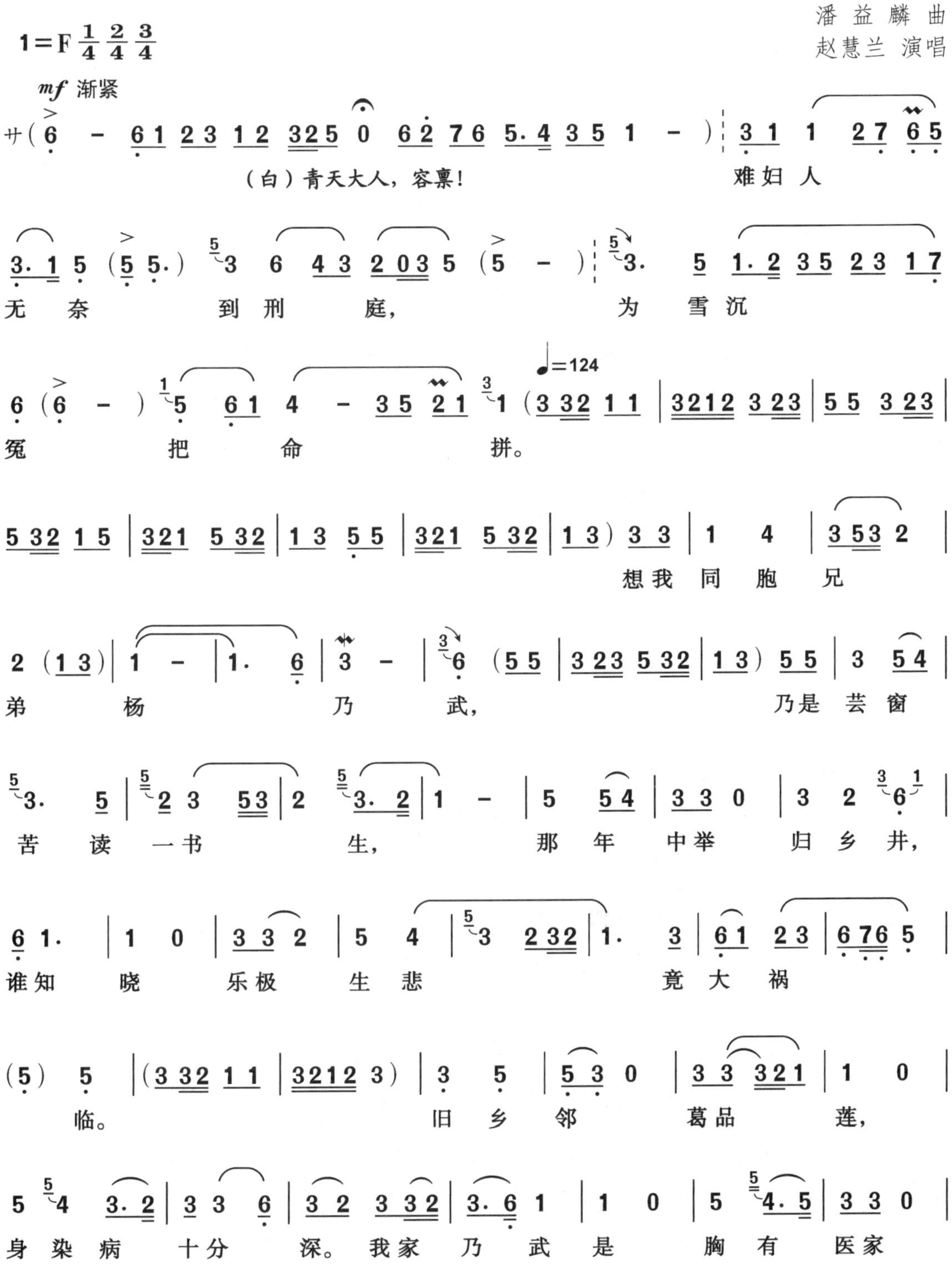

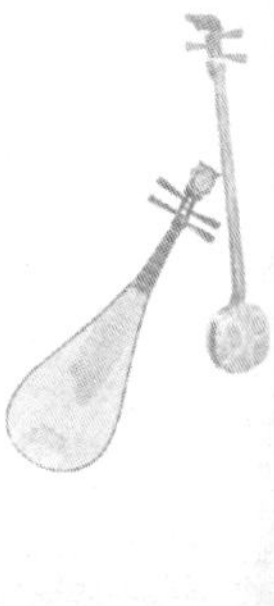

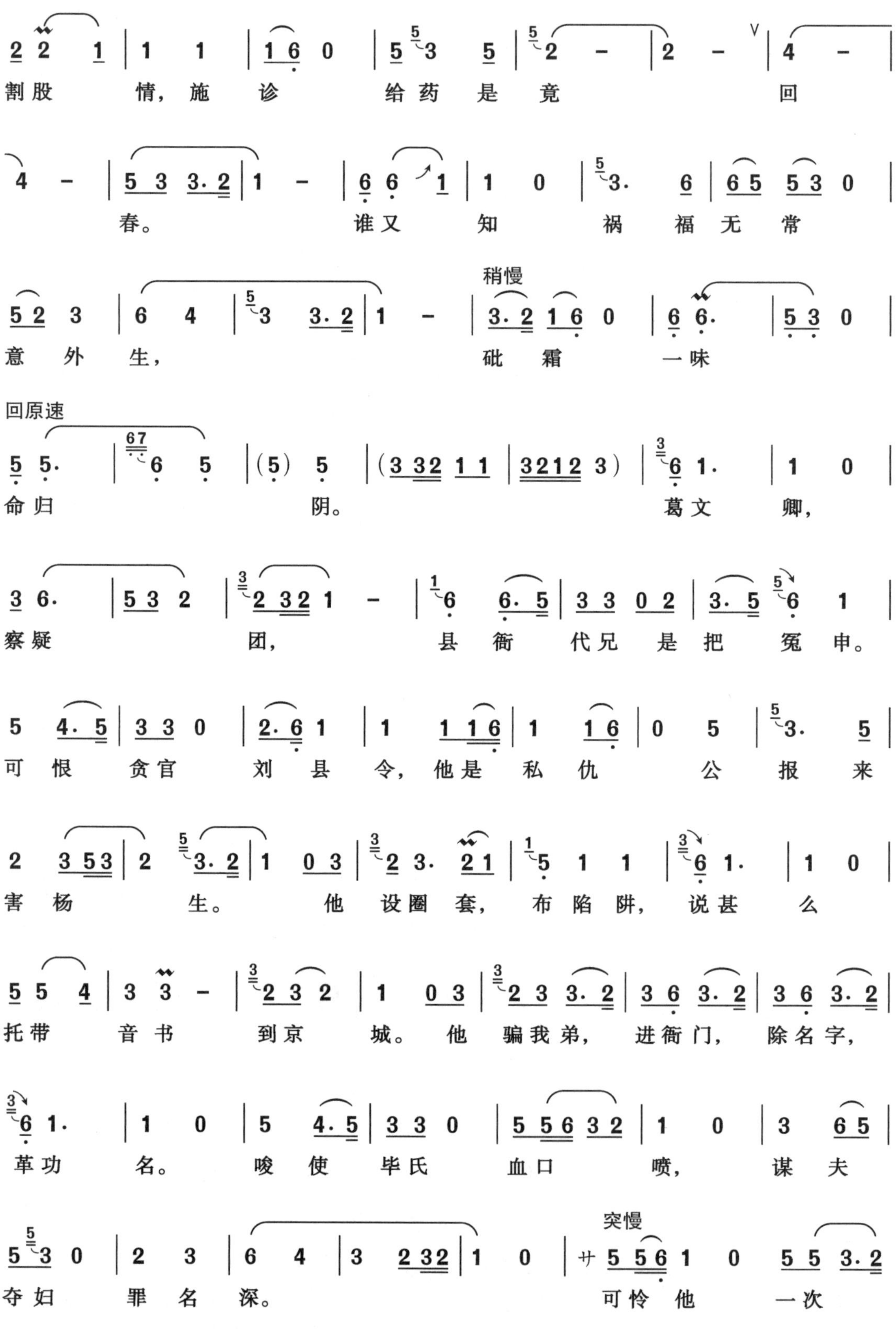
割股情，施诊给药是竟回
春。谁又知祸福无常
稍慢
意外生，砒霜一味
回原速
命归阴。葛文卿，
察疑团，县衙代兄是把冤申。
可恨贪官刘县令，他是私仇公报来
害杨生。他设圈套，布陷阱，说甚么
托带音书到京城。他骗我弟，进衙门，除名字，
革功名。唆使毕氏血口喷，谋夫
突慢
夺妇罪名深。可怜他一次

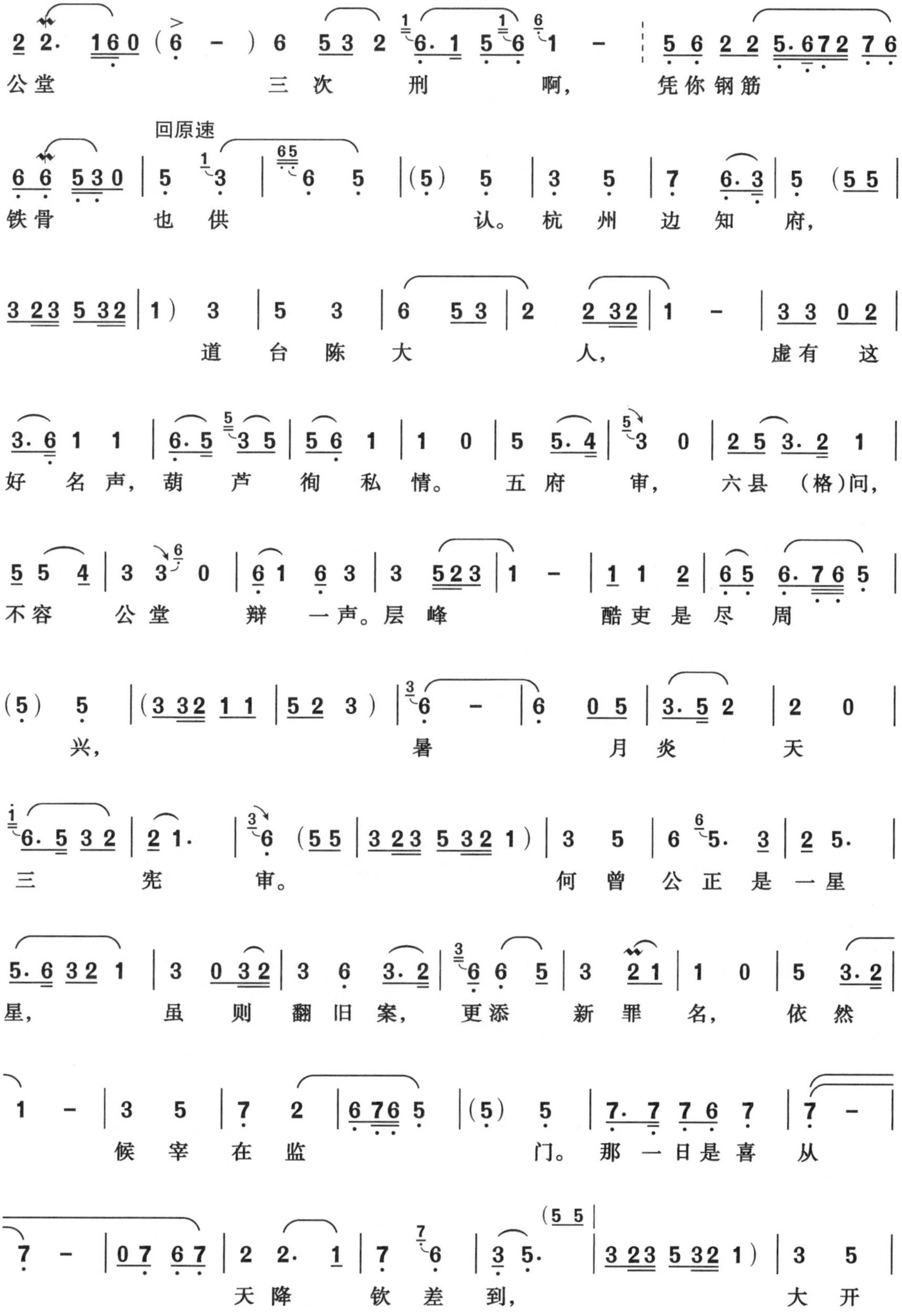
公堂 三次刑啊，凭你钢筋
回原速
铁骨也供认。杭州边知府，
道台陈大人，虚有这
好名声，葫芦徇私情。五府审，六县（格）问，
不容公堂辩一声。层峰酷吏是尽周
兴，暑月炎天
三宪审。何曾公正是一星
星，虽则翻旧案，更添新罪名，依然
候宰在监门。那一日是喜从
天降钦差到，大开

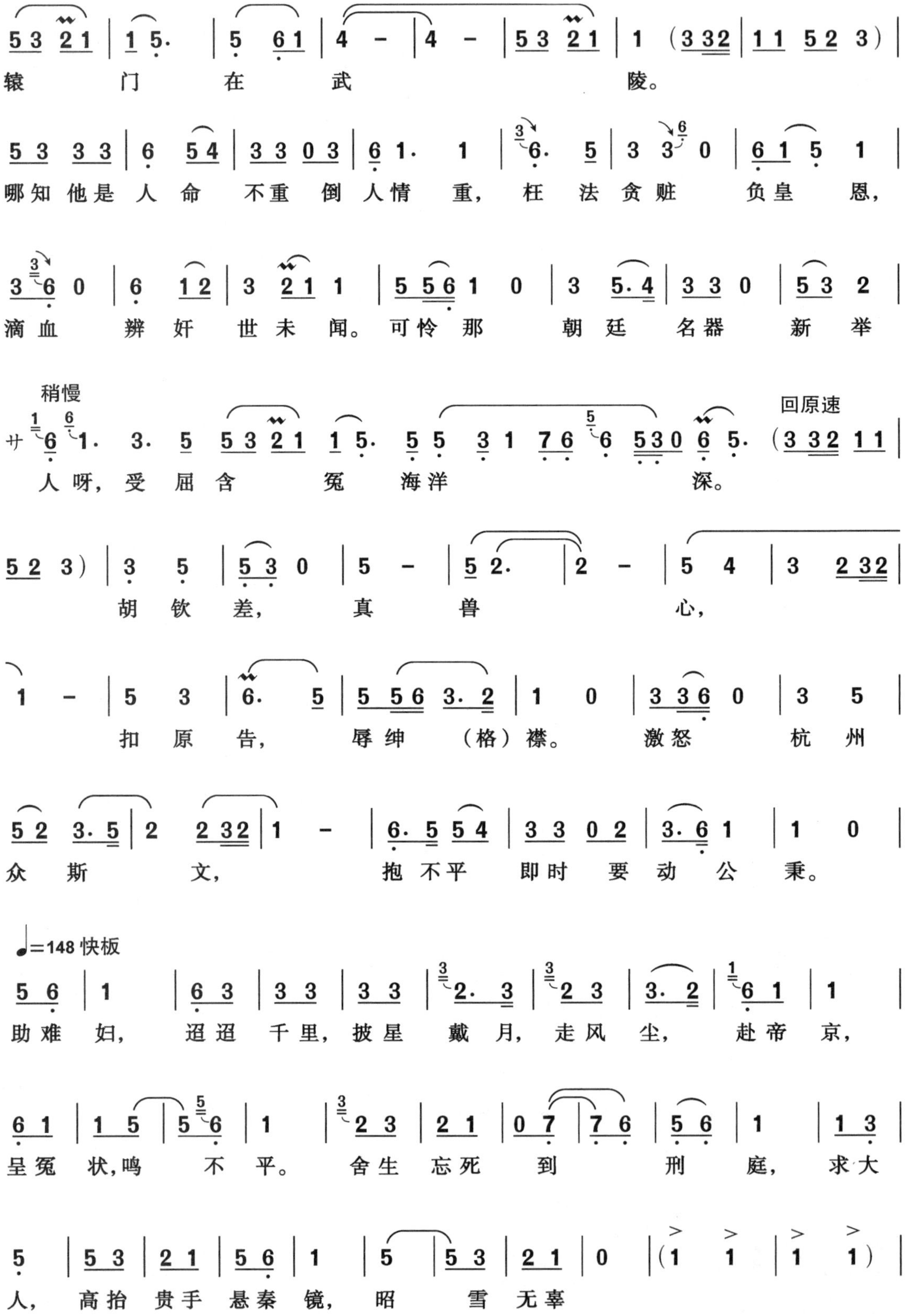
辕门在武陵。
哪知他是人命不重倒人情重，枉法贪赃负皇恩，
滴血辨奸世未闻。可怜那朝廷名器新举
稍慢
回原速
人呀，受屈含冤海洋深。
胡钦差，真兽心，
扣原告，辱绅（格）襟。激怒杭州
众斯文，抱不平即时要动公秉。
♩=148 快板
助难妇，迢迢千里，披星戴月，走风尘，赴帝京，
呈冤状，鸣不平。舍生忘死到刑庭，求大
人，高抬贵手悬秦镜，昭雪无辜

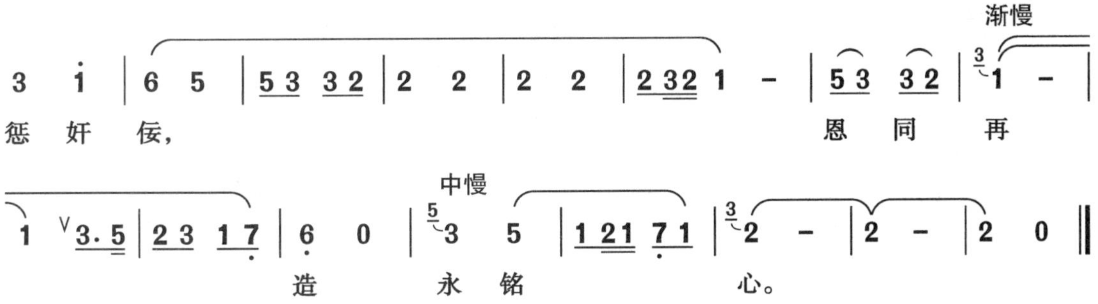

作品简介

《杨淑英告状》创作于1989年。

“香香调”不但有快的板式，还有慢的板式，大家熟悉的《三斩杨虎》最后一段快板转慢板就是一例，你能说它不是“香香调”吗？“香香调”的慢板例子并不少见。比如王月香在短篇弹词《八斤糯米粉》中的唱段就是慢板开始的：“回忆旧社会，穷人受苦深，从小长到大，总是有一顿来无一顿……”由此可见，“快中有慢”也是“香香调”的特点之一。这个快慢对比手法我在《贾巧姐》的设计中进行了尝试，效果还是很好的。

除了“快中有慢”这一表现手法外，“快中有散”是“香香调”的另一个特点。如《英台哭灵》中，快节奏二十多句叠句连唱“我只道”后，从“到而今”开始，“只有哭哭啼啼一片凄凉声，可怜奴，新娘未做就死郎君”就是用了散板的唱法。这种“快中有散”的方法在《英台哭灵》中用得较多。

《杨淑英告状》的唱腔设计，我运用了“香香调”中“快中有散”的表现手法。比如“葛文卿，察疑团……”这个段落的叠句连唱有十几句，至最后两句时，我将“可怜他”处理成突慢再“刹”住，然后是散板清唱：“一次公堂三次刑啊，凭你钢筋铁骨也供认。”散板后，再紧接后面的快板。这种“快中有散”的表现手法，非常有利于人物感情的表达和渲染，具有较强的艺术感染力。

为将唱段推向高潮，在作品最后一段“助难妇，迢迢千里，披星戴月，走风尘，赴帝京……”，借鉴了戏曲的“垛板”，$\frac{1}{4}$拍子，可以称它为“快上加快”的板式，以表现杨淑英不畏权贵强势、舍生忘死滚钉板告状的人物形象。

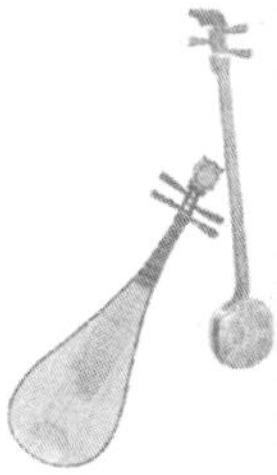

相 女 婿

（弹词小组唱）

龚华声 词
潘益麟 曲
金丽生、蔡小娟、袁小良 领唱

1=C $\frac{2}{4}$ $\frac{3}{4}$

♩=126 欢快地

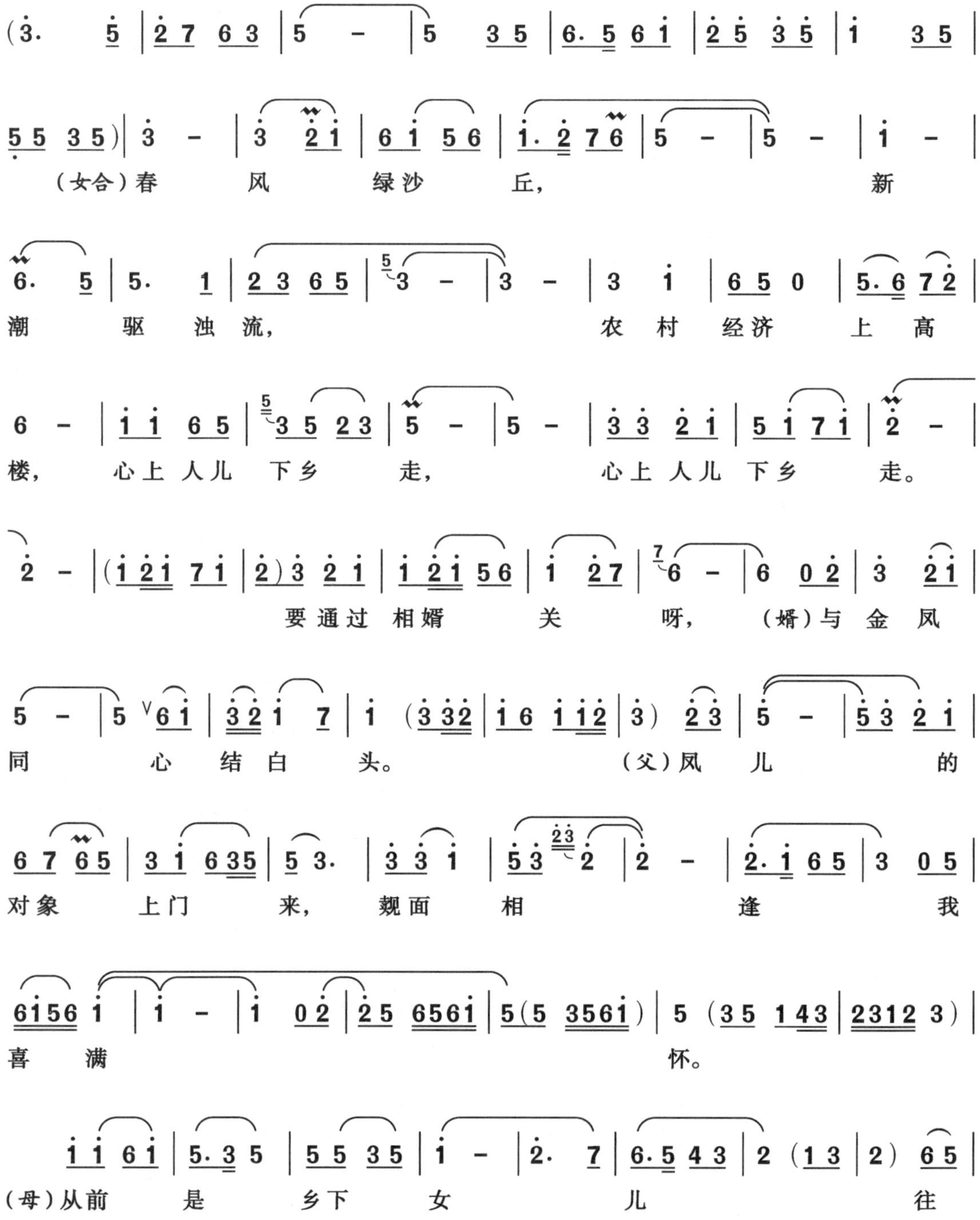

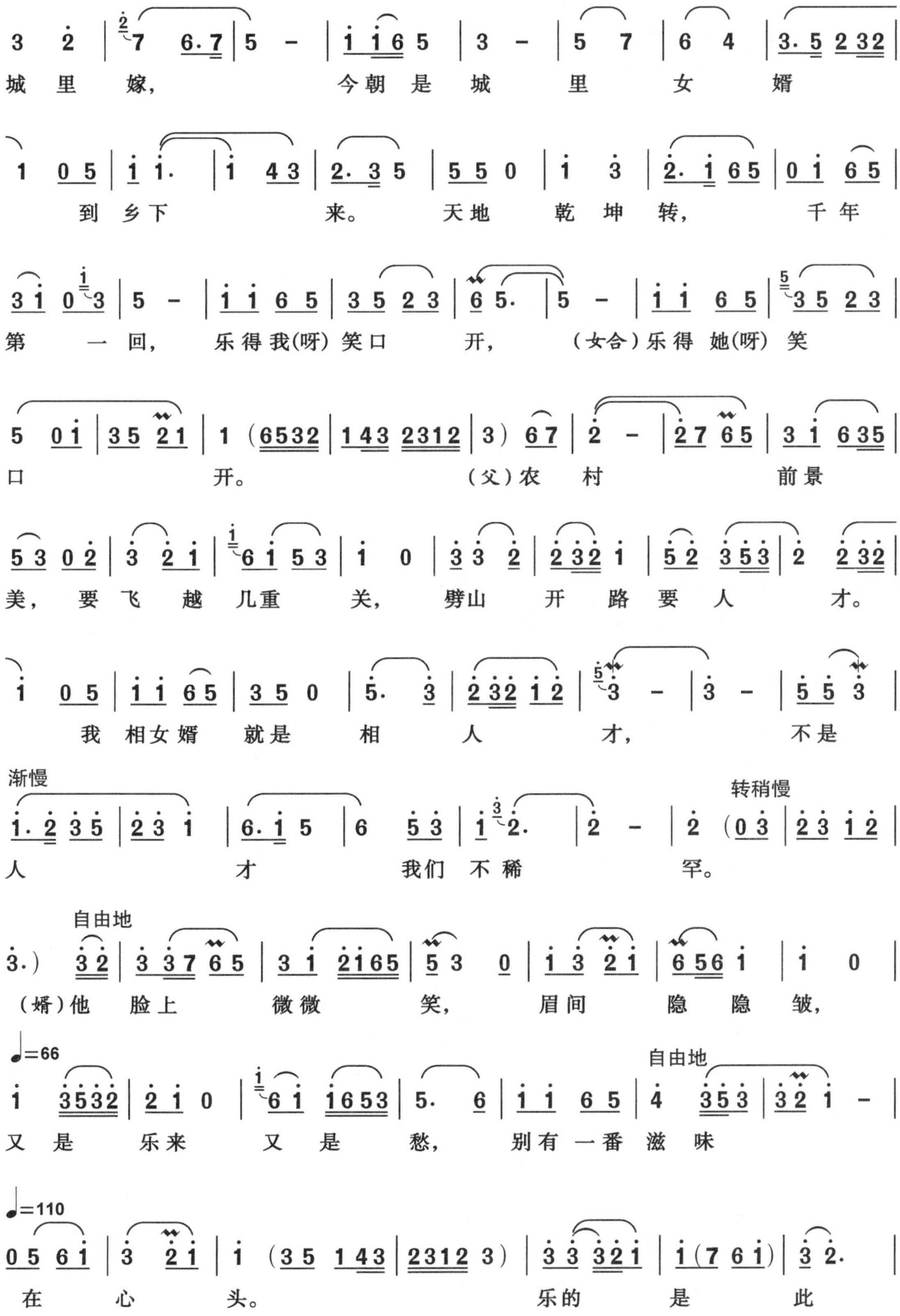
城里嫁，今朝是城里女婿
到乡下来。天地乾坤转，千年
第一回，乐得我(呀)笑口开，(女合)乐得她(呀)笑
口开。(父)农村前景
美，要飞越几重关，劈山开路要人才。
我相女婿就是相人才，不是
渐慢
转稍慢
人才我们不稀罕。
自由地
(婿)他脸上微微笑，眉间隐隐皱，
♩=66
自由地
又是乐来又是愁，别有一番滋味
♩=110
在心头。乐的是此

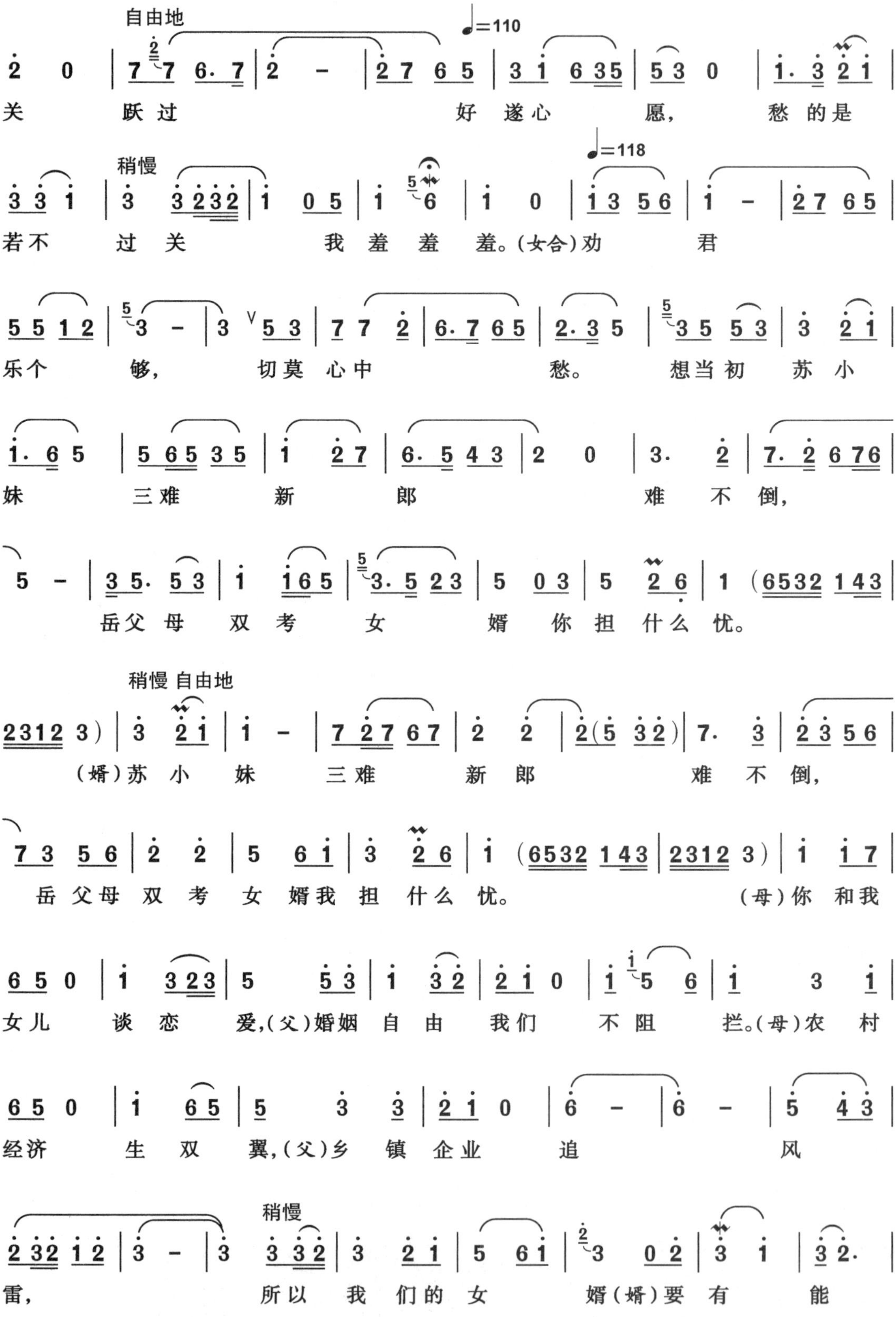
自由地
♩=110
关 跃过 好 遂心 愿， 愁 的是
稍慢
♩=118
若不 过 关 我 羞 羞 羞。(女合)劝 君
乐个 够， 切莫 心中 愁。 想当初 苏 小
妹 三难 新 郎 难 不 倒，
岳父 母 双 考 女 婿 你 担 什么 忧。
稍慢 自由地
(婿)苏 小 妹 三难 新 郎 难 不 倒，
岳 父母 双 考 女 婿我 担 什么 忧。 (母)你 和我
女儿 谈 恋 爱，(父)婚姻 自 由 我们 不 阻 拦。(母)农 村
经济 生 双 翼，(父)乡 镇 企业 追 风
稍慢
雷， 所以 我 们的 女 婿(婿)要 有 能

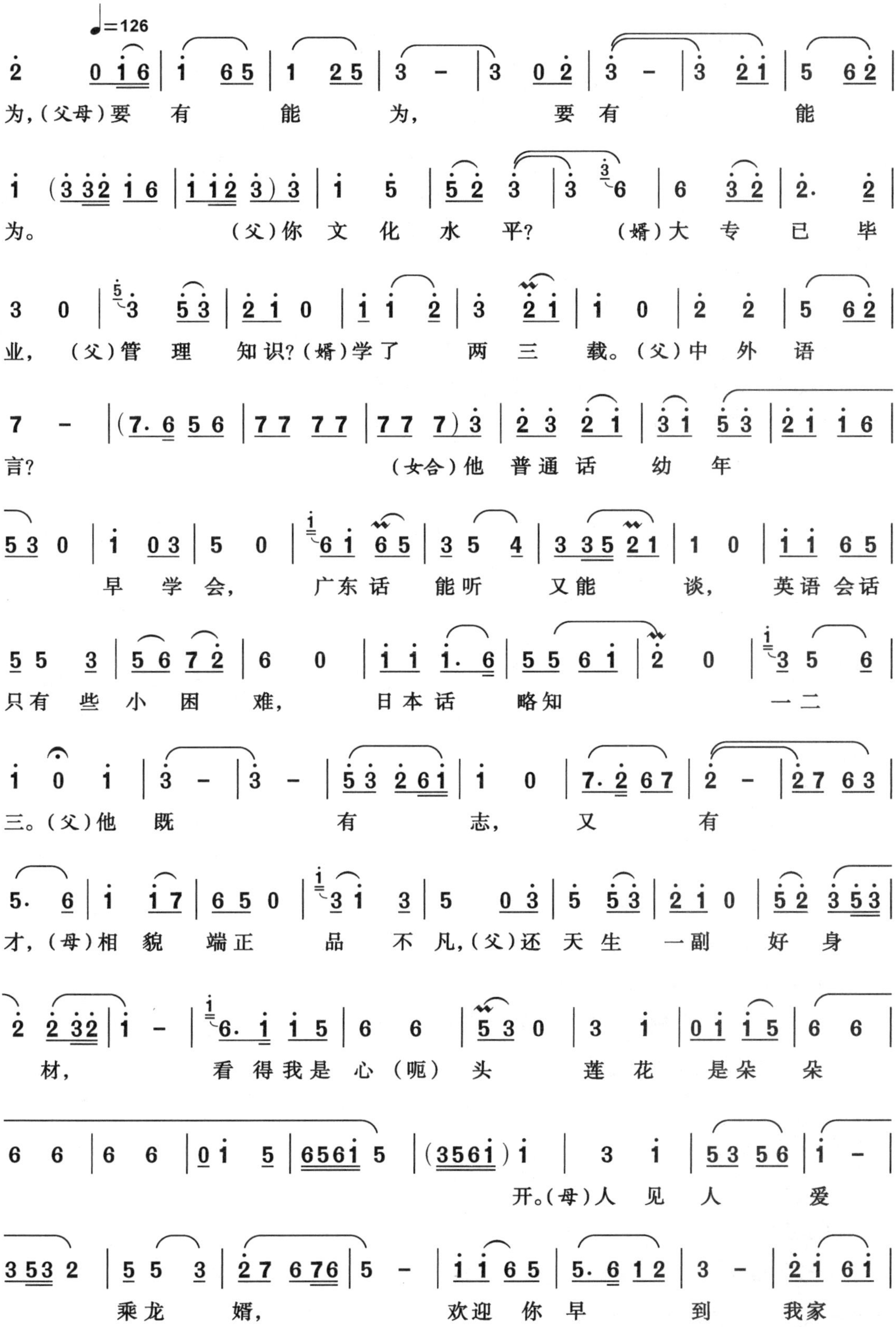
♩=126
为,(父母)要 有 能 为, 要 有 能
为。(父)你 文 化 水 平? (婿)大 专 已 毕
业, (父)管 理 知 识?(婿)学 了 两 三 载。(父)中 外 语
言? (女合)他 普 通 话 幼 年
早 学 会, 广 东 话 能 听 又 能 谈, 英 语 会 话
只 有 些 小 困 难, 日 本 话 略 知 一 二
三。(父)他 既 有 志, 又 有
才,(母)相 貌 端 正 品 不 凡,(父)还 天 生 一 副 好 身
材, 看 得 我 是 心 (呃) 头 莲 花 是 朵 朵
开。(母)人 见 人 爱
乘 龙 婿, 欢 迎 你 早 到 我 家

Xian Suo Yin

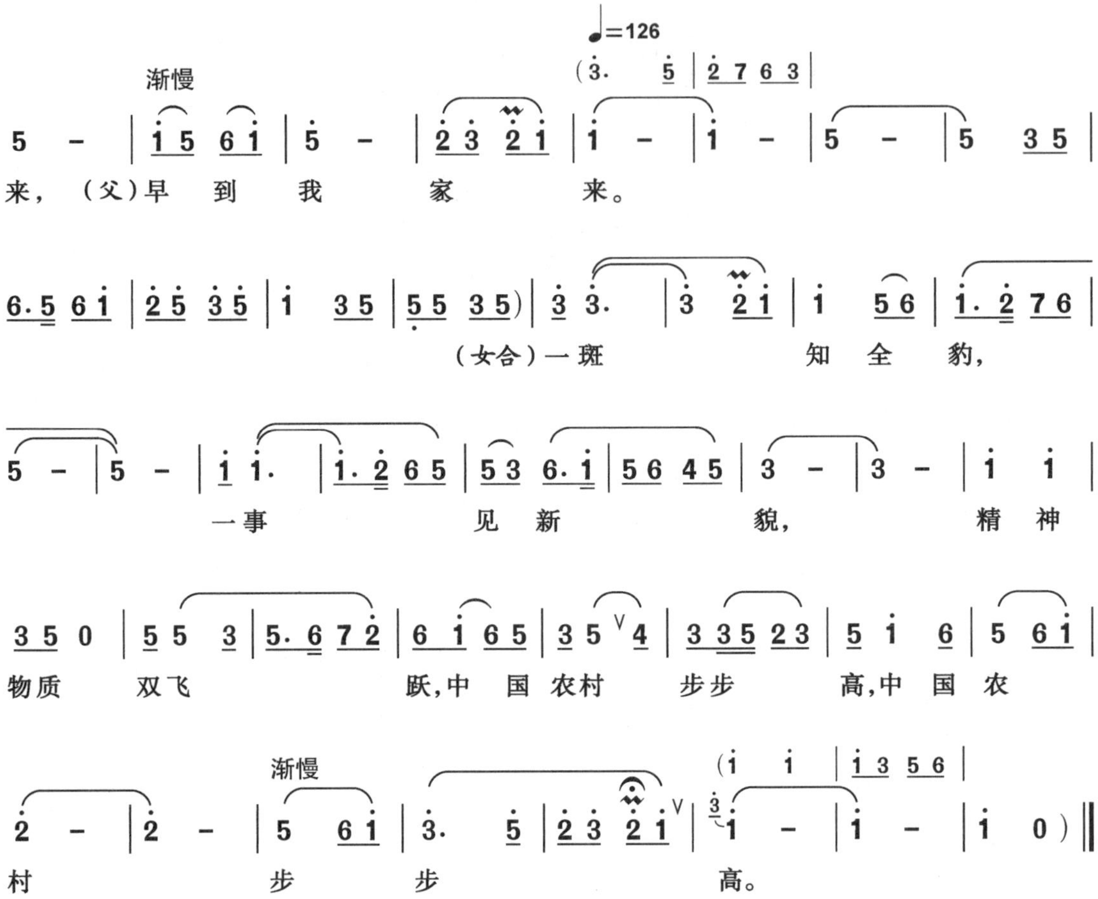

作品简介

《相女婿》创作于1993年。作品如同一股激越跳跃的山泉，用欢乐明快的节奏，清新活泼的旋律，充满勃勃生机和青春活力的音调，热情讴歌了新时期党的改革开放政策给苏南农村带来的深刻变化。

注重对弹词传统流派唱腔的运用和创新，并力求与表演者个人演唱风格相吻合，这是创作《相女婿》的指导思想。无论是“老丈人”的“仲康调”“丈母娘”的“新俞调”，还是“新女婿”的“小飞调”，都充分发挥了演员的特长。而精心构思的女声齐唱，时而是表演唱、帮唱，时而又转换到“女儿”唱，形式新颖灵活，曲调具有江南风味。就这样，独唱、合唱、男声、女声，相得益彰，相映成趣，传统与创新的结合，较好地诠释了作品的主题。

1993年夏天，《相女婿》入选中央电视台“阳光、土地、庄稼汉——首届中国农民文艺晚会”，广受好评；1995年获首届江苏省曲艺节优秀节目奖。

荧屏奇葩

（女声小组唱）

朱寅全 词
潘益麟 曲
周　红 领唱

1＝G $\frac{2}{4}$ $\frac{3}{4}$

♩＝116

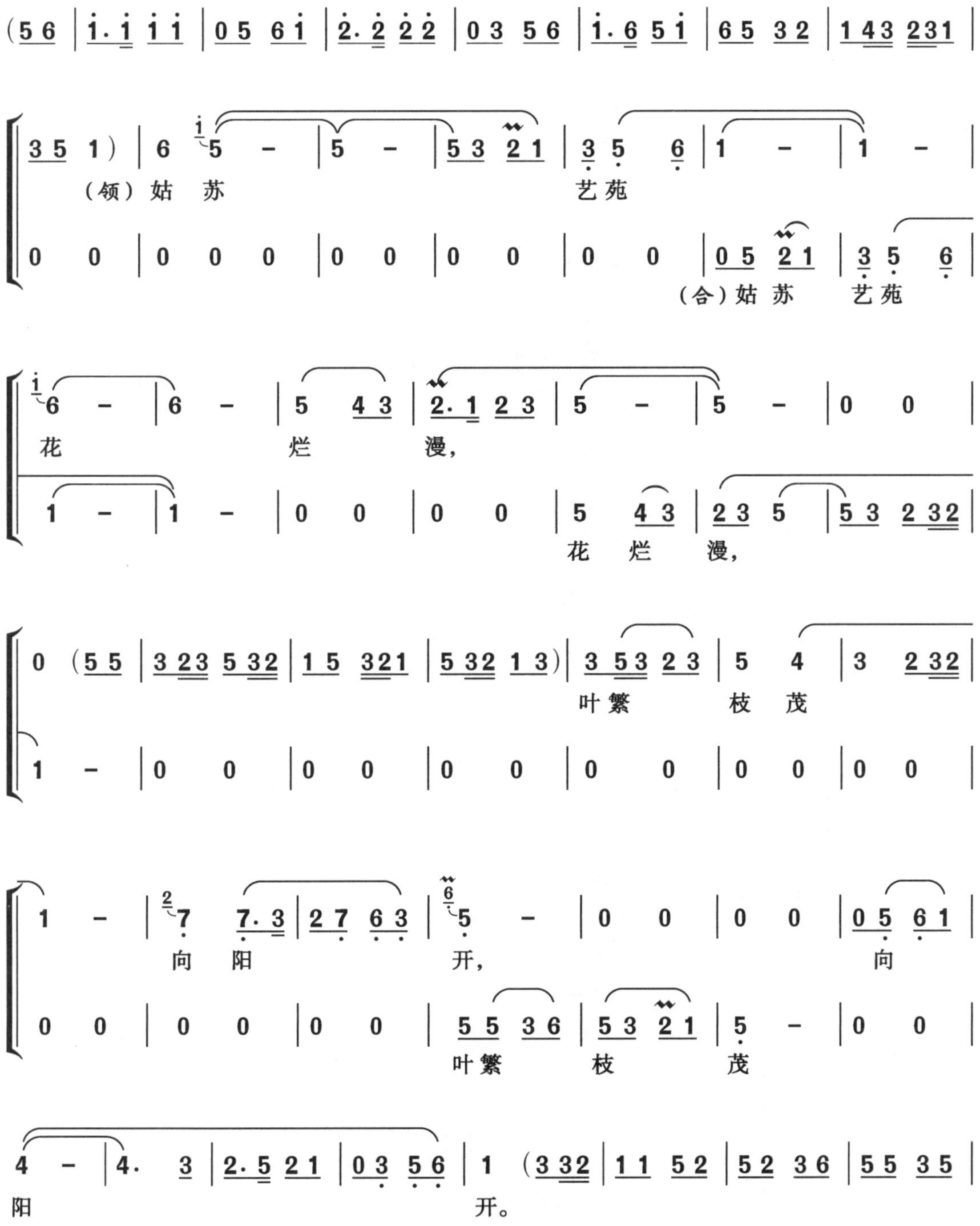

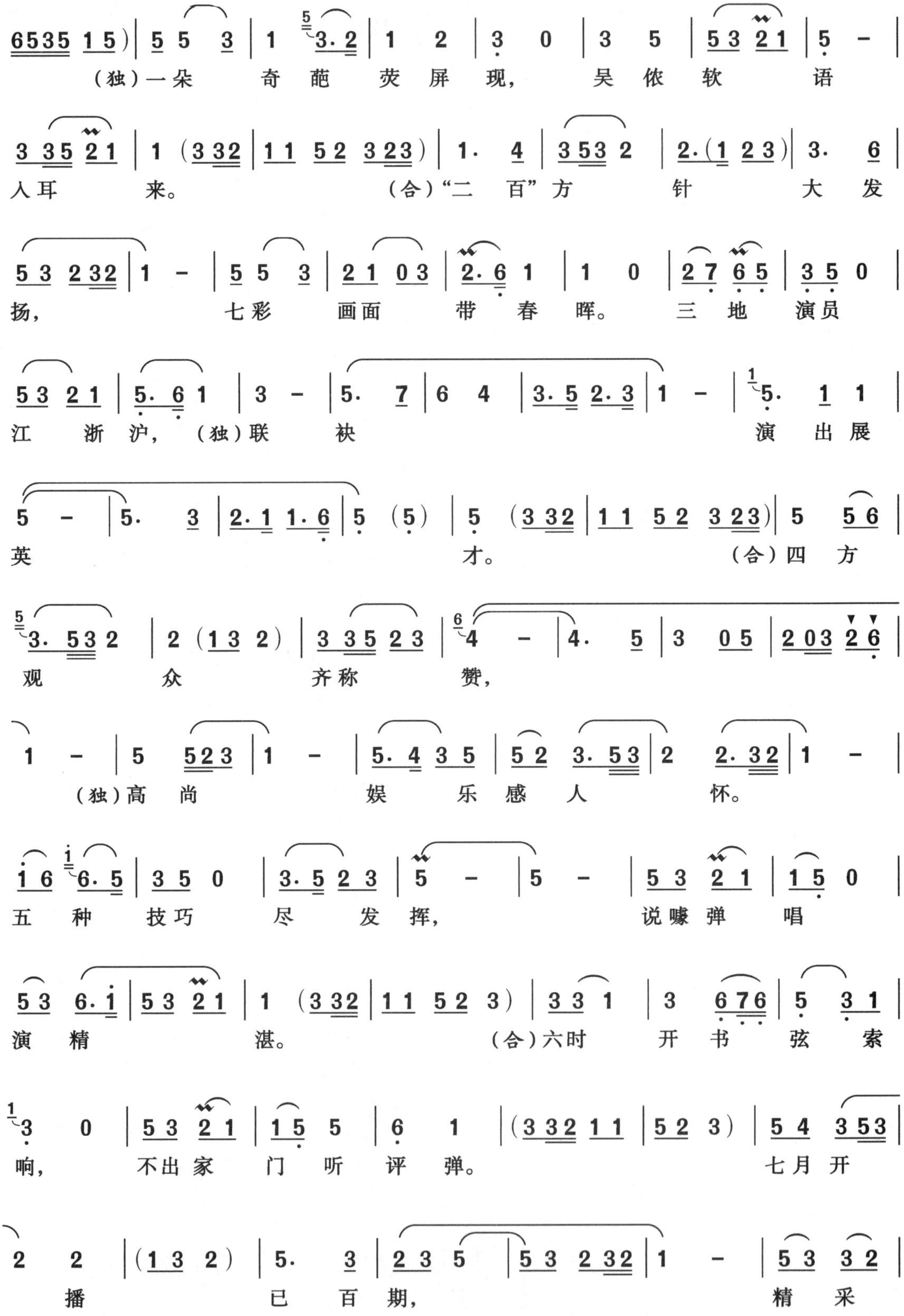
（独）一朵奇葩荧屏现，吴侬软语
入耳来。（合）“二百”方针大发
扬，七彩画面带春晖。三地演员
江浙沪，（独）联袂演出展
英才。（合）四方
观众齐称赞，
（独）高尚娱乐感人怀。
五种技巧尽发挥，说噱弹唱
演精湛。（合）六时开书弦索
响，不出家门听评弹。七月开
播已百期，精采

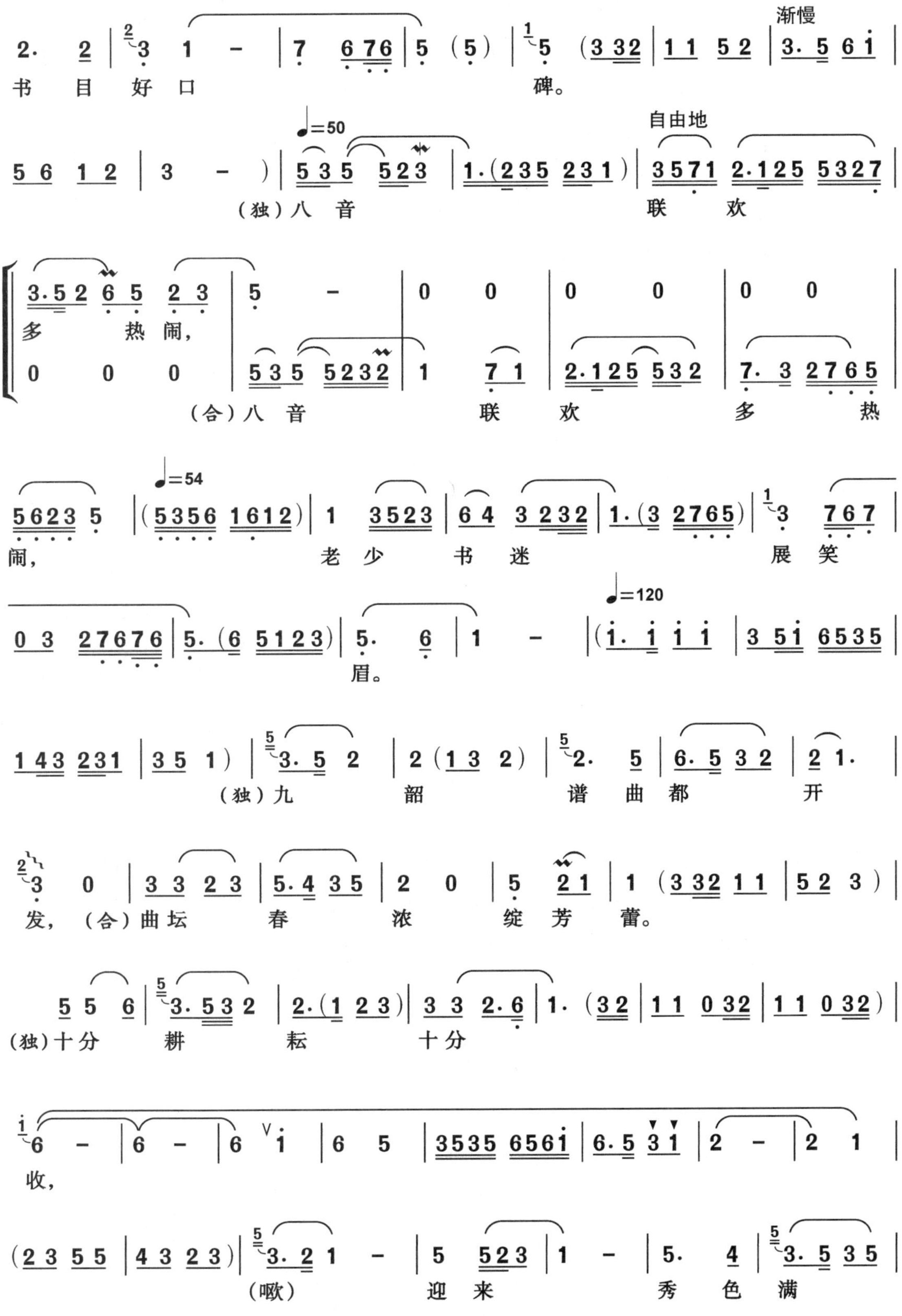
渐慢
书 目 好 口 碑。
♩=50
自由地
（独）八 音 联 欢
多 热 闹，
（合）八 音 联 欢 多 热
♩=54
闹，老 少 书 迷 展 笑
♩=120
眉。
（独）九 韶 谱 曲 都 开
发，（合）曲 坛 春 浓 绽 芳 蕾。
（独）十 分 耕 耘 十 分
收，
（啾） 迎 来 秀 色 满

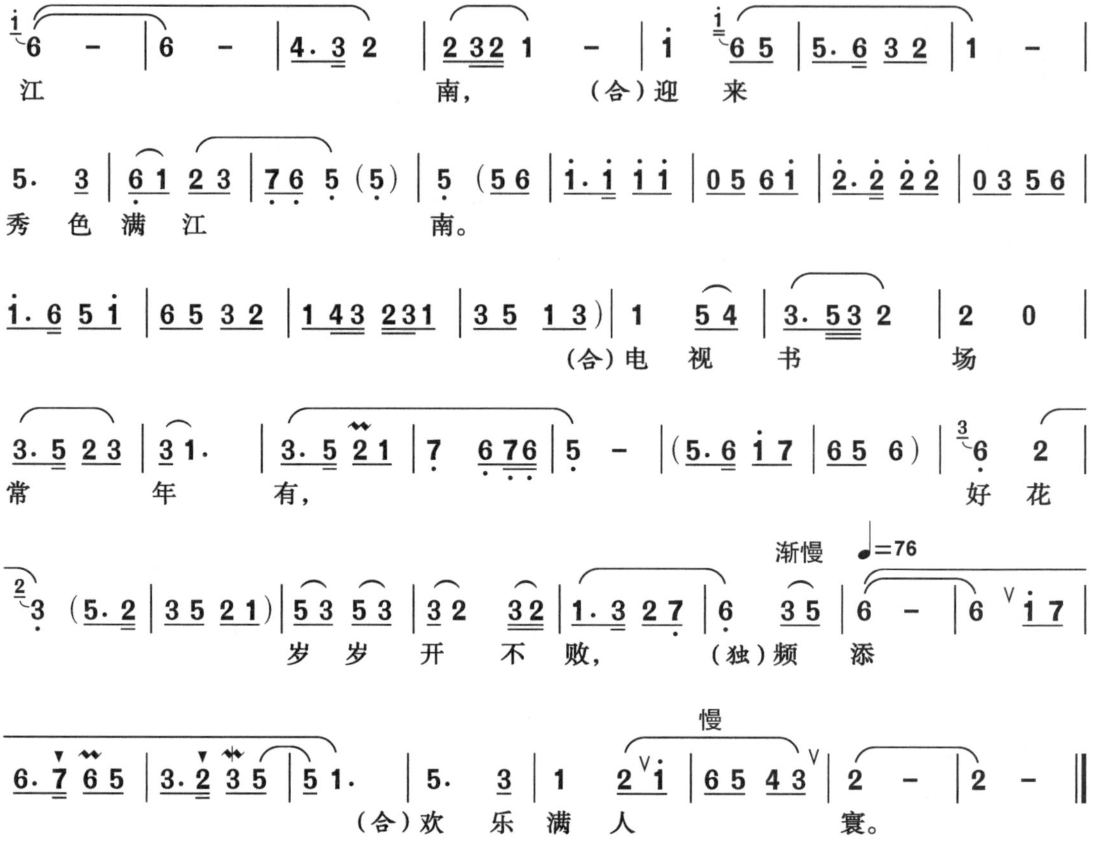

作品简介

《荧屏奇葩》创作于 1994 年。本作品为祝贺苏州电视书场开播 100 期而作，唱腔设计将丽调和琴调糅合而成，由“小徐丽仙”之称的周红声情并茂地演唱，成为庆贺晚会上最受欢迎的节目之一。

英 雄 谱

（弹词女声小组唱）

邱肖鹏、傅菊蓉 词
潘益麟 曲
盛小云、王勤、张丽华、吴静、顾佳音 等演唱

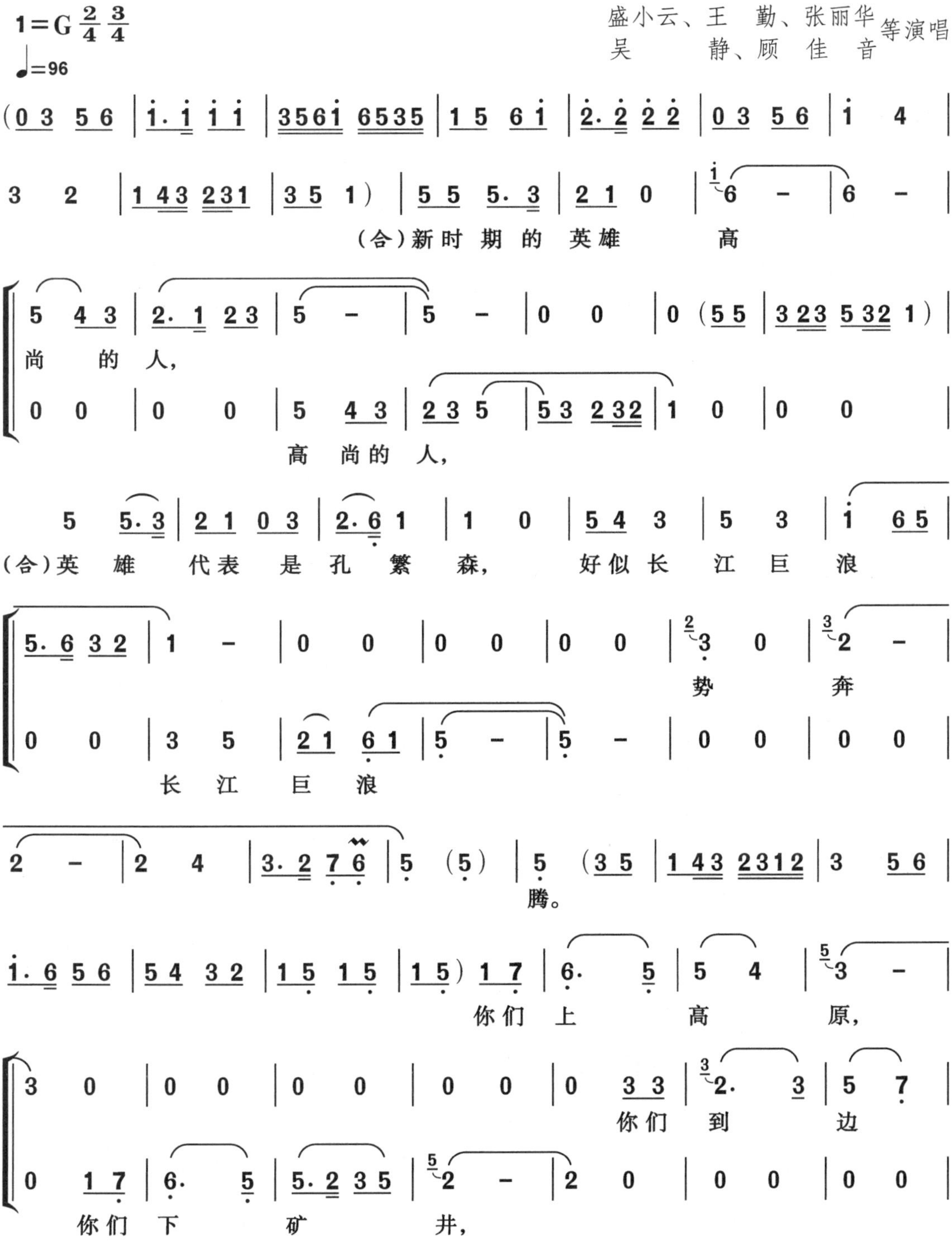

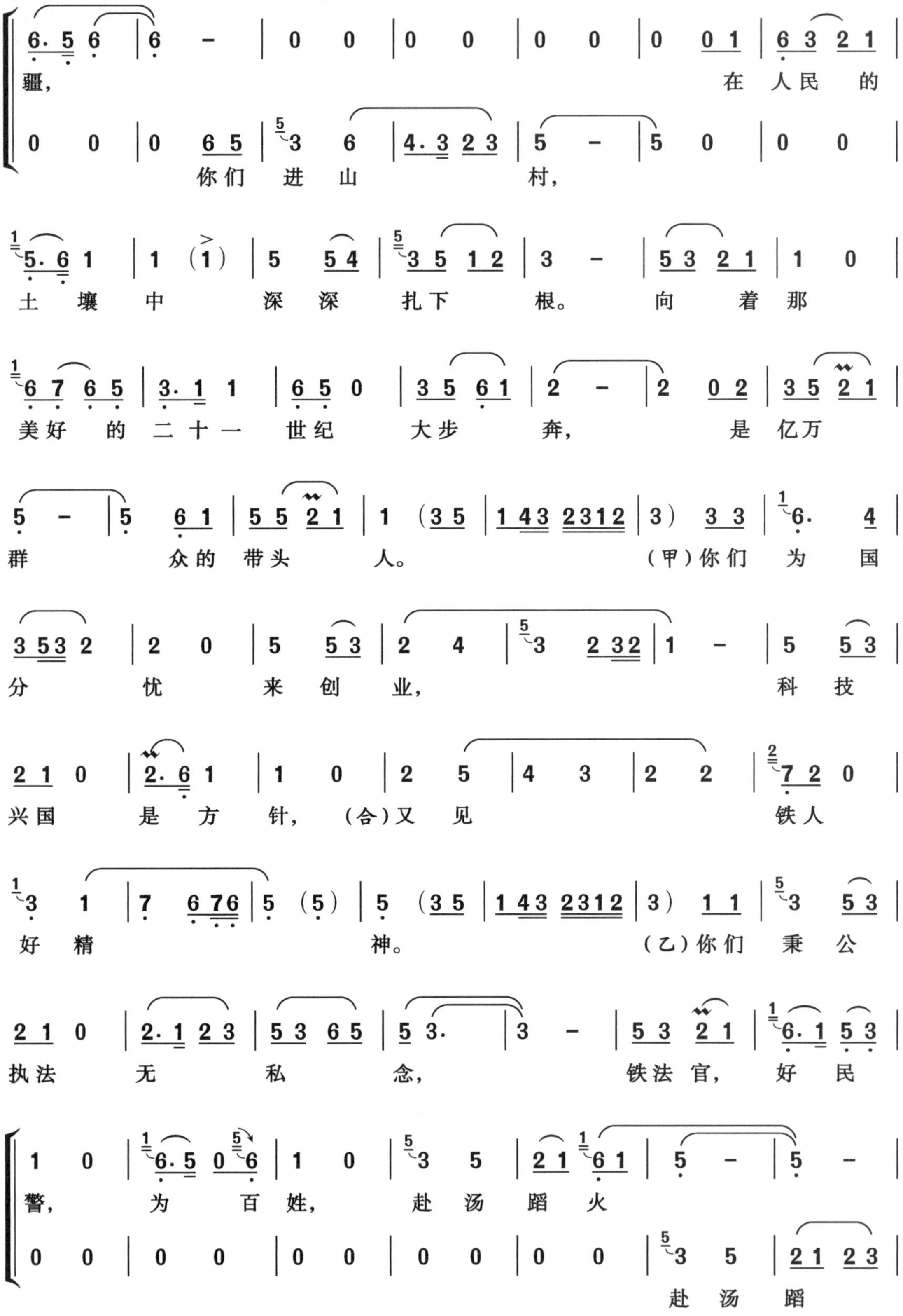
疆，
在人民的
你们进山村，
土壤中深深扎下根。向着那
美好的二十一世纪大步奔，是亿万
群众的带头人。（甲）你们为国
分忧来创业，科技
兴国是方针，（合）又见铁人
好精神。（乙）你们秉公
执法无私念，铁法官，好民
警，为百姓，赴汤蹈火
赴汤蹈

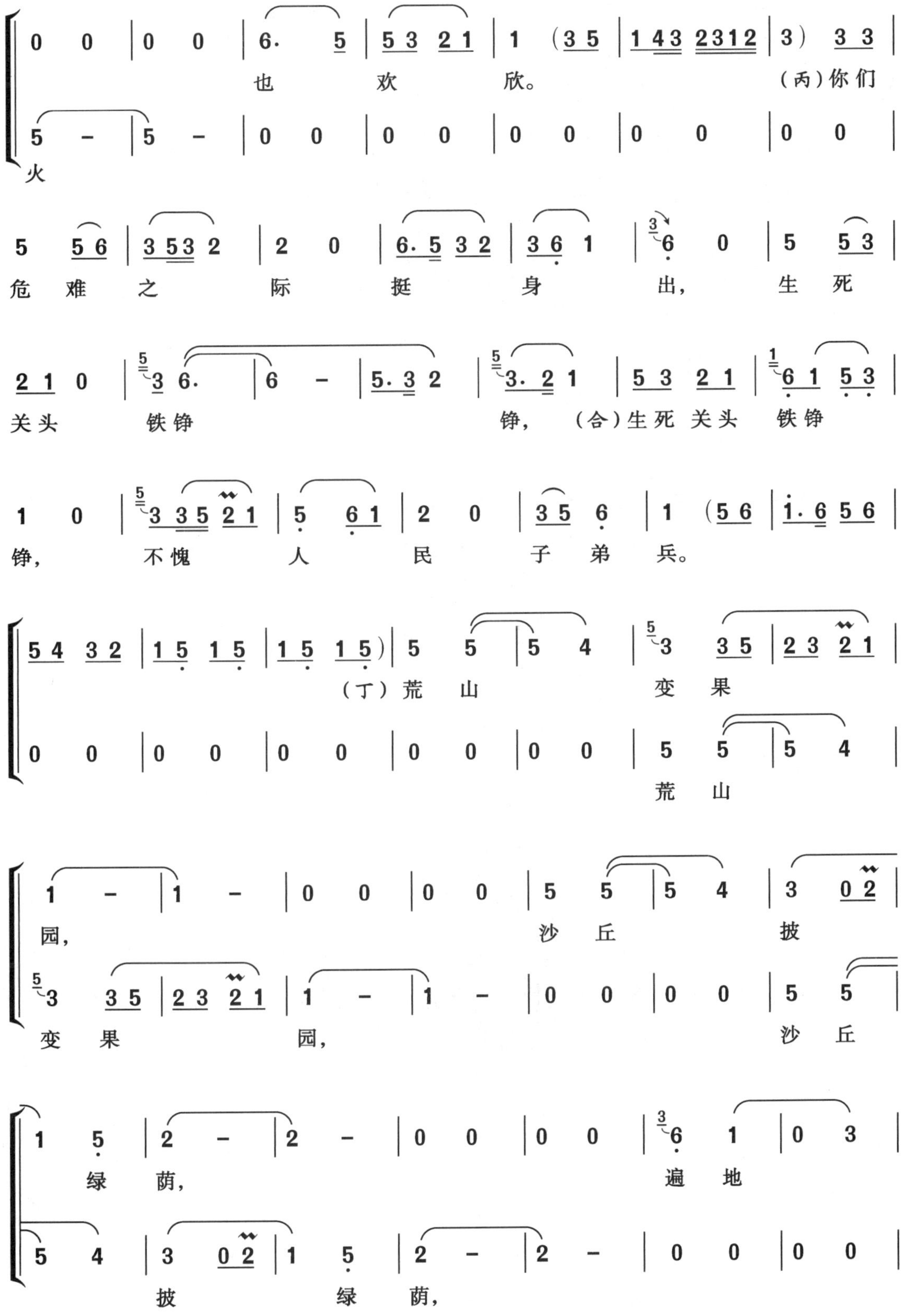
也 欢 欣。 （丙）你们
火
危难之际挺身出，生死
关头铁铮 铮，（合）生死关头铁铮
铮，不愧人民子弟兵。
（丁）荒山 变果
荒山
园，沙丘披
变果园，沙丘
绿茵，遍地
披绿茵，

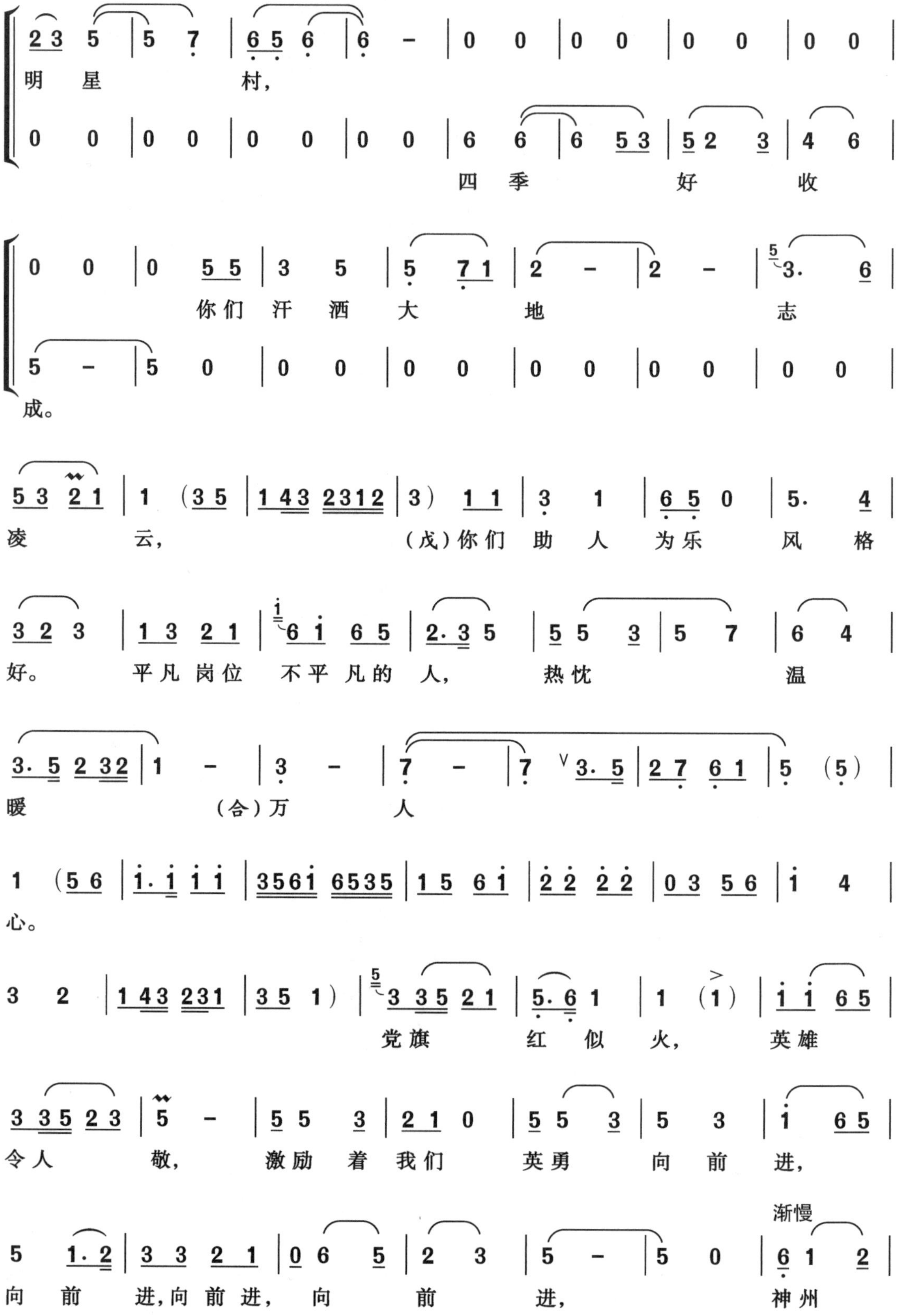
明 星 村，
四 季 好 收
你 们 汗 洒 大 地 志
成。
凌 云，
（戊）你 们 助 人 为 乐 风 格
好。平 凡 岗 位 不 平 凡 的 人，热 忱 温
暖
（合）万 人
心。
党 旗 红 似 火，英 雄
令 人 敬，激 励 着 我 们 英 勇 向 前 进，
渐慢
向 前 进，向 前 进，向 前 进，神 州

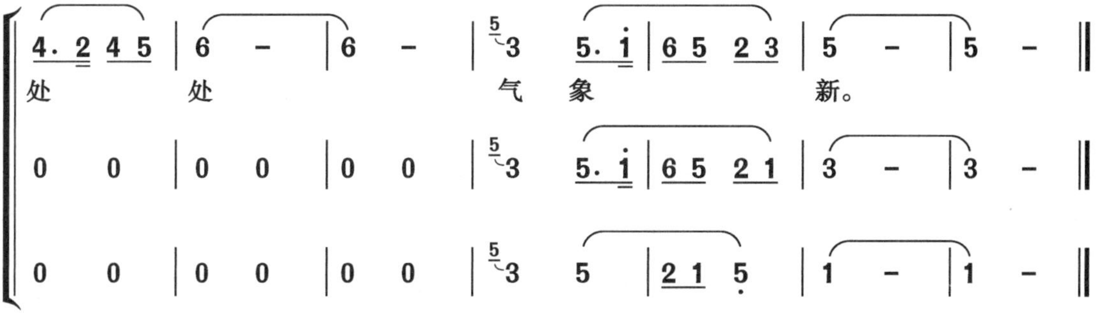

作品简介

弹词女声小组唱《英雄谱》是一首歌颂新时期各条战线先进人物的曲艺作品，首演于 1997 年 7 月 1 日中央电视台“我们的旗帜——庆祝建党 76 周年”文艺晚会。

与大多数弹词开篇一样，《英雄谱》也是叙事性为主的体裁。高亢昂扬的琴调唱腔和委婉抒情的丽调唱腔在作品中有机组合、交织，不论是字多腔少的叙说，还是字少腔多的舒展，都向人们传递出一种江南所特有的秀美气质！其中“党旗红似火，英雄令人敬，激励着我们英勇向前进”是那样的激昂有力；“荒山变果园，沙丘披绿荫，遍地明星村，四季好收成”是如此的柔美抒情。一曲《英雄谱》，不仅歌颂了新时期各条战线的英雄人物，也给人们带来了评弹艺术的视听享受！

1997 年 9 月，作品获江苏省第二届曲艺节优秀节目奖；1998 年获苏州市“五个一工程”入选作品奖。

姑苏水巷

（弹词开篇）

朱寅全 词
潘益麟 曲
盛小云 演唱

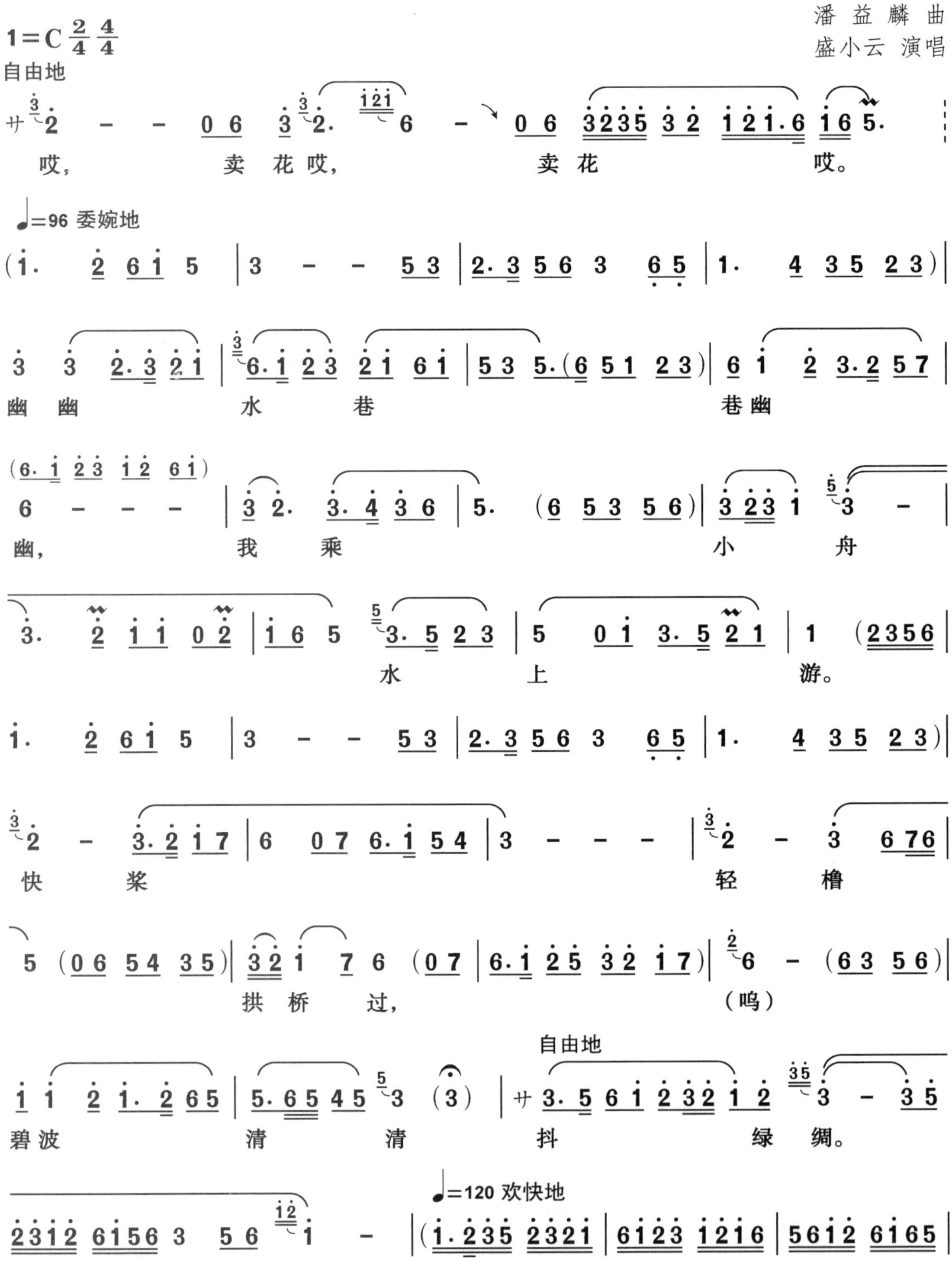

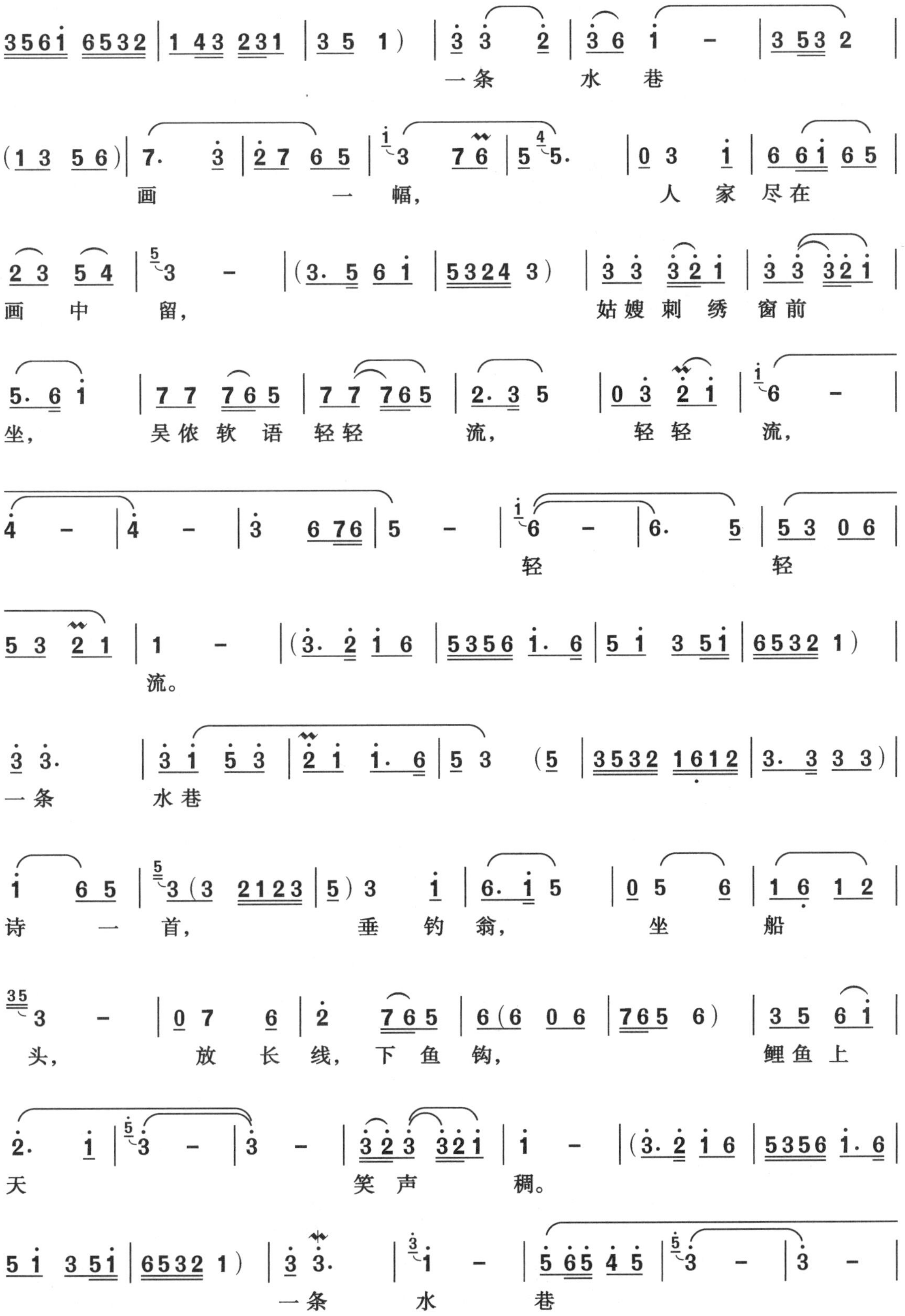
一条水巷
画一幅，人家尽在
画中留，姑嫂刺绣窗前
坐，吴侬软语轻轻流，轻轻流，
轻轻
流。
一条水巷
诗一首，垂钓翁，坐船
头，放长线，下鱼钩，鲤鱼上
天笑声稠。
一条水巷

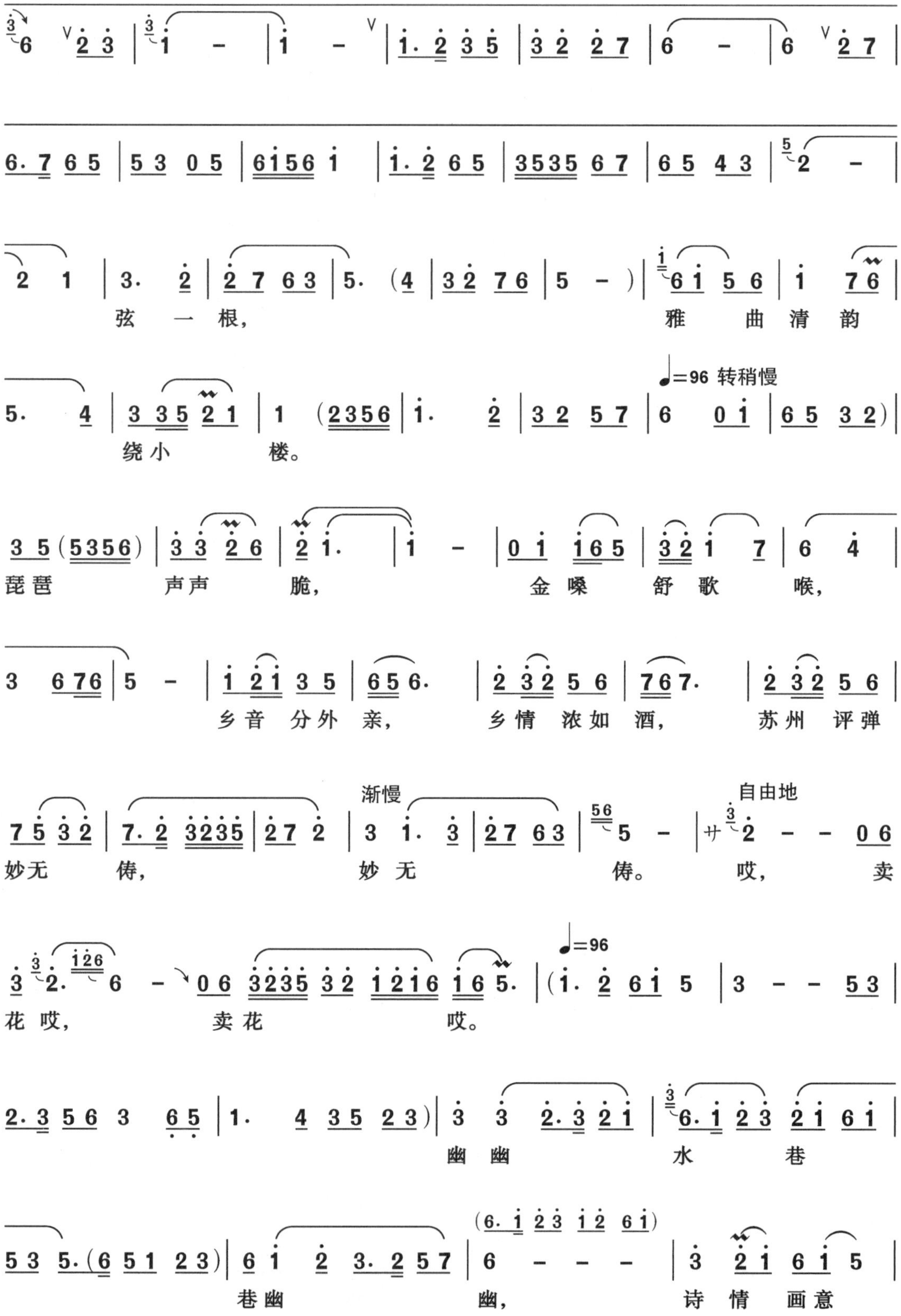
弦　一　根，
雅　曲　清　韵
♩=96 转稍慢
绕小　楼。
琵琶　声声　脆，
金　嗓　舒　歌　喉，
乡音　分外　亲，
乡情　浓如　酒，
苏州　评弹
妙无　俦，
渐慢
妙　无　俦。
自由地
哎，　卖
花　哎，
卖花
哎。
♩=96
幽　幽　水　巷
巷幽　幽，
诗　情　画意

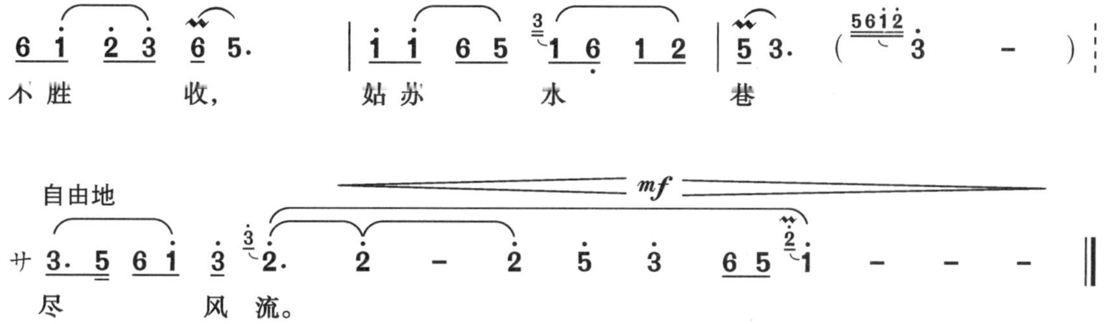

作品简介

弹词开篇《姑苏水巷》创作于1998—2000年。

弹词俞调和祁调各有所长，也各有所短。俞调唱腔虽九转三环、行腔优美，但也有冗长拖沓之所短；祁调唱腔虽无俞调的雍容大气，却自有一番浅吟低唱、小巧灵动的风韵。在构思《姑苏水巷》的音乐时，我有心将这两种曲调作为基调，但关键是如何将两者有机地结合起来，以求唱腔美、唱词美以及作品内涵美的完美统一，这也是我下功夫的地方。不过，如果仅仅局限于“唱流派”，即用所谓的“新瓶装旧酒”的方法来演绎《姑苏水巷》，最终只能是毫无新意地流于平庸和一般；而要想使作品成为别出心裁、独具一格、有一定质量的上乘之作，只有两个字：创新！当然这是在传统基础上的创新。

记得诵读唱词的瞬间，我的心头为之一震：朱寅全老师笔下的水巷分明就是我儿时居住的地方！蓦然间，那支熟悉而又亲切的《姑苏行》旋律从远处隐约飘来，如同背景音乐一般，萦绕在我的耳边，那旋律温婉、清丽，一下子把我的思绪拉回到了小时候，拉回到了旧日水巷边的生活场景之中。水巷的静逸秀美和灵动绰约又出现在眼前：“怡红馆”书场外面的木头廊桥上，几个大人正站在那里隔着长窗听“戤壁书”；我家对面沿河墙门间里那个阿姨正在绷架前绣花；我外婆正在堂屋里“嘎搭嘎搭”地调丝；糕团店里大师傅用染色的粉团正在做玄妙观三清殿的造型；我爷爷穿着雨鞋正在腌菜大缸里踩压“雪里蕻”；桥门洞里来来往往穿行的农船和河滩边洗衣的妇女、河中戏水的孩子……水巷留给我有太多的回忆！很幸运，就是这一瞬间出现的《姑苏行》的旋律触动了我，也启发了我，给了我创作的灵感。这个极富地域性的旋律被我借鉴过来，提炼成了表现《姑苏水巷》的主题音调：i 2 | 6 i 5 | 3 – | 3 5 3 | 2. 3 5 6 | 3 6 5 | 1 – ‖ 这个

主题音调不仅作为前奏、间奏、过门在整个作品中呈现贯穿，而且它还在开篇结束的最后一句唱腔中再现：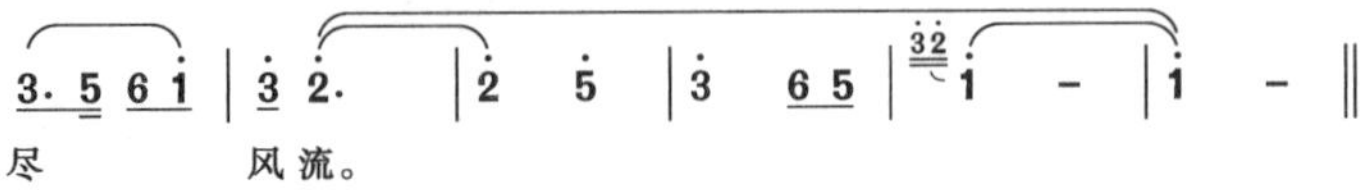

。

为了更好地表现吴地风情，我努力回忆、寻找、哼唱着留在记忆里的儿时水巷里的各种叫卖声，搜索那些可能有用的素材："卖晾衣裳竹头""黄连头腌金花菜""烫手炉来热白果""阿要吃红枣汤"…… 忽然，眼前一亮！我依稀记得，夏日里沿河摇过的西瓜船，船上人一边摇橹一边唱："阿要买西瓜哎，包拍来，哎，阿要买西瓜哎……"男声粗犷爽朗，女声婉转俊俏，声调悠长悠长的，像唱山歌一般。想到这里，我有一种豁然开朗的感觉：不如借鉴过来改造一下！就这样，船上人的"卖瓜调"变成了由两个乐句组成的卖花姑娘声音甜美、旋律动人的"卖花调"：

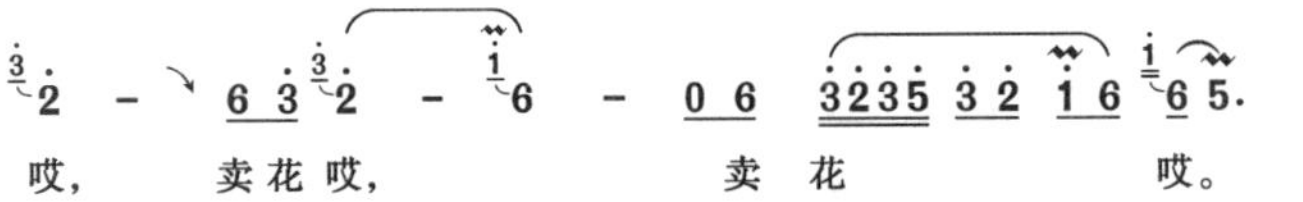

"卖花调"在作品首尾遥相呼应，令人回味，成为作品夺人耳目的一大亮点。

对于传统曲调我始终抱着敬畏的态度，毕竟它是评弹艺术的根本。然而这与表现当代题材而对传统曲调进行改革创新并不矛盾。《姑苏水巷》中，将俞调和祁调进行嫁接糅合的例子很多。比如第一段慢板中"我乘小舟"，我用了半句祁调、半句俞调，将两种曲调巧妙地相互渗透：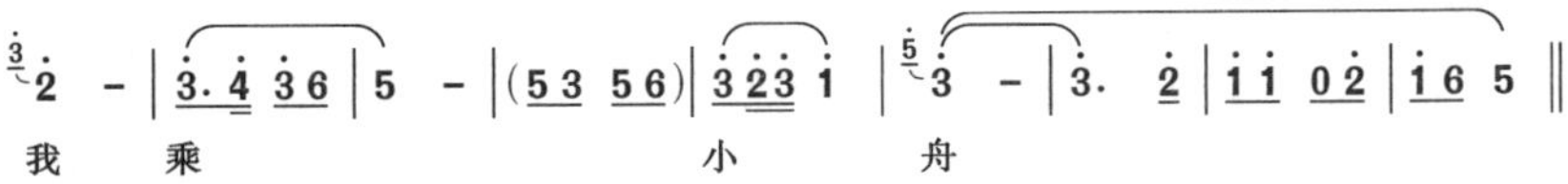

还有"吴侬软语轻轻流，轻轻流，轻轻流"这三个"轻轻流"融入了祁调的运腔。

在传统曲调的改革中，运用好音乐作曲技法是很重要的一环。比如"乡音分外亲，乡情浓如酒，苏州评弹妙无俦"的设计中，前两句是典型的上行严格模进，为后面的音乐发展做了准备；因前面两句的铺垫，后一句的暂时离调、再回原调就显得分外熨帖自然，音乐情绪也因此形成了一个高潮。这个例子很好地证明了音乐作曲技法在传统唱腔的突破中发挥的作用是多么的重要。又如，开篇第一段四句慢板后，第二段要转稍快，慢板最后一句"碧波清清抖绿袖"既要将"抖绿袖"的动感表现出来，又要与下一段衔接好，而且这个"绿"还是个入声字，颇有难度。我觉得这一句不能一带而过，不能让传统的"下呼"给框住。所以，在这句节奏自由的散板中，我先让"抖绿"两字连续上行"级进"，至高音"$\dot{3}$"（mi）出"袖"字并拉长，再从高音"$\dot{5}$"（sol）接连两个回旋的十六分音符下落至中音"3"（mi），当最后落至主音高音"$\dot{1}$"（do）上时，欢快跳跃的间奏过门开始转入作品的第二部分。

本作品为盛小云演唱的代表作品之一。

作品于2000年荣获中国文化部第九届“文华新节目奖”、江苏省“集体三等功”、第十九届中国电视“金鹰奖”（提名）、音乐MTV比赛金奖、中国戏曲MTV比赛银奖、江苏省第三届曲艺节创作银奖、苏州市“五个一工程”入选作品奖等奖项。

伍子胥

（弹词开篇）

邱肖鹏 词
潘益麟、袁小良 曲
袁小良、盛小云、王勤 演唱

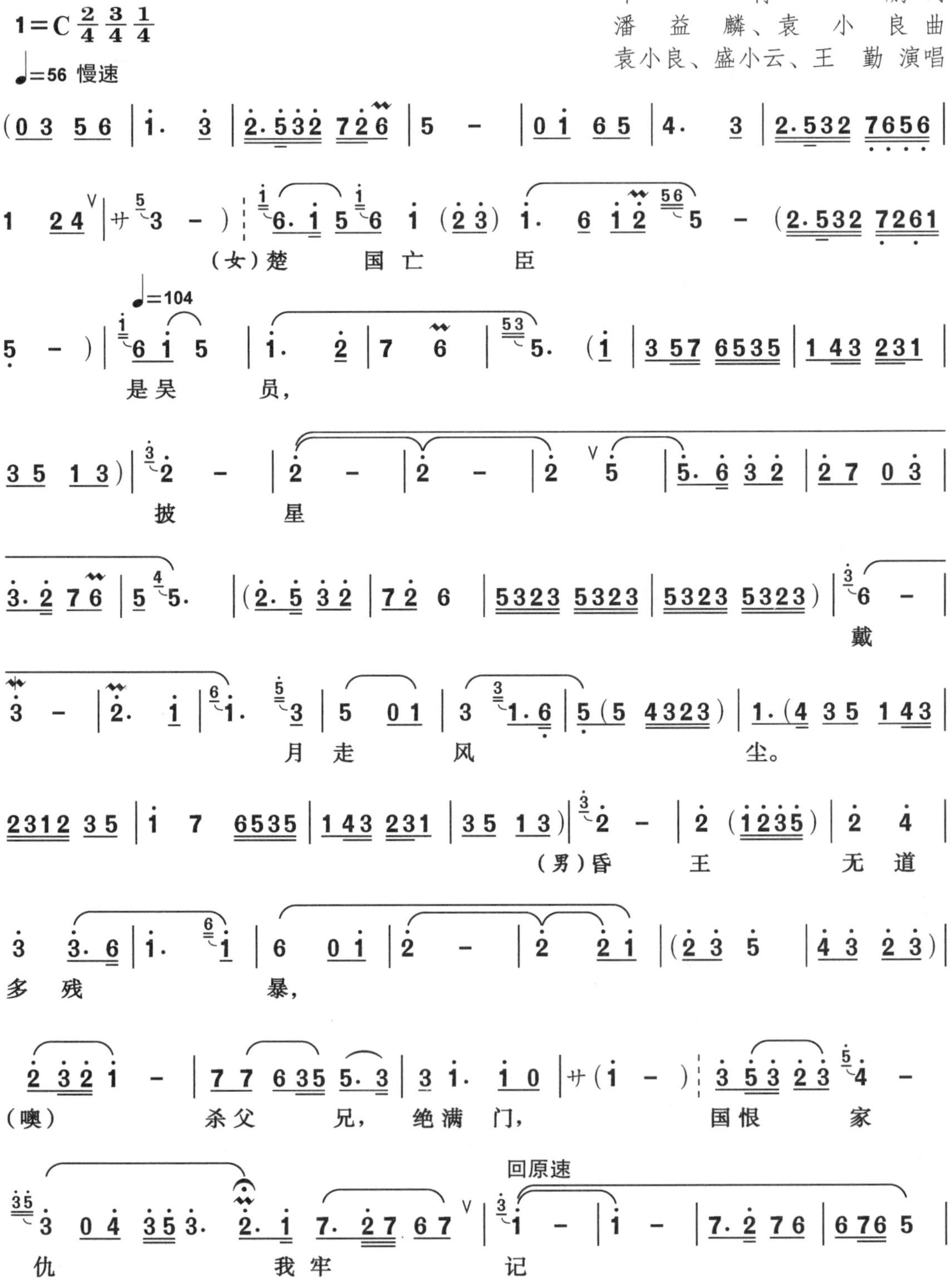

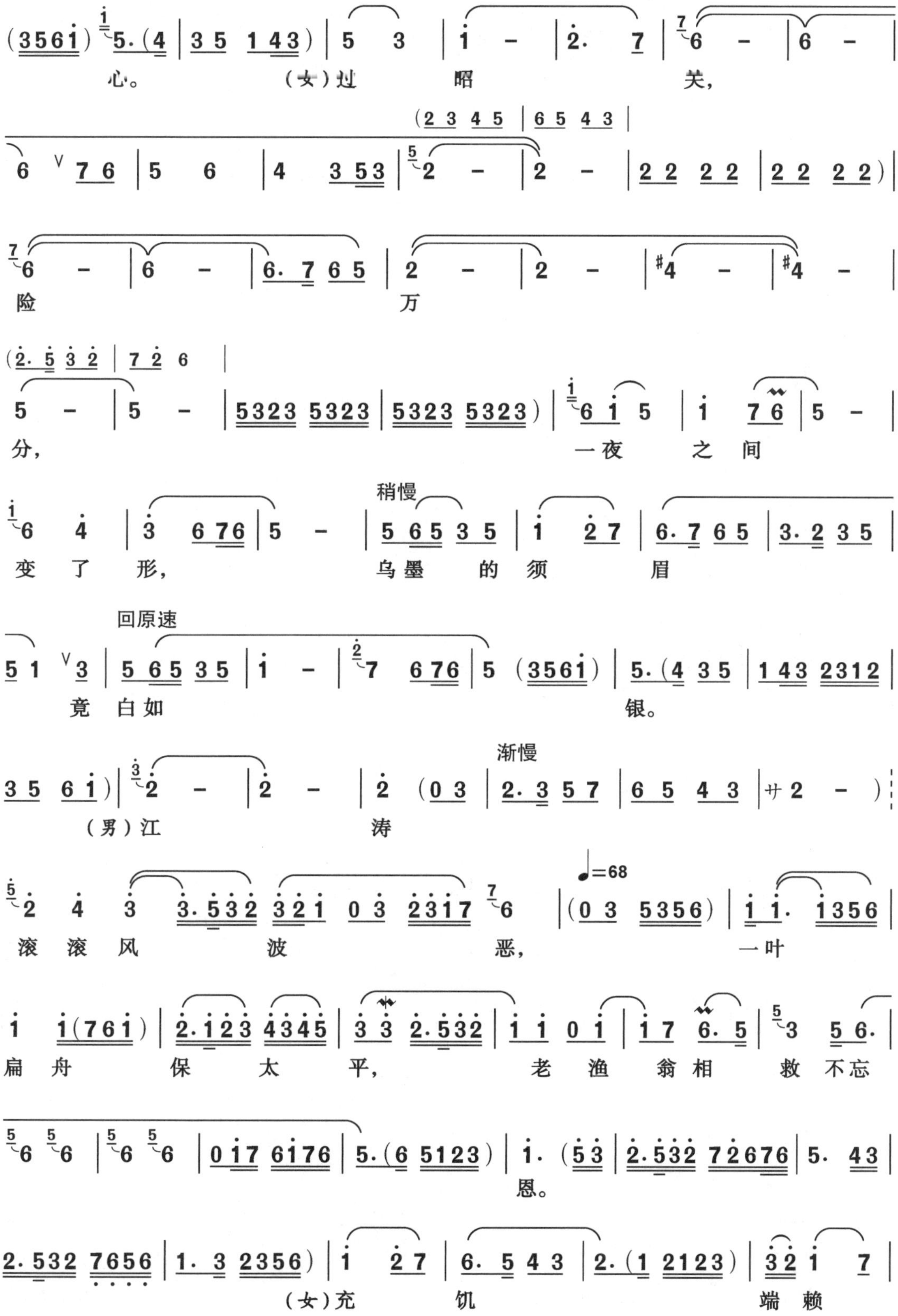
心。（女）过 昭 关，
险 万
分，一夜 之 间
变 了 形，乌墨 的 须 眉
稍慢
回原速
竟 白如 银。
渐慢
（男）江 涛
♩=68
滚 滚 风 波 恶，一叶
扁 舟 保 太 平，老 渔 翁 相 救 不忘
恩。
（女）充 饥 端 赖

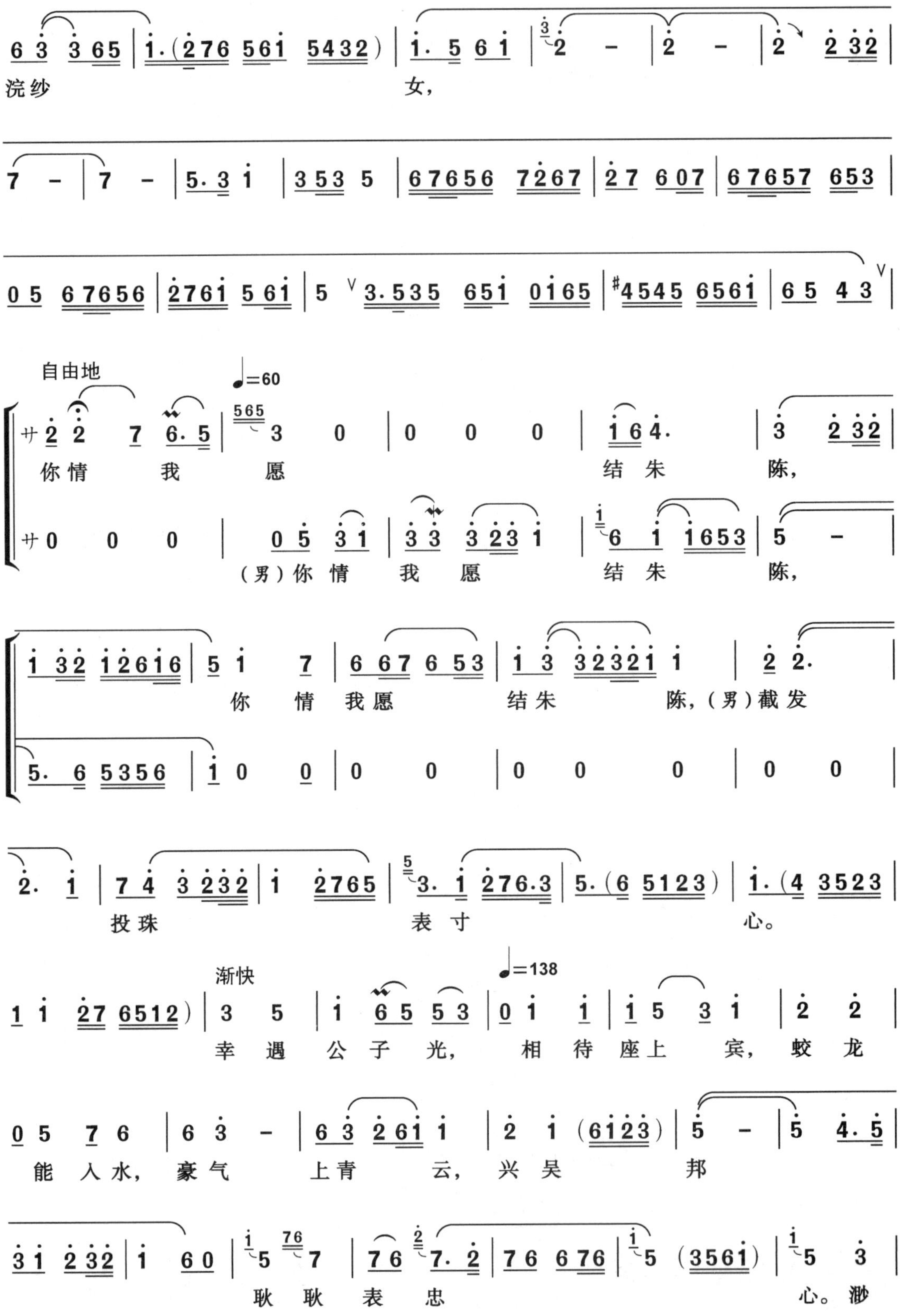
浣纱
女，
自由地
♩=60
你情 我 愿 结 朱 陈，
（男）你 情 我 愿 结 朱 陈，
你 情 我 愿 结 朱 陈，（男）截 发
投 珠 表 寸 心。
渐快
♩=138
幸 遇 公 子 光， 相 待 座 上 宾， 蛟 龙
能 入 水， 豪 气 上 青 云， 兴 吴 邦
耿 耿 表 忠 心。 渺

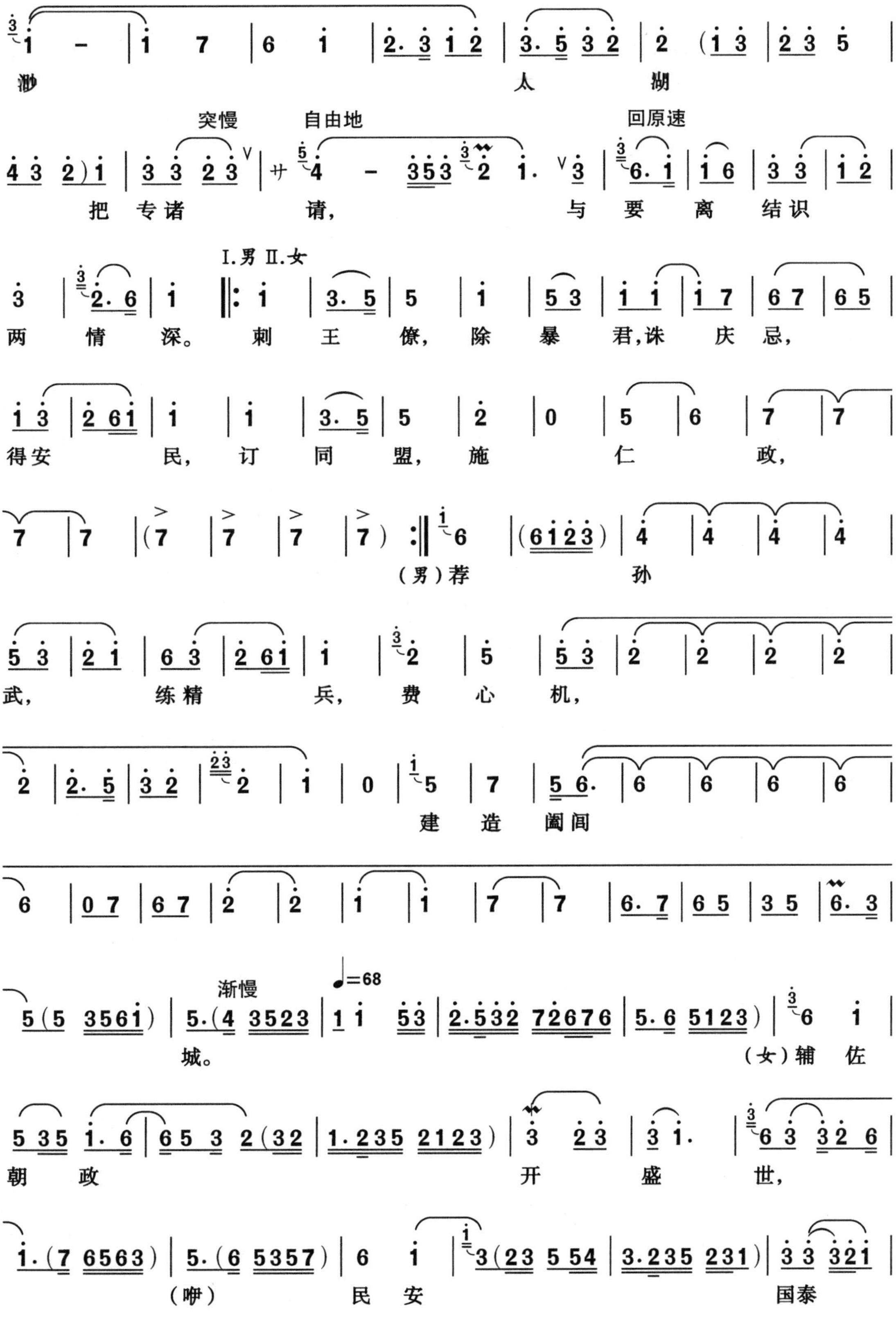
渺 人 湖
突慢 自由地 回原速
把专诸 请, 与 要 离 结识
I.男 II.女
两 情 深。 刺 王 僚, 除 暴 君,诛 庆 忌,
得安 民, 订 同 盟, 施 仁 政,
(男)荐 孙
武, 练精 兵, 费 心 机,
建 造 阖闾
渐慢
♩=68
城。 (女)辅 佐
朝 政 开 盛 世,
(咿) 民 安 国泰

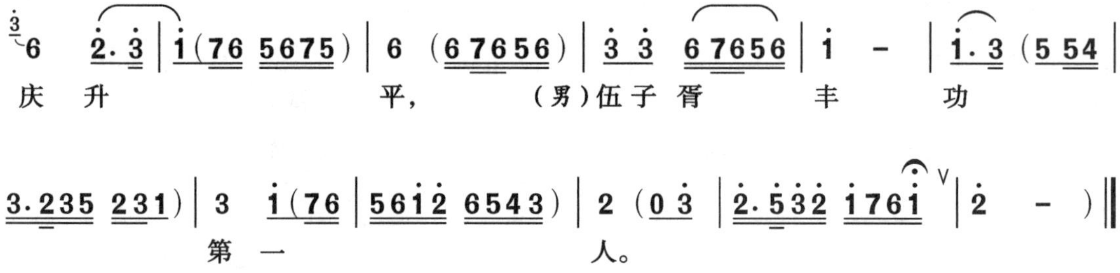

作品简介

弹词开篇《伍子胥》创作于 1998 年。开篇在表演形式上有所突破，在男声独唱中加入了女声伴唱。男声的尤调、小飞调唱腔与女声的俞调、祁调唱腔相映成趣。音乐设计按照“离楚奔吴”“渔翁相救”“遇浣纱女”“结识专诸要离”“辅助公子光”“除暴安民”“建阖闾城”等情节进行布局，快慢相间，徐疾有致，层次分明。作品后半部分叙述伍子胥的丰功伟绩时，融入了小飞调的叠句连唱。为体现伍子胥的人物形象，提炼和设计的主题音调宽广而深沉：0 3 5 6 | i. 3 | 2.532 72676 | 5 – | 0 i 6 5 | 4. 3 | 2.532 7656 | 1 2 4 | 3 – ‖，在开篇前奏、“奔吴”“遇浣纱女”等间奏呈现、穿插，给人以耳目一新之感。

1998 年 7 月，作品入选第三届中国曲艺艺术节；袁小良、王勤和盛小云三位演唱者荣获“最佳新人”奖；由苏州电视台摄制 MTV。

佛　缘

（女声小组唱）

朱学颖 词
潘益麟 曲
盛小云、王　勤、张丽华 演唱

1＝C $\frac{2}{4}$

♩＝54

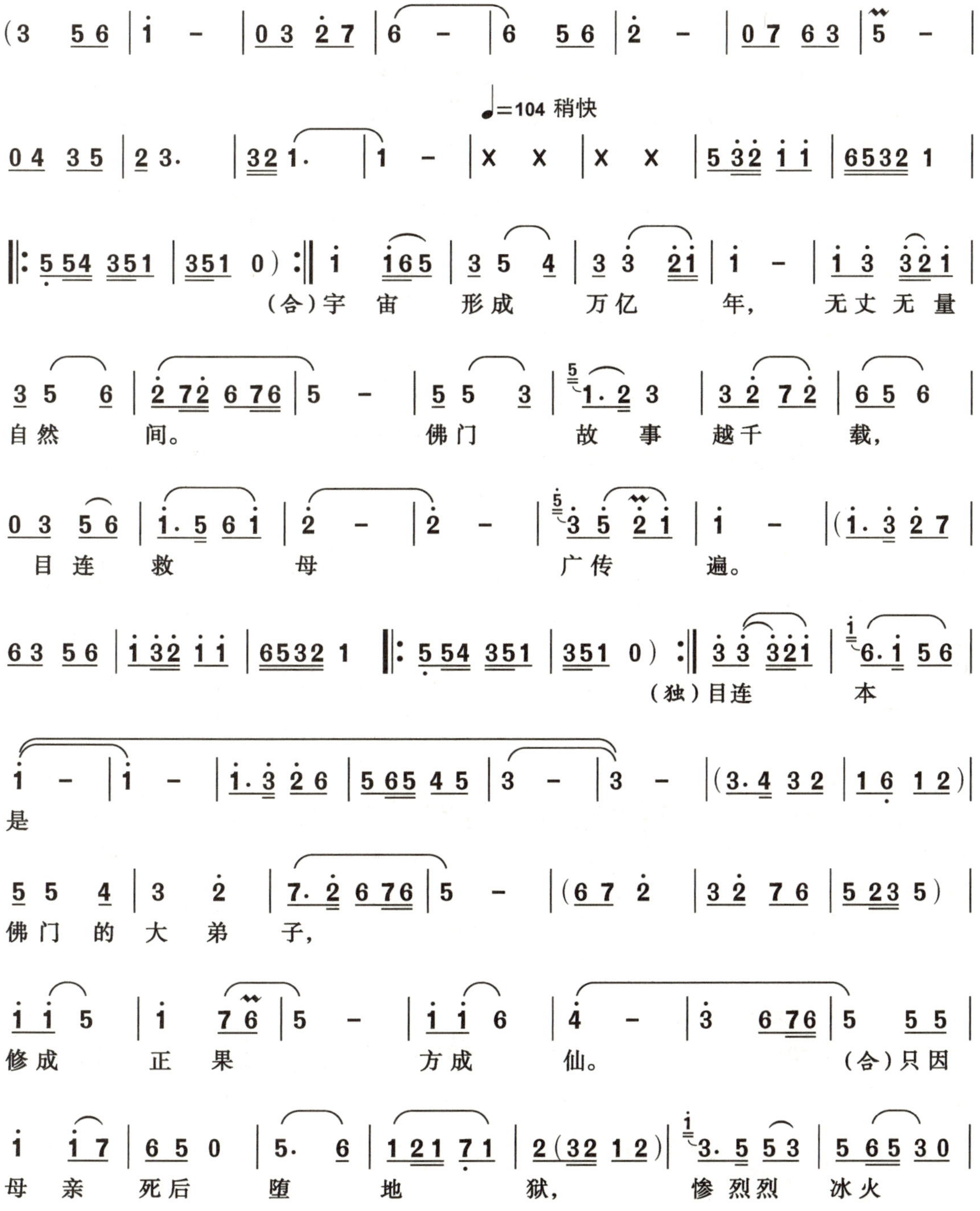

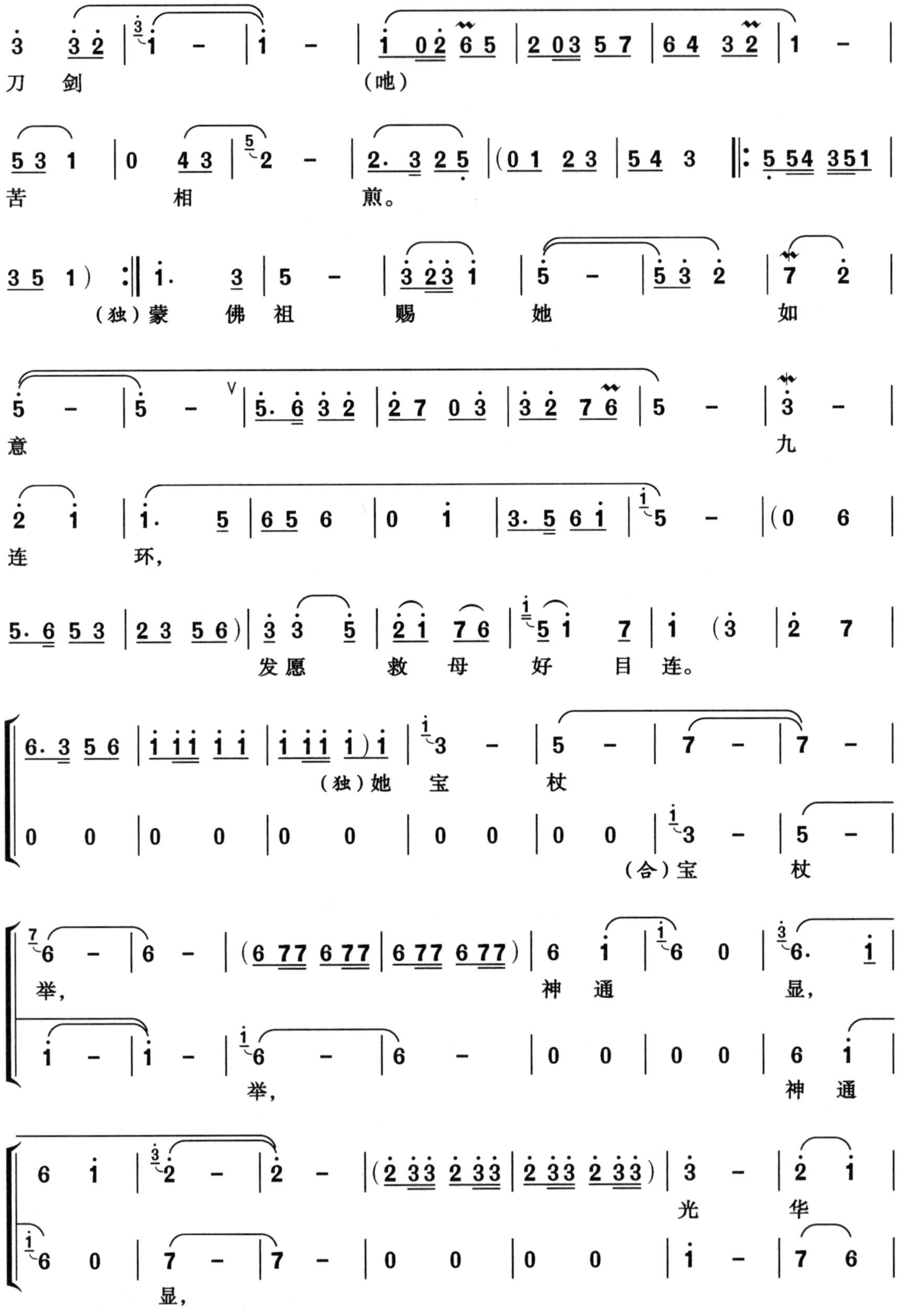
刀 剑 (吔)
苦 相 煎。
(独)蒙 佛 祖 赐 她 如
意 九
连 环,
发愿 救 母 好 目 连。
(独)她 宝 杖
(合)宝 杖
举, 神 通 显,
举, 神 通
光 华
显,

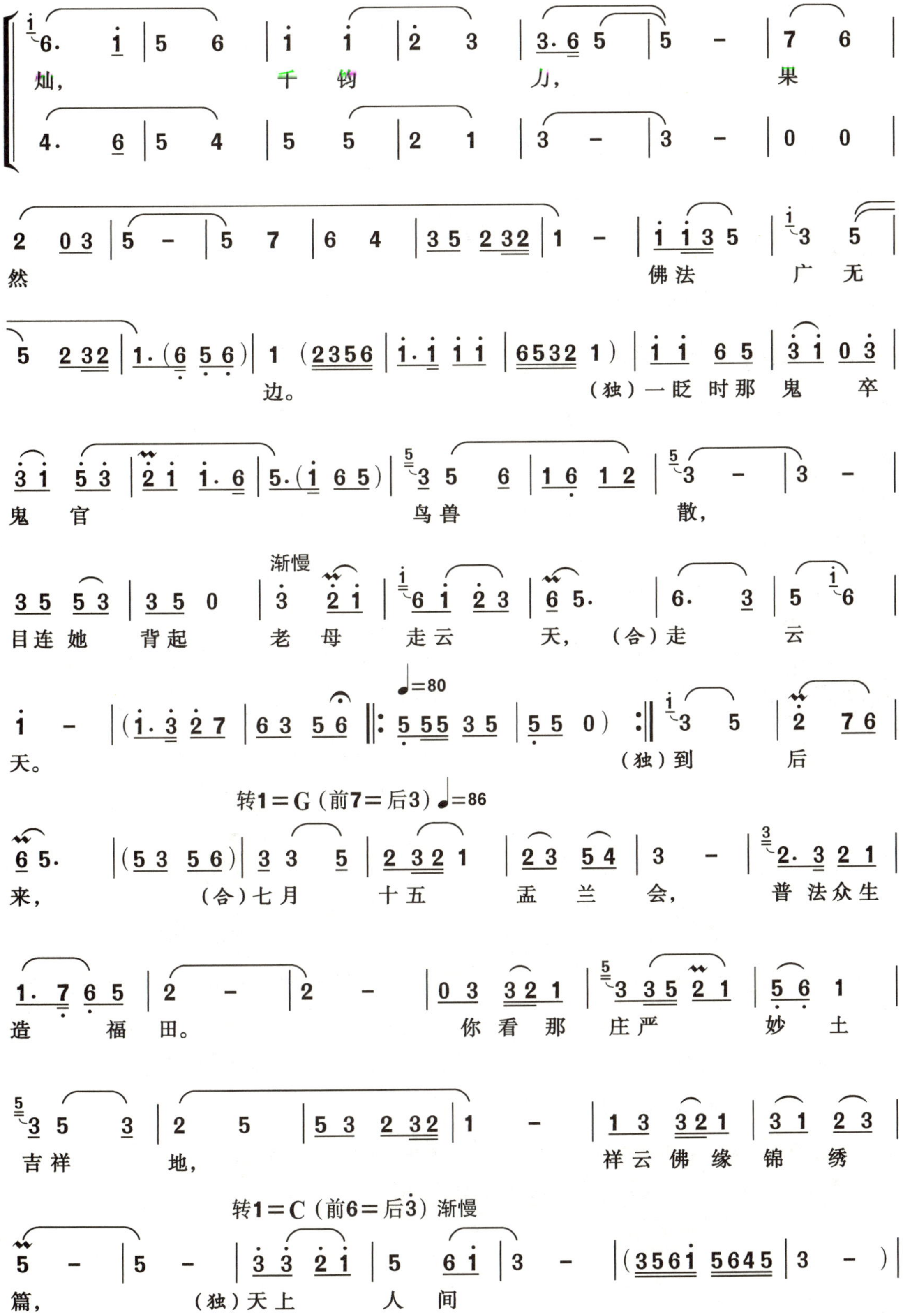

灿，千钧力，果
然 佛法广无
边。（独）一眨时那鬼卒
鬼官 鸟兽散，
渐慢
目连她背起老母走云天，（合）走云
♩=80
天。（独）到后
转1=G（前7=后3）♩=86
来，（合）七月十五盂兰会，普法众生
造福田。你看那庄严妙土
吉祥地，祥云佛缘锦绣
转1=C（前6=后3）渐慢
篇，（独）天上人间

Xian Suo Yin

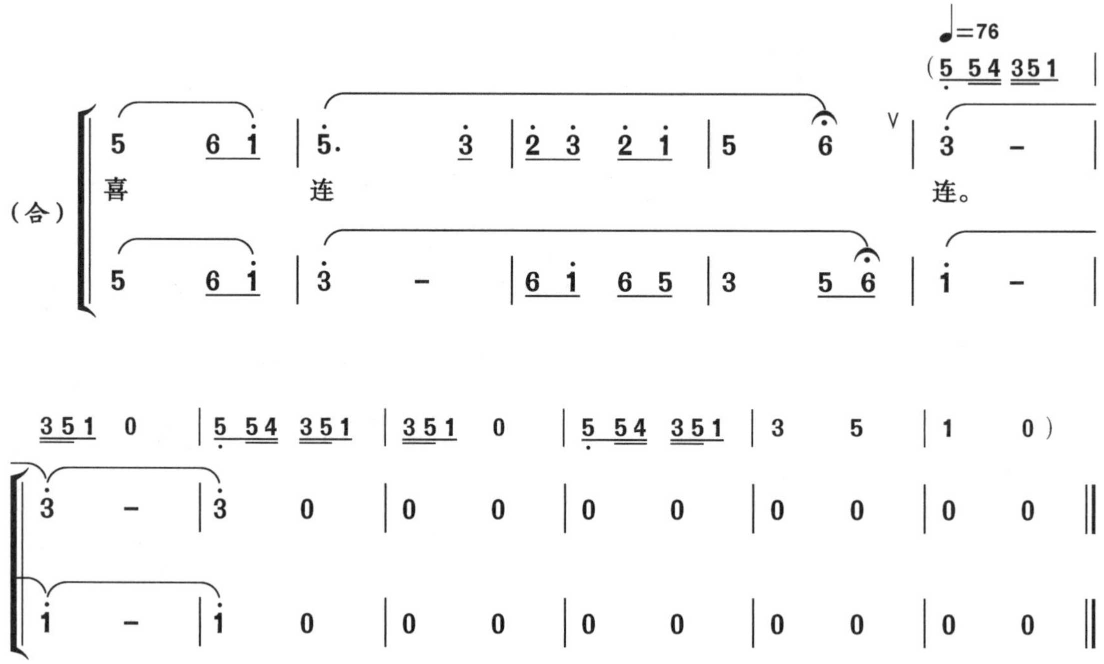

作品简介

女声小组唱《佛缘》创作于1998年。此次创作是将佛教音乐元素运用于弹词音乐的首次尝试。

伴随着佛钟佛鼓的敲击声，前奏音乐庄严肃穆，缓缓而起。随后，由节奏分明的木鱼声引出了俞调过门和歌化的女声齐唱。为与打击乐器很好地结合，我对俞调过门做了创新，将传统的 5 54 351 | 3 5 1 3 | 四拍过门缩短为3拍，变成 5 54 351 | 351 0 |，第4拍休止符处由木鱼和碰铃填入，并使这种富有佛教元素的音乐语言成为本作品的特性音调，以求形象地诠释目连救母的佛教故事。

最后一段，庄严而辉煌的钟鼓声在“七月十五盂兰会”的齐唱中再次响起，将“天上人间喜连连”的尾声推向高潮。

1998年11月，无锡灵山大佛开光大典，中国佛教协会、中央电视台在无锡灵山举办《吉祥颂——纪念中国佛教二千年》大型文艺晚会，本作品应邀参加，由盛小云、王勤领衔表演。

口衔祥云燕归乡

（女声小组唱）

朱寅全 词
潘益麟 曲
盛小云 领唱

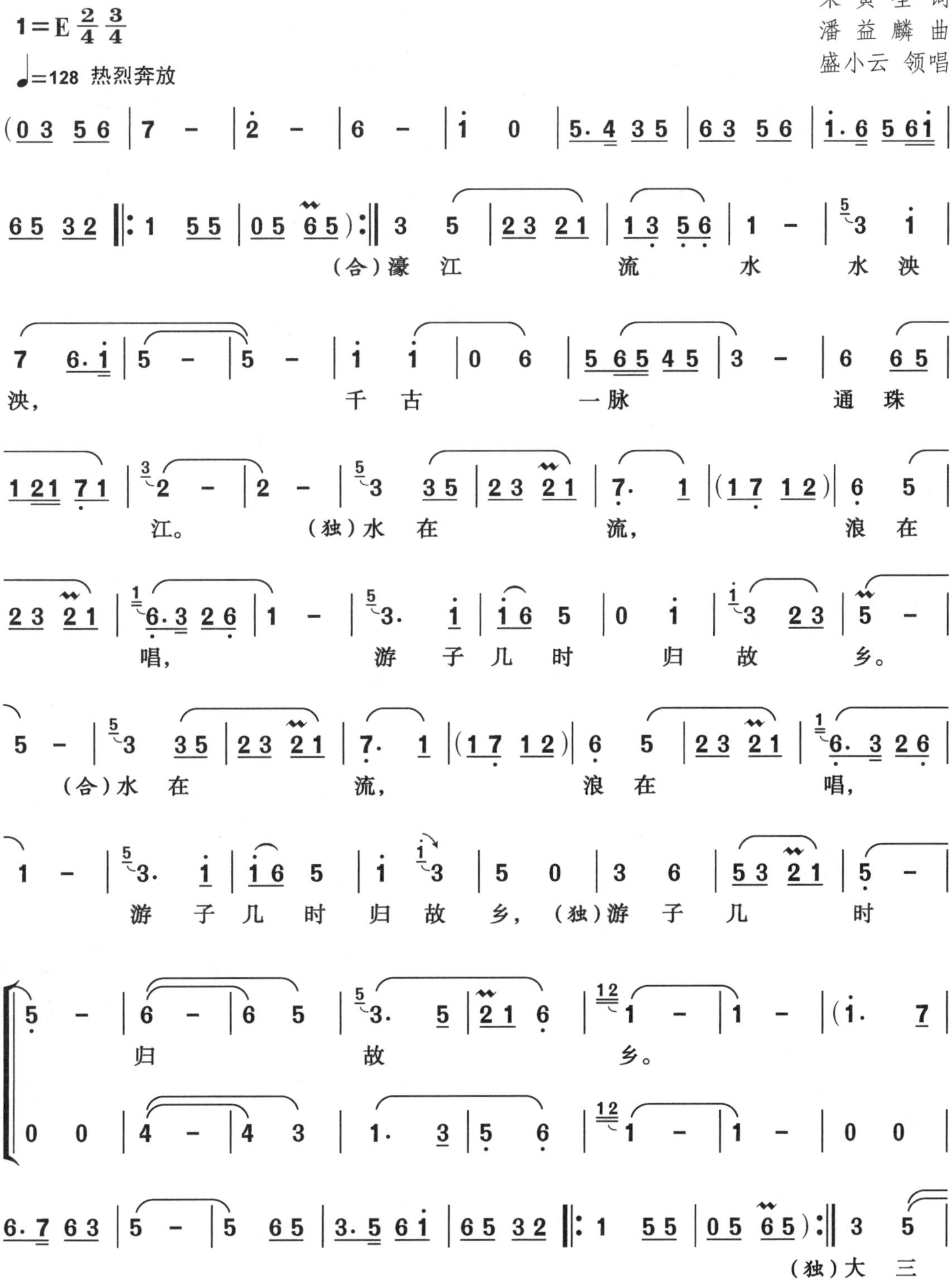

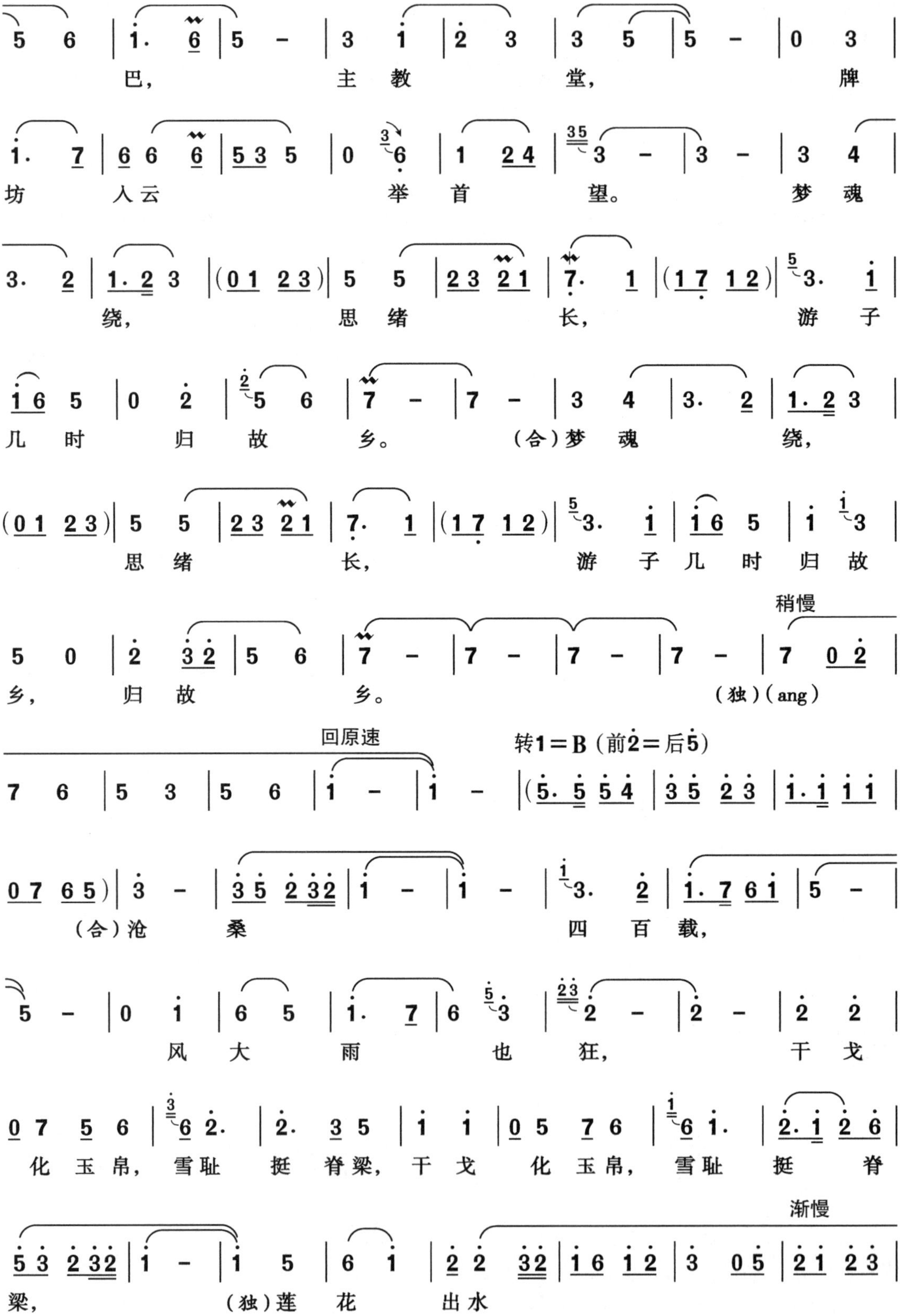
巴，主教堂，牌
坊入云举首望。梦魂
绕，思绪长，游子
几时归故乡。（合）梦魂绕，
思绪长，游子几时归故
稍慢
乡，归故乡。（独）（ang）
回原速
转1＝B（前2＝后5）
（合）沧桑四百载，
风大雨也狂，干戈
化玉帛，雪耻挺脊梁，干戈化玉帛，雪耻挺脊
渐慢
梁，（独）莲花出水

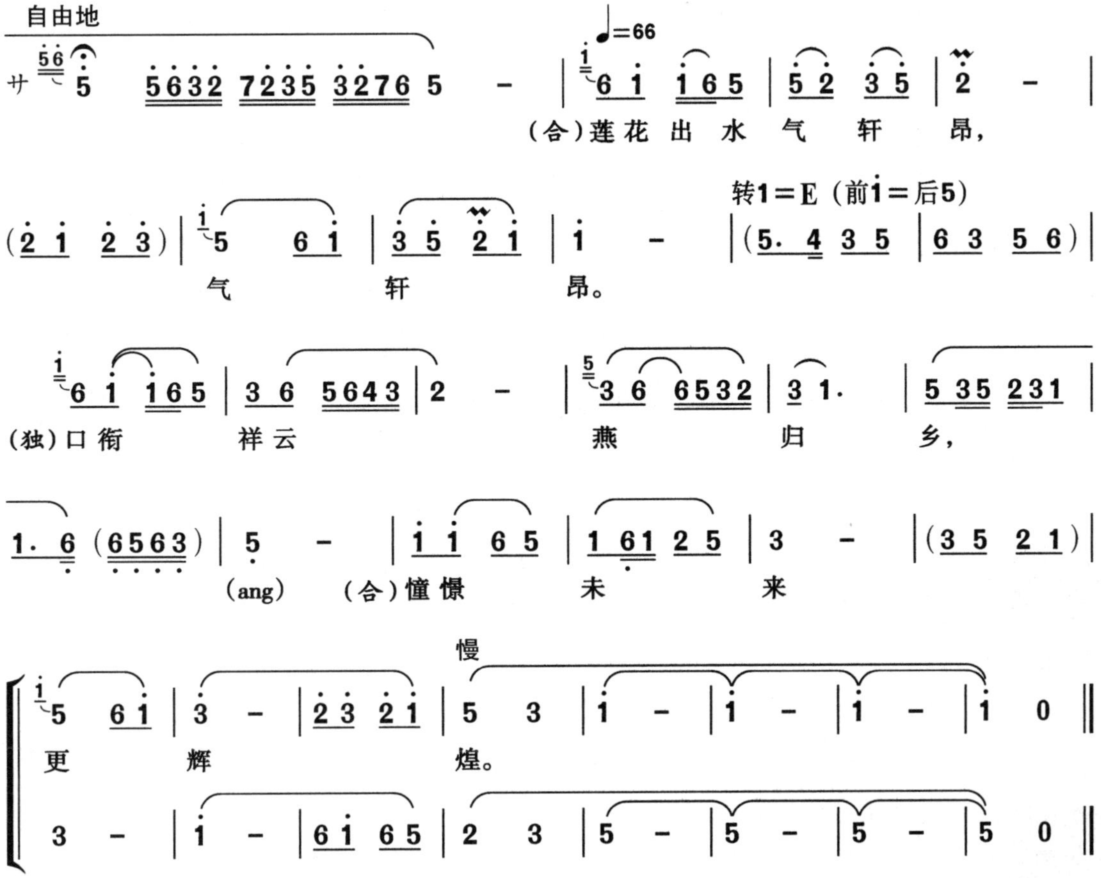

作品简介

1999年澳门回归，普天同庆！小组唱《口衔祥云燕归乡》应苏州电视书场之邀而作，在苏州电视书场1000期当晚首演。

前奏在薛调过门中糅入了新的节奏形态，热烈、奔放、富有动感：1 55 | 05 65 | 1 55 | 05 65 |，表现了澳门回归普天同庆、欢呼雀跃的景象。

作品定音E调，唱腔高低音域幅度较大，最低音是“流水”的经过音“3̣”，最高音是最后的“更辉煌”里的“3̇”音。

整部作品上下行跳进音程用得较多，旋律有较强的起伏感。如“水泱泱”“游子几时归故乡”“主教堂”“牌坊入云举首望”等，大都是“3—i̇”“i̇—3”“2̇—3”六度、七度大跳，旋律显得辽阔大气。

另外偏音“7”“4”用得较多，尽管大多是经过音：7 6 76 | 5 – |、
泱

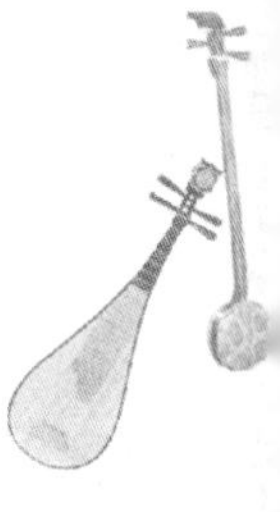

5 5 4 5 | 3 – | 、1 21 7 1 | 2 – | 、0 3 | 1· 7 | 、0 6 | 1 2 4 |
一脉 珠 江 牌 坊 举 首

3 – | 、3 4 | 3. 2 | 1. 2 3 | 、3 3 5 | 2 3 2 1 | 7· 1 | 、5 5 | 2. 3 2 1 |
望 梦 魂 绕 水 在 流 思 绪

7· 1 |，等等。而领唱第二段“归故乡”中的“乡”落“7”音，拖长音后，回旋成了
长

一句长长的花腔：0 2 | 5 6 | 7 – | 7 – | 7· 2 | 7 6 | 5 3 | 5 6 | 1 – | 1 – ‖。
归 故 乡，（ang）

重复就是力量，重复可以加深音乐形象。作品第一、第二乐段中，女声伴唱在重复领唱旋律时，尝试了有重复、有局部变化的方法。如“同头换尾”：“水在流，浪在唱”，是重复领唱的旋律，而下一句“游子几时归故乡”进行了变化。还如“同头同尾换中间”：“梦魂绕，思绪长”，是重复领唱的旋律，接着一句“游子几时归故乡”，这在领唱中是没有的，然后往下再领唱重复“游子几时归故乡”的旋律。这也可看作是完全重复的变形。

当您听完这段开篇后，可否听出唱腔中所包含的丽调风格？也许你会说《新木兰辞》《情探·梨花落》是丽调的唱腔，你写的唱腔有些不太像丽调。

其实，弹词徐丽仙丽调的定调基本可以分为两种。一种定 G 调或 F 调，就是我们业内人士所称的“高音”，作品唱段有《情探·梨花落》《新木兰辞》《黛玉焚稿》《罗汉钱·回忆》《黛玉葬花》等，唱腔最高音到 D 或 E，典型的高腔有“把那旧帕新诗……”；还有一种定 C 调或 D 调或 E 调，我们业内人士称之为“低音”，实际上这是弹词男演员演唱时的定音，尤其是 C 调，大多数男演员都能唱，这也是男女声蒋俞调对唱的普遍定调。徐丽仙的这个“低音”定调所演唱的丽调，不同于定“高音”的丽调。它运腔悠长，音域宽阔，音程有级进、有跳进，“3”（mi）音往往成为上、下行级进、跳进的骨干音，如：3 1 6 3 | 5 – |、3 5 2 1 | 1 – |、3 2 7 6 | 5 – |、2 7 6 3 | 5 – |，旋律的起伏感较强，擅长于激昂强烈或轻松活泼的情感抒发。音高“1”或“2”是它的最高音，而俞调一般要到“3”“5”。这种“低音丽调”，从俞调而来，只是它避免了俞调的高音区运腔，充分发挥了徐丽仙自身中低音演唱的优势。代表作品有《六十年代第一春》《饮马乌江河》《阳告》《杜鹃山》《大柳树》《她在丛中笑·选曲》《社员都是向阳花》等。

《好一朵江南奇葩》和《口衔祥云燕归乡》等开篇的音乐创作得益于徐丽仙“低音丽调”对我潜移默化的影响，是学习借鉴“低音丽调”样式的成果。在此，也提醒业内人士注意，在学习继承“高音丽调”的同时，也不能忽视“低音丽调”的学习和传承。

盘 门 行

（弹词开篇）

朱 寅 全 词
潘 益 麟 曲
盛小云 演唱

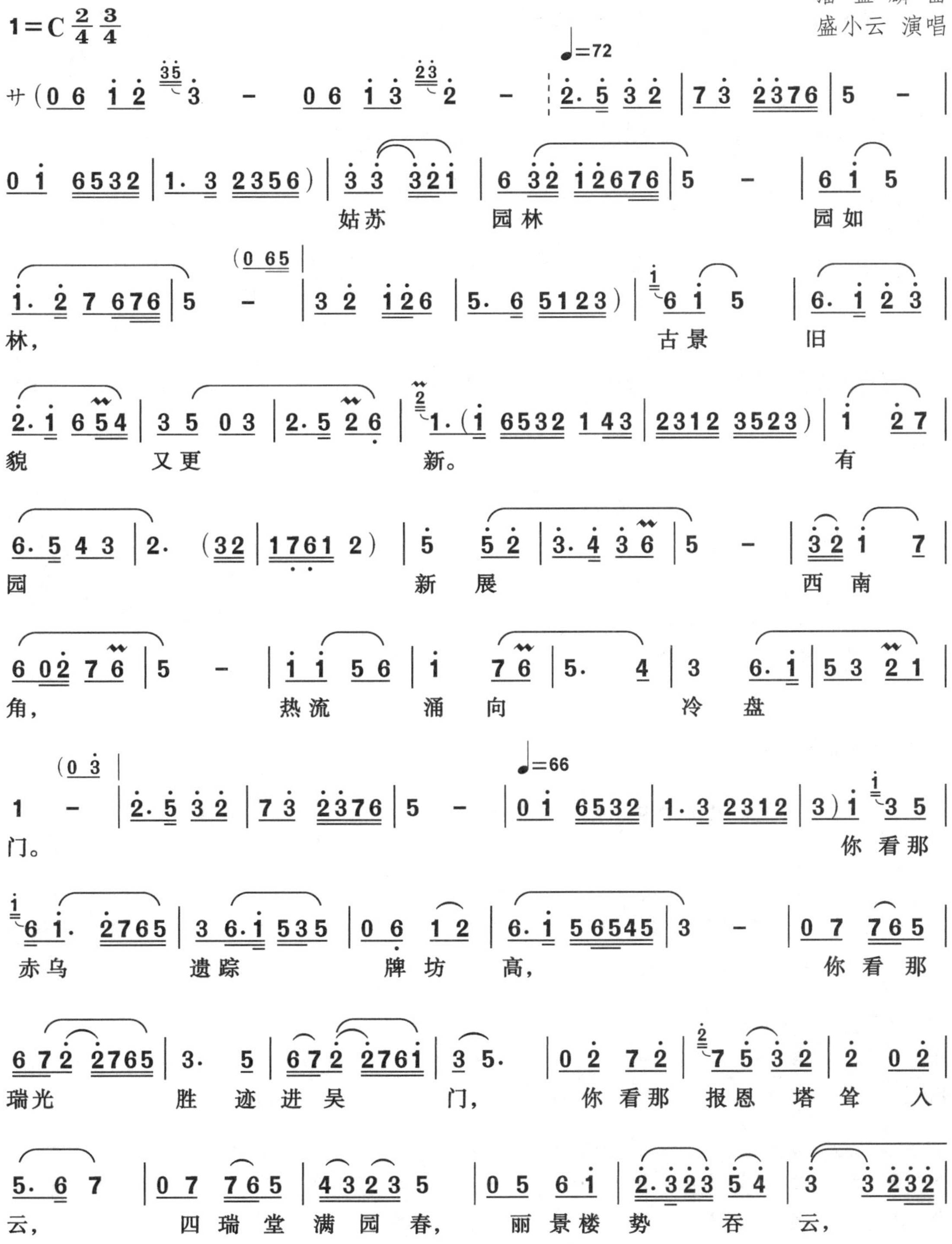

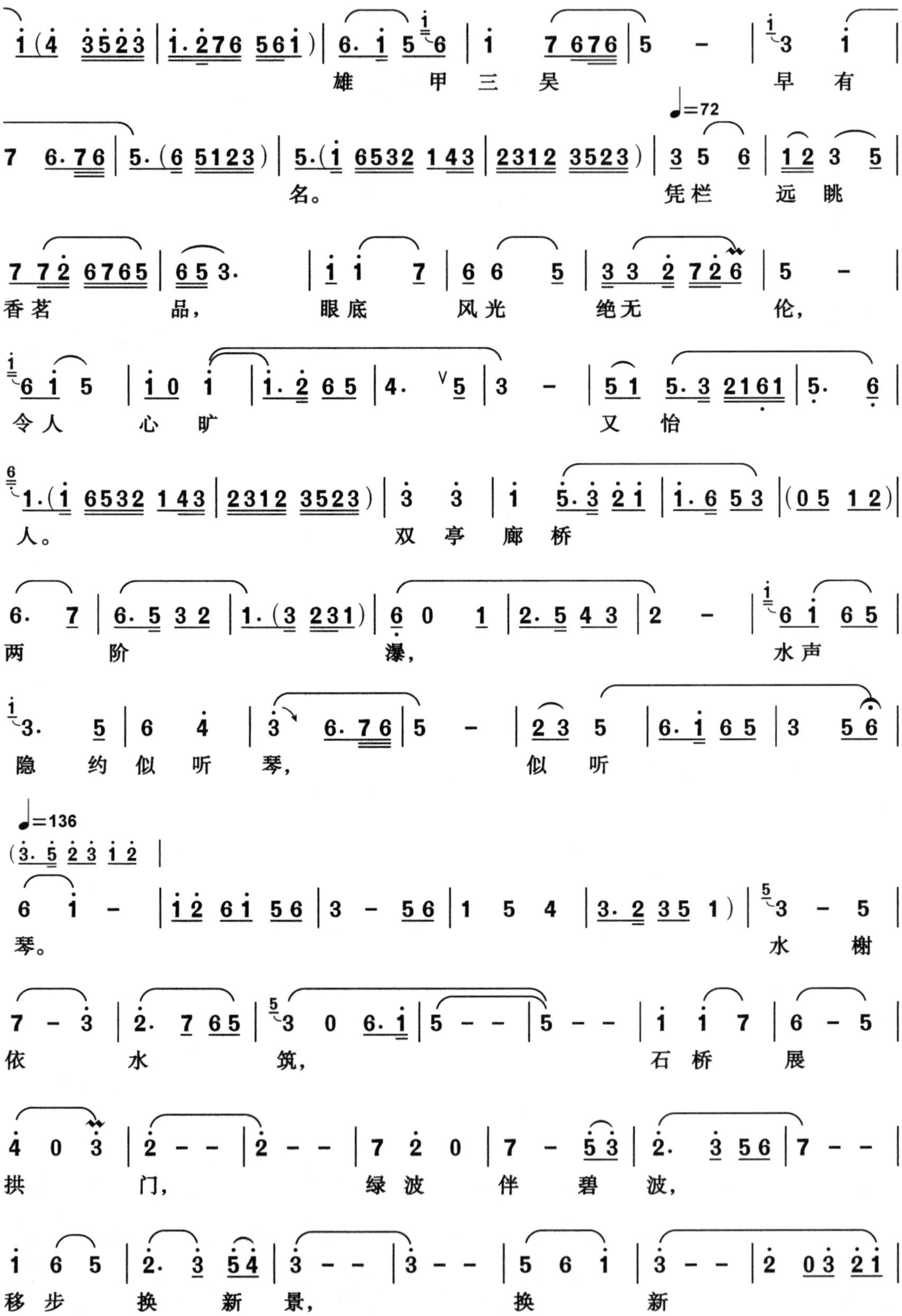

♩=72
♩=136
雄 甲 三 吴 早 有
名。 凭栏 远 眺
香茗 品， 眼底 风光 绝无 伦，
令人 心 旷 又 怡
人。 双 亭 廊 桥
两 阶 瀑， 水声
隐 约 似 听 琴， 似 听
琴。 水 榭
依 水 筑， 石 桥 展
拱 门， 绿 波 伴 碧 波，
移 步 换 新 景， 换 新

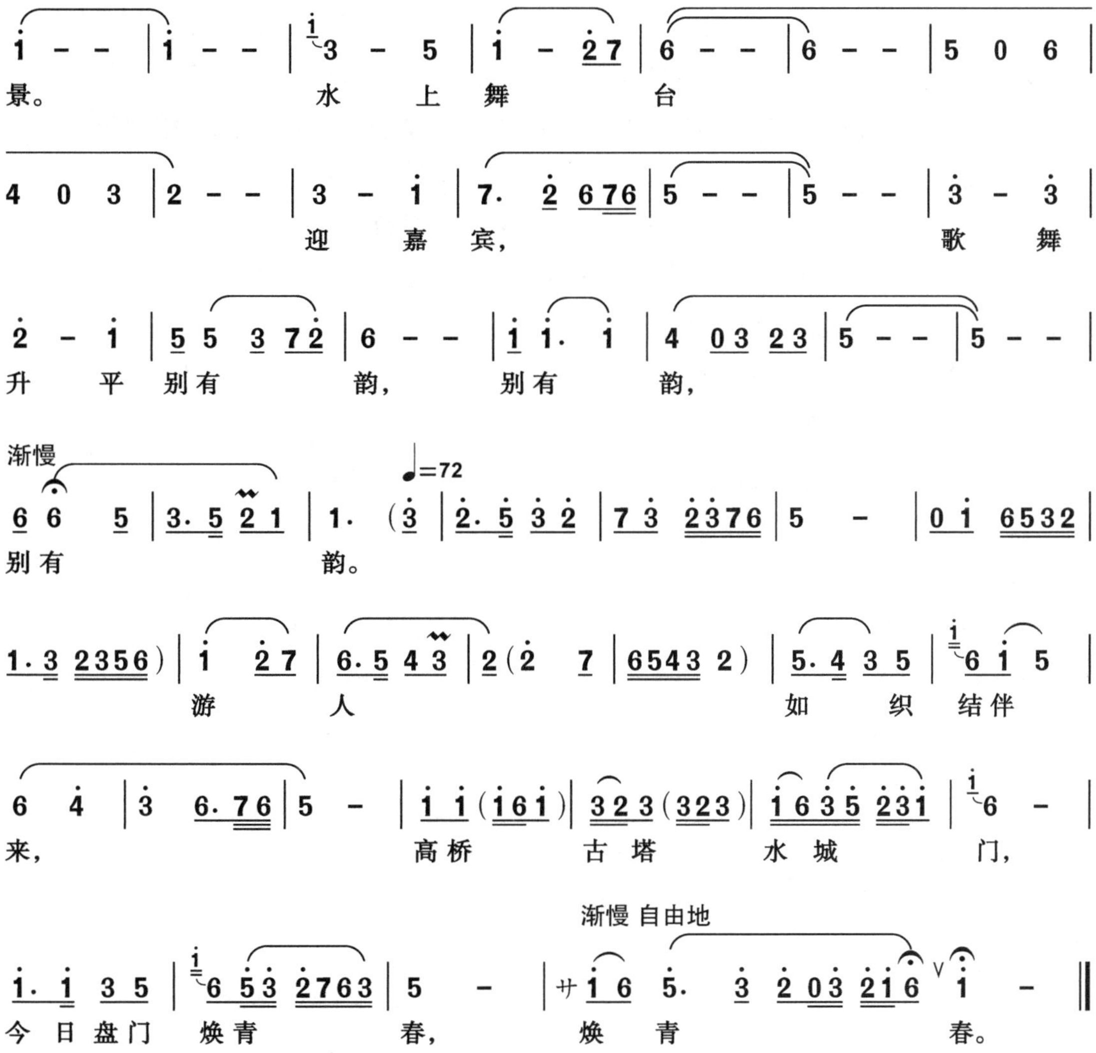

作品简介

《盘门行》创作于 2001 年，是一首介绍苏州历史名胜的开篇。

要把唱词优美的风景名胜开篇唱好的确不易，许多评弹演员都曾经唱过，但听众往往只知道你在唱某个流派，平铺直叙，充其量是流派唱腔的翻唱套用而已。不能真正打动人的原因其实很简单，归根结底还是艺术表现手段，包括情感表达方式的贫乏，演员被传统唱腔束缚住了。

因此，如何在《盘门行》的叙述中表现好情感，不仅仅唱流派，还要出新，包括如何学习借鉴某些作曲技法，尽可能地向“情景交融”的方向去努力。首先，我为《盘门行》

设计的音乐主题短小精悍，歌唱性强，容易被人记住：$\underline{\dot{2}\cdot\ \underline{\dot{5}}}\ \underline{\dot{3}\ \dot{2}}\ \big|\ \underline{7\ \dot{3}}\ \ \underline{\underline{\dot{2}\dot{3}76}}\ \big|\ 5\ \ -\ \big|$ 它贯穿于作品始终，起到描龙点睛的烘托作用。其二，我假设演唱者就是一位热情好客的导游姑娘，移步换景中她正在给游客指点着盘门景色：“你看那赤乌遗踪牌坊高，你看那瑞光胜迹进吴门，你看那报恩塔耸入云……”，唱词里原先并没有这几个“你看那”，我加上以后，演唱者与听众的距离一下子拉近了，演唱的情感也能自然地表达出来了。其三，在弹词祁调和俞调的基础上进行改革创新。①乐段音区形成对比。如第二乐段“报恩塔耸入云，丽景楼势吞云”运腔音区较高，下一乐段“凭栏远眺香茗品，眼底风光别无伦”就以中低音区为主，同时又为与下一乐段音区对比做了铺垫。②变换拍子具有新意。评弹唱腔一般都是 $\frac{2}{4}$ 拍。因《盘门行》篇幅较长，为避免节奏单一带来沉闷感，第五乐段“水榭依水筑”开始变换成 $\frac{3}{4}$ 拍，其唱腔则是第二乐段旋律的再现。

盛小云的演唱，高音明快亮丽、热烈奔放；低音深沉含蓄、委婉从容，具有较强的艺术感染力。

本作品被上海东方电视台评为“十佳弹词新开篇”，苏州电视台曾将其拍摄成MTV，苏州电台多次在“空中书会”节目中推介。2008 年 4 月该作品获第二届江苏曲艺最高奖“芦花奖·音乐奖”。

普法之歌

（弹词开篇）

傅菊蓉 词
潘益麟 曲
王　勤 领唱

1＝G $\frac{4}{4}$ $\frac{2}{4}$

♩＝124

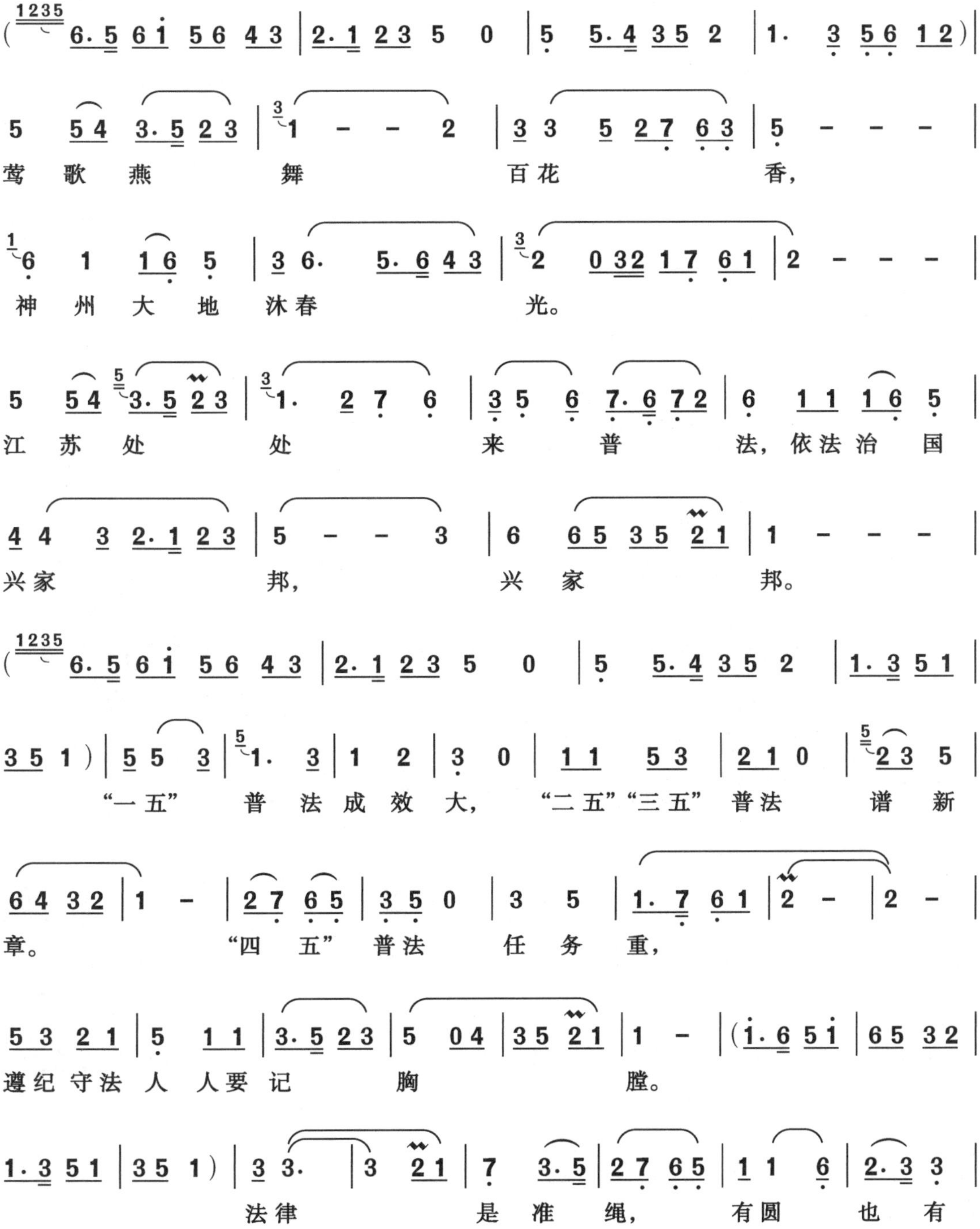

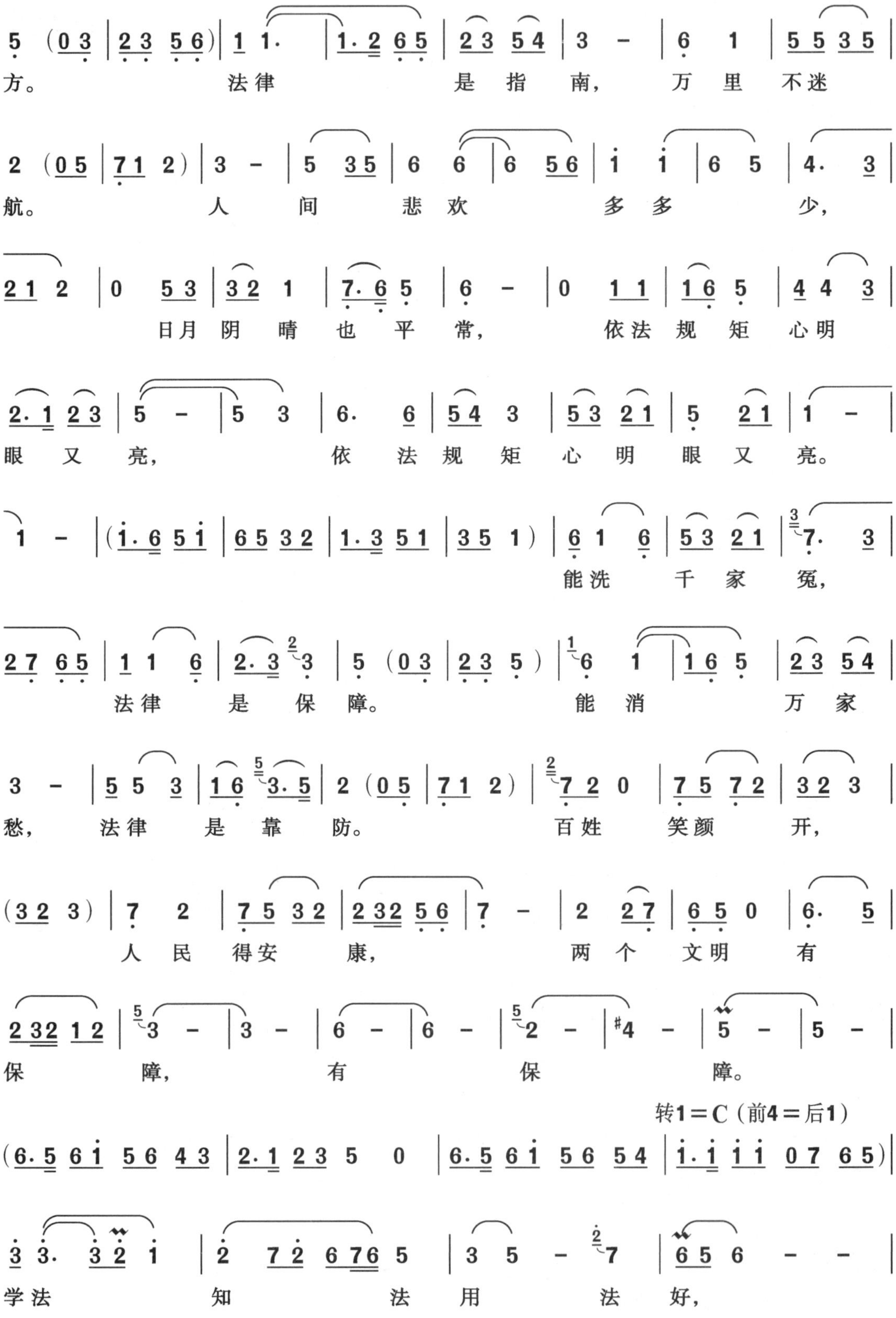
方。法律 是 指 南， 万 里 不迷
航。人 间 悲 欢 多 多 少，
日月 阴 晴 也 平 常， 依法 规 矩 心明
眼 又 亮， 依 法 规 矩 心 明 眼 又 亮。
能洗 千 家 冤，
法律 是 保 障。 能 消 万 家
愁， 法律 是 靠 防。 百姓 笑颜 开，
人 民 得安 康， 两 个 文明 有
保 障， 有 保 障。
转1＝C（前4＝后1）
学法 知 法 用 法 好，

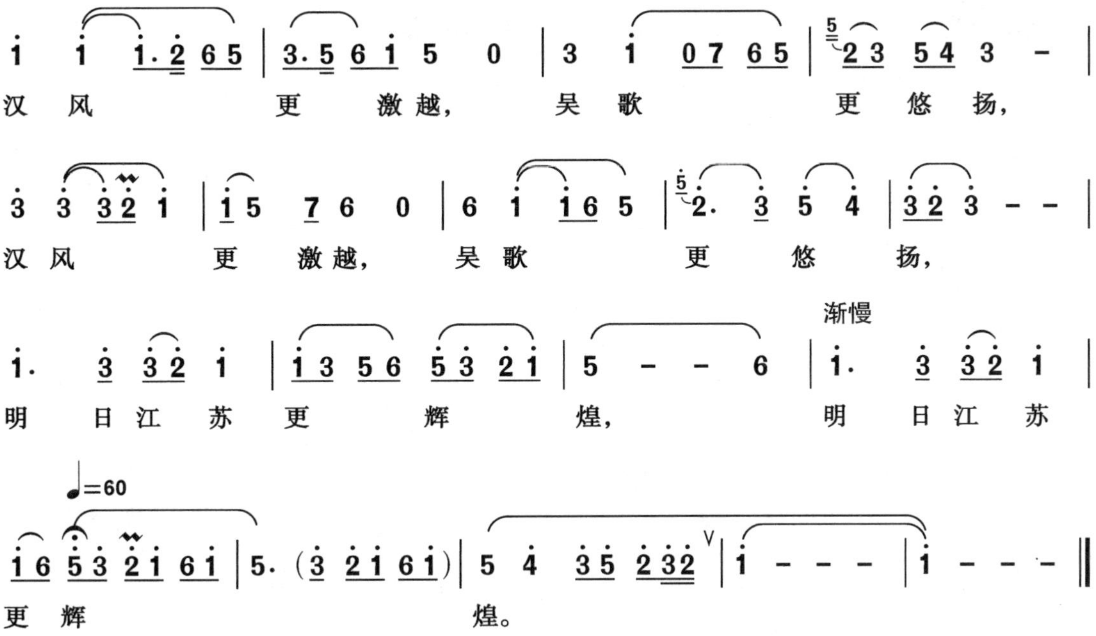

作品简介

《普法之歌》创作于 2001 年。作品通过清新明快的旋律，热情洋溢的演唱，歌颂了我国法治社会的无比安宁和依法治国的美好明天。这个丽调风格的作品是一首 A+B+A 的三段体曲式。A 段是四个乐句组成的一个方整性乐段。乐句对称、规则，字少腔长，旋律起伏，时而昂扬，时而委婉，充满激情。B 段由两个乐段组成。这两个乐段的旋律呈现出字多腔少、简洁、明快、流畅的特点，亲切温馨，娓娓道来，就如一位普法人员正与你在谈心交流。第三段是第一段的变化再现。尤其是间奏过门通过从 G 调转到上方四度 C 调的手法，丰富了音乐色彩，将作品的情绪推向了高潮。

2001 年 7 月，作品代表苏州司法部门参加江苏省司法厅、江苏省委宣传部、江苏电视台举办的《法制的春天》文艺晚会演出，受到好评。

光前裕后永绵绵

（评弹女声组唱）

傅菊蓉 词
潘益麟 曲
郁群、杨赟、查兰兰、许芸芸、陈锦燕 等演唱

1=C $\frac{2}{4}$

♩=120 欢快、热烈地

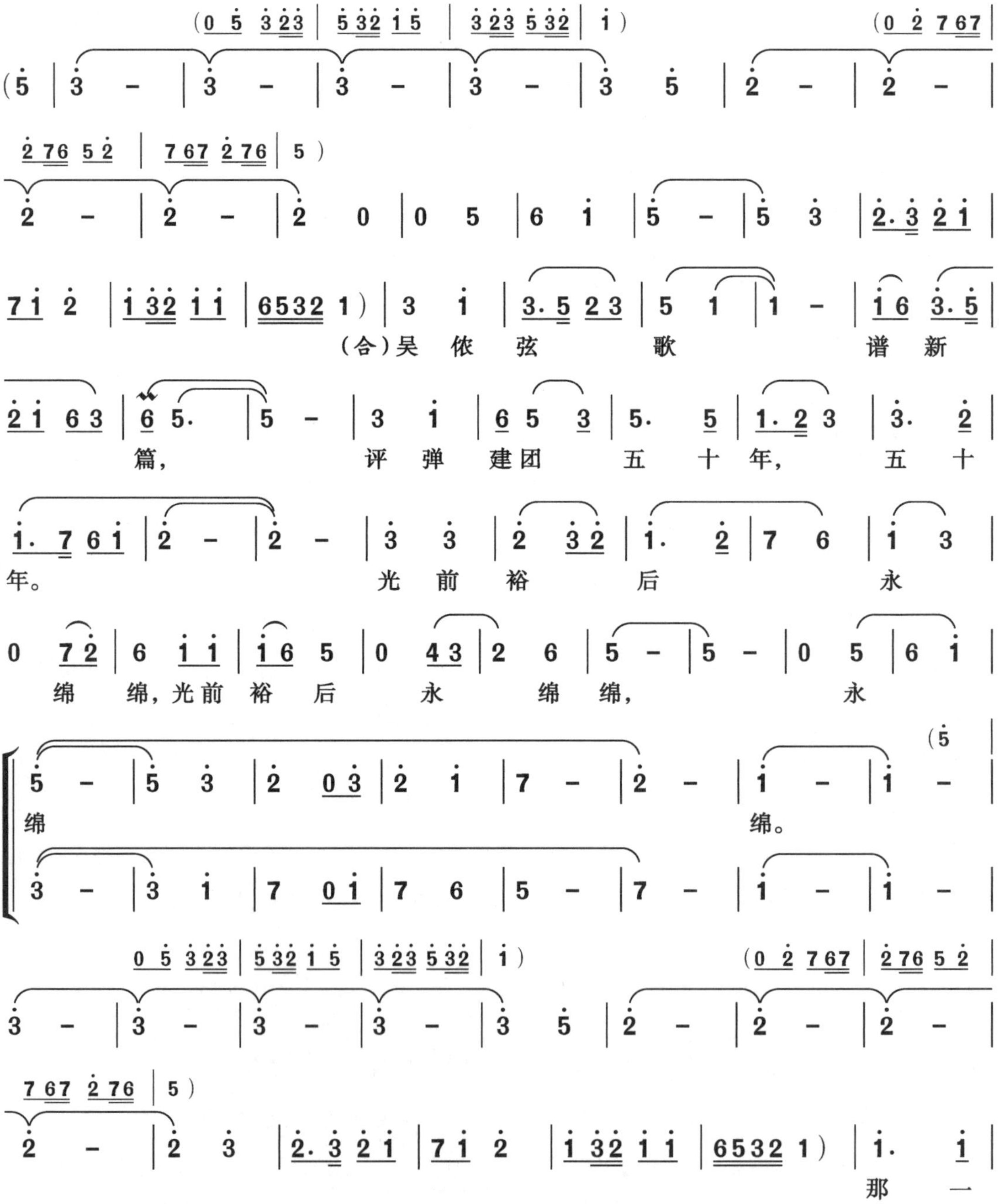

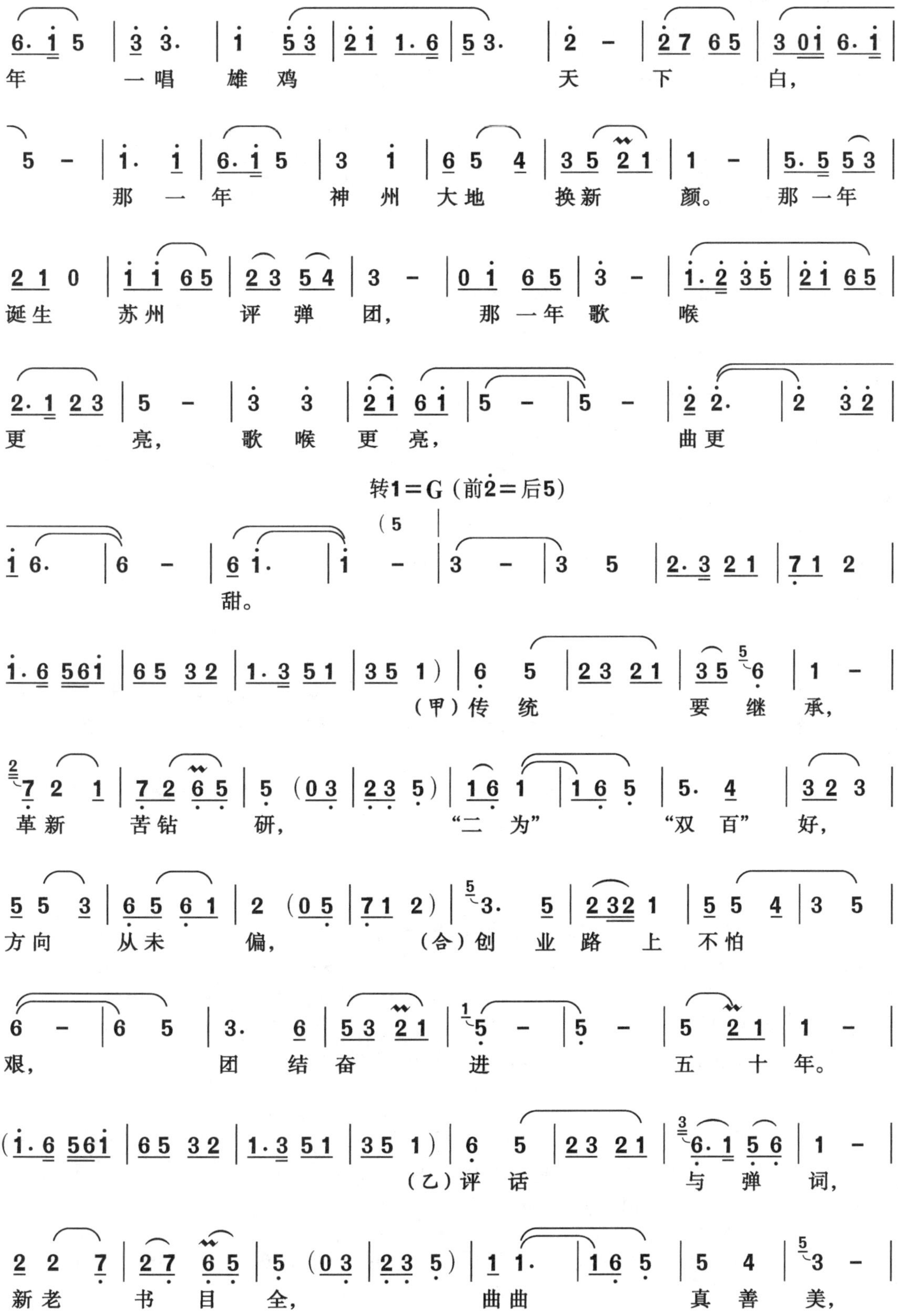
年一唱雄鸡天下白，
那一年神州大地换新颜。那一年
诞生苏州评弹团，那一年歌喉
更亮，歌喉更亮，曲更
转1＝G（前2̇＝后5）
甜。
（甲）传统要继承，
革新苦钻研，“二为”“双百”好，
方向从未偏，（合）创业路上不怕
艰，团结奋进五十年。
（乙）评话与弹词，
新老书目全，曲曲真善美，

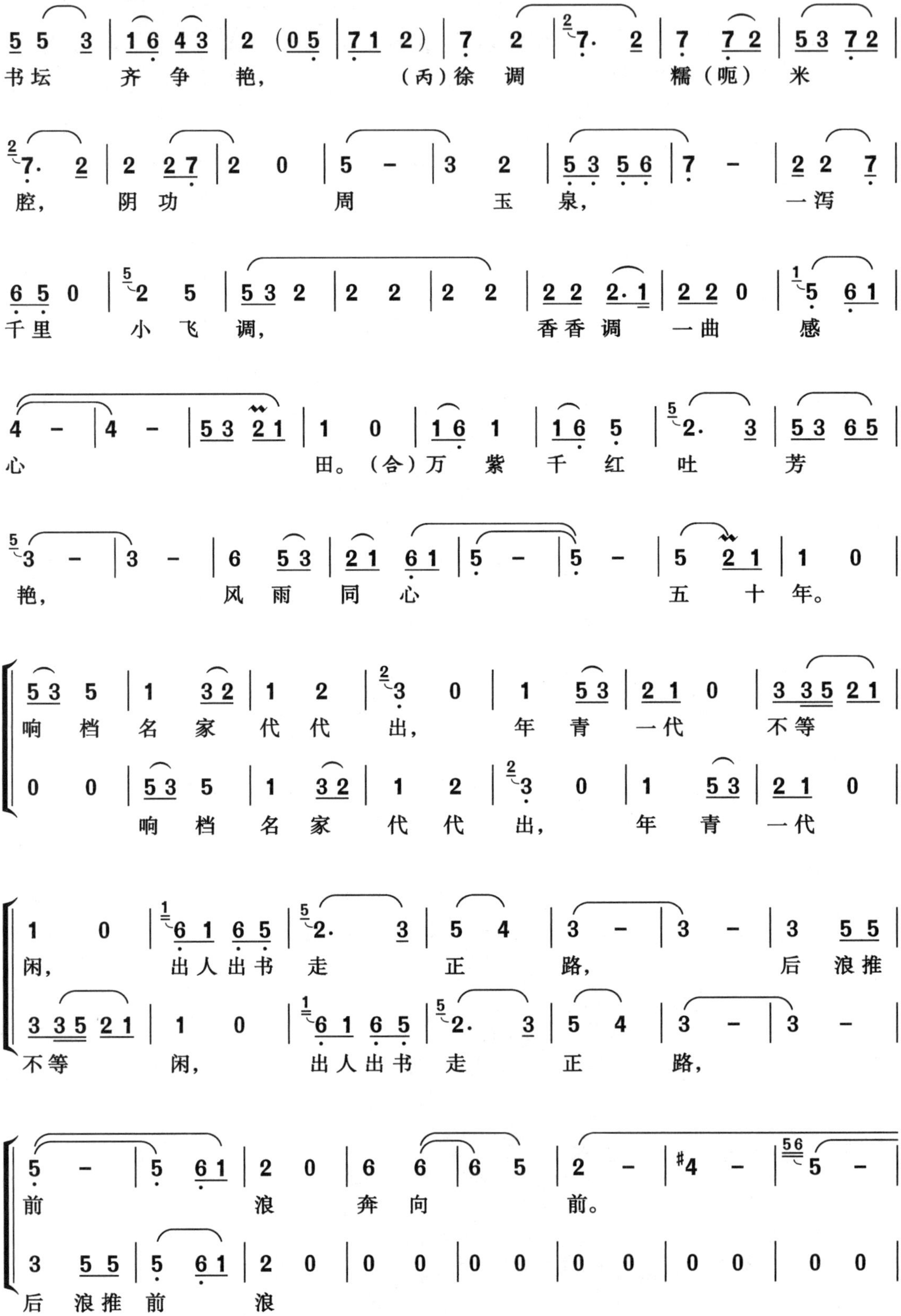
书坛齐争艳，（丙）徐调糯（呃）米
腔，阴功周玉泉，一泻
千里小飞调，香香调一曲感
心田。（合）万紫千红吐芳
艳，风雨同心五十年。
响档名家代代出，年青一代不等
响档名家代代出，年青一代
闲，出人出书走正路，后浪推
不等闲，出人出书走正路，
前浪奔向前。
后浪推前浪

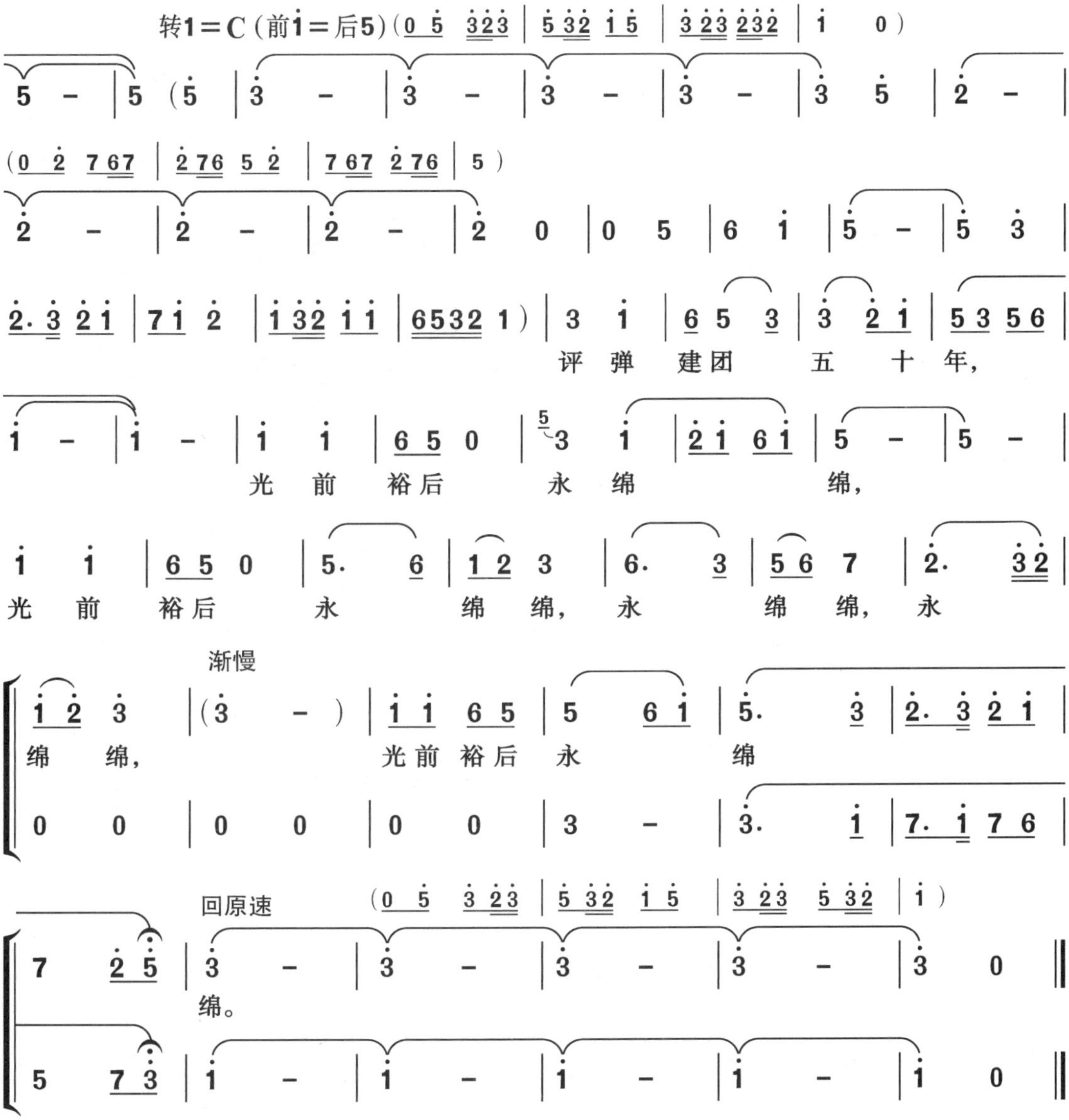

作品简介

女声小组唱《光前裕后永绵绵》2002年专门为苏州市评弹团五十周年团庆而作。“光前裕后”是历代评弹艺人艺术传承的最高境界。几十年来，评弹艺术在党的“双百”方针指引下，遵循“出人出书走正路”指示，精品力作不断涌现；名家、流派代代相传，为民族传统艺术的继承、发展、改革、创新做出了巨大贡献。

作品表现了新的起点，新的征程，评弹人追随“光前裕后”的精神，锲而不舍地将评弹艺术生生不息地传递下去的信念！

江南小阿妹

（女声小组唱）

朱寅全 词
潘益麟 曲
盛小云 领唱

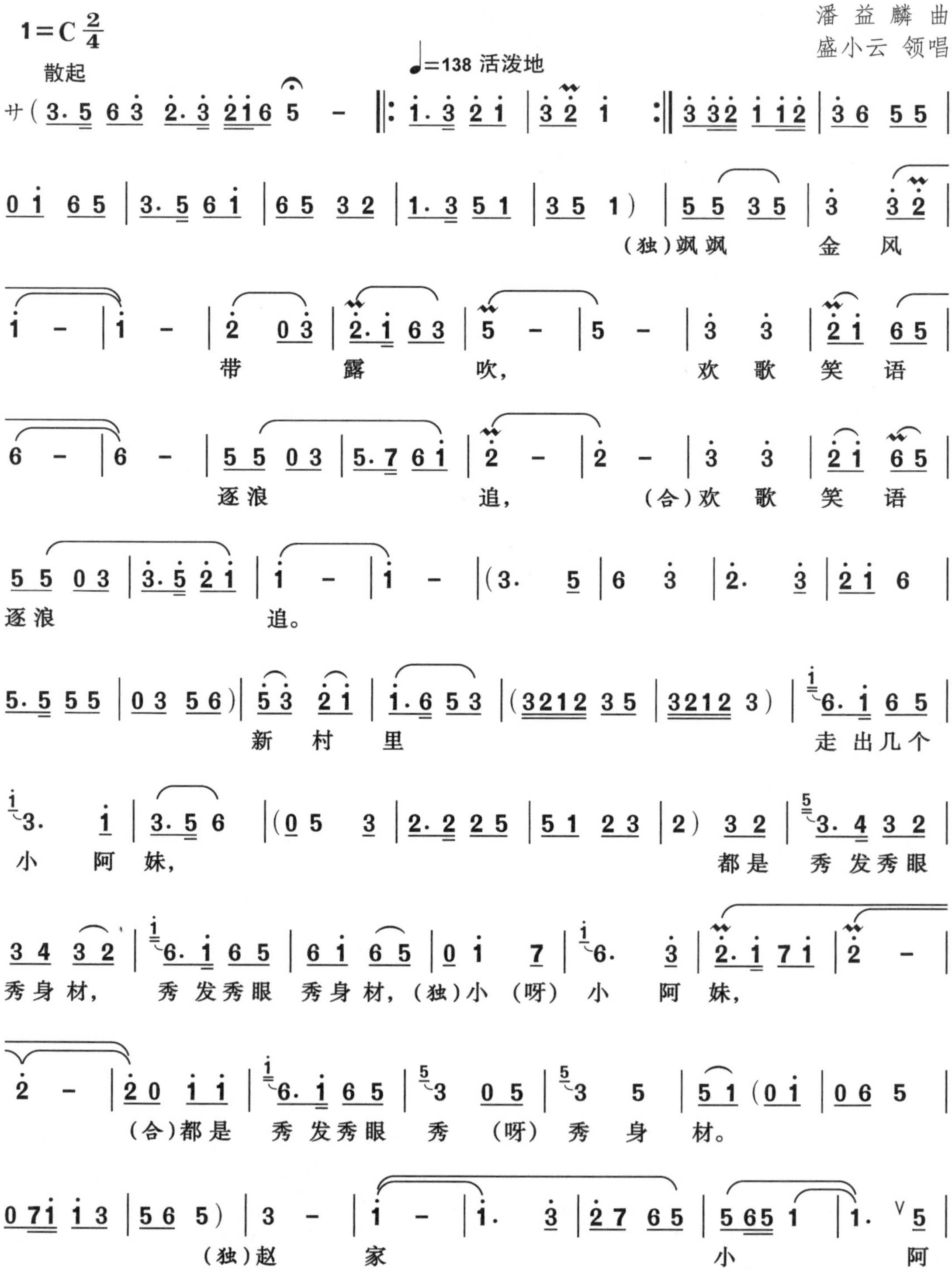

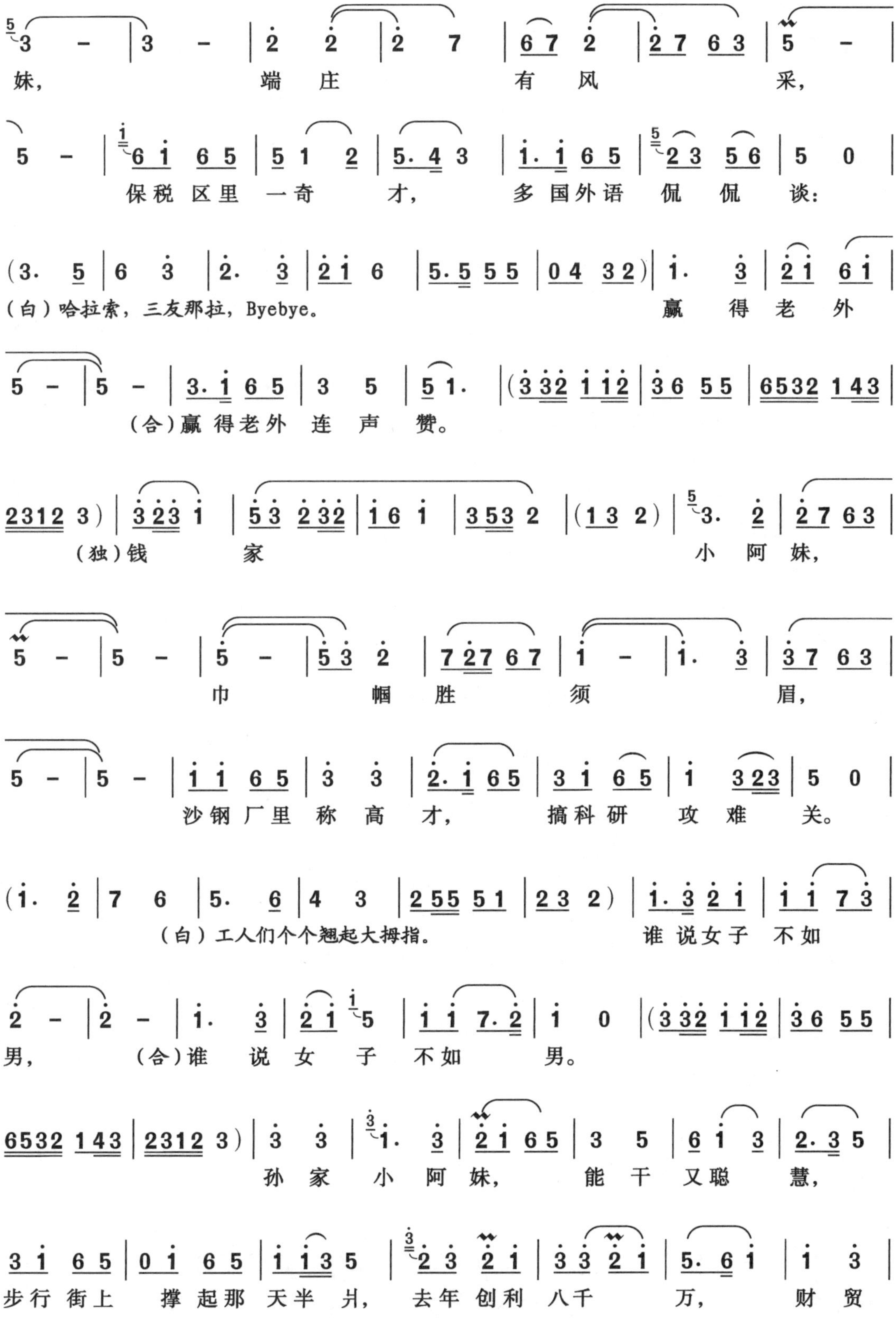
妹，端庄有风采，
保税区里一奇才，多国外语侃侃谈：
（白）哈拉索，三友那拉，Byebye。
赢得老外
（合）赢得老外连声赞。
（独）钱家小阿妹，
巾帼胜须眉，
沙钢厂里称高才，搞科研攻难关。
（白）工人们个个翘起大拇指。
谁说女子不如
男，（合）谁说女子不如男。
孙家小阿妹，能干又聪慧，
步行街上撑起那天半爿，去年创利八千万，财贸

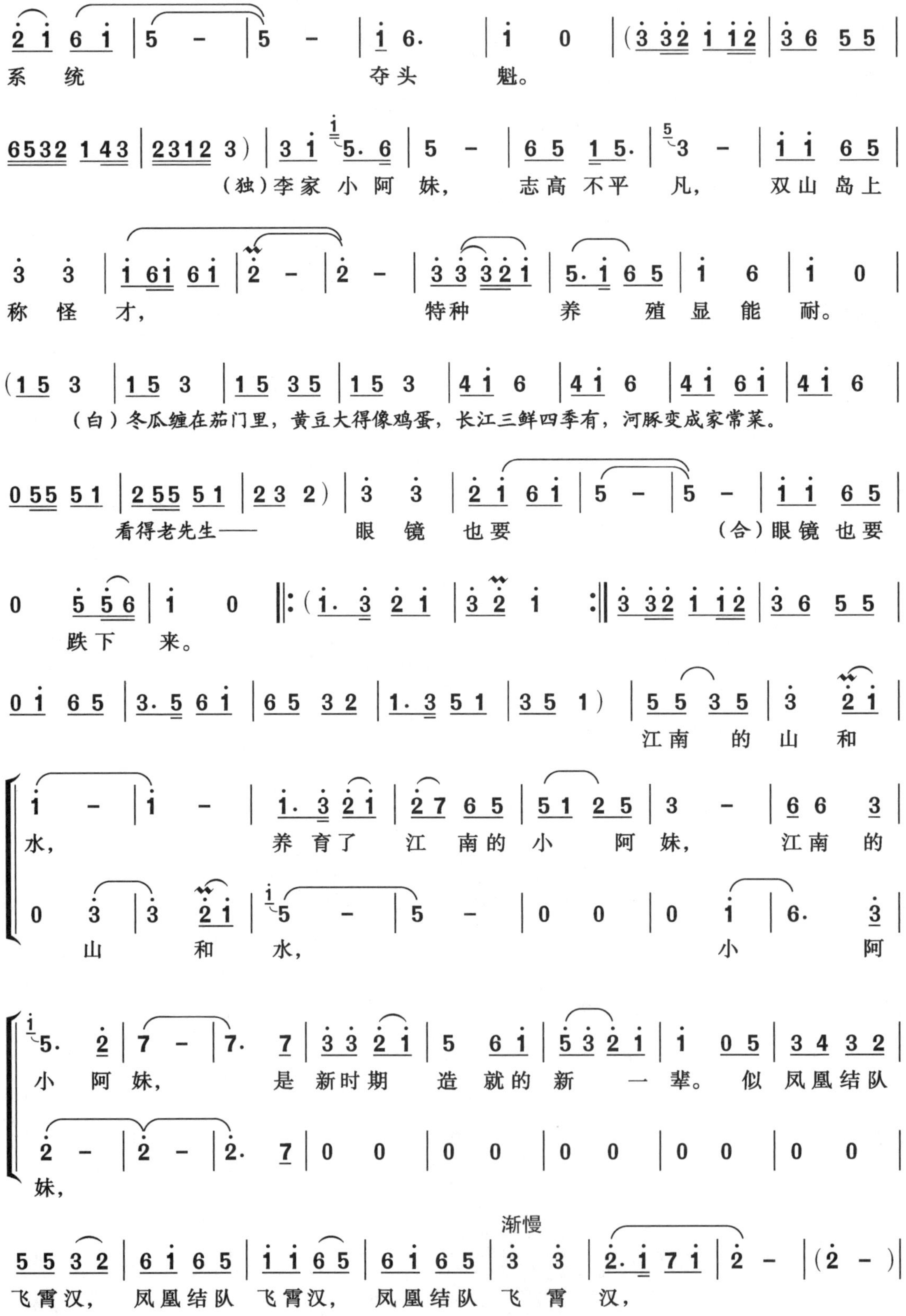
系 统 夺头 魁。
（独）李家 小 阿 妹， 志高 不平 凡， 双山 岛上
称 怪 才， 特种 养 殖 显 能 耐。
（白）冬瓜缠在茄门里，黄豆大得像鸡蛋，长江三鲜四季有，河豚变成家常菜。
看得老先生—— 眼 镜 也 要 （合）眼 镜 也 要
跌 下 来。
江南 的 山 和
水， 养 育了 江 南的 小 阿 妹， 江南 的
山 和 水， 小 阿
小 阿 妹， 是 新时期 造 就的 新 一 辈。 似 凤凰结队
妹，
渐慢
飞 霄 汉， 凤凰结队 飞 霄 汉， 凤凰结队 飞 霄 汉，

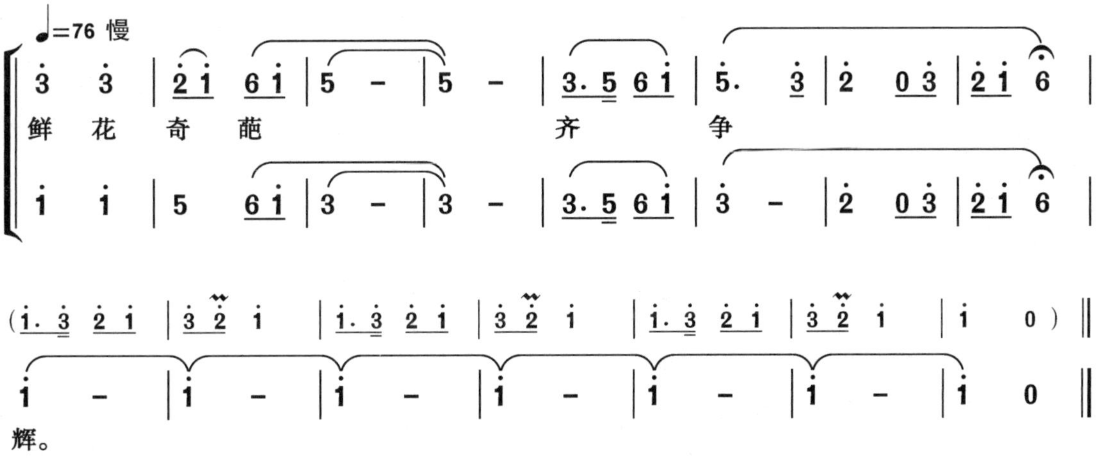

作品简介

女声小组唱《江南小阿妹》创作于 2002 年。采用悠扬婉转的“俞调”唱腔，节奏轻快跳跃，过门富有特色。作品还借鉴了传统弹词紧弹慢唱的表现方法。如：3 – | i – | i. 3 | 2 7 6 5 | 5 65 1 | 1. ∨5 | 3 – | 3 – ‖（赵 家 小 阿 妹）五个字占了八个小节，这样的拉开、舒展，与前面重复三遍的“都是秀发秀眼秀身材”的一字一音形成了强烈反差。

唱词口语化、生活化、乡土气息浓，是本作品的一大特点。唱腔设计力求注意腔与词的完美结合，让人听得明白。比如“看得老先生眼镜也要跌下来”这一句：3 3 | 2 1 6 1 | 5 – | 5 – | i i 6 5 | 0 5 56 | i 0 ‖（眼 镜 也 要 眼 镜 也 要 跌 下 来）似唱似说，形象生动，妙趣横生。还比如作品中赵、钱、孙、李四个小阿妹的音乐形象虽有区别，却相互映衬，不同个性的小阿妹、不同特点的音乐语言，统一在了具有时代特征和地方特色的“江南小阿妹”这个极具代表性的人物形象之中。

作品热情讴歌了平凡的江南小阿妹这个群体，她们如同“凤凰结队飞霄汉”一般，正不断在为改革开放和地方经济腾飞做出不平凡的业绩！

2003 年，本作品参加张家港撤县建市文艺晚会演出，由中央电视台《曲苑杂坛》录播。

好一朵江南奇葩

（女声小组唱）

朱寅全 词
潘益麟 曲
盛小云 领唱

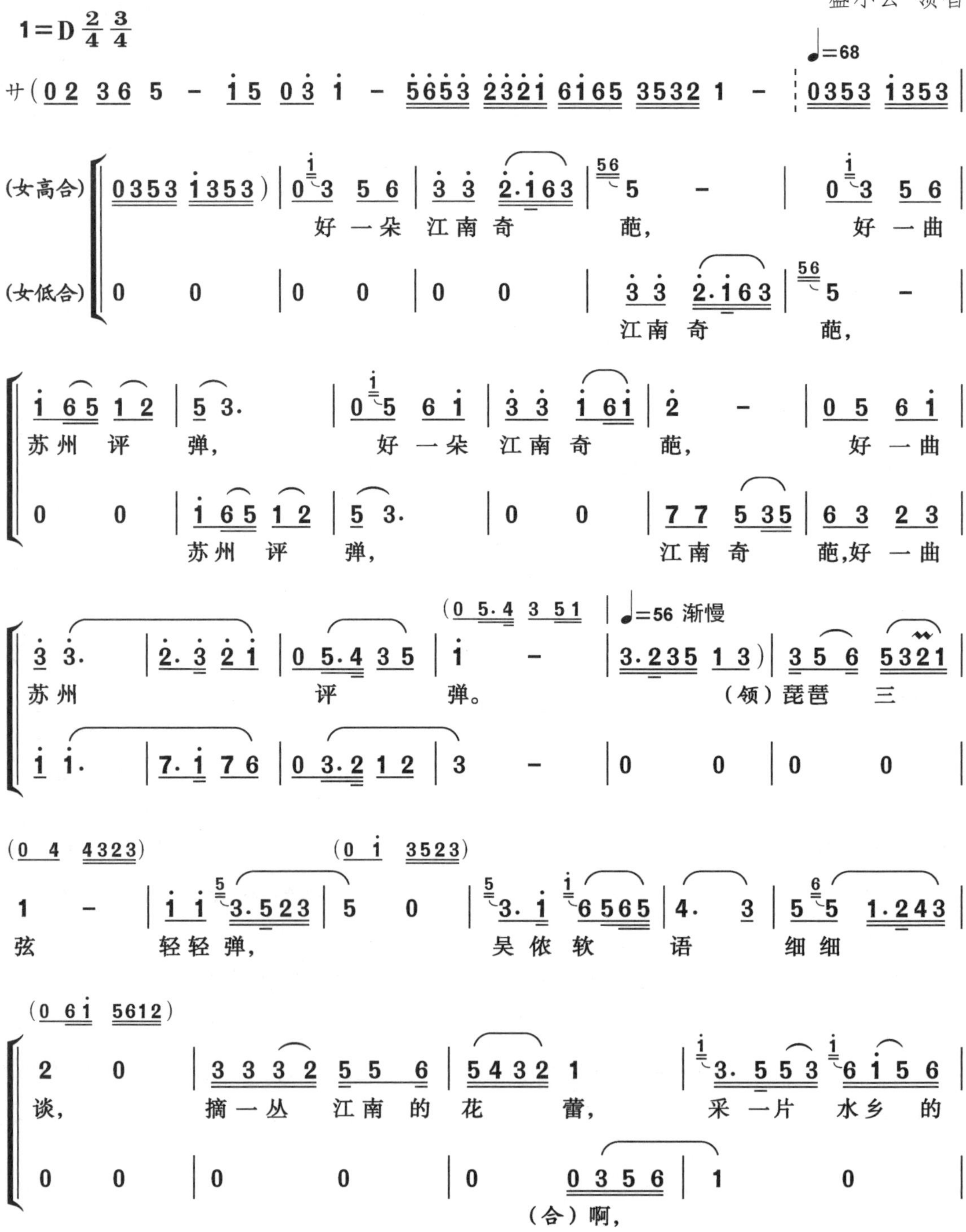

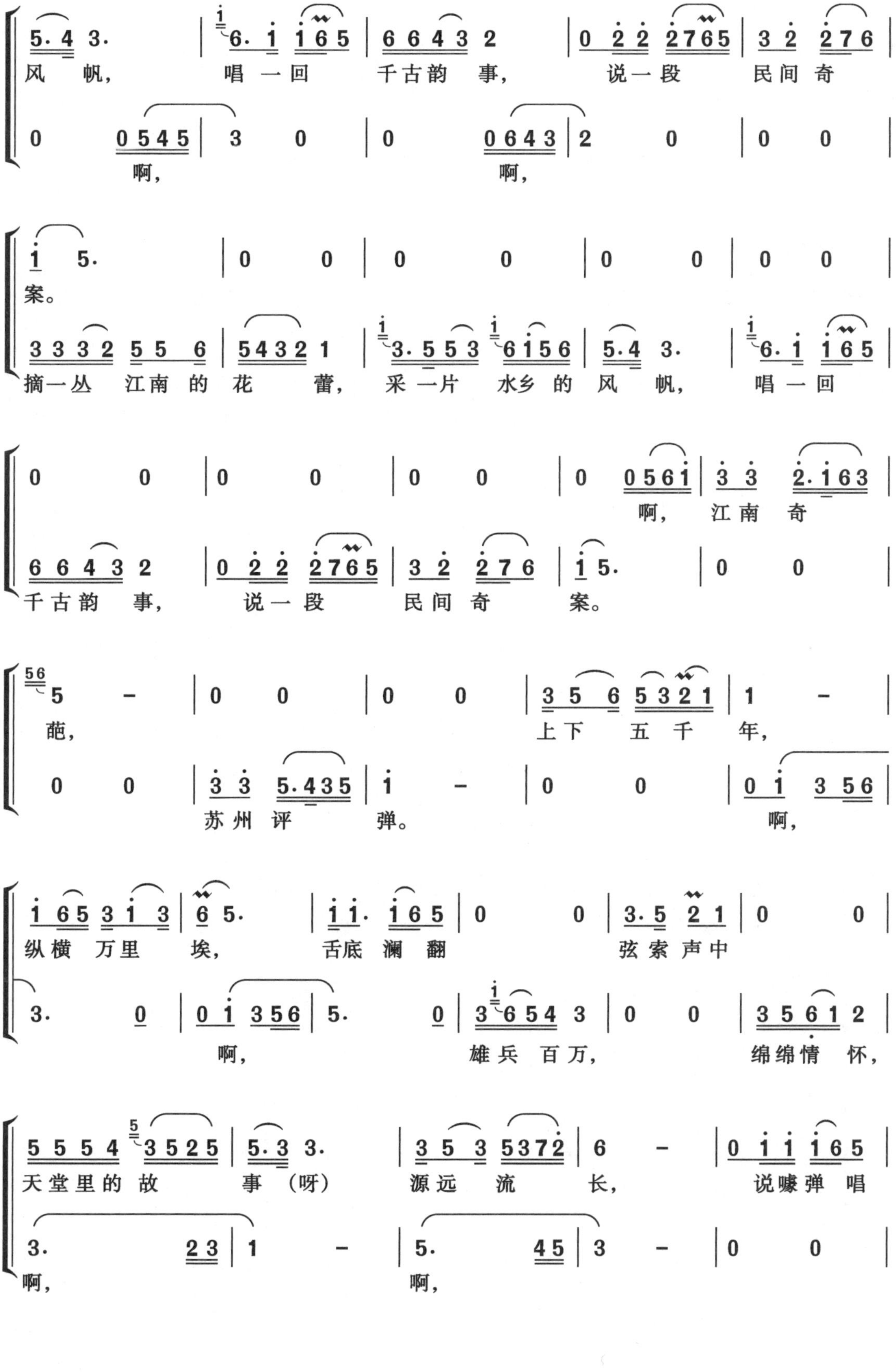
风 帆，唱一回 千古韵 事，说一段 民间奇
啊， 啊，
案。
摘一丛 江南的花 蕾，采一片 水乡的风 帆，唱一回
啊，江南奇
千古韵 事，说一段 民间奇 案。
葩，
上下 五千 年，
苏州评 弹。
啊，
纵横 万里 埃，舌底 澜 翻 弦索声中
啊，雄兵 百万，绵绵情 怀，
天堂里的故 事（呀）源远 流 长，说噱弹 唱
啊， 啊，

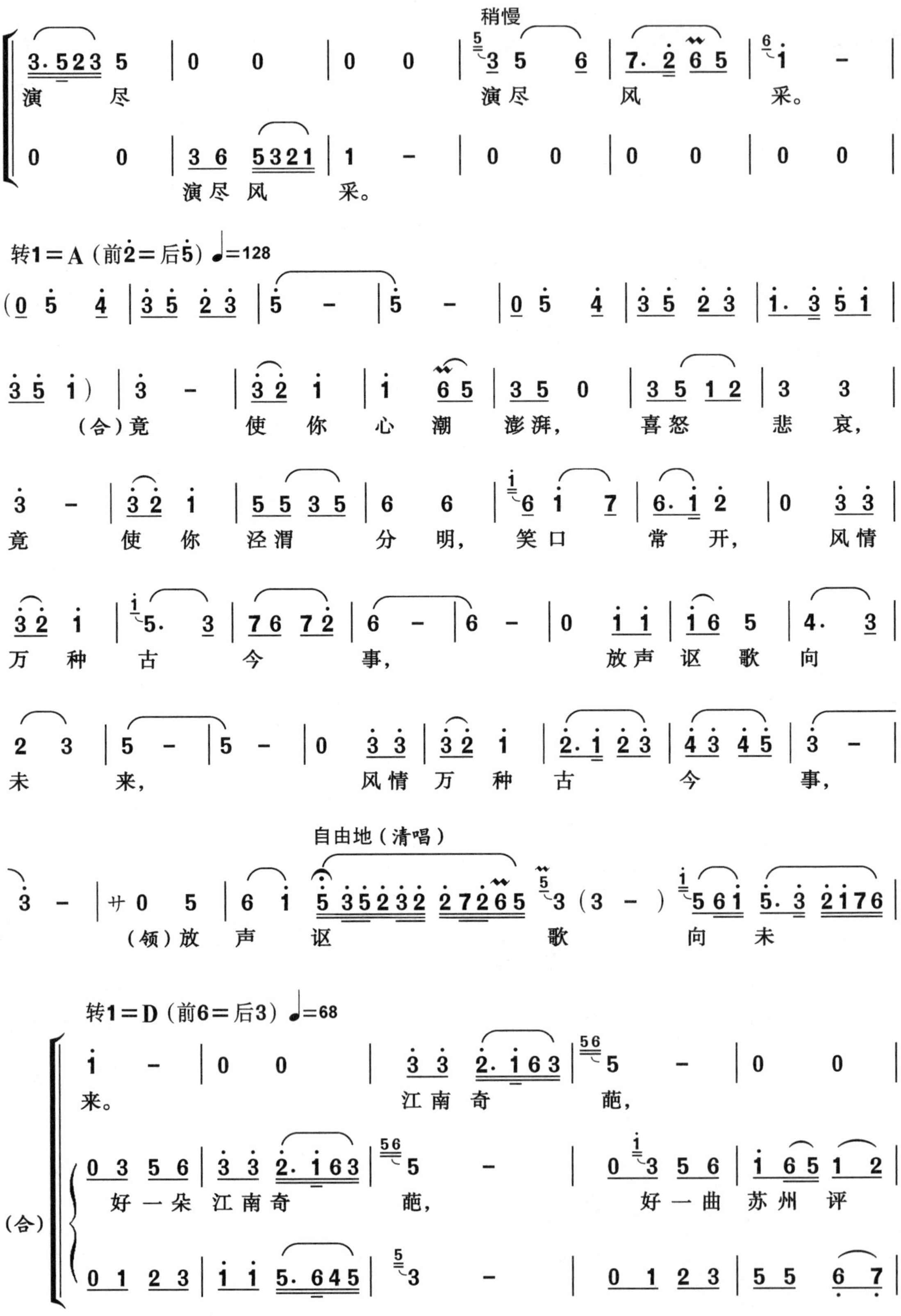
稍慢
演尽 演尽风采。
演尽风采。
转1=A（前2=后5）♩=128
（合）竟使你心潮澎湃，喜怒悲哀，
竟使你泾渭分明，笑口常开，风情
万种古今事，放声讴歌向
未来，风情万种古今事，
自由地（清唱）
（领）放声讴歌向未
转1=D（前6=后3）♩=68
来。江南奇葩，
（合）
好一朵江南奇葩，好一曲苏州评

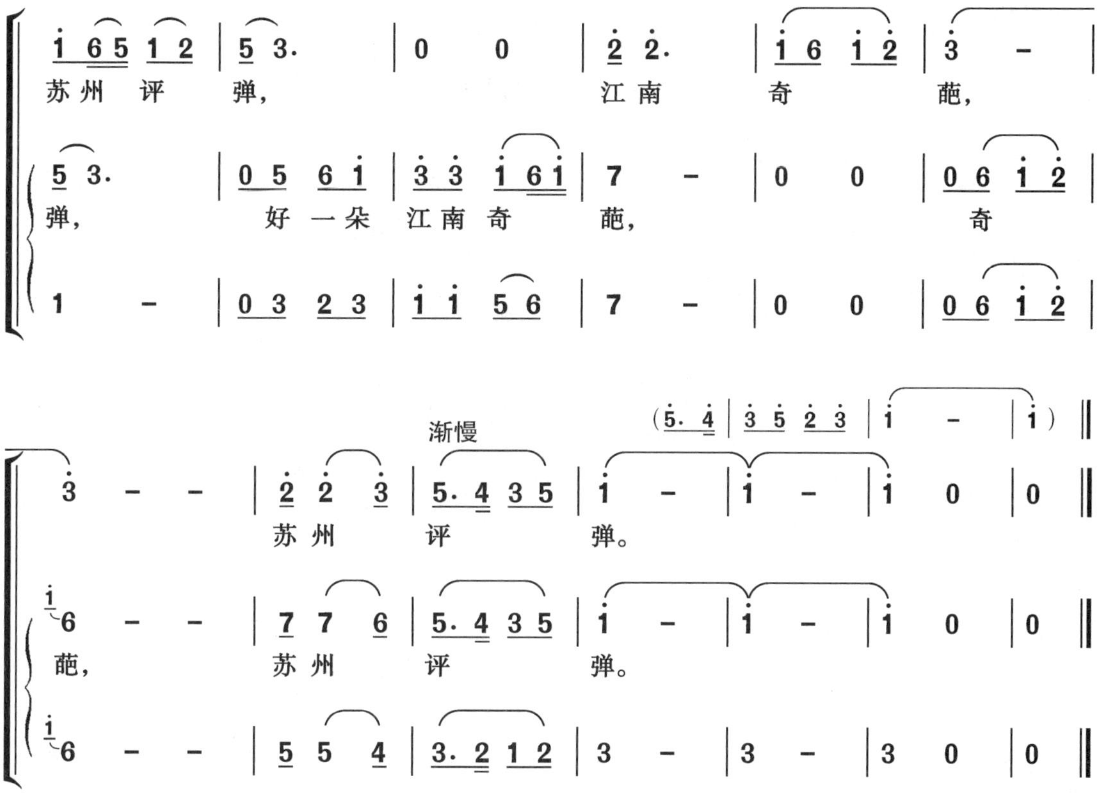

作品简介

女声小组唱《好一朵江南奇葩》创作于2003年。这是一首评弹人对评弹艺术纵情赞美的诗篇，这是一曲评弹人对评弹艺术热情讴歌的旋律，这是评弹人对自己所从事的神圣艺术的倾心演绎！

苏州评弹历史悠久，艺术底蕴深厚，流派纷呈，表演手段丰富，如同一朵芬芳绮丽的江南奇葩，在中国说唱艺术界独领风骚，经久不衰！

本作品由领唱、合唱组成，曲调在“丽调”基础上进行歌化创新，旋律优美、婉婉动听。曲式结构借鉴歌曲作法，呈A、B、C、A（再现）多段体式框架。作为点睛之笔的“好一朵江南奇葩，好一曲苏州评弹”这两句唱词原来只出现在开篇结尾处。我将它设计成了重复一遍唱词、由四个乐句组成的一个完整乐段，并在开头和结尾进行呼应，这个点题的主题音乐，给人留下了深刻印象。

本作品2003年首演于第二届中国评弹艺术节闭幕式暨颁奖大会，并参加2004年苏州电视台春节文艺晚会演出。

十佳展唱

（弹词曲牌联唱）

邢晏春 词
潘益麟 曲
查兰兰、许芸芸、陶莺云
郁群、杨依云、胡磊蕾 演唱

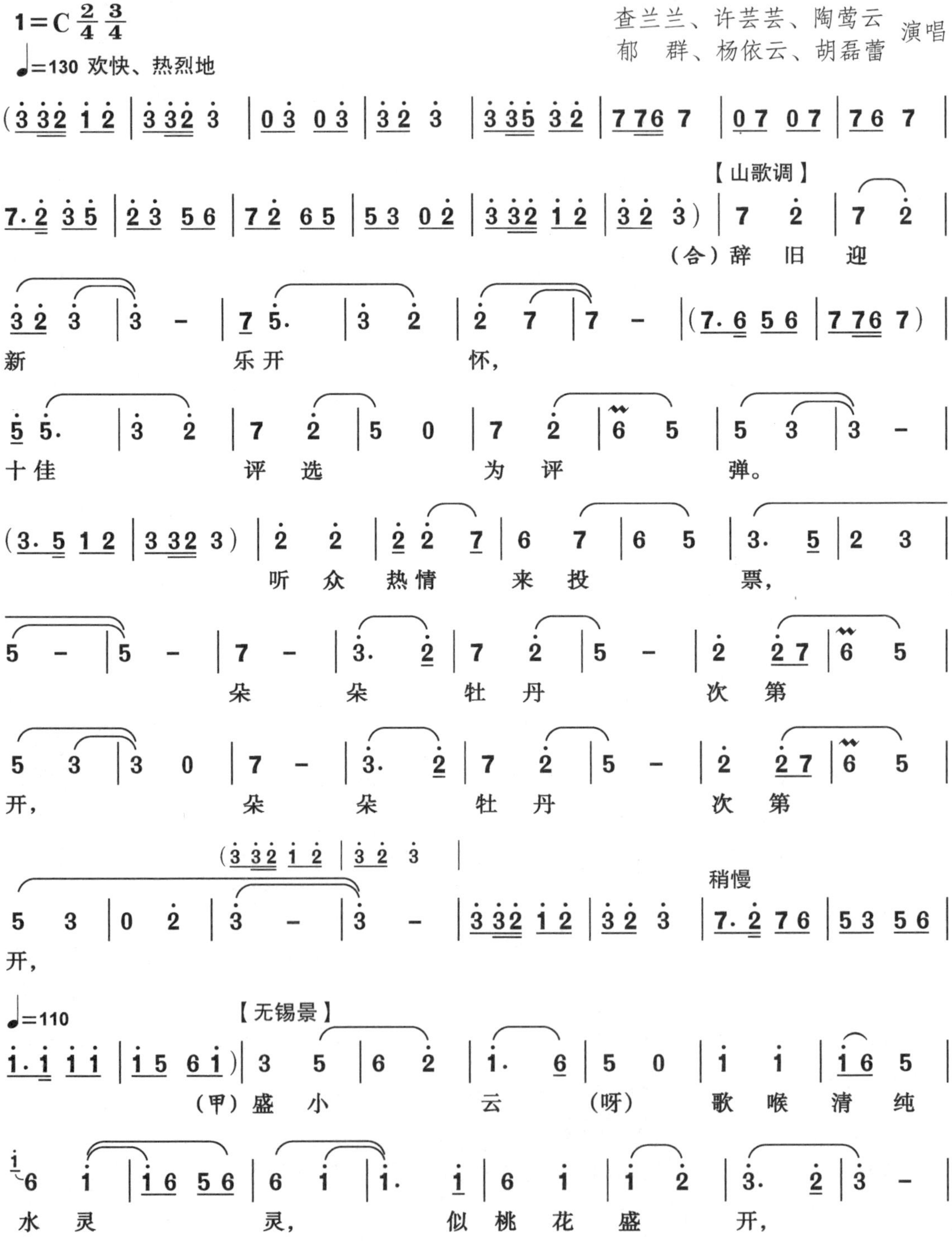

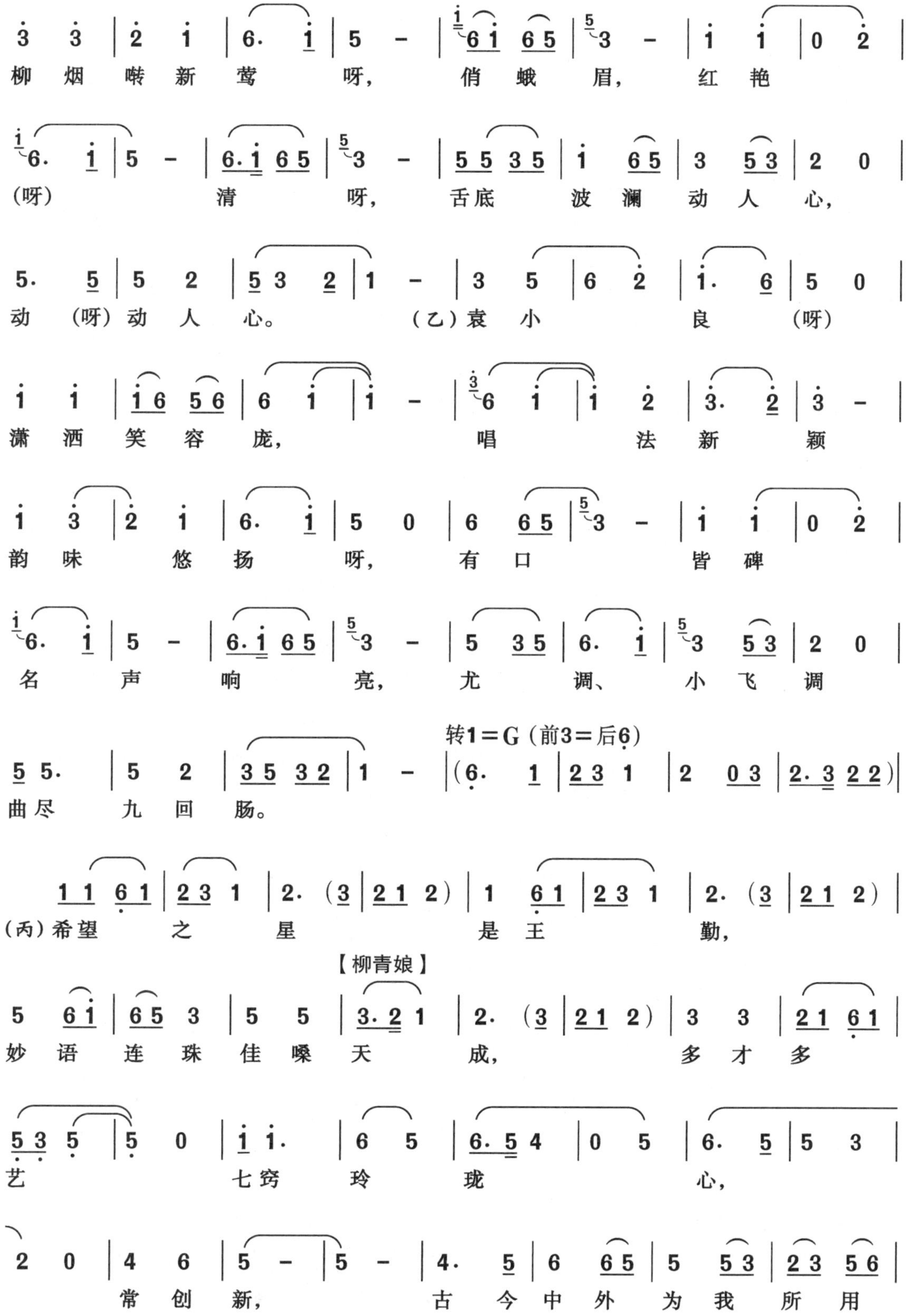
柳烟啭新莺呀，俏蛾眉，红艳
（呀）清呀，舌底波澜动人心，
动（呀）动人心。（乙）袁小良（呀）
潇洒笑容庞，唱法新颖
韵味悠扬呀，有口皆碑
名声响亮，尤调、小飞调
转1＝G（前3＝后6）
曲尽九回肠。
（丙）希望之星是王勤，
【柳青娘】
妙语连珠佳嗓天成，多才多
艺七窍玲珑心，
常创新，古今中外为我所用

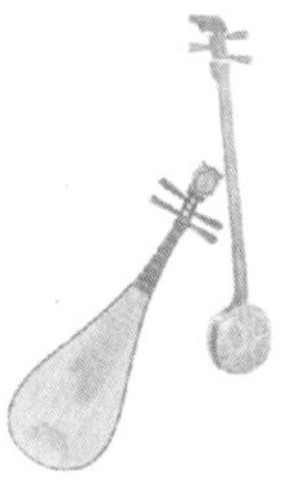

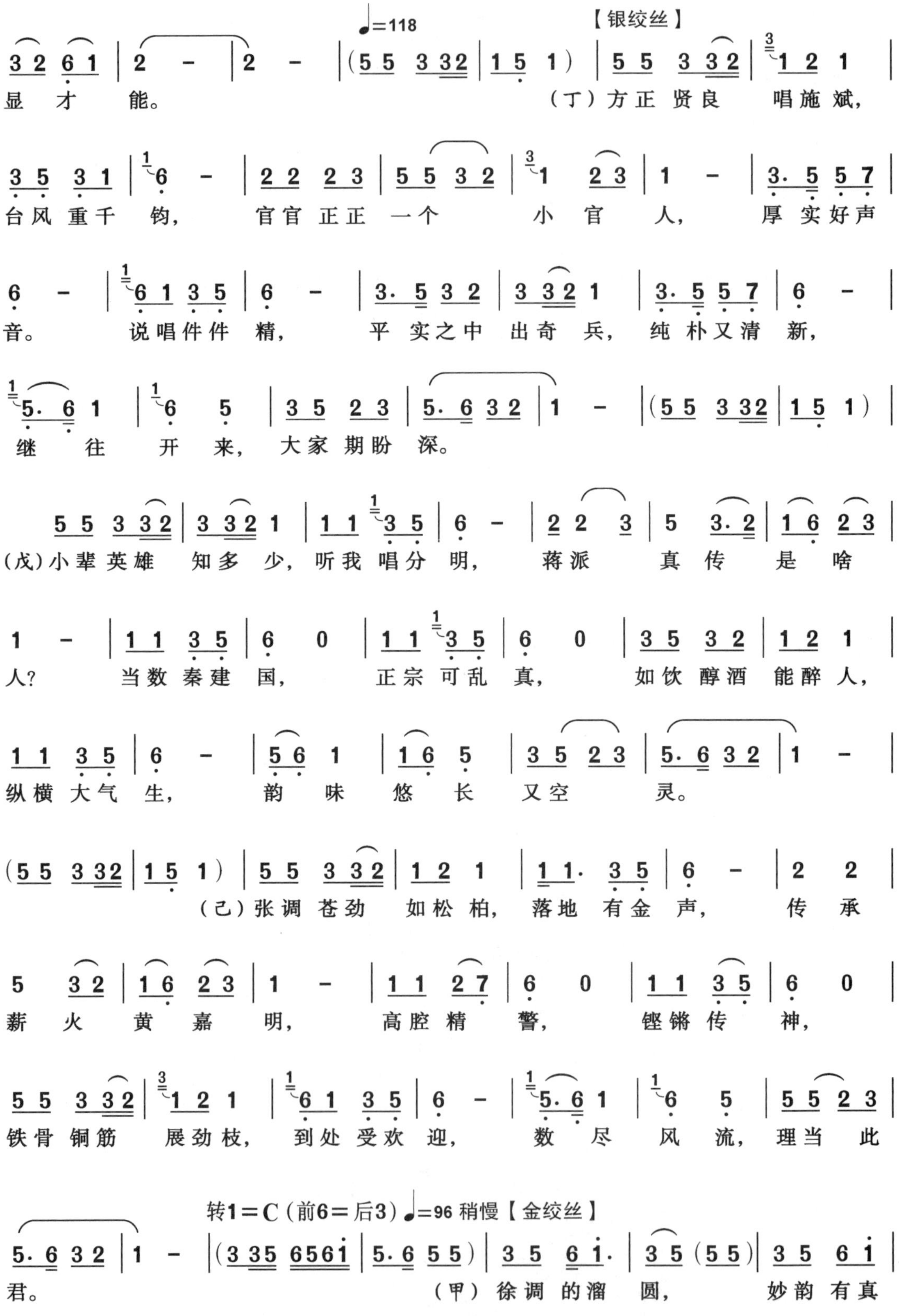
♩=118
【银绞丝】
显才能。（丁）方正贤良唱施斌，
台风重千钧，官官正正一个小官人，厚实好声
音。说唱件件精，平实之中出奇兵，纯朴又清新，
继往开来，大家期盼深。
（戊）小辈英雄知多少，听我唱分明，蒋派真传是啥
人？当数秦建国，正宗可乱真，如饮醇酒能醉人，
纵横大气生，韵味悠长又空灵。
（己）张调苍劲如松柏，落地有金声，传承
薪火黄嘉明，高腔精警，铿锵传神，
铁骨铜筋展劲枝，到处受欢迎，数尽风流，理当此
转1＝C（前6＝后3）♩=96 稍慢【金绞丝】
君。（甲）徐调的溜圆，妙韵有真

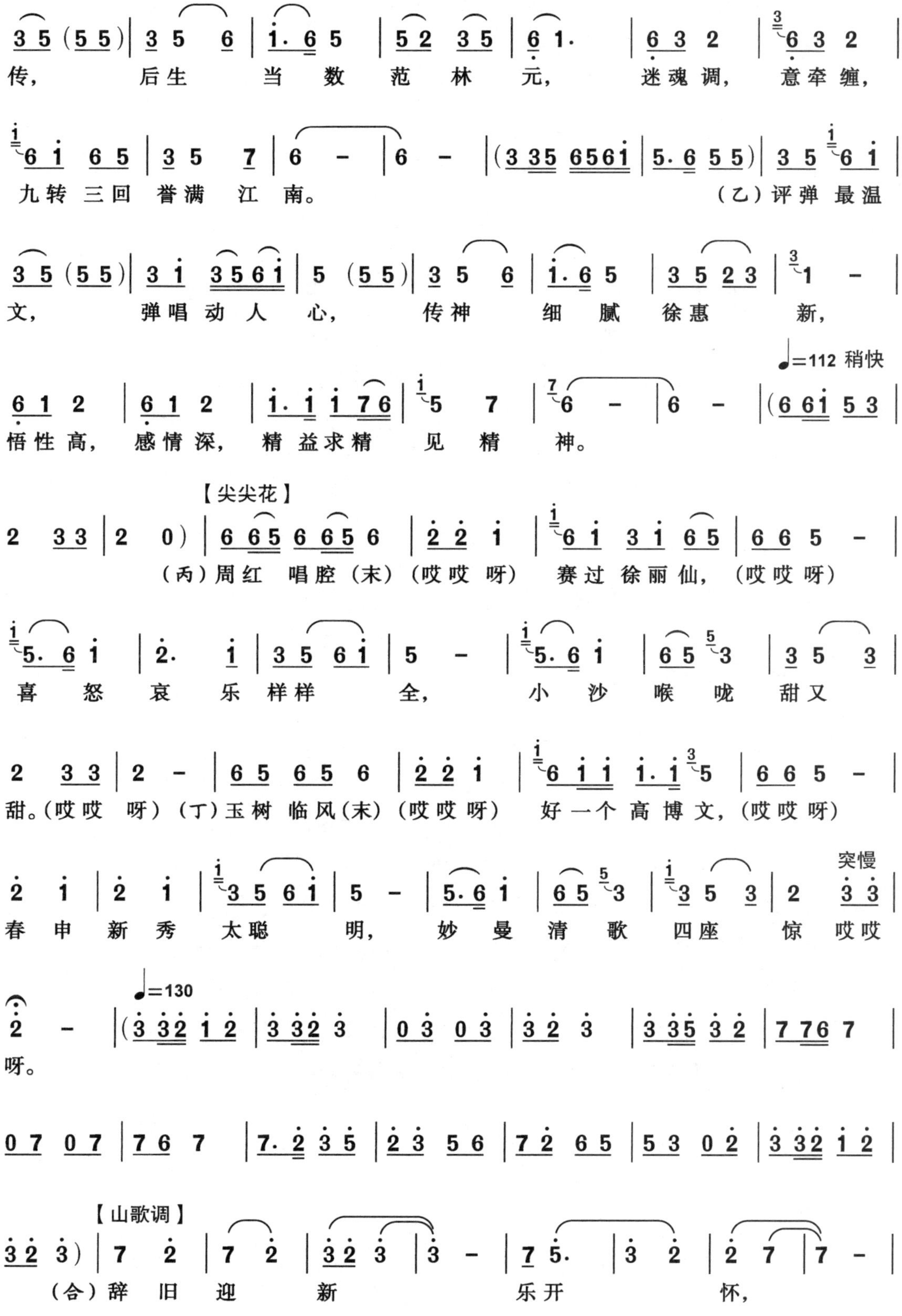
传，后生当数范林元，迷魂调，意牵缠，
九转三回誉满江南。（乙）评弹最温
文，弹唱动人心，传神细腻徐惠新，
♩=112 稍快
悟性高，感情深，精益求精见精神。
【尖尖花】
（丙）周红唱腔（末）（哎哎呀）赛过徐丽仙，（哎哎呀）
喜怒哀乐样样全，小沙喉咙甜又
甜。（哎哎呀）（丁）玉树临风（末）（哎哎呀）好一个高博文，（哎哎呀）
突慢
春申新秀太聪明，妙曼清歌四座惊哎哎
♩=130
呀。
【山歌调】
（合）辞旧迎新乐开怀，

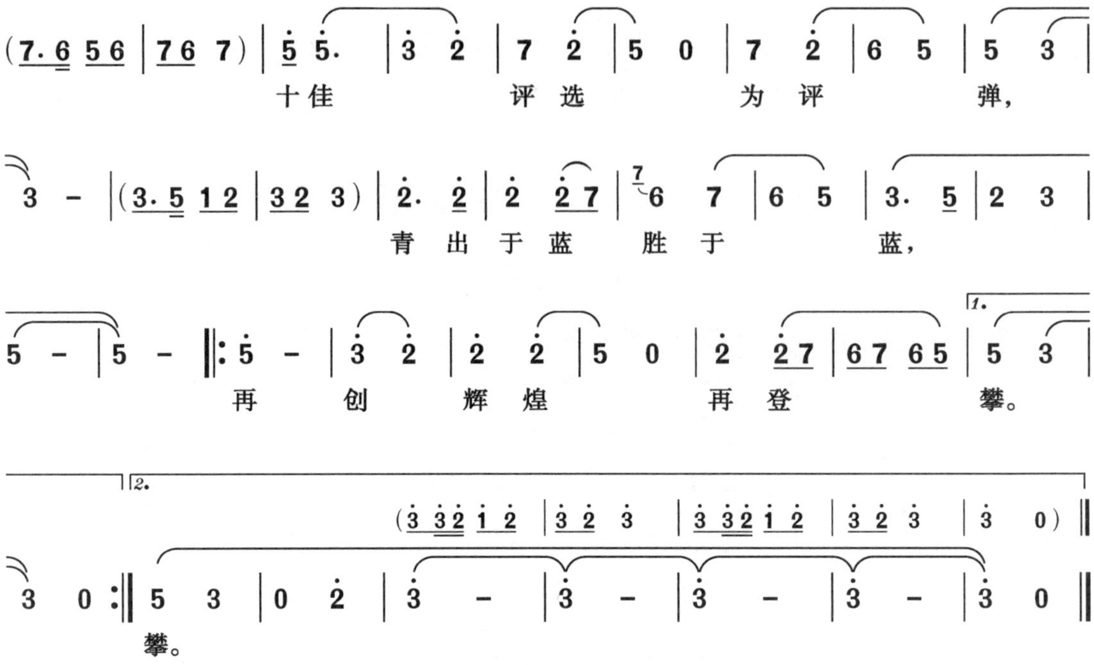

作品简介

弹词曲牌连缀《十佳展唱》创作于2003年，是应邀为2004年年初苏州电视书场举办“观众喜爱的十佳评弹演员”元宵评弹晚会而作。

众所周知，苏州弹词除了拥有数十种风格各异的流派唱腔之外，还包括众多的曲牌和民间小调，它们或粗犷豪放，或委婉细腻、瑰丽多姿、美不胜收。然而，由于种种原因，一些曲牌小调现今已很少出现在书台上了。因此，根据需要而着意选取部分不同的唱调，按起承转合的结构要求，进行裁剪、编缀，整合成为一个全新的音乐作品来为演唱内容服务，是个有益的尝试。

作品融山歌调、无锡景、柳青娘、银绞丝、金绞丝、剪剪花等于一炉，舒展、流畅、欢快，朗朗上口，耳熟能详，使听众领略到弹词曲牌音乐的优美旋律和无穷魅力。

忆峥嵘岁月

（评弹小组唱）

华　觉　平 词
潘　益　麟 曲
高博文、张丽华 领唱

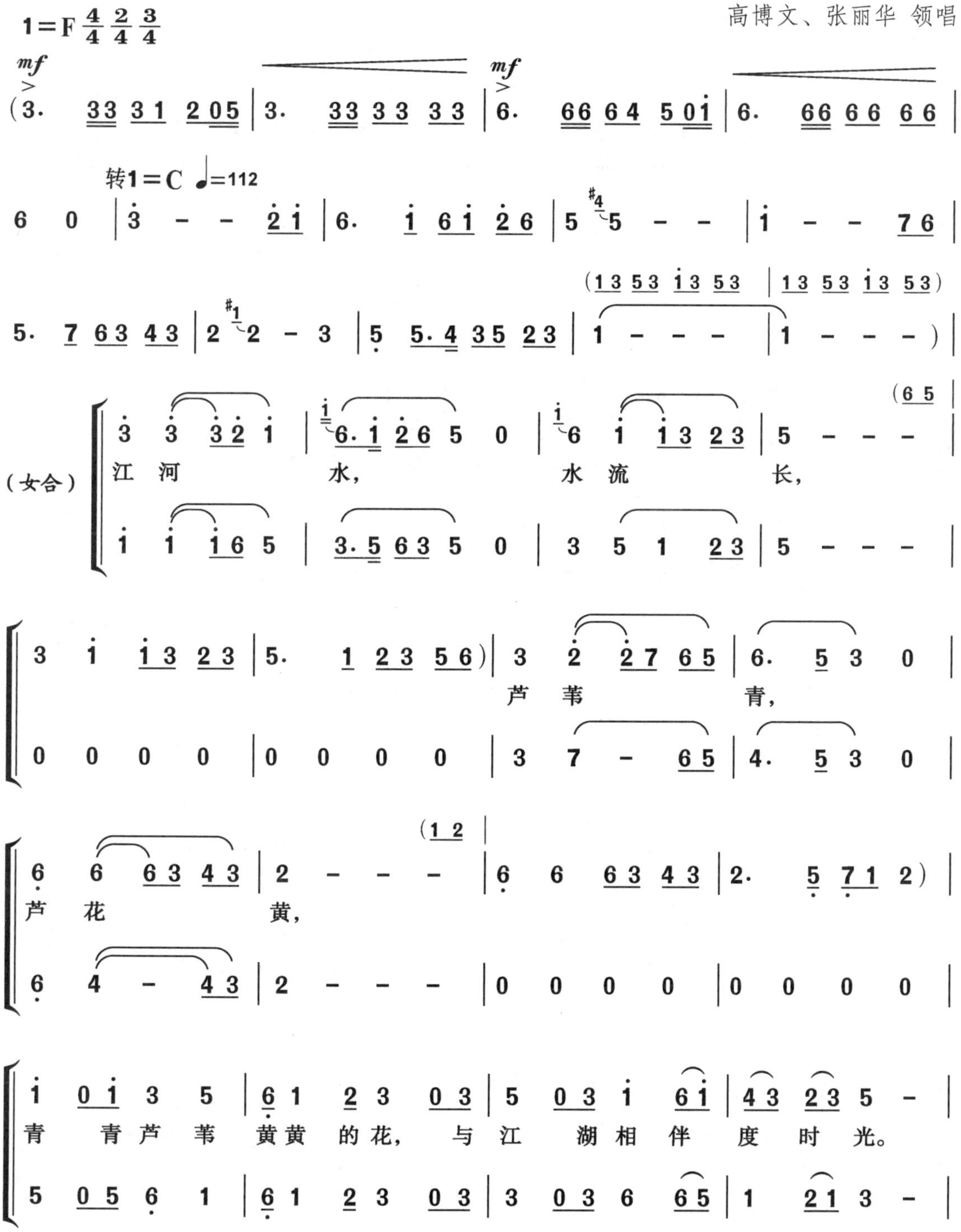

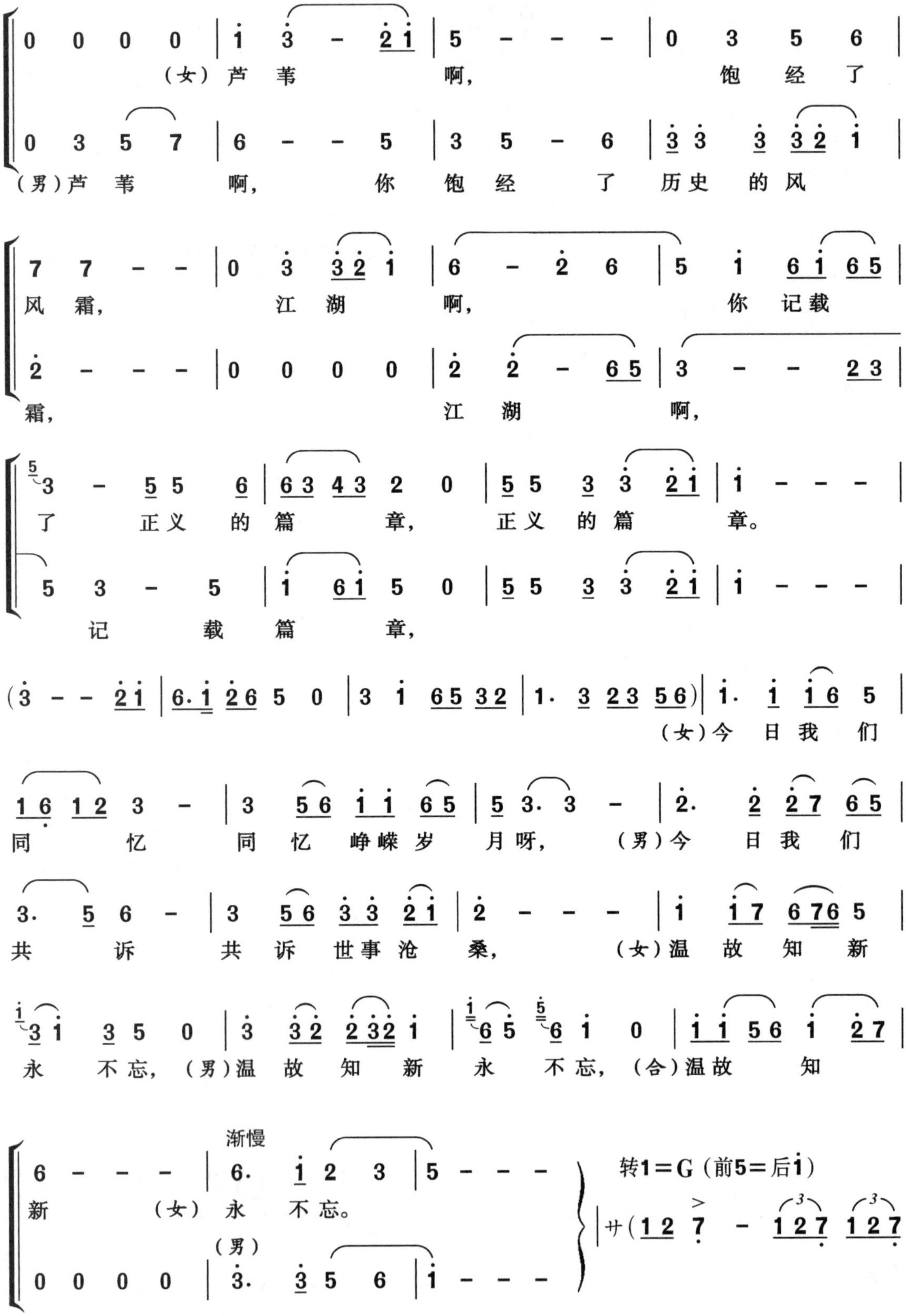
（女）芦苇啊，饱经了
（男）芦苇啊，你饱经了历史的风
风霜，江湖啊，你记载
霜，江湖啊，
了正义的篇章，正义的篇章。
记载篇章，
（女）今日我们
同忆同忆峥嵘岁月呀，（男）今日我们
共诉共诉世事沧桑，（女）温故知新
永不忘，（男）温故知新永不忘，（合）温故知
渐慢
新（女）永不忘。
（男）
转1=G（前5=后1）

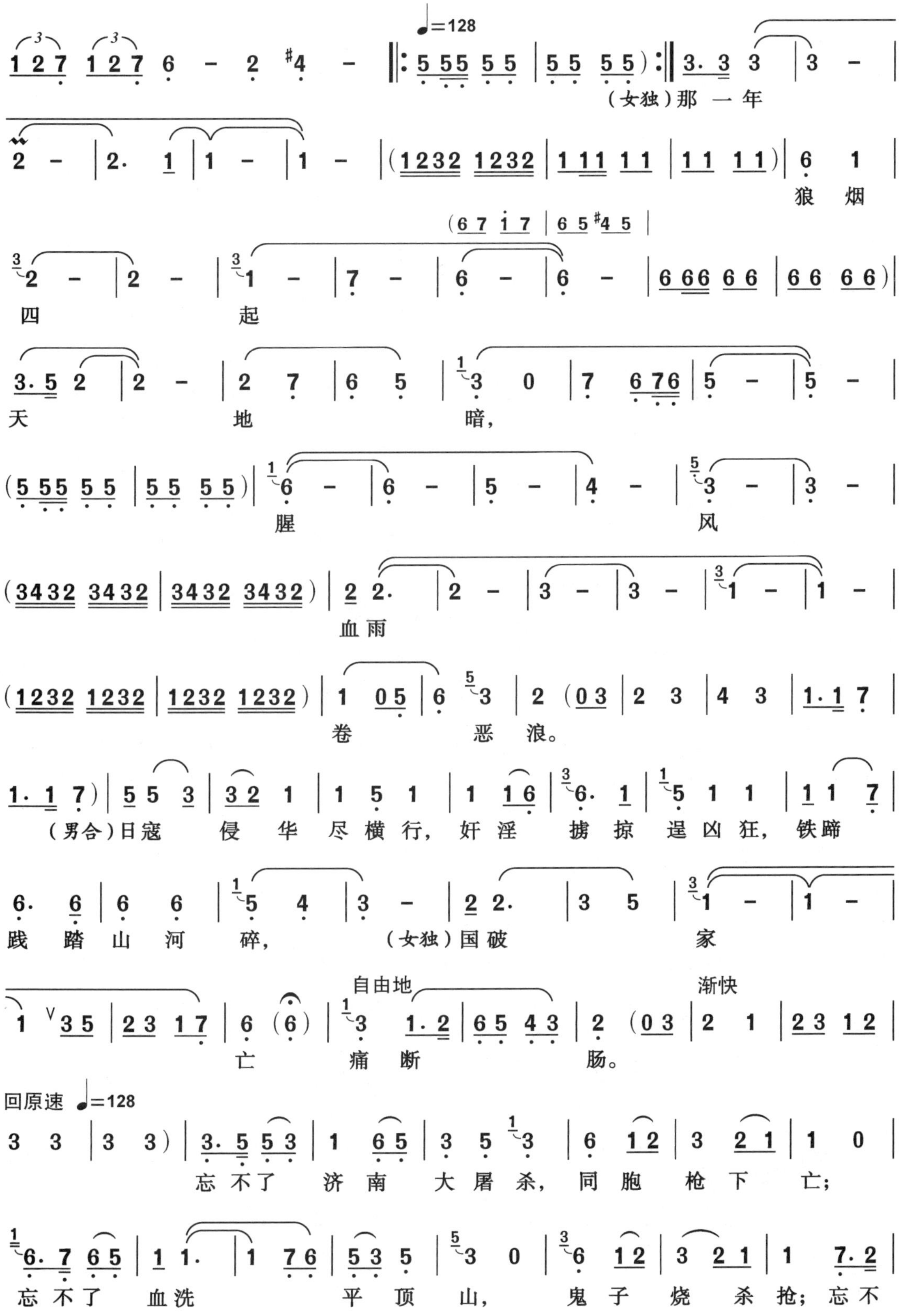
♩=128
（女独）那一年
狼烟
四起
天地暗，
腥风
血雨
卷恶浪。
（男合）日寇侵华尽横行，奸淫掳掠逞凶狂，铁蹄
践踏山河碎，（女独）国破家
自由地
渐快
亡痛断肠。
回原速 ♩=128
忘不了济南大屠杀，同胞枪下亡；
忘不了血洗平顶山，鬼子烧杀抢；忘不

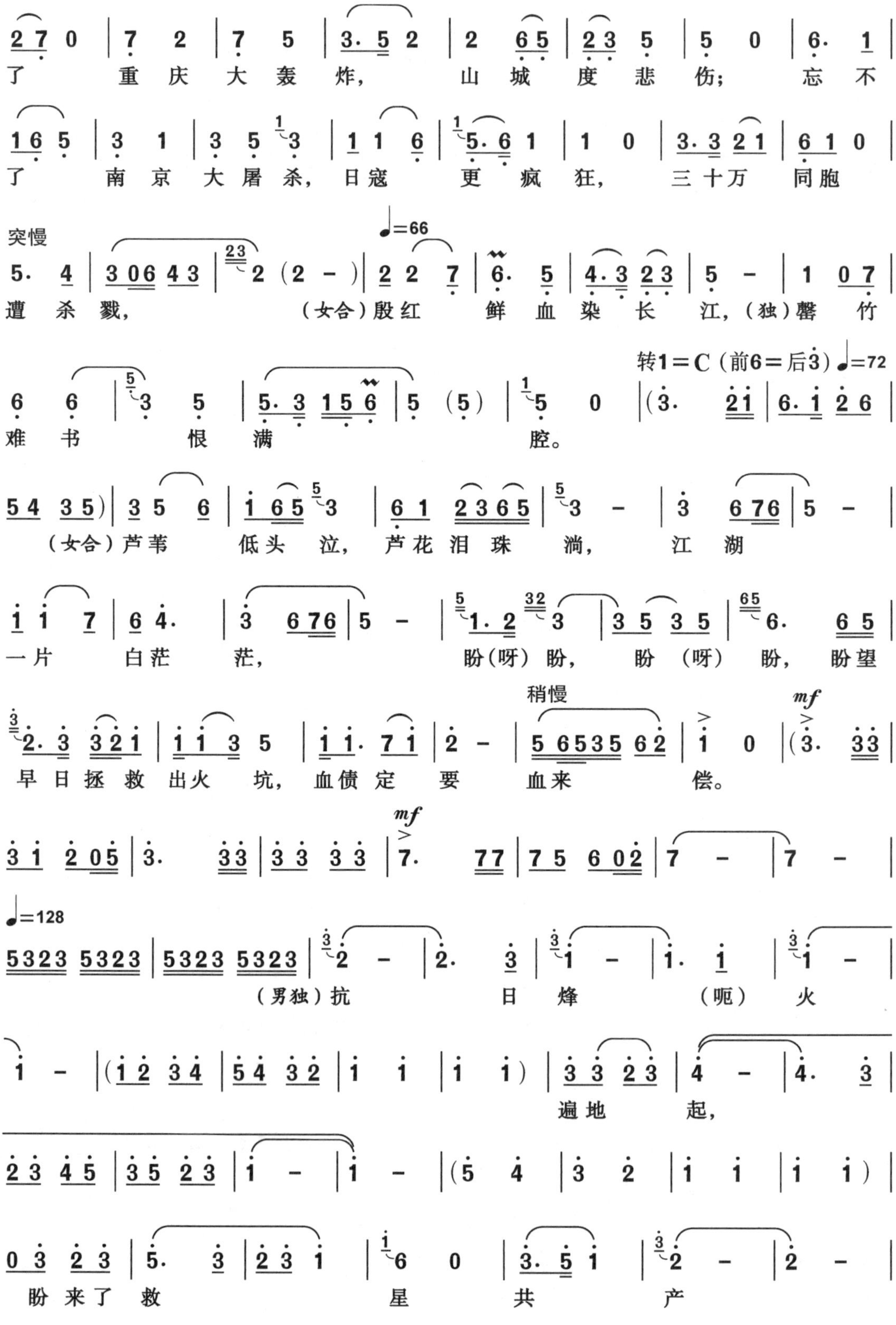
了 重庆大轰炸， 山城度悲伤； 忘不
了 南京大屠杀，日寇更疯狂， 三十万同胞
突慢
♩=66
遭杀戮， （女合）殷红鲜血染长江，（独）罄竹
转1=C（前6=后3）♩=72
难书恨满腔。
（女合）芦苇低头泣，芦花泪珠淌， 江湖
一片白茫茫， 盼(呀)盼， 盼（呀）盼， 盼望
稍慢
早日拯救出火坑，血债定要血来偿。
♩=128
（男独）抗日烽（呃）火
遍地起，
盼来了救星共产

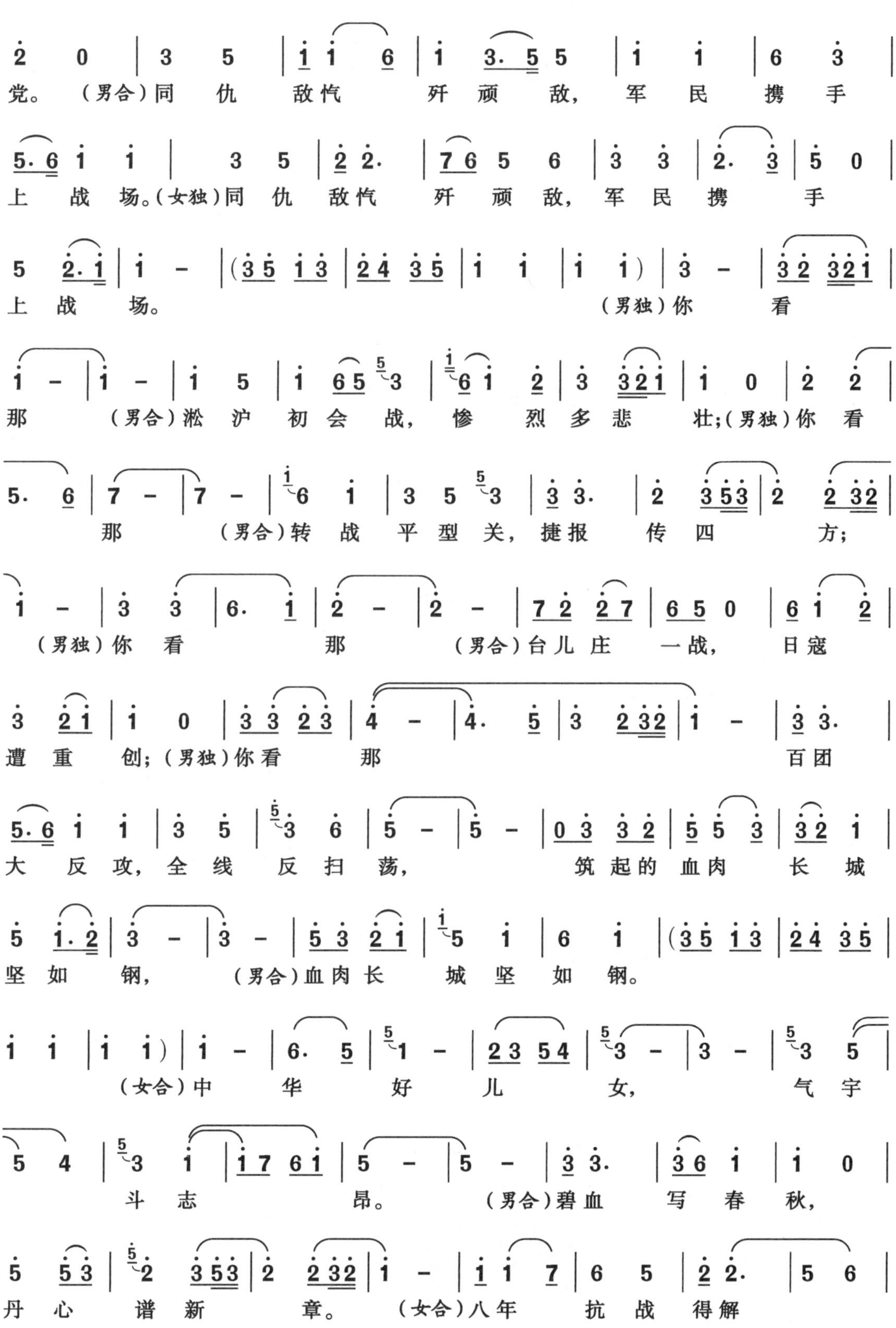
党。（男合）同仇敌忾歼顽敌，军民携手
上战场。（女独）同仇敌忾歼顽敌，军民携手
上战场。（男独）你看
那（男合）淞沪初会战，惨烈多悲壮；（男独）你看
那（男合）转战平型关，捷报传四方；
（男独）你看那（男合）台儿庄一战，日寇
遭重创；（男独）你看那百团
大反攻，全线反扫荡，筑起的血肉长城
坚如钢，（男合）血肉长城坚如钢。
（女合）中华好儿女，气宇
斗志昂。（男合）碧血写春秋，
丹心谱新章。（女合）八年抗战得解

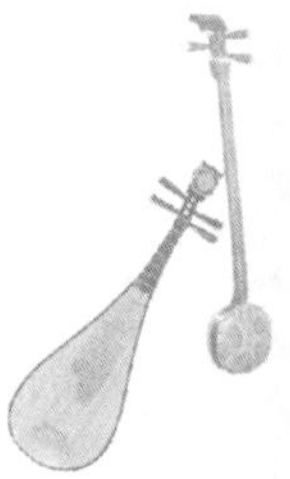

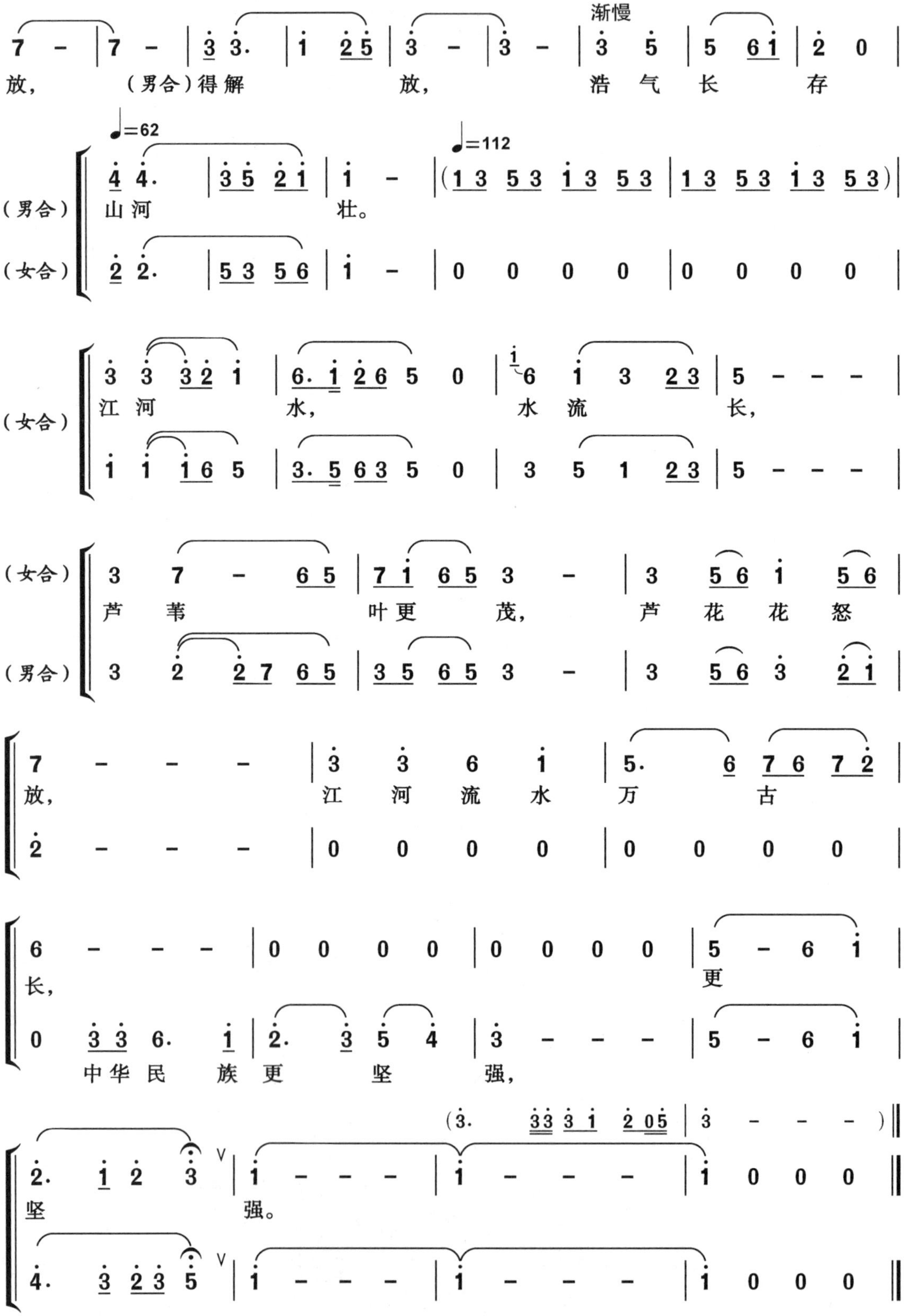
渐慢
放，（男合）得解放，浩气长存
♩=62
♩=112
（男合）山河壮。
（女合）
（女合）江河水，水流长，
（女合）芦苇叶更茂，芦花花怒
（男合）
放，江河流水万古
长，更
中华民族更坚强，
坚强。

作品简介

小组唱《忆峥嵘岁月》创作于2005年。“江河水，水流长，芦苇青，芦花黄……”作品引歌部分，以委婉的女声合唱与挺拔的男声合唱，一刚一柔，借景抒情，表现了川流不息的江河水和丰茂无垠的芦苇荡，向人们诉说着中华大地曾经遭受日寇蹂躏的苦难历程以及中国人民同仇敌忾、众志成城夺取抗战胜利的壮丽诗篇。开头的女声唱腔在俞调基础上出现了一些新的乐汇，如“江河水”，“水”的一般唱法是 1̇. 6 | 5 - |，现在变成 6. 1̇ 2̇ 6 | 5 - |；还有“芦花黄”的运腔也较有新意：6̣ 6 | 6 3 4 3 | 2 - | 2 - |（芦 花 黄）。这两个乐句也被运用于作品的前奏中进行变奏，起到了引示音乐形象的作用。从情感表达的需要出发，第一乐段的最后一句“温故知新永不忘”的“忘”字落在“5”（sol）音上，既加强了听者对下一乐段的期待，又为衔接后面女声独唱转G调（前 5= 后 1）提供了一个切入口。

女声独唱设计为以真声为主的陈调和丽调，不过这种陈调的唱法与一般陈调有所不同，是一种紧弹慢唱的节奏；丽调也与一般慢丽调不同，是一种快速的、叠句连唱的唱法（模仿徐丽仙在《情探》中敫桂英的一段叠句唱法），有三十几个小节，一连数句“忘不了”一气呵成，淋漓尽致地控诉了日寇的滔天罪行。然后“三十万同胞遭杀戮”这一句，“遭杀戮”转突慢，散板过门后，慢板丽调唱出：“殷红鲜血染长江，罄竹难书恨满腔”，可谓字字血，声声泪，扣人心弦、催人泪下。

作品第二段的情感表达与第一段完全不同，这一段表现了抗日烽火遍地起，军民携手上战场的豪迈壮烈、一往无前的气势。这一段以男声独唱和男声伴唱的形式，运用刚强有力的弹词薛调唱腔，将“淞沪会战”“血战台儿庄”“平型关大捷”“百团反扫荡”的壮丽画面一一呈现在听众眼前。设计初稿出来后，领唱高博文，觉得“抗日烽火遍地起”这一句里的“起”拖腔、力度还不够，他改成了 3̇ 3̇ 2̇ 3̇ | 4̇ - | 4̇. 3̇ | 2̇ 3̇ 4̇. 5̇ | 3̇. 5̇ 2̇. 3̇ | 1̇ - |（遍地 起，），实际上这是一句女声的丽调唱腔。还有“军民反扫荡”，他改成了 3̇ 5̇ | 3̇ 6̇ | 5̇ - |（全 线 反 扫 荡，）。由此可见，高博文艺术上并非因循守旧，他很有自己的见地。

该作品于2005年参加苏州市曲艺家协会、苏州市广播电视总台电视书场举办的纪念抗日战争胜利六十周年“爱我河山　爱我中华”大型评弹演唱会演出，获得好评。

评弹摇滚3·15

邢　晏　春词
潘　益　麟曲
查兰兰、许芸芸等 演唱

1=C $\frac{2}{4}$

♩=126

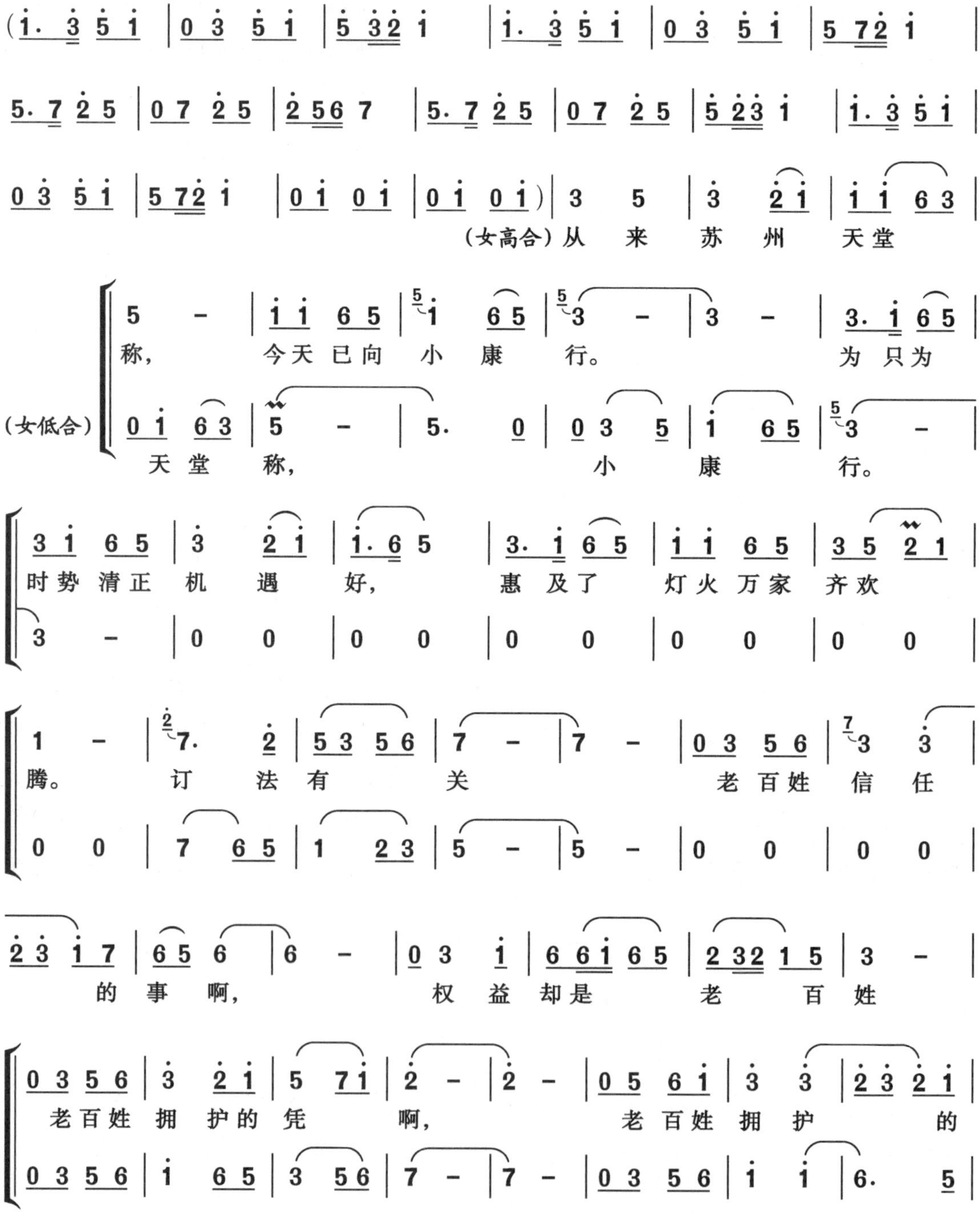

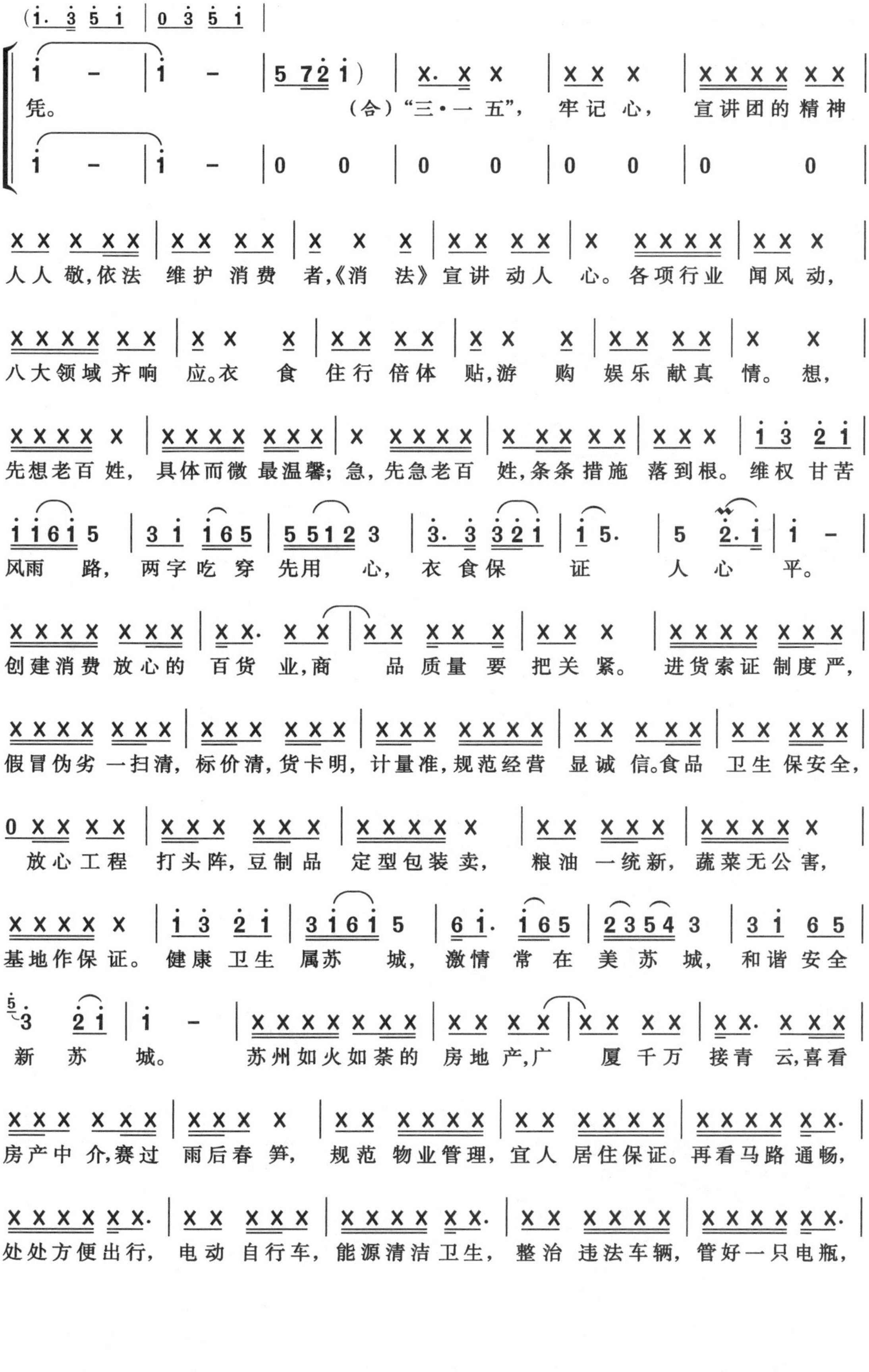
凭。
（合）"三·一五"，牢记心，宣讲团的精神
人人敬，依法维护消费者，《消法》宣讲动人心。各项行业闻风动，
八大领域齐响应。衣食住行倍体贴，游购娱乐献真情。想，
先想老百姓，具体而微最温馨；急，先急老百姓，条条措施落到根。维权甘苦
风雨路，两字吃穿先用心，衣食保证人心平。
创建消费放心的百货业，商品质量要把关紧。进货索证制度严，
假冒伪劣一扫清，标价清，货卡明，计量准，规范经营显诚信。食品卫生保安全，
放心工程打头阵，豆制品定型包装卖，粮油一统新，蔬菜无公害，
基地作保证。健康卫生属苏城，激情常在美苏城，和谐安全
新苏城。苏州如火如荼的房地产，广厦千万接青云，喜看
房产中介，赛过雨后春笋，规范物业管理，宜人居住保证。再看马路通畅，
处处方便出行，电动自行车，能源清洁卫生，整治违法车辆，管好一只电瓶，

弦索吟
潘益麟弹词音乐作品选

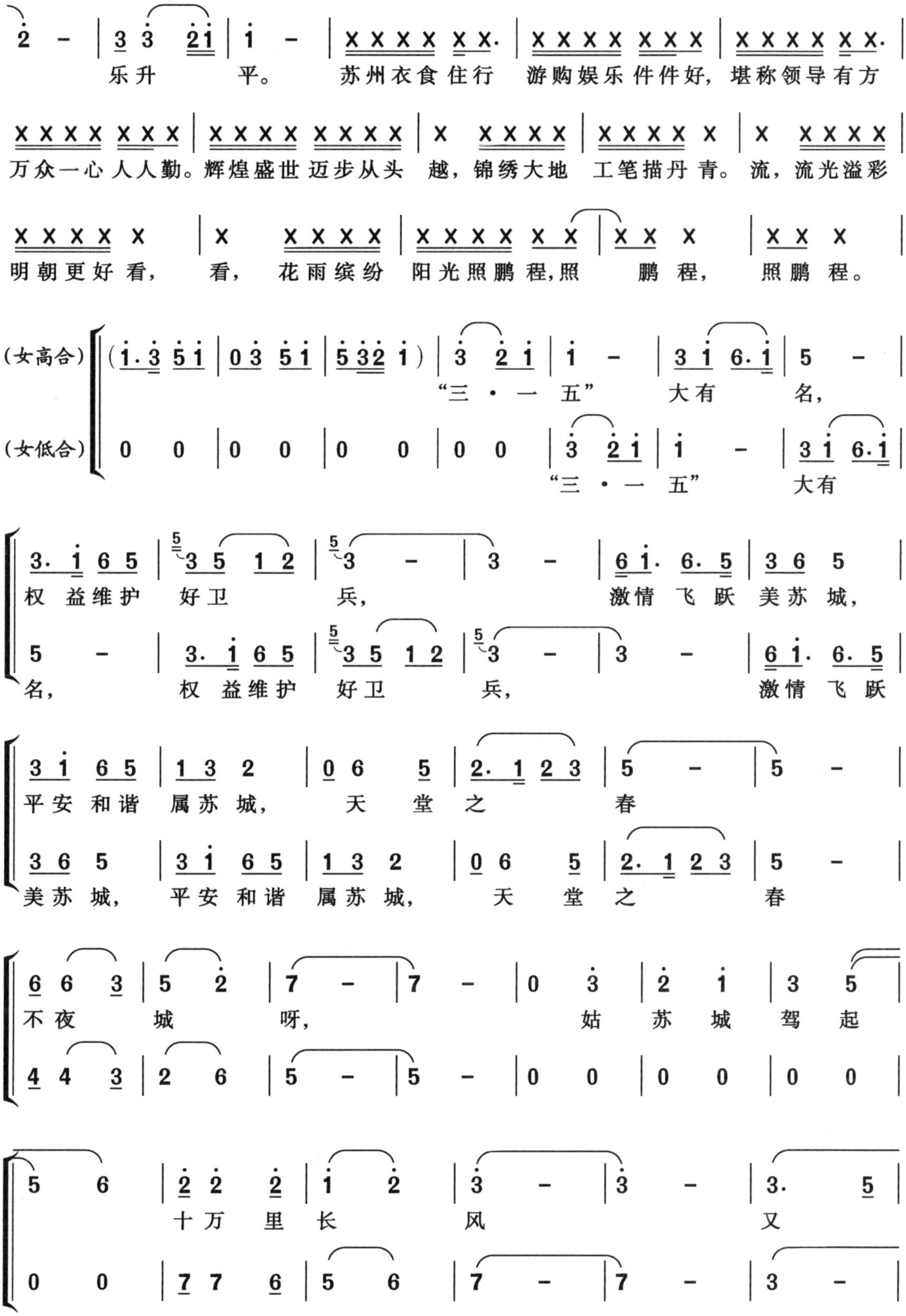
乐升 平。苏州衣食住行 游购娱乐件件好，堪称领导有方
万众一心人人勤。辉煌盛世迈步从头 越，锦绣大地 工笔描丹 青。流，流光溢彩
明朝更好看， 看， 花雨缤纷 阳光照鹏 程，照 鹏 程， 照鹏 程。
(女高合)
(女低合)
“三 · 一 五” 大有 名，
“三 · 一 五” 大有
权 益维护 好卫 兵， 激情 飞 跃 美苏 城，
名， 权 益维护 好卫 兵， 激情 飞 跃
平安 和谐 属苏 城， 天 堂 之 春
美苏 城， 平安 和谐 属苏 城， 天 堂 之 春
不夜 城 呀， 姑 苏 城 驾 起
十 万 里 长 风 又

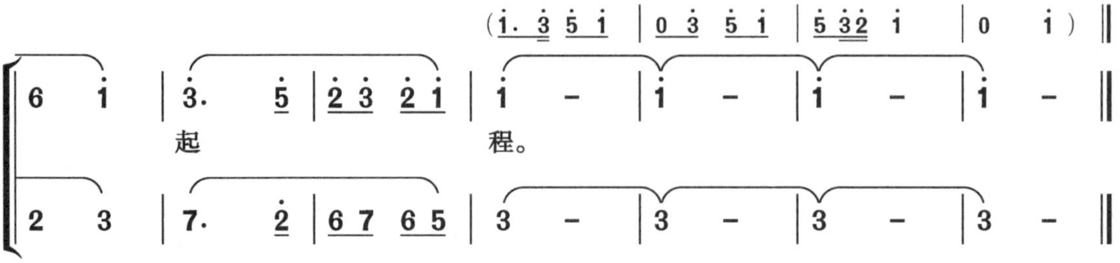

作品简介

《评弹摇滚3·15》创作于2006年。在此之前，我从没写过“摇滚”，只能边学边写。流行音乐如何与评弹音乐结合？实际上，弹词某些流派唱腔比如“香香调”和“小飞调”，其快弹快唱的表演形态与流行音乐的摇滚、说唱（rap）有相似之处，具有“口语化”和“如说一样唱”的特点。如一段50多句唱词的《珍珠塔 · 哭诉》因速度快，字多腔少，能在不满5分钟的时间里唱完！所以我以为，用“小飞调”（每分钟130拍）的速度来唱摇滚是没有问题的。

摇滚的节奏奔放而富有动感，但评弹摇滚，还得姓“评”，评弹的灵魂不能丢。所以我把评弹过门稍做改良，在原来的 1. 3 5 1 | 3 5 1 | 中间增加一小节，加上两拍 0 3 5 1 |，成为 1. 3 5 1 | 0 3 5 1 | 5 32 1 | 1. 3 5 1 | 0 3 5 1 | 5 72 1 |，并向下四度模进：5. 7 2 5 | 0 7 2 5 | 2 56 7 | 5. 7 2 5 | 0 7 2 5 | 5 32 1 |，其中半拍休止的运用加强了旋律的动感。这个富于新意的过门成为作品的摇滚符号，贯穿于全曲。

本作品以念诵为主，完整的唱段只有开头和结尾两段。为体现摇滚特点，唱腔设计在歌化处理中注意了节奏疏密对比和音程上下跳进等手法的运用。节奏的疏密对比，例如：3. i 65 | i i 6 5 | 3 5 2 1 | 1 – | 7. 2 | 5 3 5 6 | 7 – | 7 – | 前一乐句节奏
惠及了 灯火 万家 齐欢 腾。 订 法 有 关
密，后一乐句节奏疏。上下跳进手法的运用，例如：3 5 | 3 2 1 | 1 1 6 3 | 5 – |
从 来 苏 州 天堂 称，
i i 6 5 | 1 6 5 | 5 3. | 3 – ‖ “从来”与“苏州”“又向”与“小康”之间都是五六
今天 又向 小 康 行，
度的跳进。这样的跳进音程在第一段八句唱腔中就出现了十几次。

摇滚的最大特点是“rap”，这种只有节奏、没有旋律的唱词在作品中有六段。我没有简单地设计成传统评弹“乱鸡啼”那样的干板，而是设计成“rap”那样字位密集、十六分音符节奏为主、快速的、使用吴侬软语的、“说一样的唱”的“念诵”。总之，流行音乐与评弹音乐相结合的摇滚，是一次很有意义的尝试和体验。

梅兰竹菊吟

（女声小组唱）

华觉平 词
潘益麟 曲
盛小云 领唱

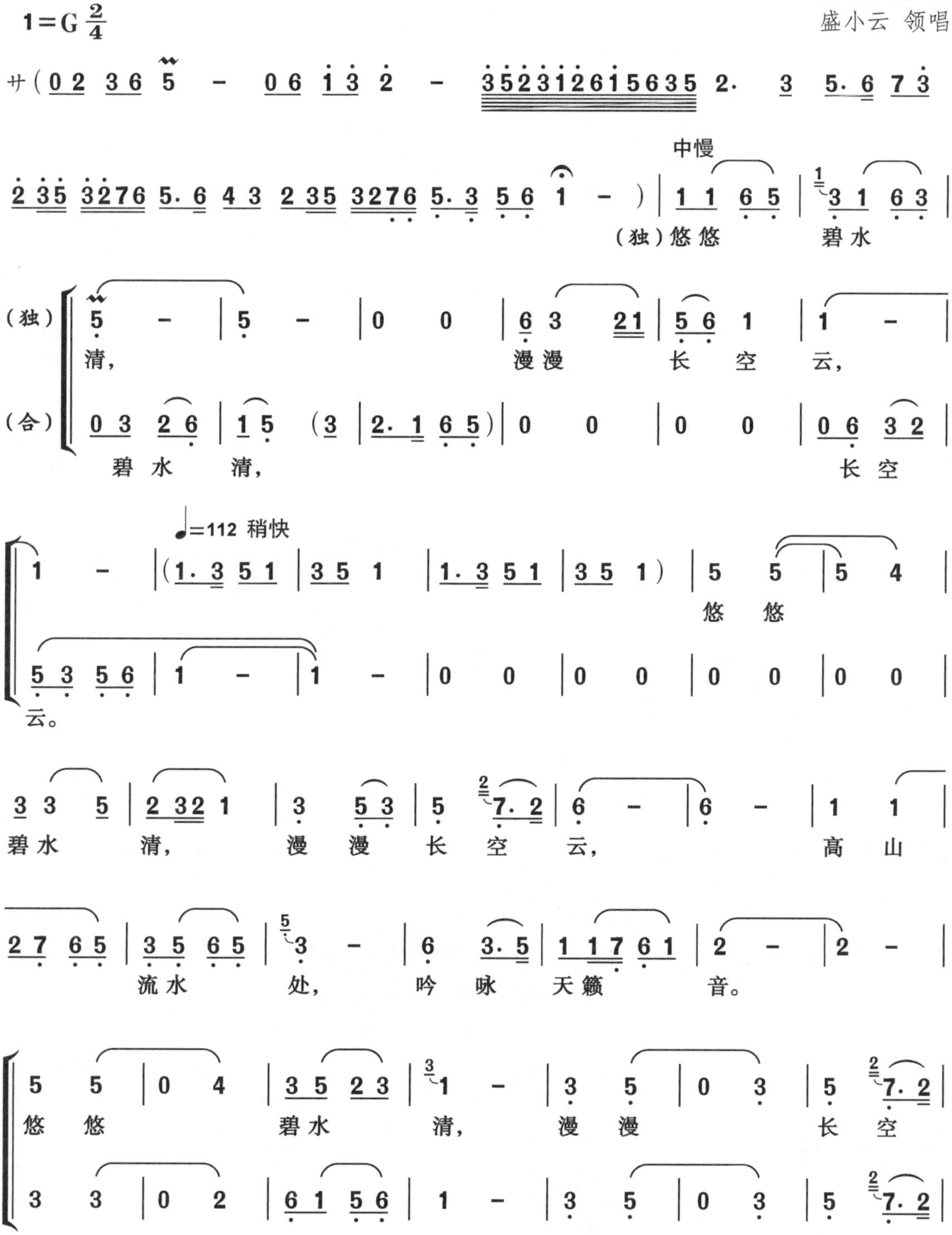

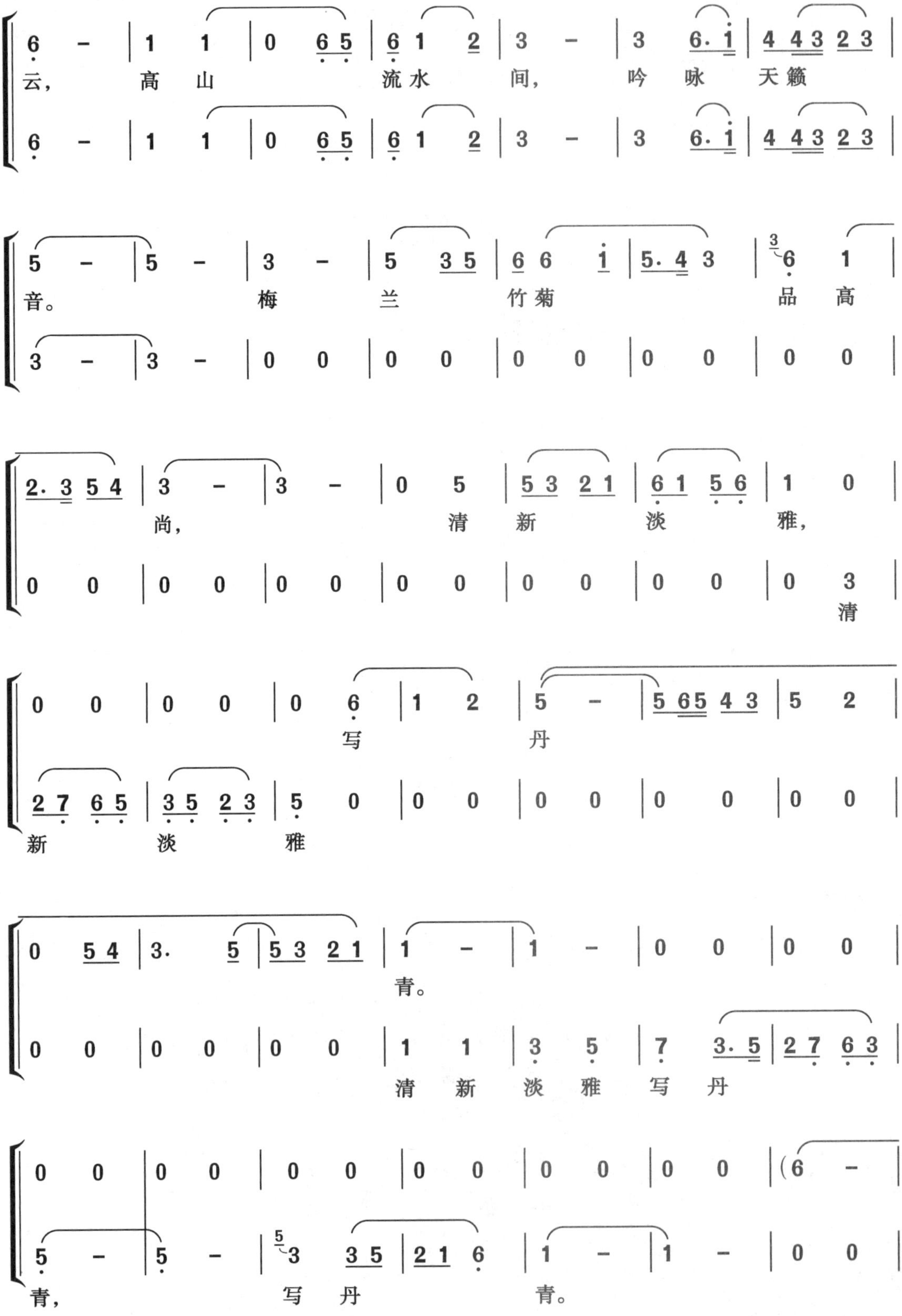
云，高山流水间，吟咏天籁
音。梅兰竹菊品高
尚，清新淡雅，
清
写丹
新淡雅
青。
清新淡雅写丹
青，写丹青。

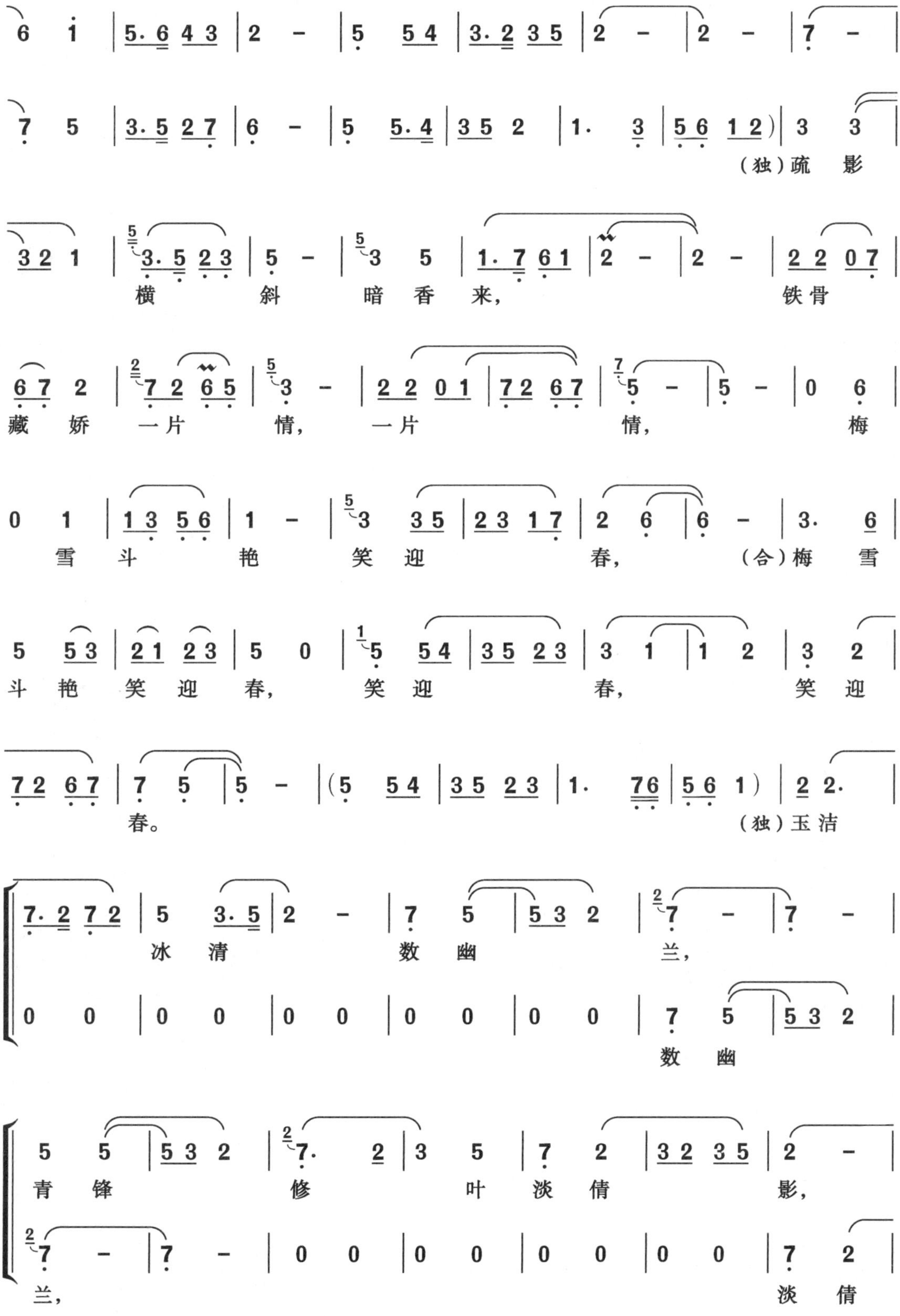
(独)疏 影
横 斜 暗 香 来，铁骨
藏 娇 一片 情，一片 情，梅
雪 斗 艳 笑 迎 春，(合)梅 雪
斗 艳 笑 迎 春，笑 迎 春，笑 迎
春。(独)玉 洁
冰 清 数 幽 兰，
数 幽
青 锋 修 叶 淡 倩 影，
兰，淡 倩

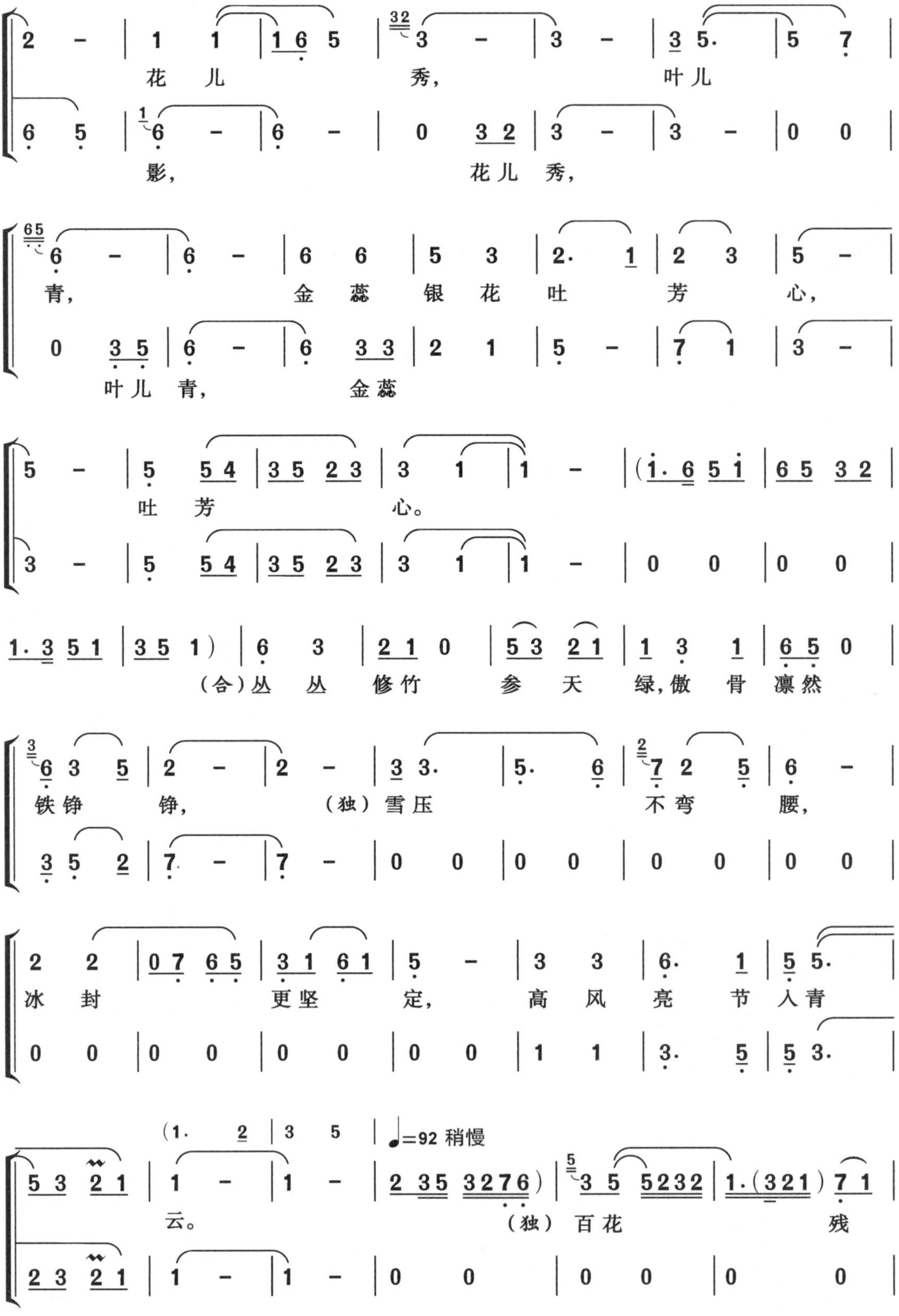
花 儿 秀， 叶儿
影， 花儿 秀，
青， 金 蕊 银 花 吐 芳 心，
叶儿 青， 金蕊
吐 芳 心。
（合）从 从 修竹 参 天 绿，傲 骨 凛然
铁铮 铮， （独）雪压 不弯 腰，
冰 封 更坚 定， 高 风 亮 节 人青
♩=92 稍慢
云。 （独）百花 残

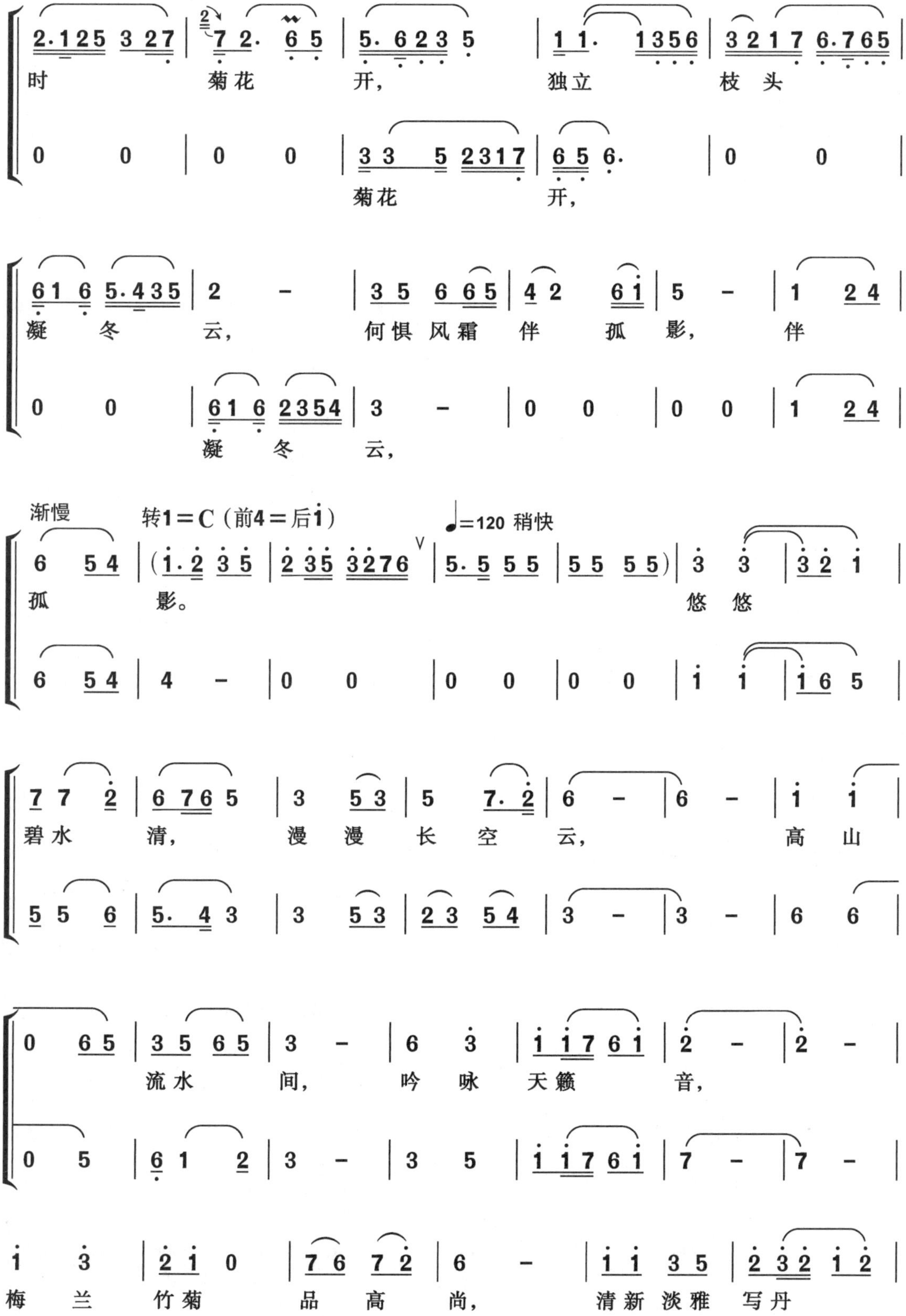
时 菊花 开， 独立 枝头
菊花 开，
凝 冬 云， 何惧风霜 伴 孤 影， 伴
凝 冬 云，
渐慢
转1＝C（前4＝后i）
♩＝120 稍快
孤 影。 悠悠
碧水 清， 漫 漫 长 空 云， 高山
流水 间， 吟 咏 天籁 音，
梅 兰 竹菊 品 高 尚， 清新淡雅 写丹

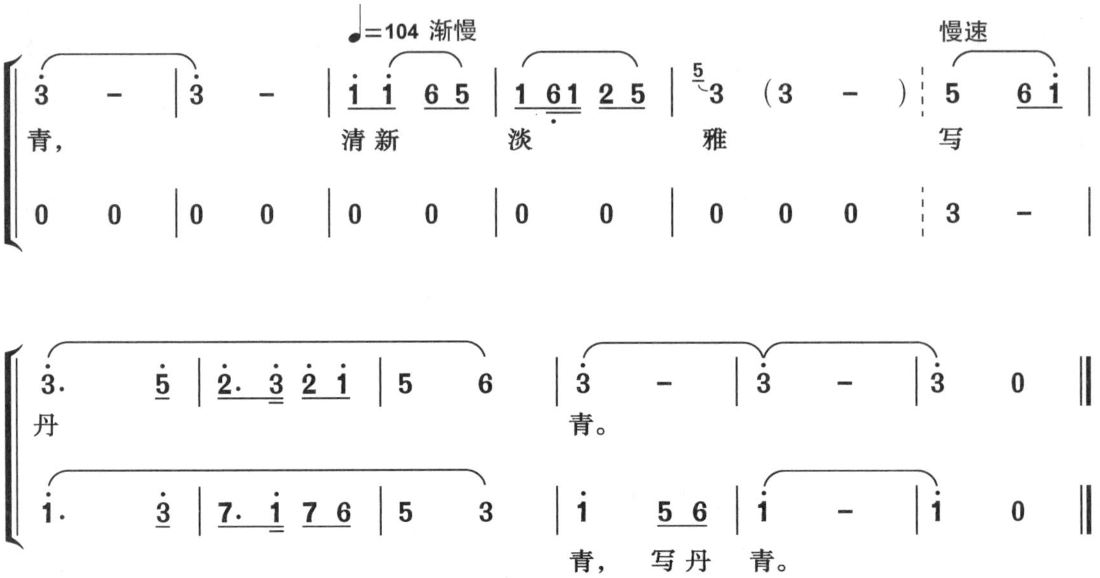

作品简介

女声小组唱《梅兰竹菊吟》创作于2006年，作品音乐素材取自于弹词丽调和某些江南小调。领唱与伴唱交织的表现形式，是丰富和拓展评弹音乐创作、表演的有益尝试。

开篇起句“悠悠碧水清，漫漫长空云”，每一句都是先领唱，后伴唱呼应衬托后三字，一唱众和地将乐句补充完整，从而营造出一种空灵广阔的意境。

第二段是作品的核心部分，其中“梅”“兰”“竹”三个乐段都以起承转合四句式构成方整性的乐段，用独唱、领唱加伴唱、合唱等多种手法来表演，尤其“兰”的这一段还运用了暂时离调的手法，从而丰富了调式的色彩对比：

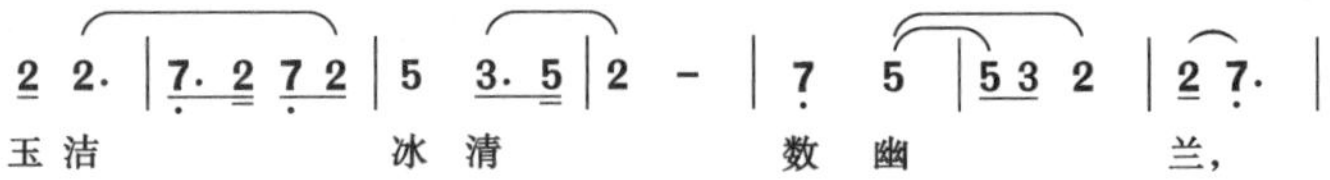

。第四乐段“菊”既要推动情绪的高涨，又担负着与最后尾声乐段的衔接。所以在这一乐段的最后一句“何惧风霜伴孤云”处，运用了上方四度转调的方法：

转至C调，前“6”（la）=后“3”（mi），并在新的音区中再现第一段唱腔旋律。字、腔、意境的结合，自然而不落窠臼，把整个作品的情绪推向了高潮！

梅兰竹菊吟唱，美的旋律带给听众美的享受！

作品由盛小云领唱，2006年参加苏州广电总台“声音的盛宴”大型文艺晚会演出，并参加了2008年苏州电视台春节评弹晚会演出。

乐为农家添春光

（评弹情景表演唱）

邢晏春、谭亚新 词
潘益麟 曲
戴芸、查兰兰、许芸芸 领唱

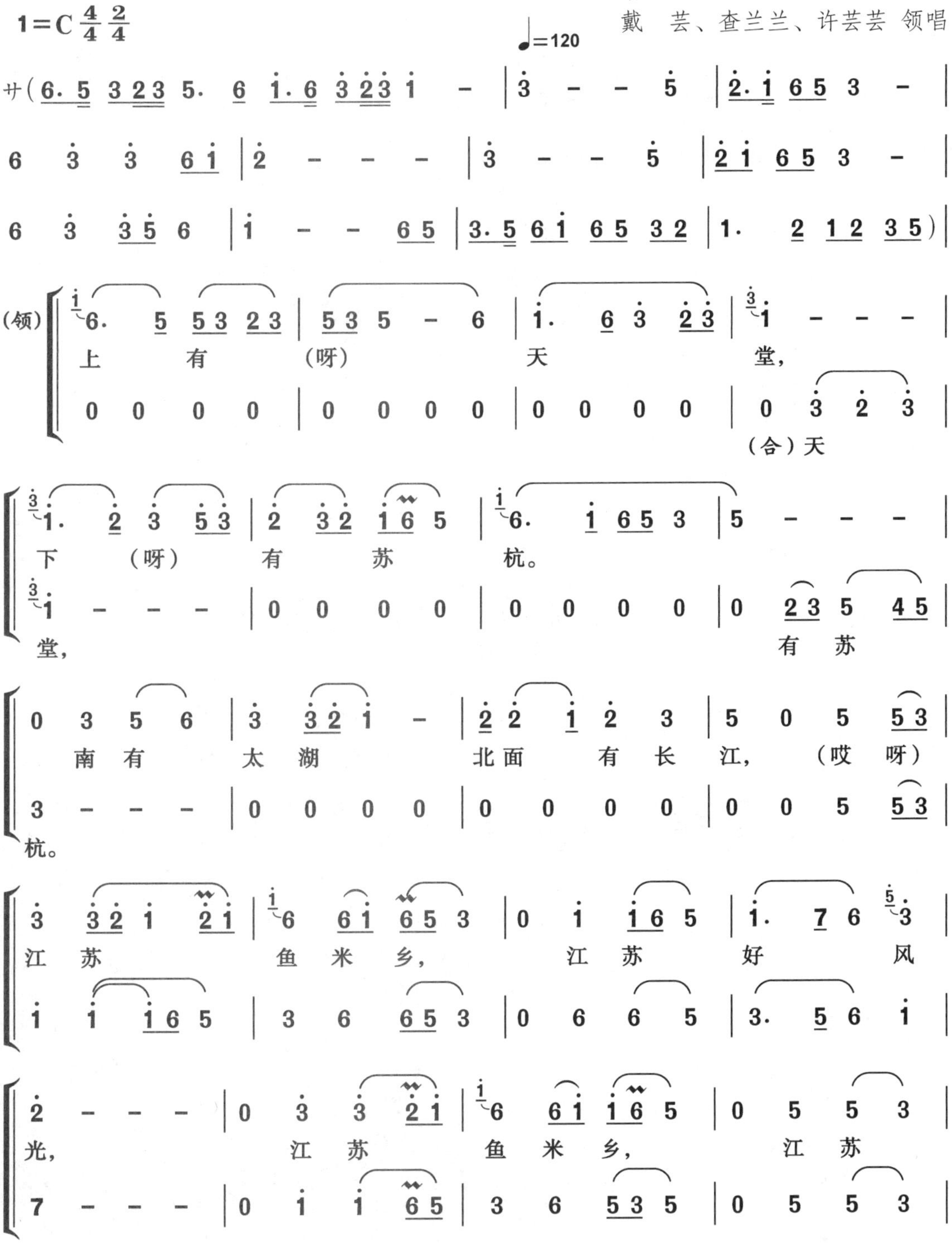

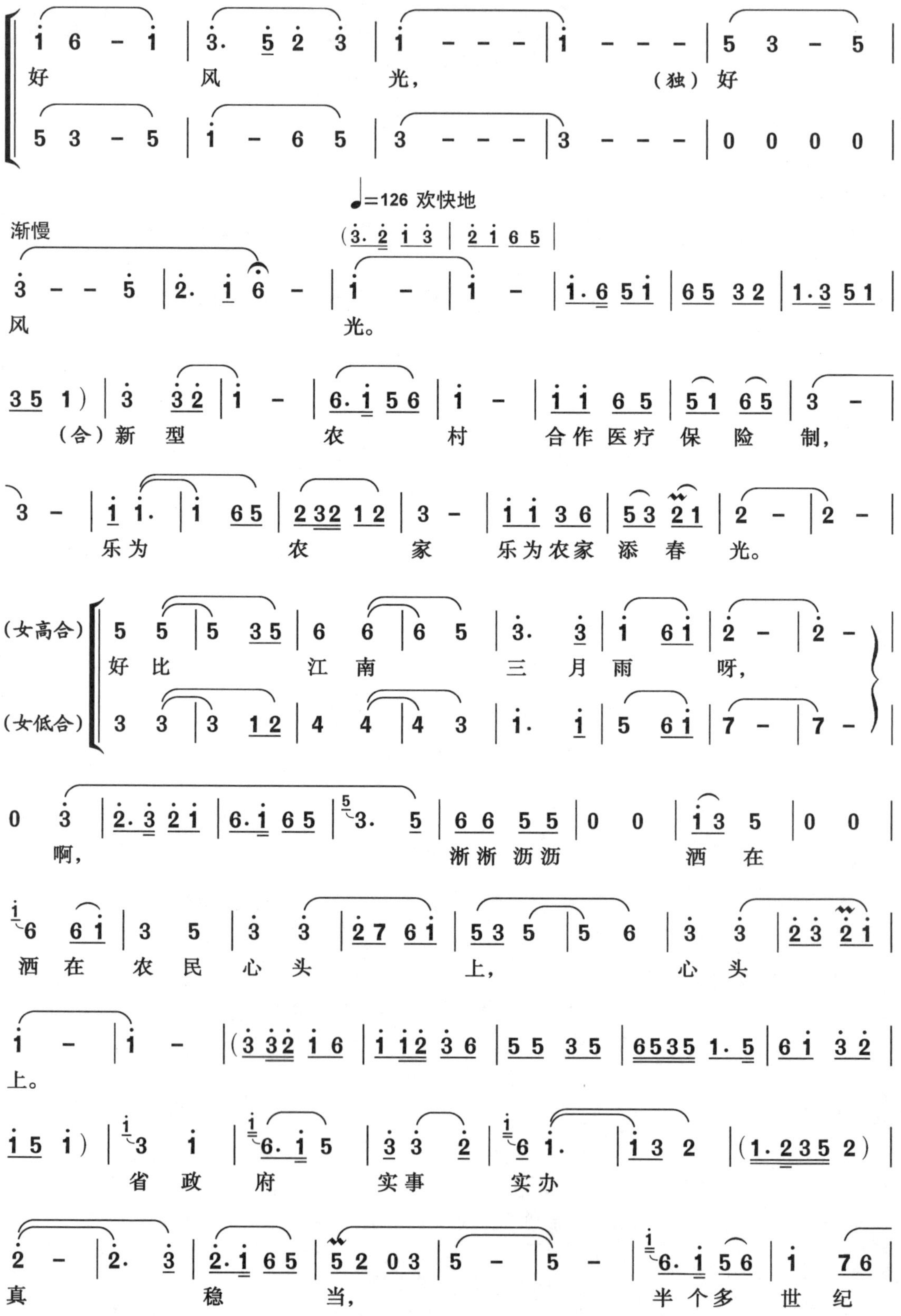
好 风 光，
（独）好
♩=126 欢快地
渐慢
风 光。
（合）新 型 农 村 合作医疗 保 险 制，
乐为 农 家 乐为农家 添 春 光。
（女高合）
（女低合）
好比 江 南 三 月 雨 呀，
啊，
淅淅 沥沥 洒 在
洒 在 农 民 心 头 上，
心 头
上。
省 政 府 实事 实办
真 稳 当，
半个多 世 纪

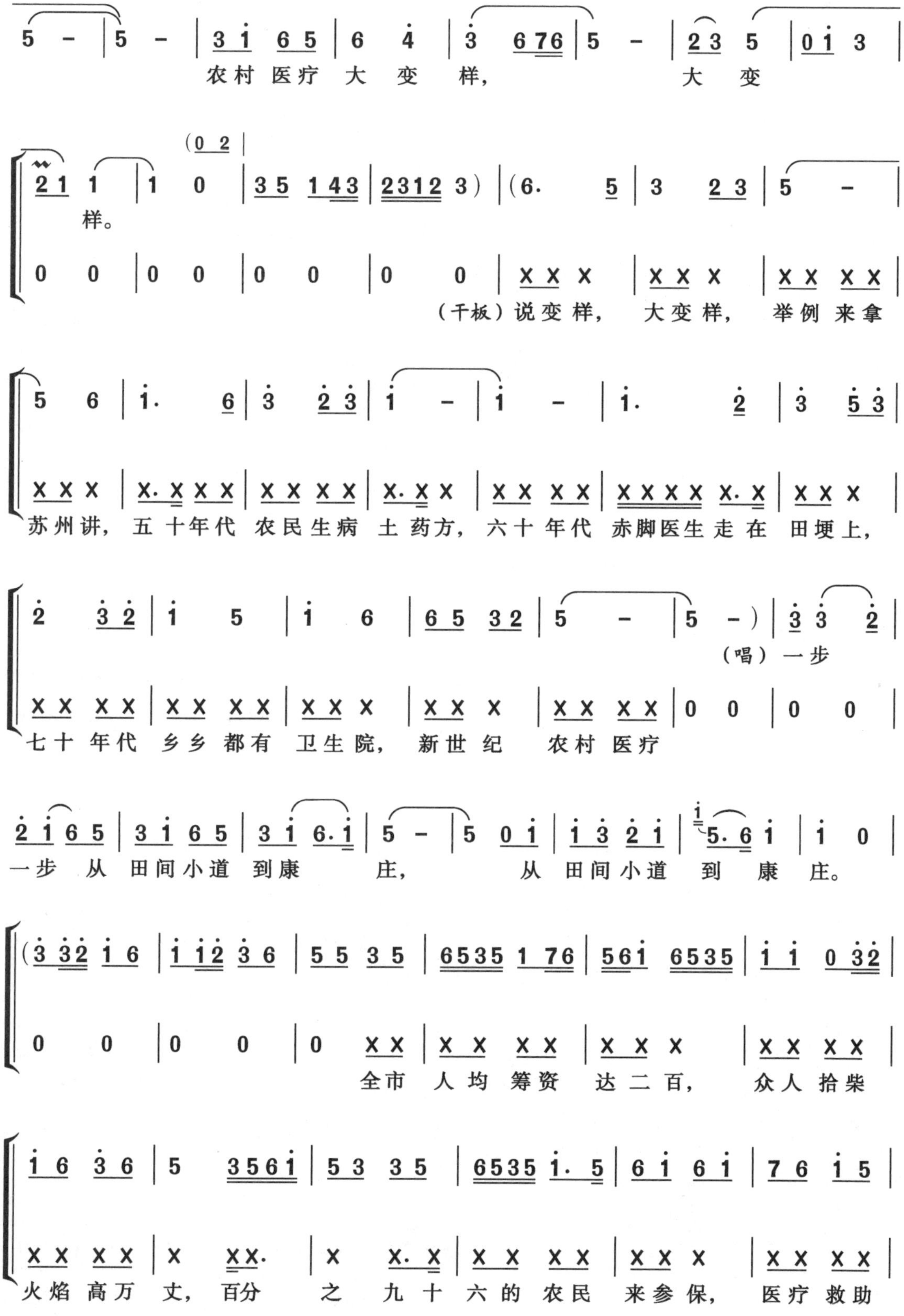
农村医疗大变样，大变
样。
（干板）说变样，大变样，举例来拿
苏州讲，五十年代农民生病土药方，六十年代赤脚医生走在田埂上，
（唱）一步
七十年代乡乡都有卫生院，新世纪农村医疗
一步从田间小道到康庄，从田间小道到康庄。
全市人均筹资达二百，众人拾柴
火焰高万丈，百分之九十六的农民来参保，医疗救助

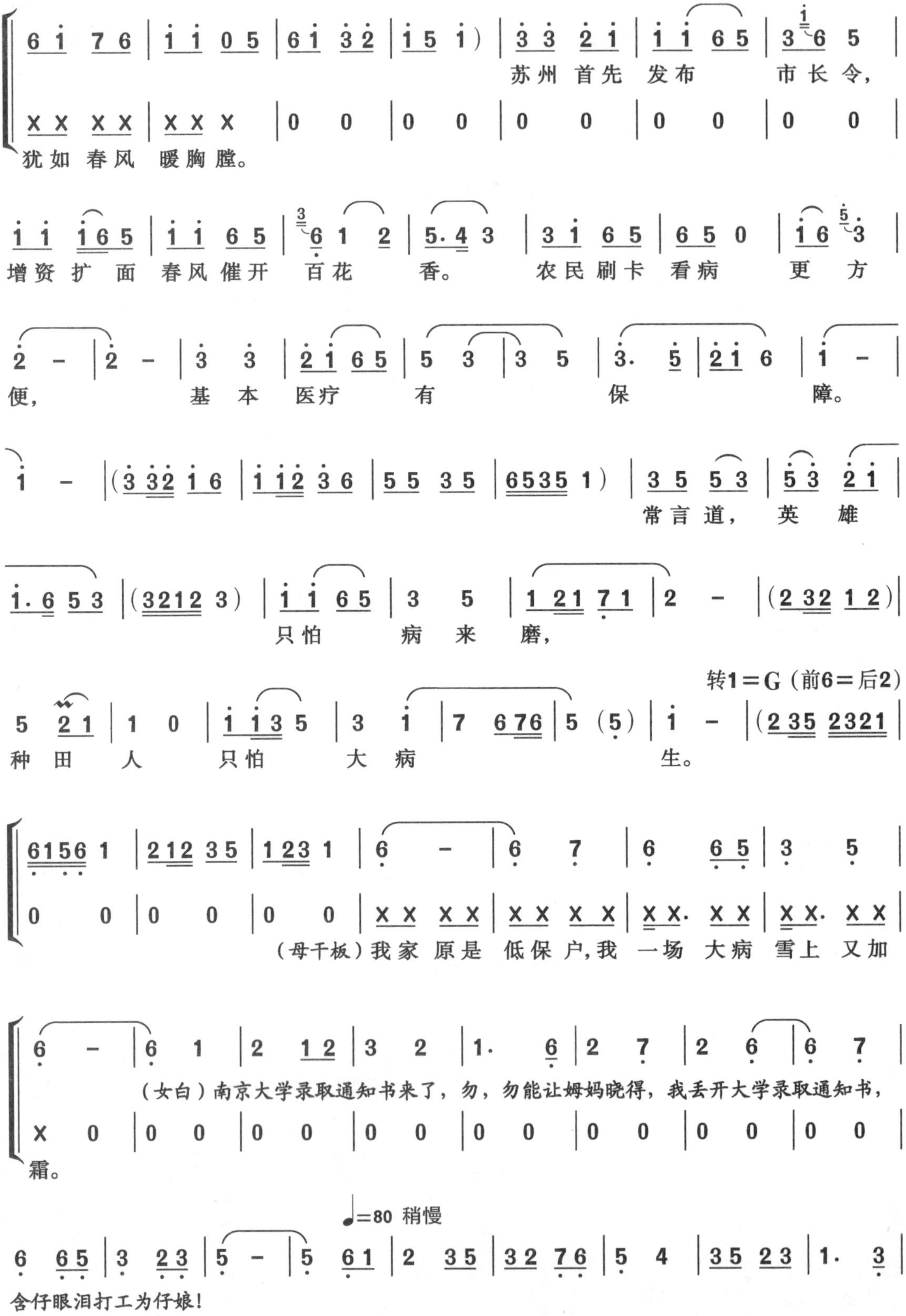
苏州首先发布市长令，
犹如春风暖胸膛。
增资扩面春风催开百花香。农民刷卡看病更方
便，基本医疗有保障。
常言道，英雄
只怕病来磨，
转1＝G（前6＝后2）
种田人只怕大病生。
（母干板）我家原是低保户，我一场大病雪上又加
（女白）南京大学录取通知书来了，勿，勿能让姆妈晓得，我丢开大学录取通知书，
霜。
♩=80 稍慢
舍仔眼泪打工为仔娘！

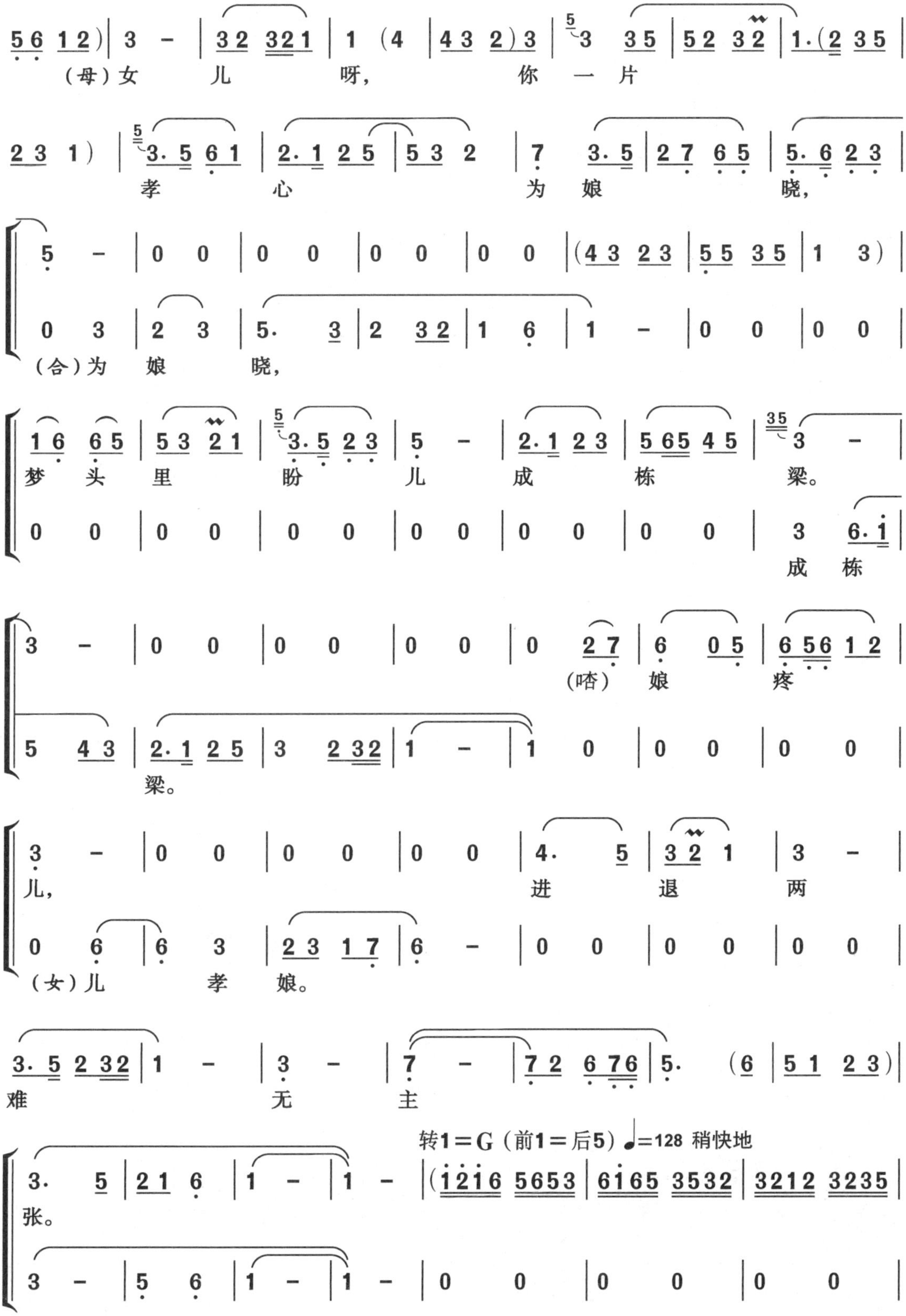
(母)女儿呀，你一片
孝心为娘晓，
(合)为娘晓，
梦头里盼儿成栋梁。
成栋
梁。
(啥)娘疼
儿，进退两
(女)儿孝娘。
难无主
转1＝G（前1＝后5）♩=128 稍快地
张。

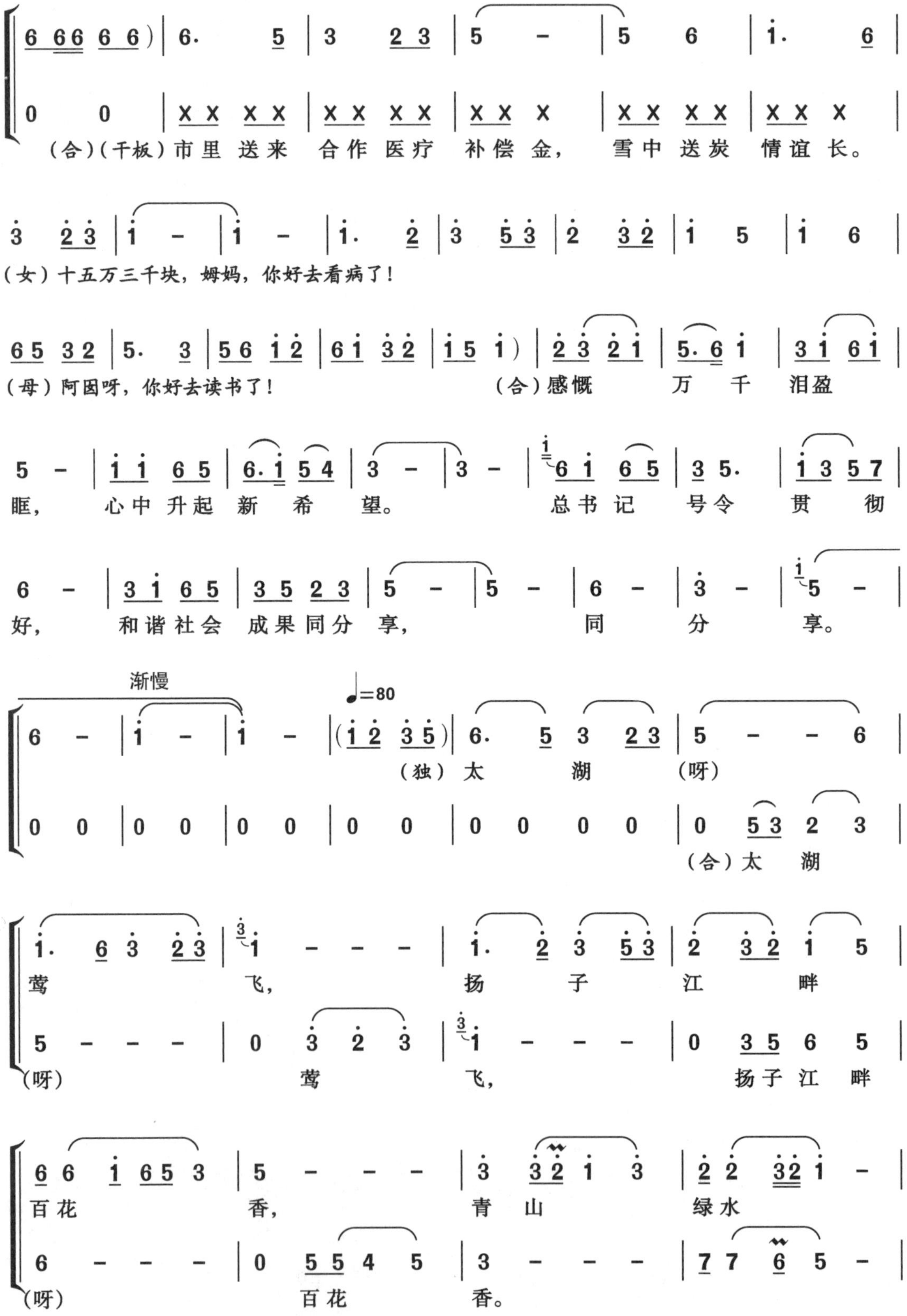
（合）（干板）市里 送来 合作 医疗 补偿 金， 雪中 送炭 情谊 长。
（女）十五万三千块，姆妈，你好去看病了！
（母）阿囡呀，你好去读书了！
（合）感慨 万 千 泪盈
眶， 心中 升起 新 希 望。 总书 记 号令 贯 彻
好， 和谐 社会 成果 同分 享， 同 分 享。
渐慢
♩=80
（独）太 湖 （呀）
（合）太 湖
莺 飞， 扬 子 江 畔
(呀) 莺 飞， 扬子 江 畔
百 花 香， 青 山 绿水
(呀) 百 花 香。

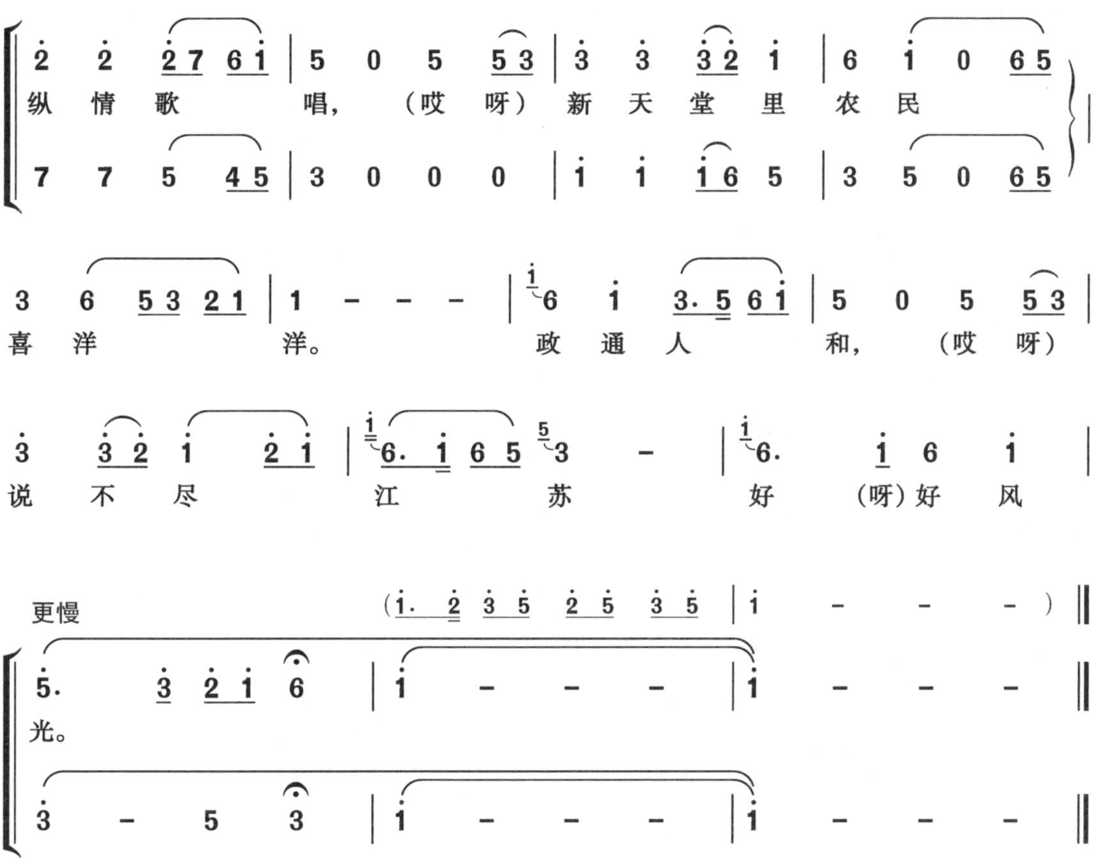

作品简介

评弹情景表演唱《乐为农家添春光》是 2007 年为江苏省参加全国卫生系统文艺会演而创作的一个评弹节目，它以改革开放前后苏州农村医疗卫生事业发生的巨大变化为缩影，赞美了 21 世纪江苏农村医疗卫生事业欣欣向荣的繁荣景象。

作品为套曲曲式，由江苏鱼米乡、苏州农村医保、母女对唱、尾声等段落组成；有合唱、领唱、对唱、干板等多种演唱形式，或委婉抒情，或热情奔放，或细腻沉郁，创新与传统有机结合。尤其是母女对唱这一段丽调唱腔：（领）“女儿啊，你一片孝心为娘晓，（伴）为娘晓，（领）梦头里盼儿成栋梁，（伴）成栋梁……”，领唱加伴唱，在渲染和抒发人物的真情实感中，达到激起听众共鸣的效果。

作品的唱词富有新意，格式有长有短，不囿于评弹七字句式，比如：

新型农村合作医疗保险制，

乐为农家添春光。

好比江南三月雨，

淅淅沥沥洒在农民心头上。

作曲时，考虑到乐句的规则、对称，为使这四句成为一个完整的乐段，我将其改为：

新型农村合作医疗保险制，

乐为农家乐为农家添春光。（补充成与第一句一样）

好比江南三月雨呀，（用“呀”补充一个三小节的甩腔），

淅淅沥沥洒在洒在农民心头上，心头上。（有所扩展）

作品由苏州歌舞团进行整体构思编排包装，以有情节、有人物、有层次的舞蹈组合来表现评弹演唱的故事内容，加上舞美、灯光、道具、音响等多种艺术手段的综合运用，丰富和提升了作品内涵，拓展了评弹的表演空间，具有浓郁的江南水乡特色，增强了节目的观赏性。

本作品于2007年代表江苏省参加全国卫生系统文艺会演，荣获卫生部所颁最佳节目奖第一名；2007年12月于中央电视台播出。

万代千秋儿女心

（女声小组唱）

邢晏春 词
潘益麟 曲
蔡小华 领唱

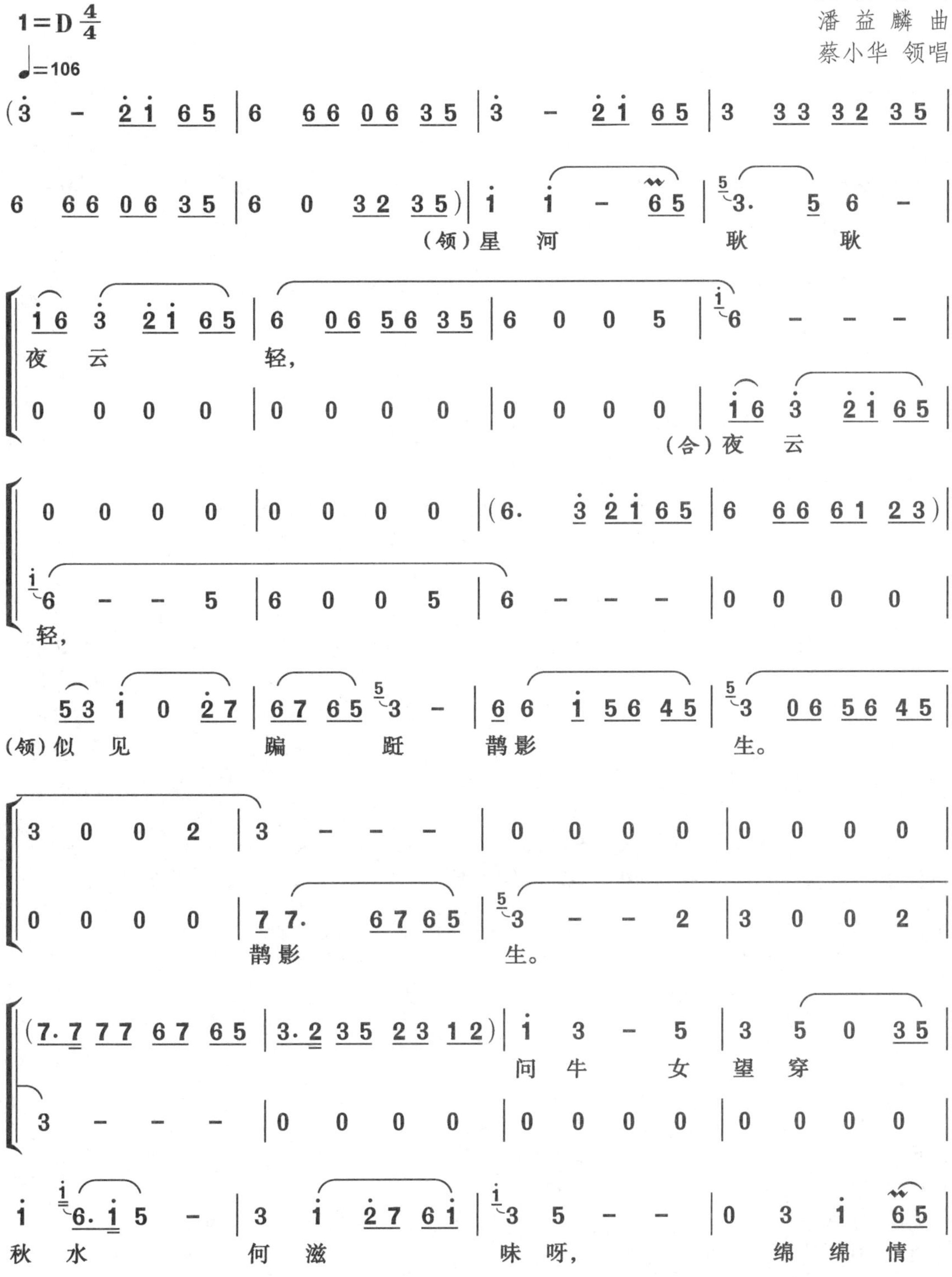

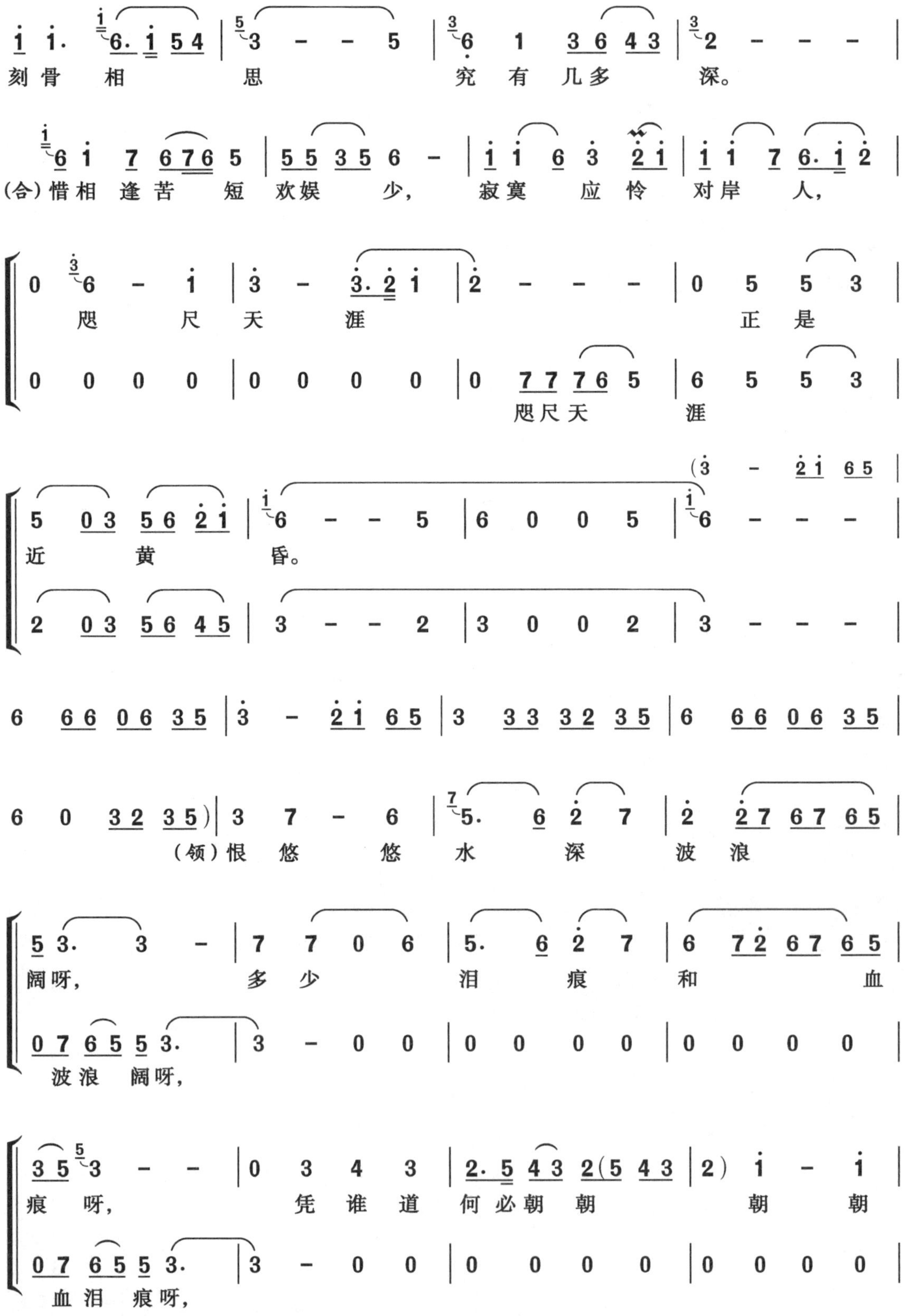
刻骨相思究有几多深。
(合)惜相逢苦短欢娱少，寂寞应怜对岸人，
咫尺天涯
正是
咫尺天涯
近黄昏。
(领)恨悠悠水深波浪
阔呀，多少泪痕和血
波浪阔呀，
痕呀，凭谁道何必朝朝朝朝
血泪痕呀，

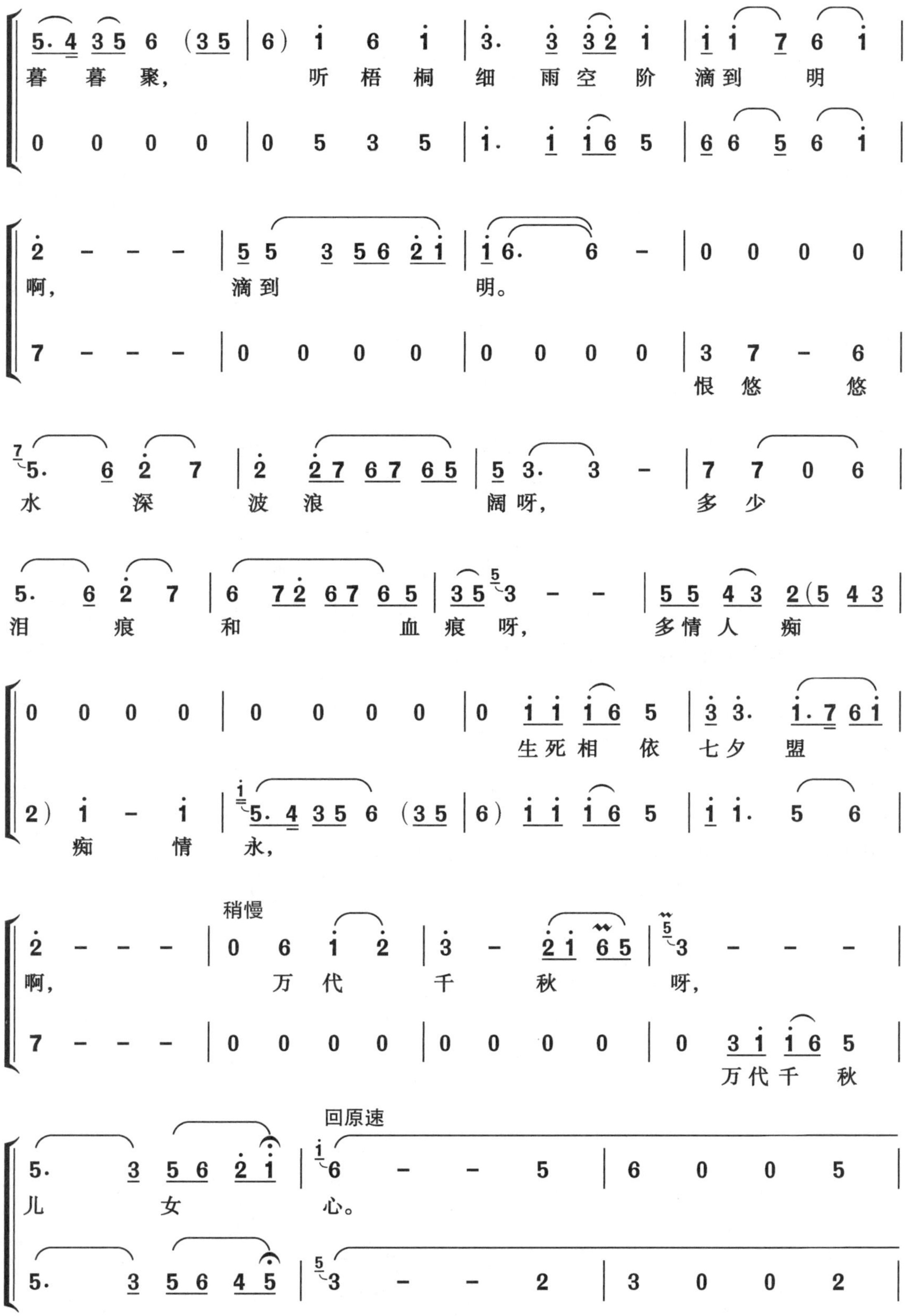
暮 暮 聚，
听 梧 桐 细 雨 空 阶 滴 到 明
啊，
滴 到 明。
恨 悠 悠
水 深 波 浪 阔 呀，
多 少
泪 痕 和 血 痕 呀，
多 情 人 痴
生 死 相 依 七 夕 盟
痴 情 永，
稍慢
啊，
万 代 千 秋 呀，
万 代 千 秋
回原速
儿 女 心。

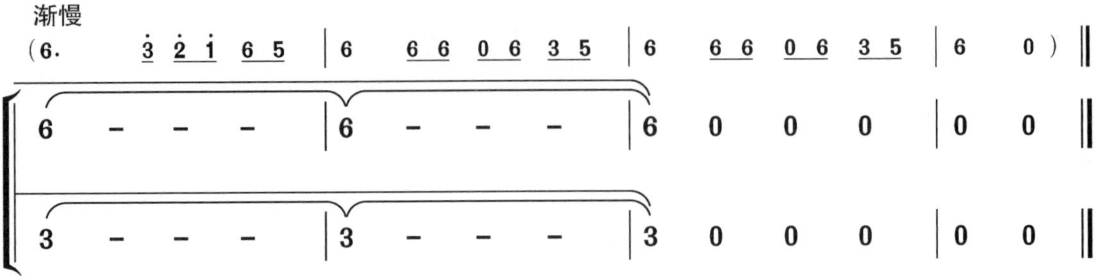

作品简介

女声小组唱《万代千秋儿女心》创作于2008年，是苏州电视台电视书场2008年录制的“中国历代爱情系列”评弹专场演出的一首序曲。与一般宫调式弹词流派唱腔不同，作品另辟蹊径，借鉴苏州弹词中某些羽调式曲牌音乐作为创作素材，增加了清角“4”（fa）和变宫“7”（si）的出现次数，唱腔显得柔美委婉。演唱采取领唱加伴唱的形式，一唱众和，交相辉映。为突出传统题材典雅的风格特征，唱腔设计中借鉴了传统戏曲甩腔、拖腔等运腔方式，如第一句末尾“夜云轻”的“轻”字落“6”（la）的拖腔：1̇6 3 2̇1̇ 65 | 6 – – 5 | 6 0 0 5 | 6 – – – ‖（夜 云 轻），第二句末尾“鹊影生”的“生”字落“3”（mi）的拖腔：66 1̇ 56 45 | 3 06 56 45 | 3 0 0 2 | 3 – – – ‖（鹊影 生）。这些长拖腔中连续运用了休止、顿挫等手法，从而营造了一种回旋、一字多音、似断非断、一波三折、一步三叹的情感吟咏。蔡小华的演唱，声情并茂，令人回味无穷。

茉莉情

（弹词开篇）

谭亚新 词
潘益麟 曲
盛小云 演唱

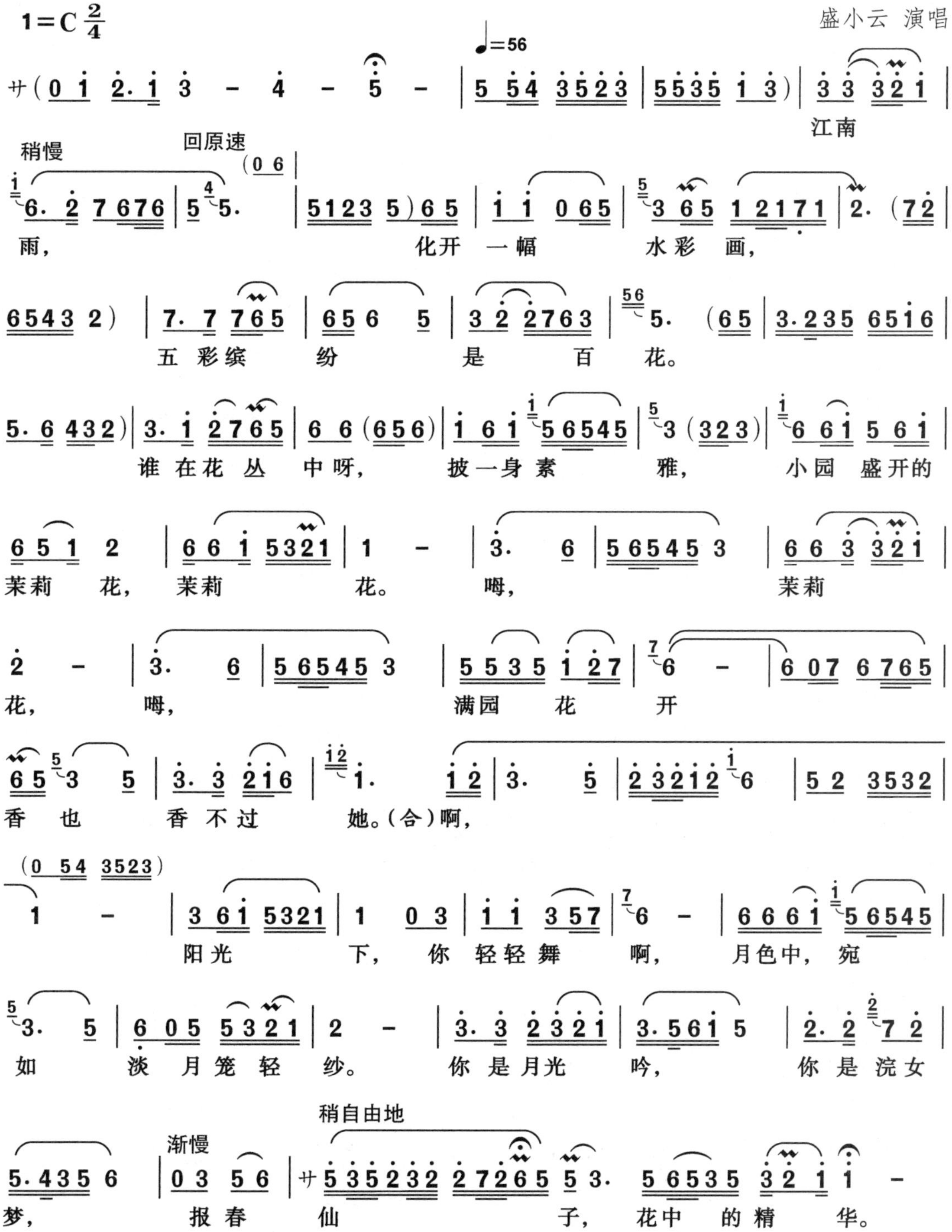

Xian Suo Yin

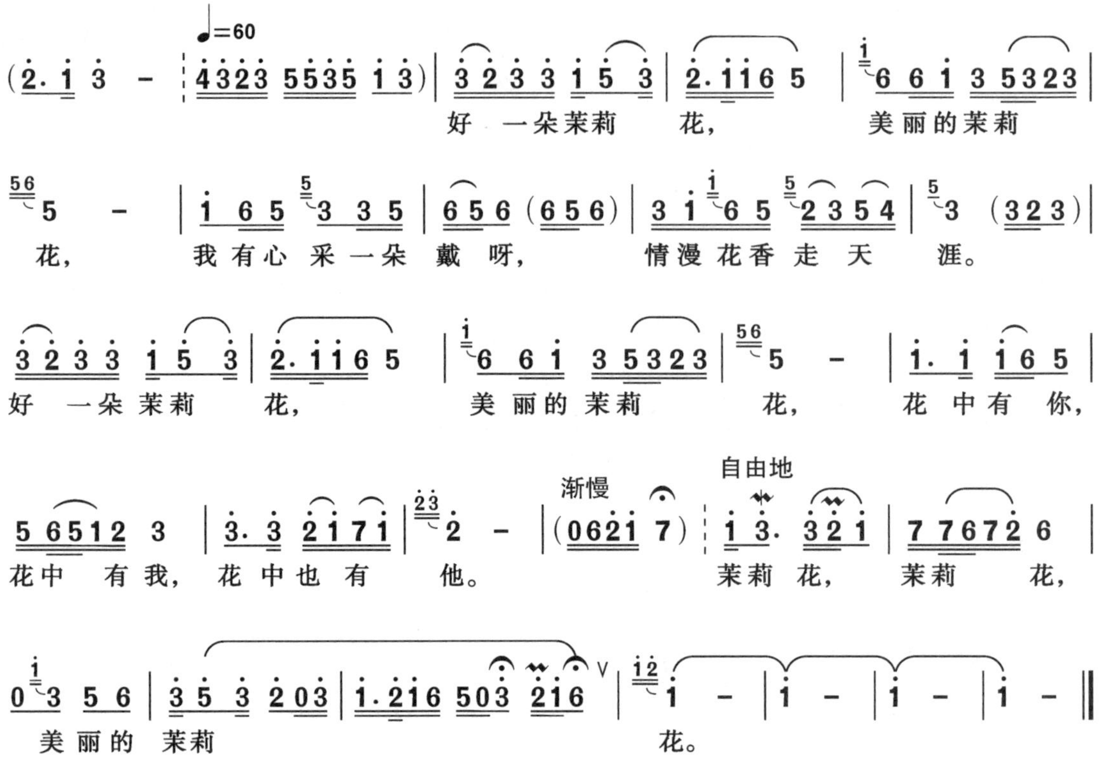

作品简介

弹词开篇《茉莉情》创作于 2008 年。“江南雨，化开一幅水彩画，五彩缤纷是百花。谁在花丛中，披一身素雅，小园盛开的茉莉花……”在委婉抒情的“俞调”声腔中，眼前仿佛飘来淅淅沥沥的江南春雨和素雅温馨的茉莉花香……作品以弹词传统曲调俞调、丽调等加以概括提炼，并将江苏民歌《茉莉花》的旋律贯穿其中，唱腔舒缓跌宕、俏丽清新，歌颂和赞美了江南水乡茉莉花芬芳素雅、朴实无华的高尚品质。

第一乐段中那句采用虚词“晦”的乐句，从俞调唱腔演化而来，通过两遍重复，加强了音乐的推动性，为把“满园花开香也香不过她”推入高音区起到了“助力”作用：

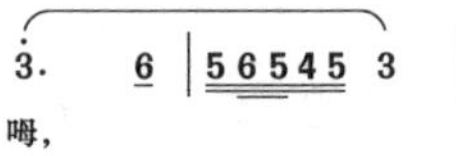

原先我这里用的衬词是“啊”，演唱者盛小云觉得不贴切，认为用“晦”比较好，就像闻花香一般，被花的芬芳所陶醉了！

盛小云的演唱嗓音甜美、运腔圆润，突破了传统弹词固有的演唱方法，为作品增色。

2008 年 10 月，该作品参加第五届中国曲艺“牡丹奖 · 金陵牡丹曲”颁奖晚会演出，广受好评；2009 年 12 月获第三届江苏曲艺最高奖“芦花奖 · 音乐奖”。

生命的价值

（评弹与快板）

胡　磊　蕾 词
潘　益　麟 曲
查兰兰、许芸芸等 演唱

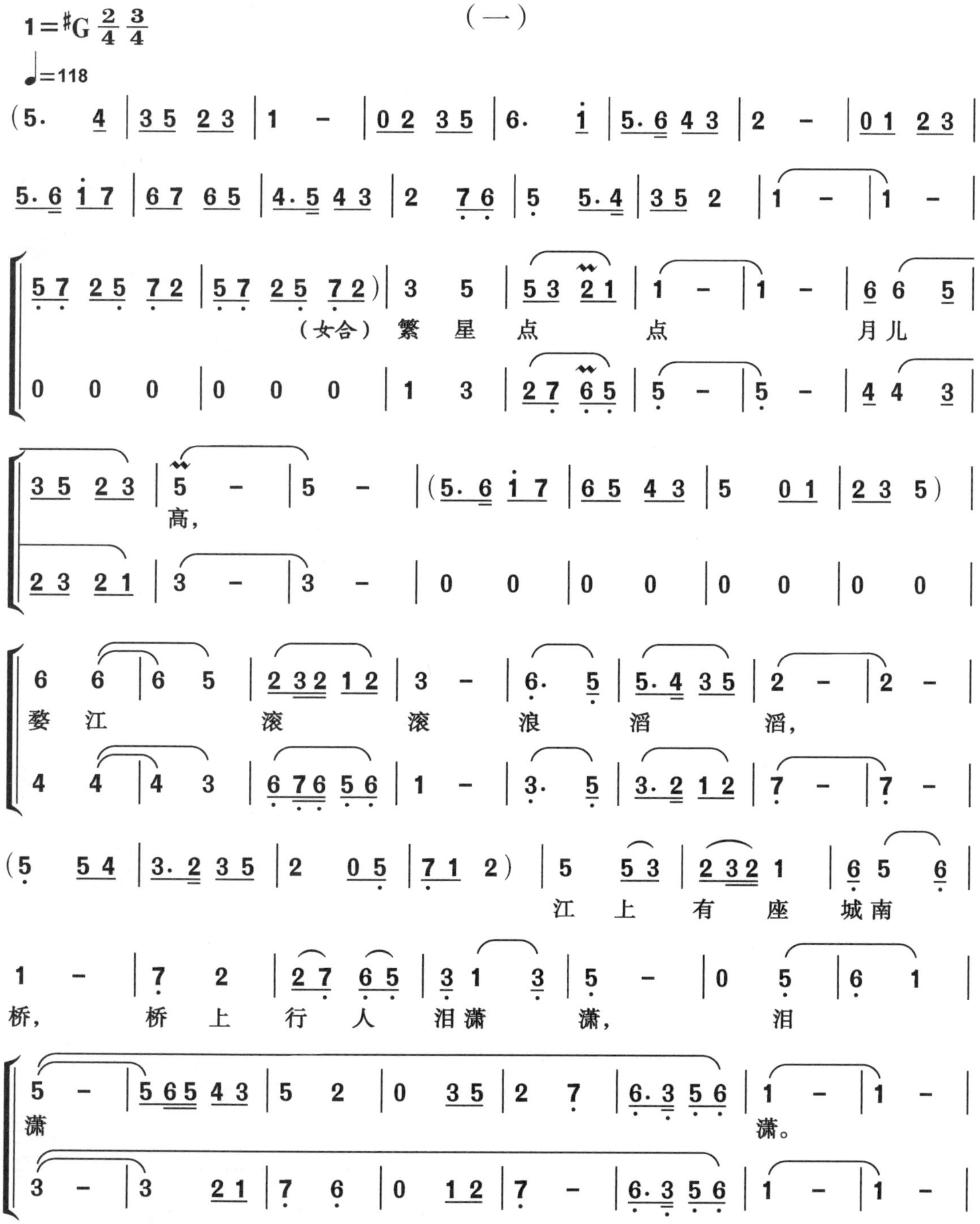

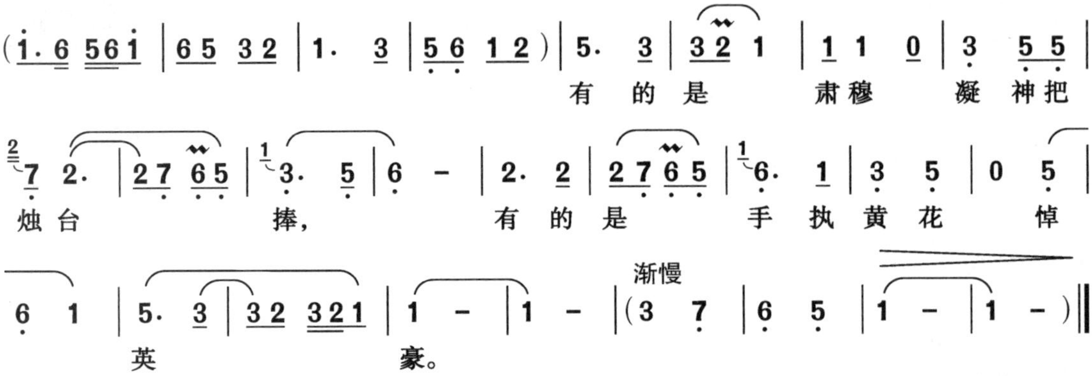
有的是 肃穆 凝神把
烛台 捧，有的是 手执黄花 悼
渐慢
英 豪。

（二）

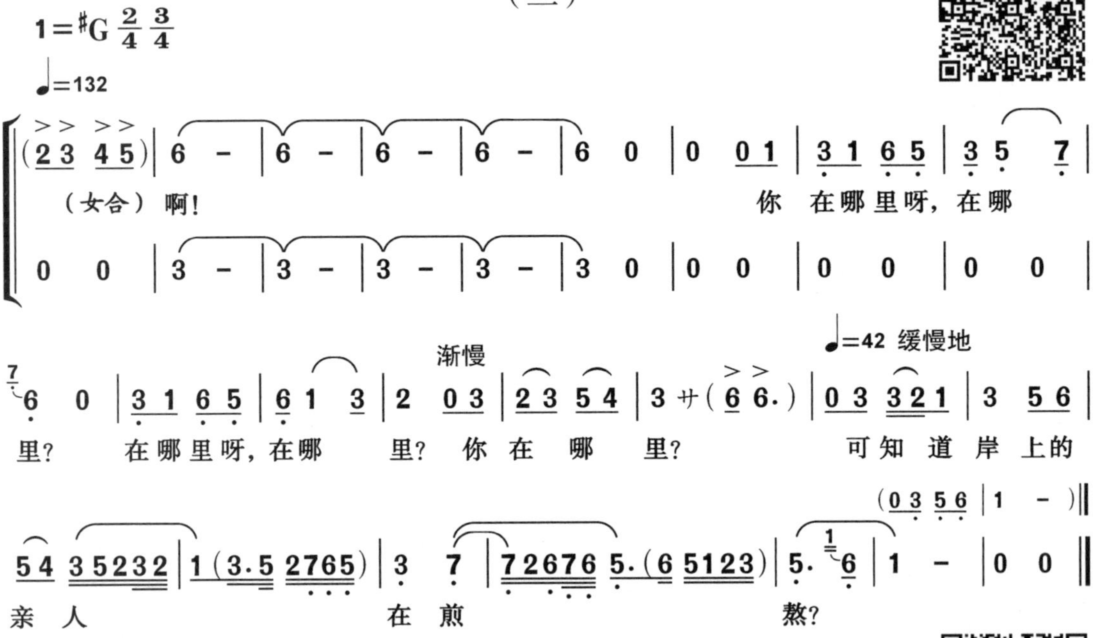
1=#G 2/4 3/4
♩=132
（女合）啊！ 你在哪里呀，在哪
渐慢
♩=42 缓慢地
里？在哪里呀，在哪 里？你在哪 里？ 可知道岸上的
亲人 在煎 熬？

（三）

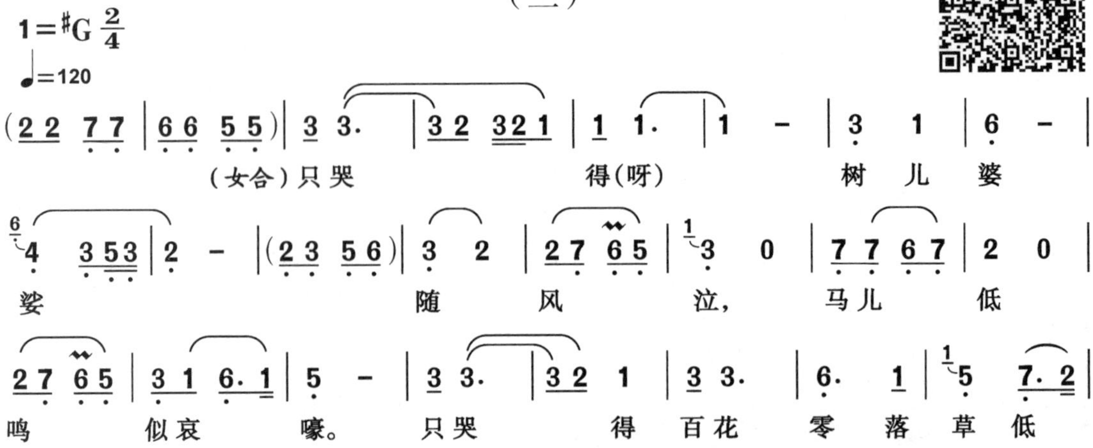
1=#G 2/4
♩=120
（女合）只哭 得（呀） 树儿婆
娑 随 风 泣，马儿 低
鸣 似哀 嚎。只哭 得百花 零落草低

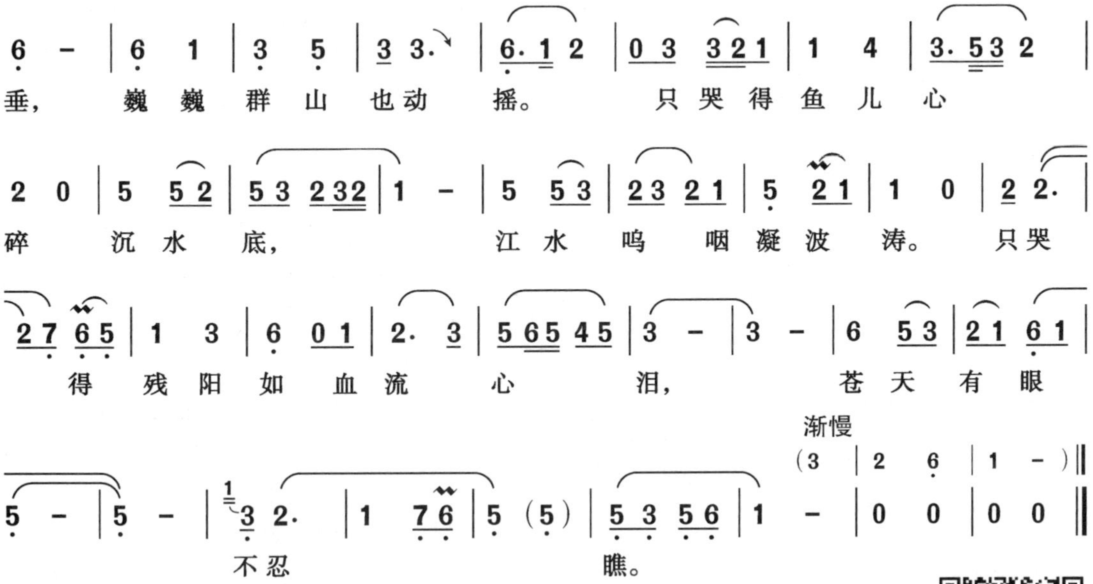
垂，巍巍群山也动摇。只哭得鱼儿心
碎沉水底，江水呜咽凝波涛。只哭
得残阳如血流心泪，苍天有眼
渐慢
不忍瞧。

（四）

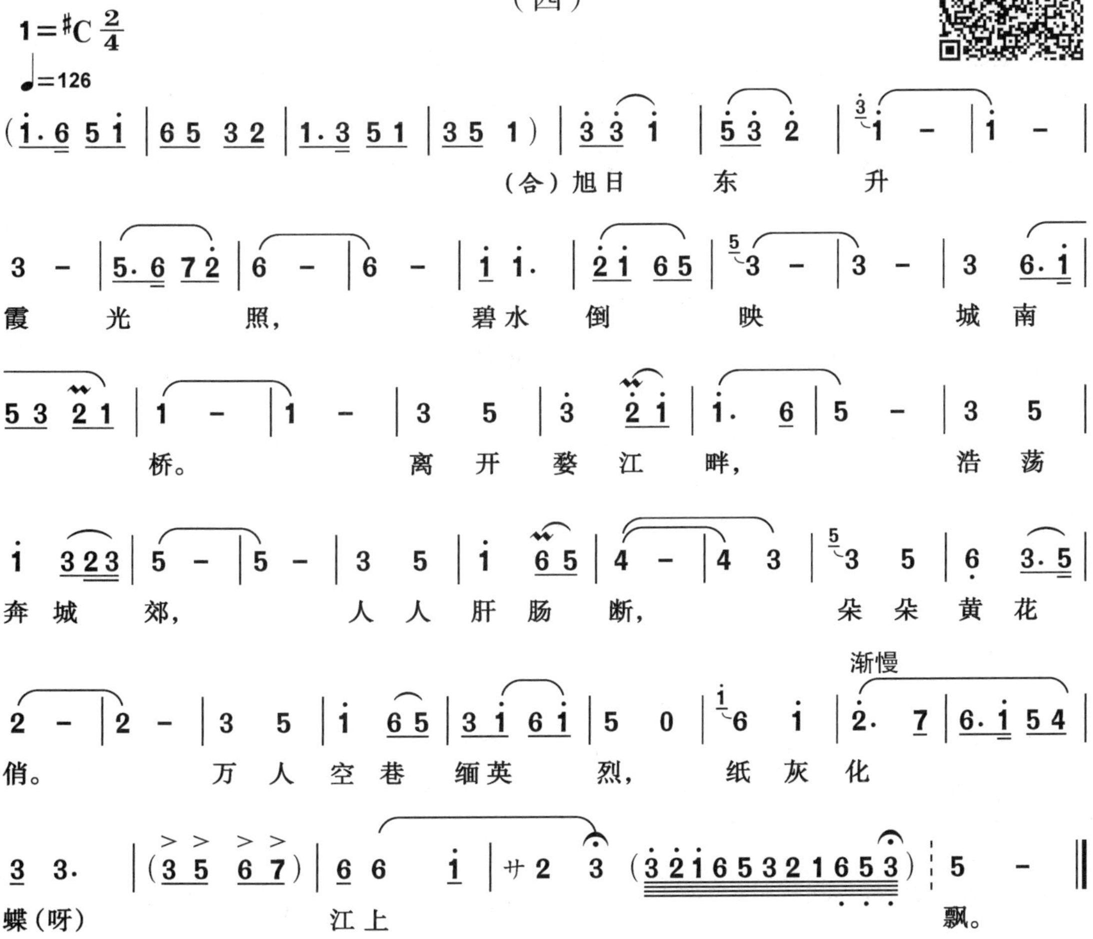
1＝♯C 2/4
♩=126
（合）旭日东升
霞光照，碧水倒映城南
桥。离开婺江畔，浩荡
奔城郊，人人肝肠断，朵朵黄花
渐慢
俏。万人空巷缅英烈，纸灰化
蝶（呀）江上飘。

（五）

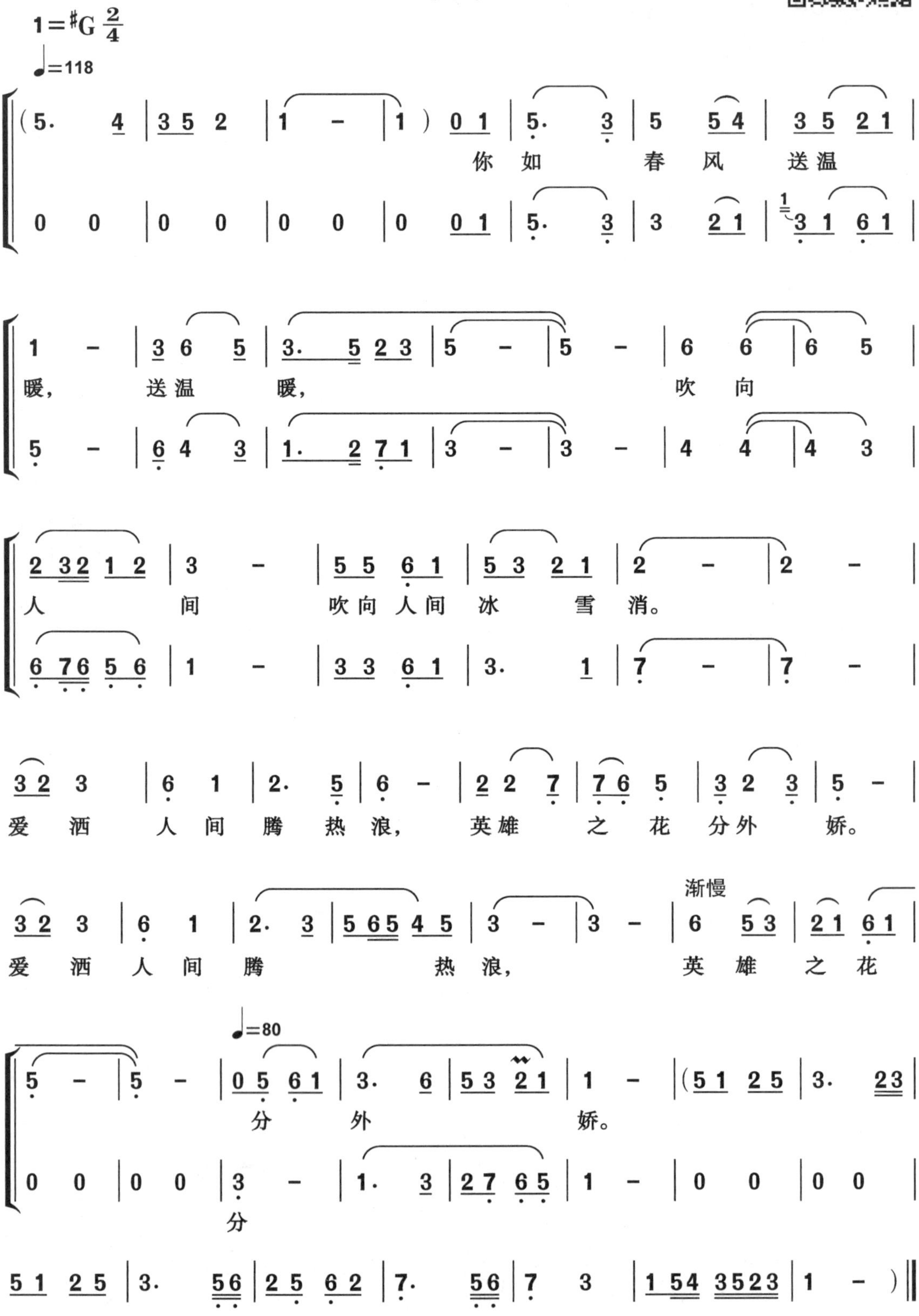
1＝♯G 2/4
♩＝118
你如春风送温暖，送温暖，
吹向人间
吹向人间冰雪消。
爱洒人间腾热浪，英雄之花分外娇。
渐慢
爱洒人间腾热浪，英雄之花
♩＝80
分外娇。
分

作品简介

评弹与快板《生命的价值》创作于 2009 年。这是一首表现社会主义核心价值观和传递正能量的作品。作品讲述了解放军某部中尉孟祥斌不顾个人安危、为救落水女子而在婺江中英勇牺牲的动人事迹，歌颂了新时期人民子弟兵的光辉形象。

作品首次将苏州评弹与北方快板进行嫁接，是南北曲艺联姻的一次有益尝试。

在以韵白语言为主的快板表演中，我先后设计了引子、江中救人、悲天恸地、祭奠英烈、尾声等五段弹词女声唱段，唱腔以丽调、俞调为框架，并有所突破创新，声情并茂，真切感人，较好地渲染烘托了作品的主题，塑造了人物形象。

作品第二乐段对弹词传统唱腔、板式有一定的突破和创新。为渲染群众在岸边万分急切寻找英雄的情形，在每分钟 132 拍的快速度下，衬词“啊”直接在高音区“$\dot{6}$”（la）上拖了八拍长腔，接着是快节奏连续的三个乐句“你在哪里呀，在哪里？在哪里呀，在哪里？你在哪里？”。第二乐句“在哪里”是第一乐句“在哪里”的上方四度模进，到第三乐句“你在哪里”突慢刹住，然后是缓缓的丽调下呼唱腔“可知道岸上的亲人在煎熬”。五个“在哪里”层层递进，营造了一种紧张不安、万般煎熬的情绪。《生命的价值》说唱互补，刚柔共济，拓展了苏州评弹和北方快板合作的表演空间，是一次不可多得的体验。

2009 年 5 月，本作品由二炮文工团表演，并参加了中国人民解放军第九届全军文艺会演。

美德扬帆

（男、女声对唱开篇）

朱　寅　全 词
潘　益　麟 曲
金丽生、盛小云 演唱

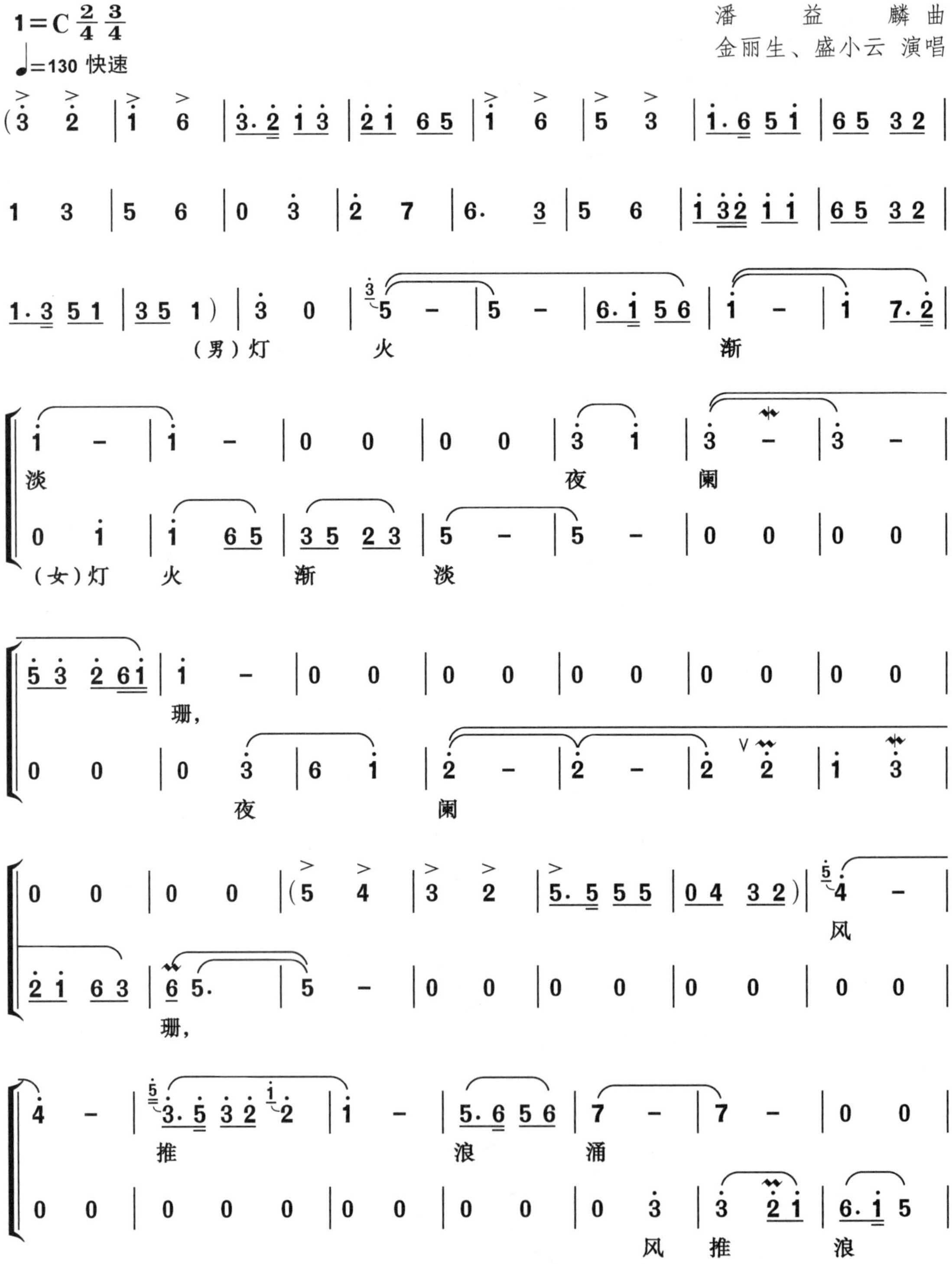

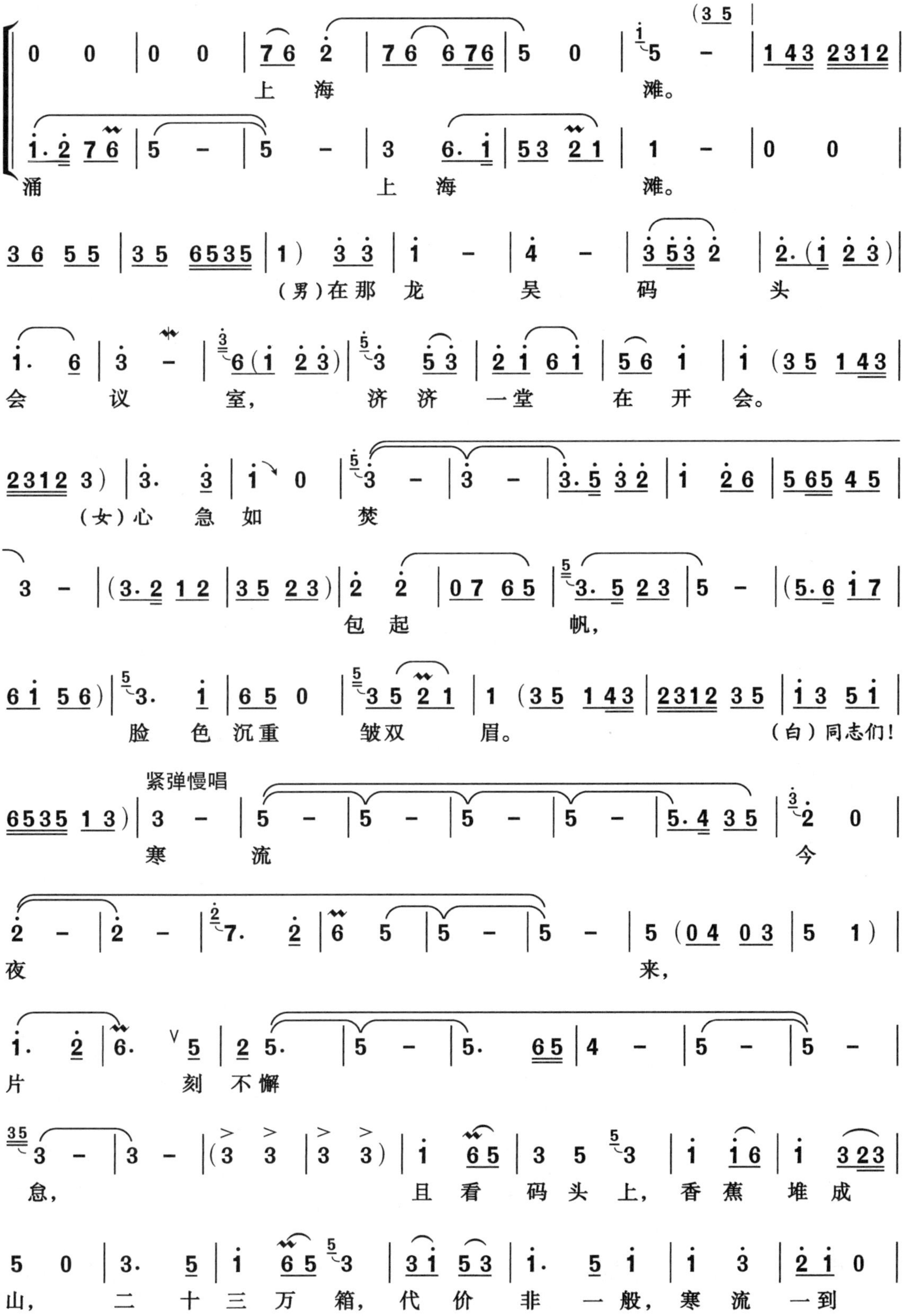
上海滩。
涌上海滩。
（男）在那龙吴码头
会议室，济济一堂在开会。
（女）心急如焚
包起帆，
脸色沉重皱双眉。（白）同志们！
紧弹慢唱
寒流今
夜来，
片刻不懈
怠，且看码头上，香蕉堆成
山，二十三万箱，代价非一般，寒流一到

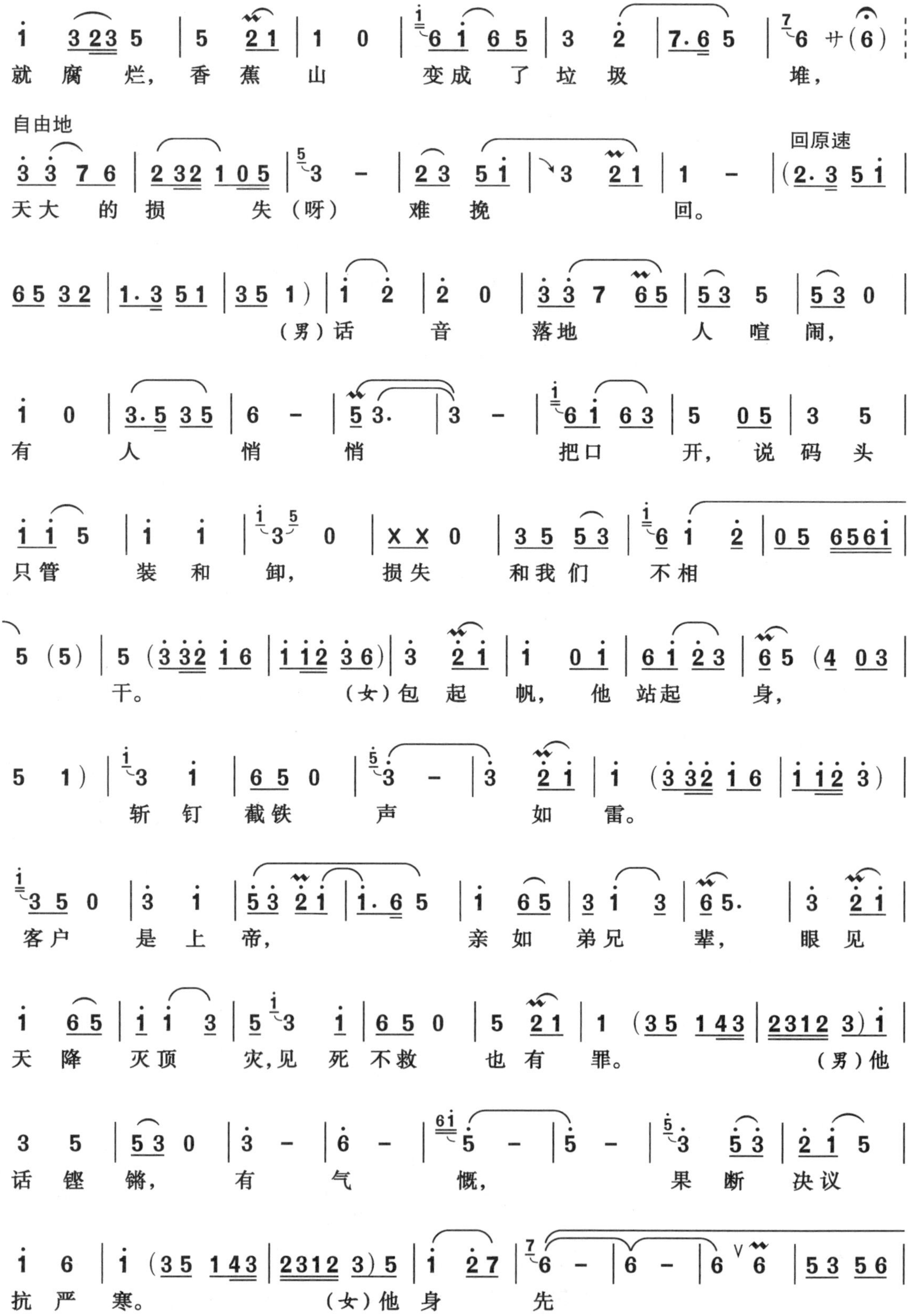
就腐烂，香蕉山变成了垃圾堆，
自由地
回原速
天大的损失（呀）难挽回。
（男）话音落地人喧闹，
有人悄悄把口开，说码头
只管装和卸，损失和我们不相
干。（女）包起帆，他站起身，
斩钉截铁声如雷。
客户是上帝，亲如弟兄辈，眼见
天降灭顶灾，见死不救也有罪。（男）他
话铿锵，有气慨，果断决议
抗严寒。（女）他身先

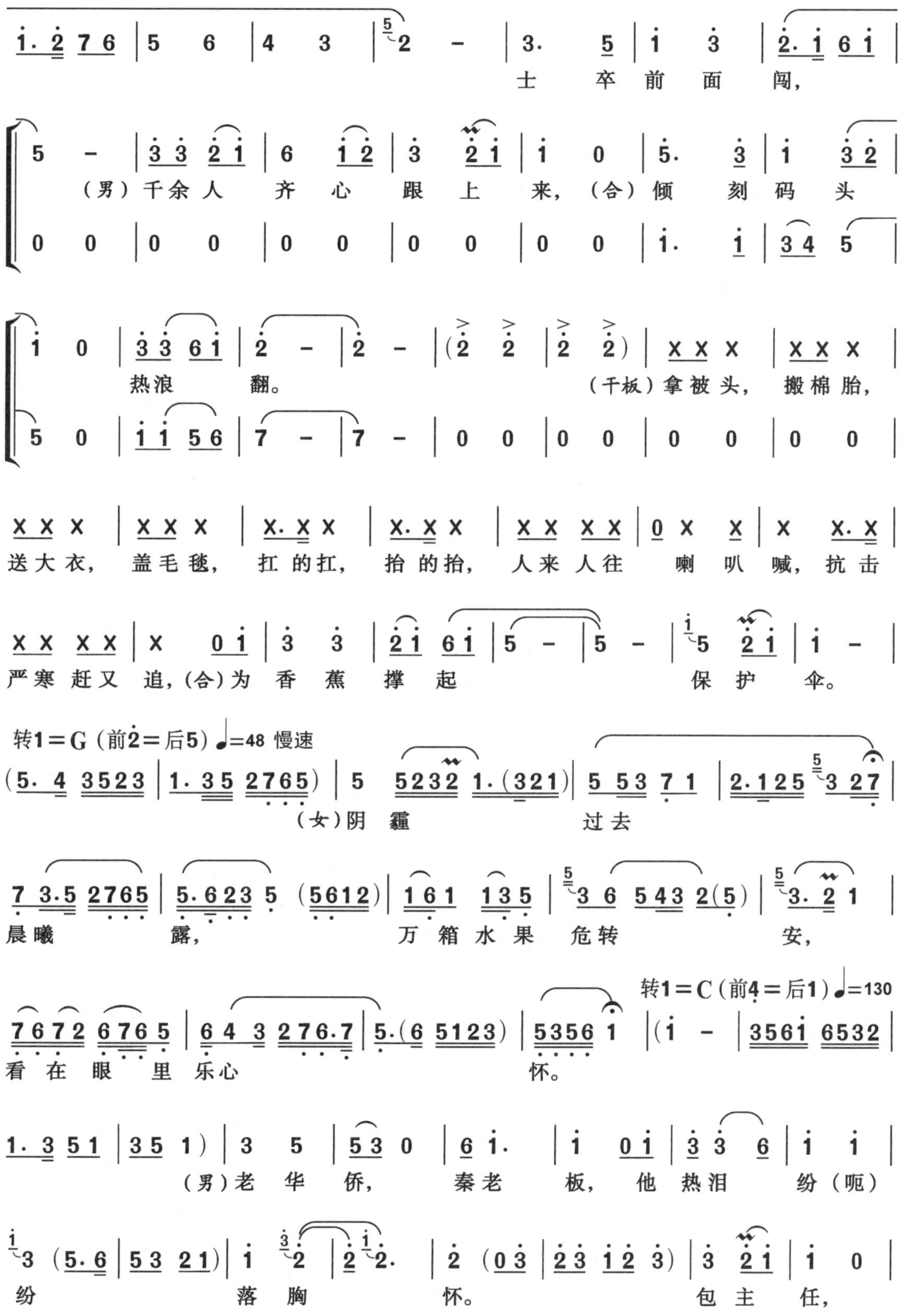
士 卒 前 面 闯，
（男）千余人 齐 心 跟 上 来，（合）倾 刻 码 头
热浪 翻。
（干板）拿被头，搬棉胎，
送大衣，盖毛毯，扛的扛，抬的抬，人来人往 喇 叭 喊，抗击
严寒 赶又 追，(合)为 香 蕉 撑 起 保 护 伞。
转1＝G（前2̇＝后5）♩=48 慢速
（女）阴 霾 过去
晨曦 露，万 箱 水 果 危 转 安，
转1＝C（前4̣＝后1）♩=130
看 在 眼 里 乐心 怀。
（男）老 华 侨，秦老 板，他 热泪 纷（呃）
纷 落 胸 怀。包 主 任，

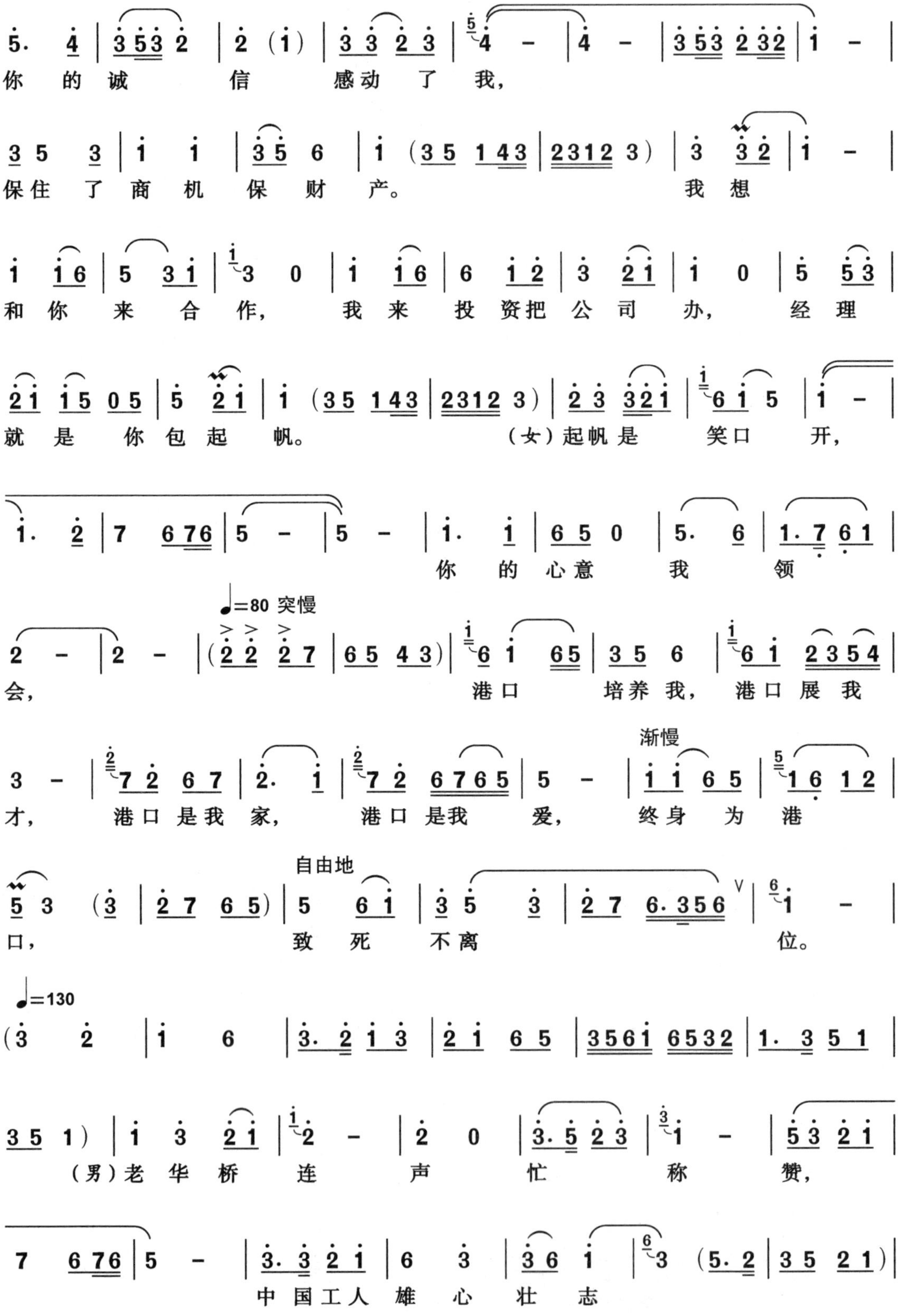
你的诚信感动了我，
保住了商机保财产。我想
和你来合作，我来投资把公司办，经理
就是你包起帆。（女）起帆是笑口开，
你的心意我领
♩=80 突慢
会，港口培养我，港口展我
渐慢
才，港口是我家，港口是我爱，终身为港
自由地
口，致死不离位。
♩=130
（男）老华桥连声忙称赞，
中国工人雄心壮志

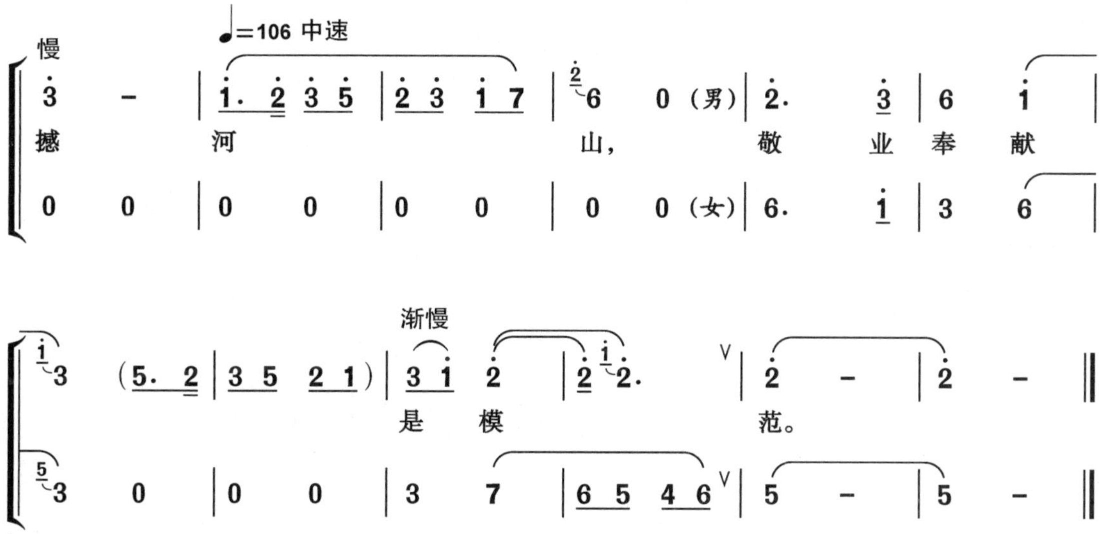

作品简介

《美德扬帆》是一首典型的叙事与代言互为一体的弹词开篇，歌颂了党员干部包起帆带领海港工人奋勇抢险，不怕困难，为某公司挽回经济损失的先进事迹。

根据开篇唱词多、篇幅长以及演员擅长等特点，我作曲时做了以下考量：首先，将男声唱腔定位于善于叙事、字多腔少的弹词马调系统曲调，如仲康调、翔调等；女声唱腔则采用抒情委婉的俞调，以此达到男女声腔的长短、疏密、高低的鲜明对比及和谐统一。第二，按照故事情节发展的需要进行铺陈构思，使之段落分明、层次清晰。第三，唱腔设计既运用流派，又不囿于流派。比如核心部分包起帆的唱段，为表现他的“心急如焚”先运用俞调唱腔，“焚”字拖高音长腔；接着“寒流今夜来”开始转入似快张调一样的“摇板”板式；然后“且看码头上，香蕉堆成山……”连续的五字叠句运用一字一音的薛调，三十几拍叠句连唱一气呵成；直到“变成了垃圾堆”后转突慢拉散，再用慢板缓缓唱出“天大的损失呀难挽回”。这一段富于变化的节奏和唱腔设计，为塑造丰满的人物形象起到了至关重要的作用。

还如开篇结束前，为抒发包起帆“港口是我家”的宽广胸臆和赤子之心，音乐处理上打破弹词传统的节奏、唱法，用歌曲作法设计成为整齐对称的每句四拍的四个短乐句，其中两句上五度暂时离调的唱腔颇具新意。这也是升华人物情感和塑造人物形象的一个点睛之处。

2009年2月，作品参加中宣部、中央文明办主办，中国曲协承办的“中国好人颂——全国道德模范先进事迹”宣传活动，评为“新创优秀曲艺节目”。

大 拜 年

（小组唱）

邢 晏 春 词
潘 益 麟 曲
盛小云、袁小良
施 斌、吴 静 演唱

1=G $\frac{2}{4}$

♩=132 欢快地

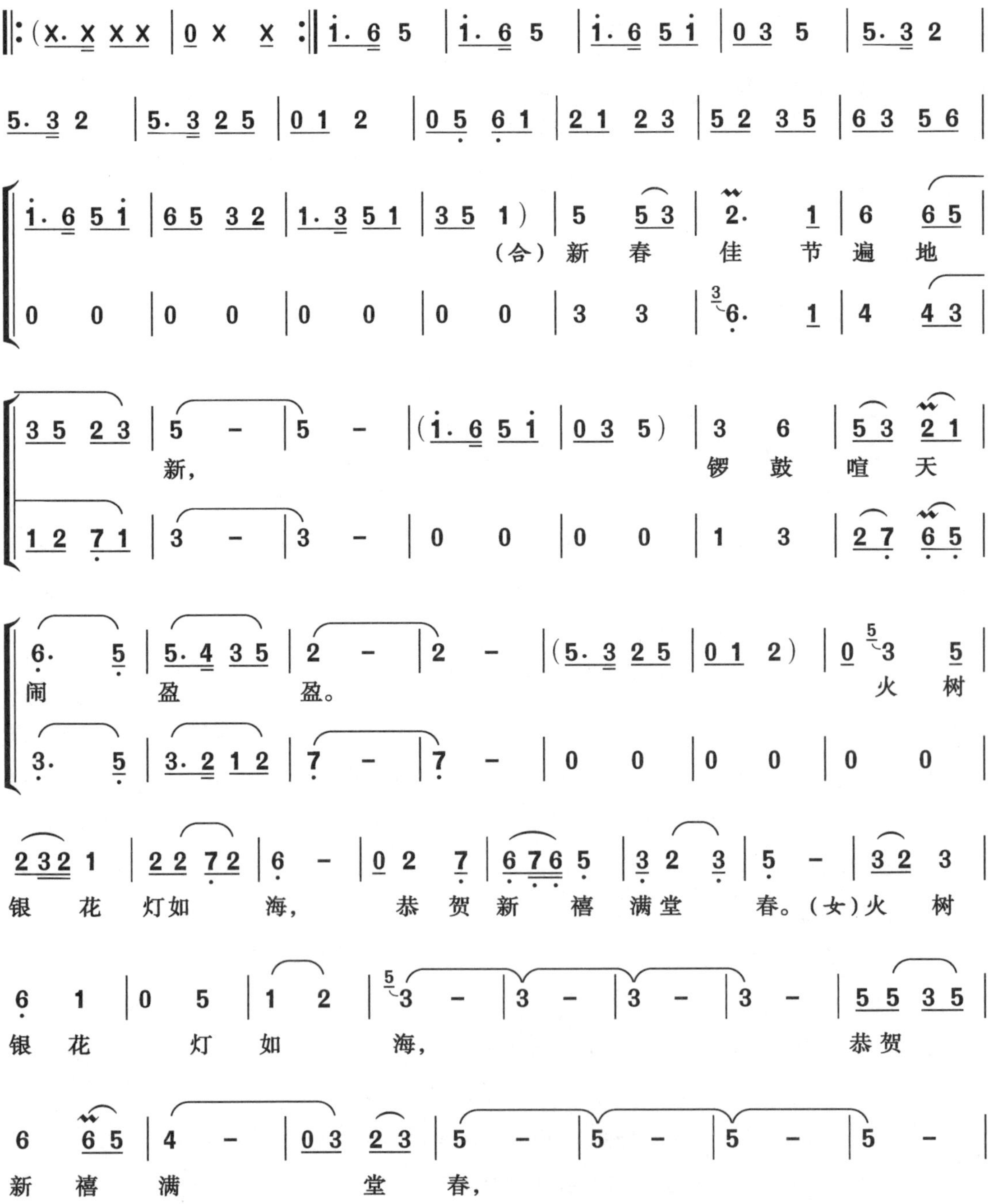

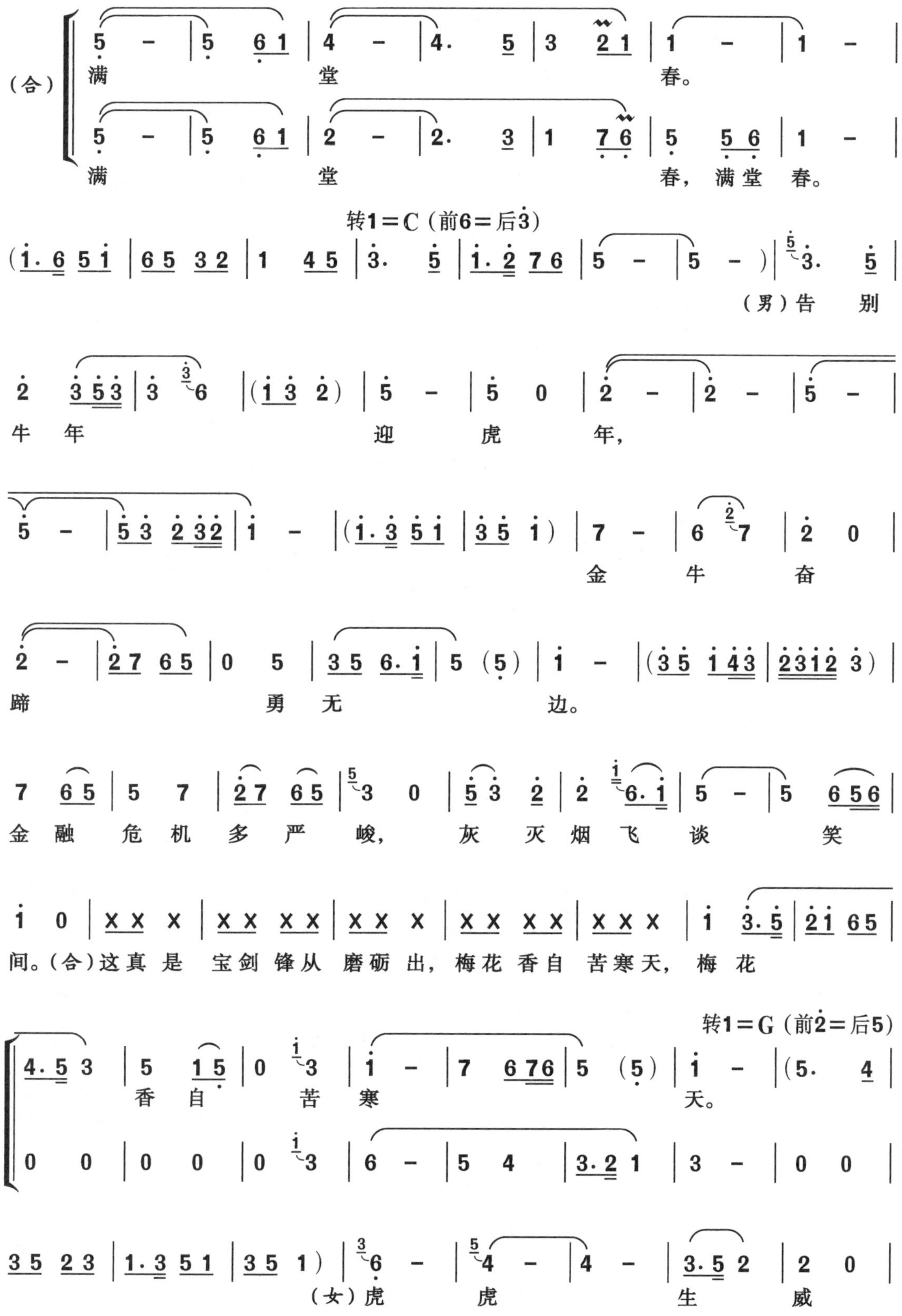
(合)
满 堂 春。
满 堂 春，满堂 春。
转1＝C（前6＝后3）
（男）告 别
牛 年 迎 虎 年，
金 牛 奋
蹄 勇 无 边。
金 融 危 机 多 严 峻，灰 灭 烟 飞 谈 笑
间。(合)这真 是 宝剑 锋从 磨砺 出，梅花 香自 苦寒天，梅 花
转1＝G（前2＝后5）
香 自 苦 寒 天。
（女）虎 虎 生 威

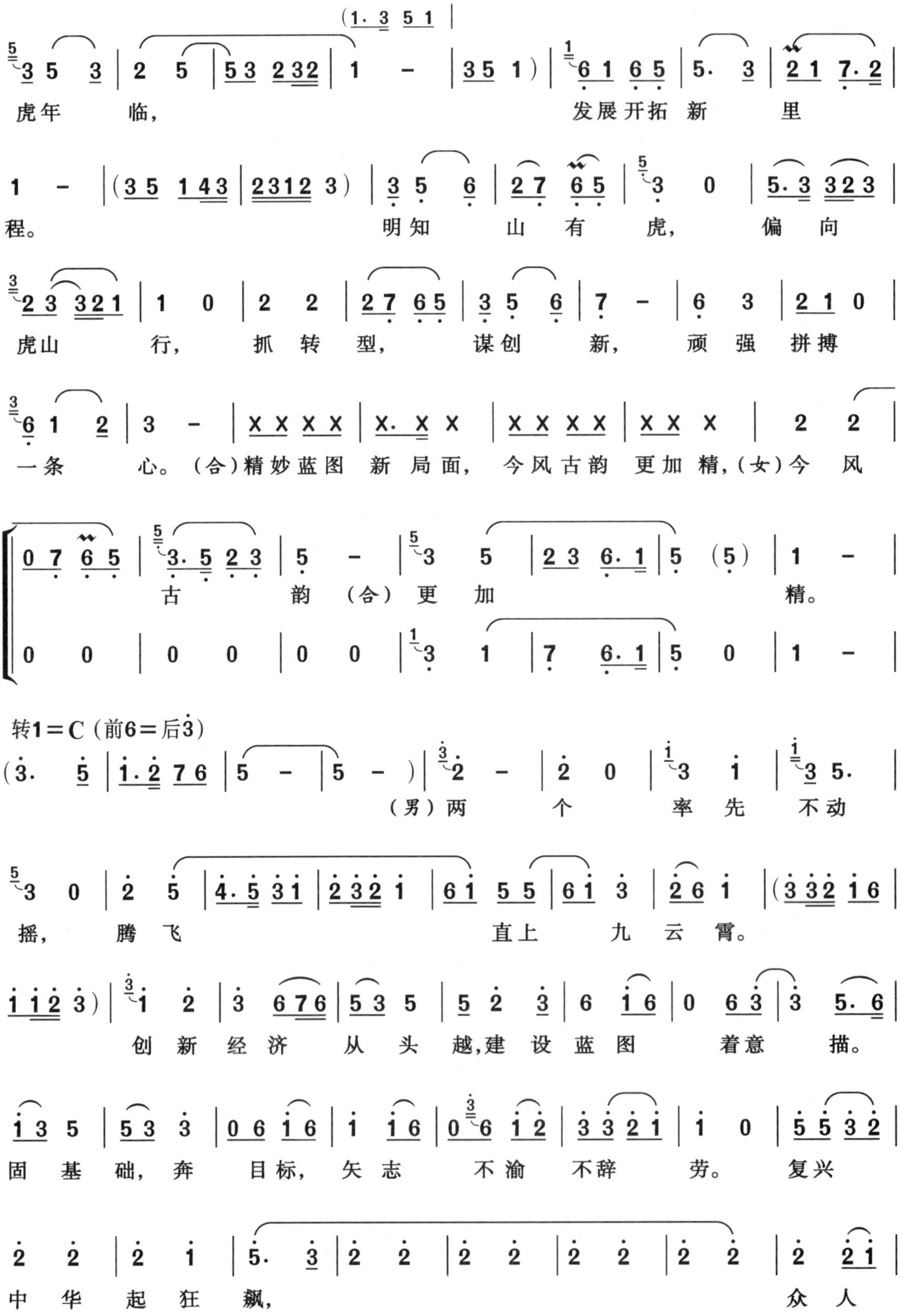

虎年临，发展开拓新里
程。明知山有虎，偏向
虎山行，抓转型，谋创新，顽强拼搏
一条心。（合）精妙蓝图新局面，今风古韵更加精，（女）今风
古韵（合）更加精。
转1＝C（前6＝后3）
（男）两个率先不动
摇，腾飞直上九云霄。
创新经济从头越，建设蓝图着意描。
固基础，奔目标，矢志不渝不辞劳。复兴
中华起狂飙，众人

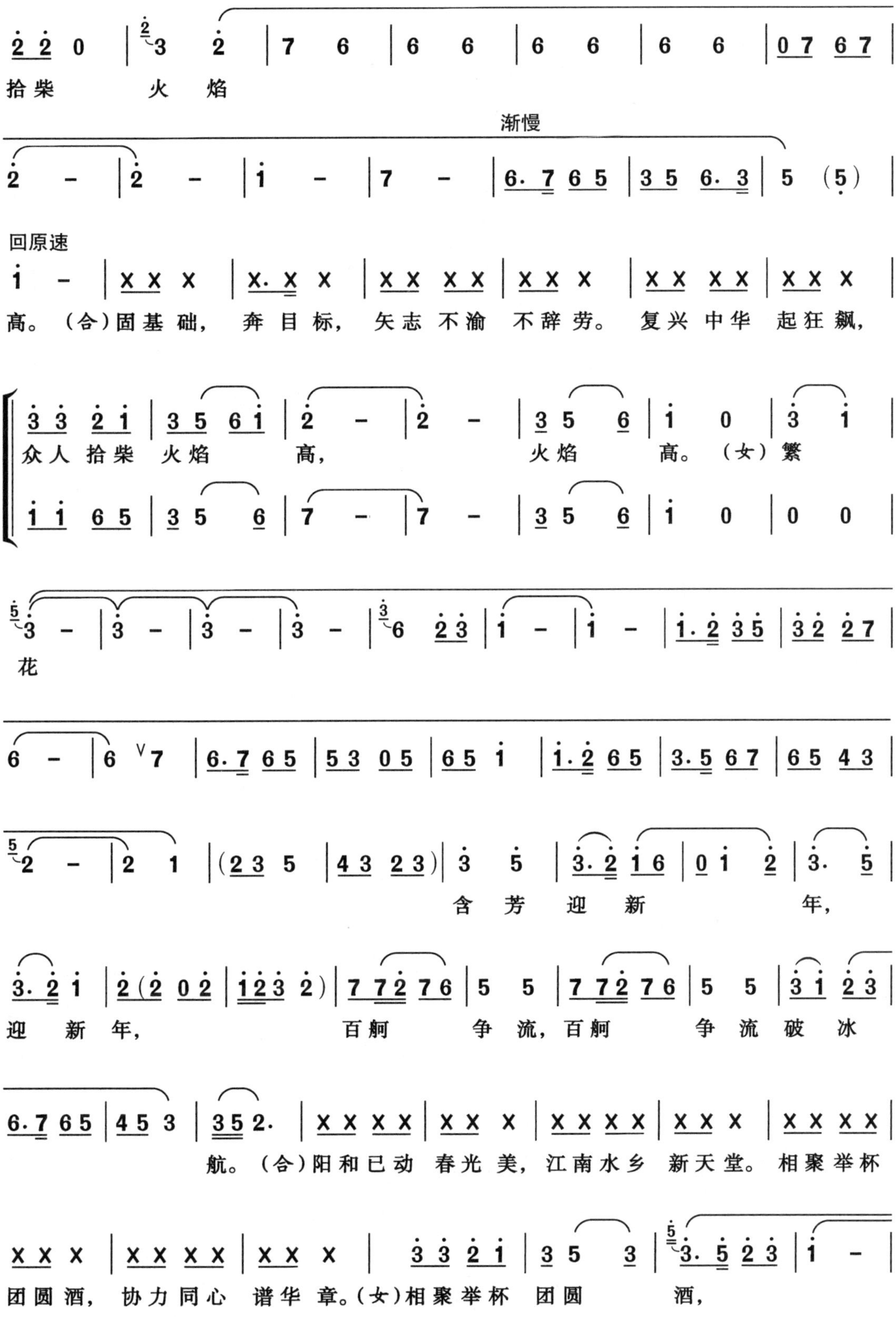
拾柴 火焰
渐慢
回原速
高。(合)固基础，奔目标，矢志不渝不辞劳。复兴中华起狂飙，
众人拾柴火焰高，火焰高。(女)繁
花
含芳迎新年，
迎新年，百舸争流，百舸争流破冰
航。(合)阳和已动春光美，江南水乡新天堂。相聚举杯
团圆酒，协力同心谱华章。(女)相聚举杯团圆酒，

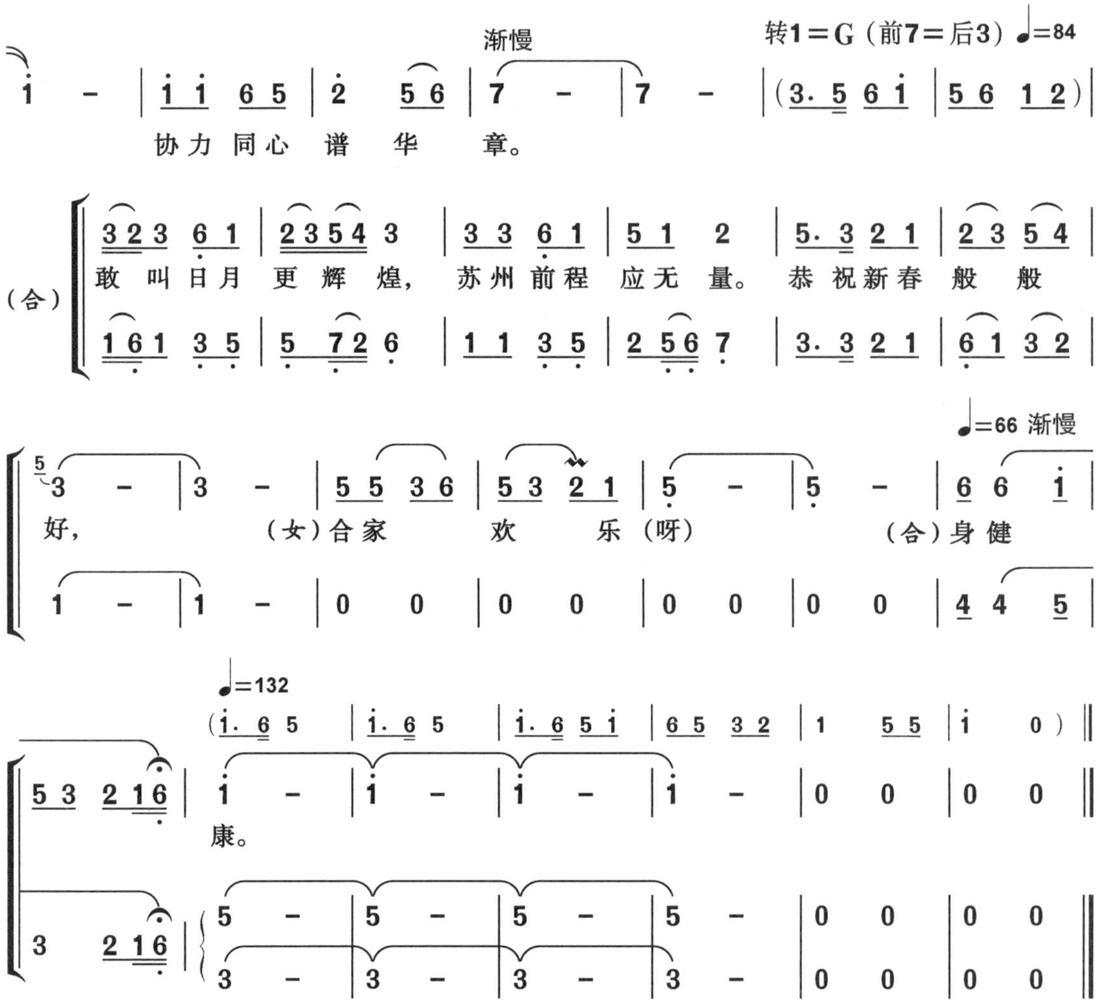

作品简介

小组唱《大拜年》创作于2010年年初，由盛小云、袁小良、施斌、吴静等著名评弹演员在苏州市春节团拜会上演出。先是施斌的张调，接着是吴静的丽调，再是袁小良的小飞调，最后是盛小云的俞调。由于男女声不同定调所带来的G调与C调之间的转换以及因所唱流派不同而形成的反差对比，极大地增强和丰富了作品的音乐色彩和表现力，给人听觉带来新鲜的感觉。

其中盛小云俞调乐段转入最后合唱乐段的这个转调比较巧妙。不同于前面几次在过门中转调，这个转调是在唱腔中进行的："协力同心谱华章"的"章"落在"7"（si）音上，这个"7"（si）就成了后面G调的"3"（mi），且后面合唱唱腔的首音就从这个"3"（mi）音开始的，听来十分舒服，毫无突兀的感觉。

劫后北川

（弹词小组唱）

张国宝 词
潘益麟 曲
盛小云 领唱

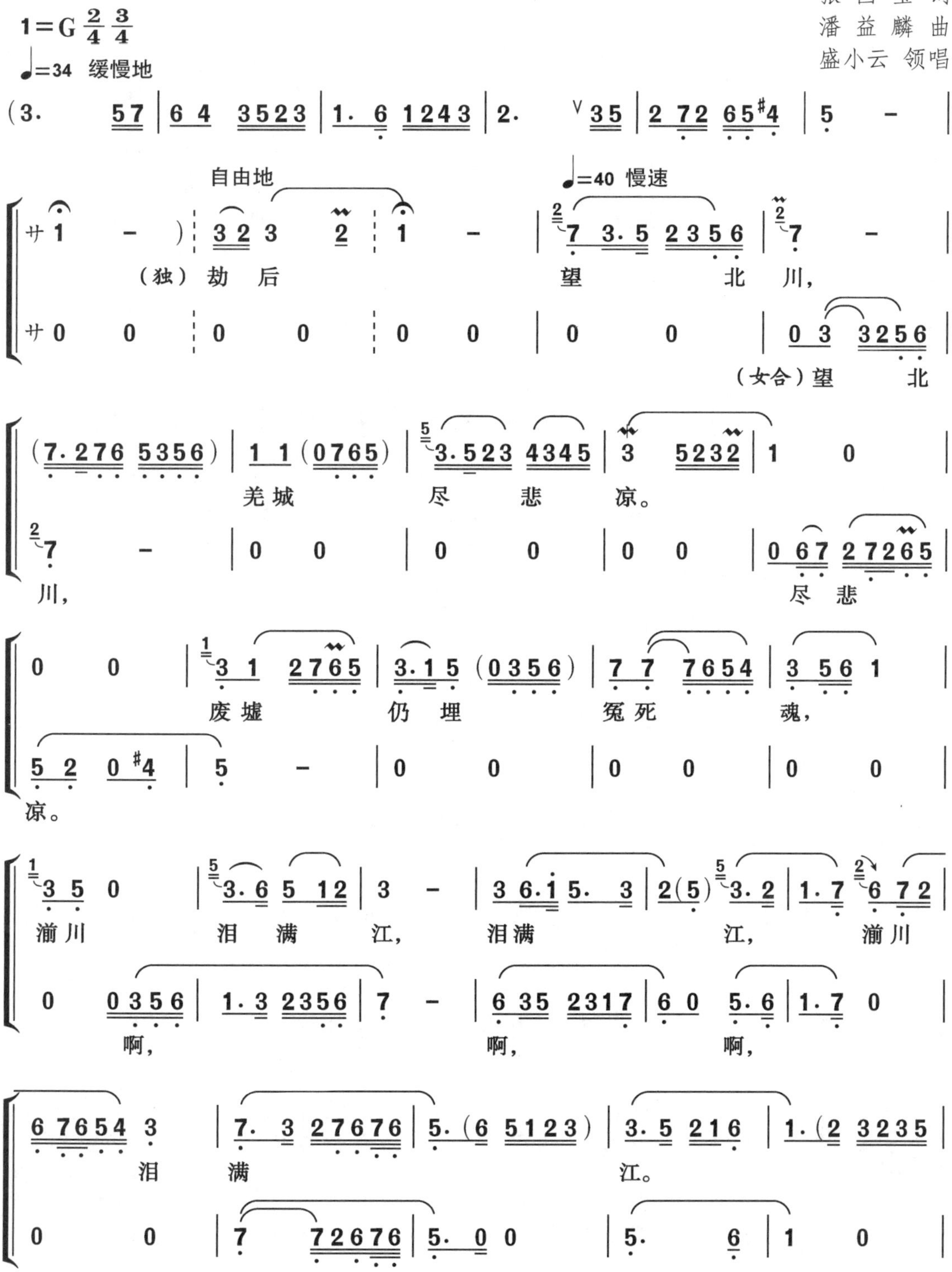

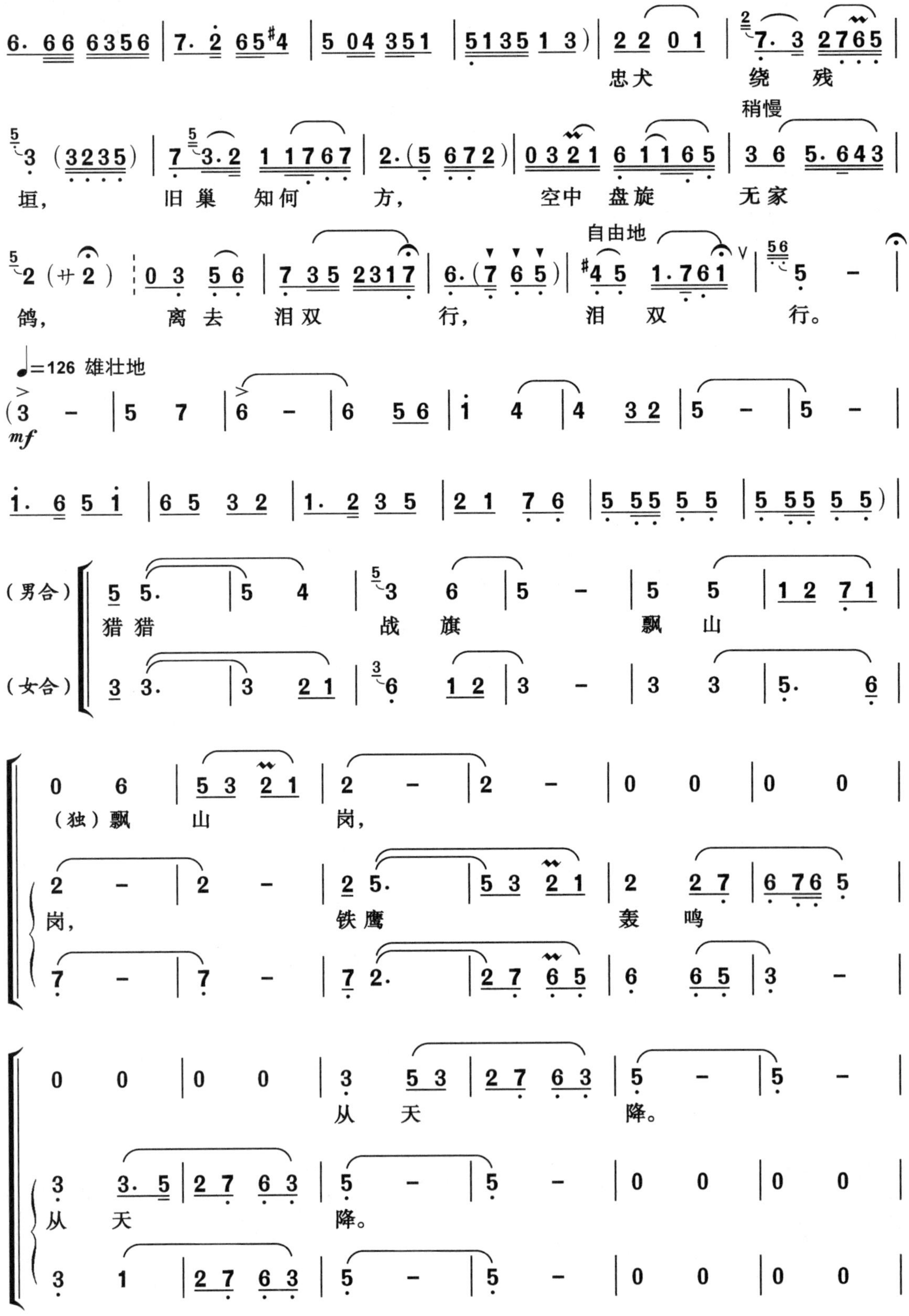
忠犬 绕 残
稍慢
垣, 旧巢 知何 方, 空中 盘旋 无家
自由地
鸽, 离去 泪双 行, 泪 双 行。
♩=126 雄壮地
mf
(男合) 猎猎 战 旗 飘 山
(女合)
(独)飘 山 岗,
岗, 铁鹰 轰 鸣
从 天 降。
从 天 降。

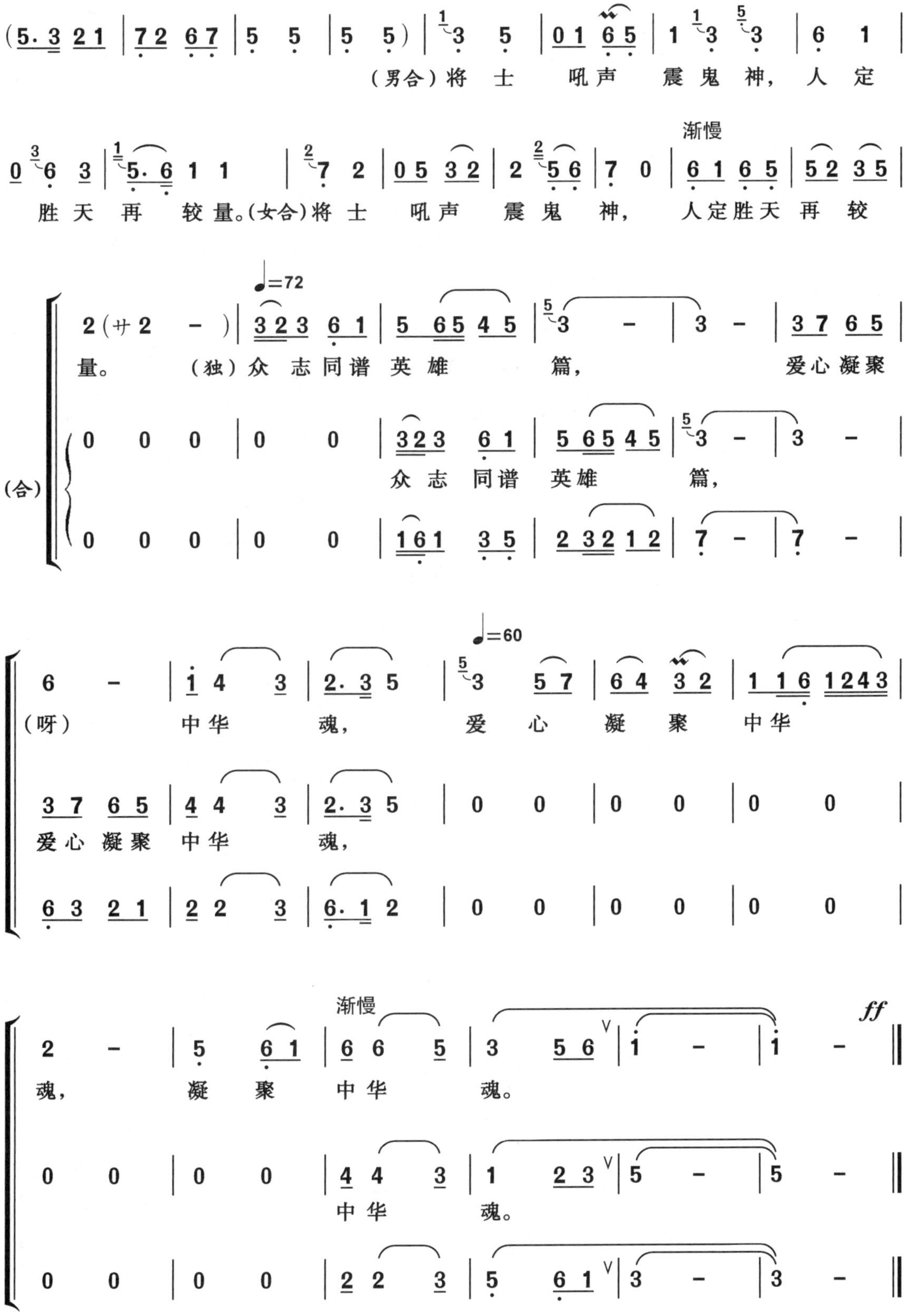
(男合)将士吼声震鬼神，人定
胜天再较量。(女合)将士吼声震鬼神，人定胜天再较
渐慢
♩=72
量。(独)众志同谱英雄篇，爱心凝聚
众志同谱英雄篇，
(合)
♩=60
(呀)中华魂，爱心凝聚中华
爱心凝聚中华魂，
渐慢
ff
魂，凝聚中华魂。
中华魂。

Xian Suo Yin

作品简介

弹词小组唱《劫后北川》创作于2010年。小提琴委婉、悲凄、低回的主题音乐缓缓而起，着力渲染了地震灾区的凄凉、荒芜、满目疮痍……

"劫后望北川，羌城尽悲凉……"，由散板转入慢板的丽调唱腔缓慢压抑、缠绵悲切。高低跌宕的三句"湔川泪满江"，女声独唱和女声伴唱浑然交织，极力渲染和烘托了汶川地震灾情的惨烈和灾区的凄凉。作品转入后半部分，变奏再现出丽调唱腔提炼而成的音乐主题，板式的变化、激越昂扬的节奏、愈加刚劲有力的男女声合唱，充分表现了军民团结、众志成城，在党领导下取得抗震救灾、重建家园的伟大胜利。尤其是最后的"爱心凝聚中华魂"一句，女声领唱将音乐主题再次呈现，升华了作品内涵，将音乐推向高潮。

2010年5月作品由著名弹词演员盛小云领唱，在北京长安大戏院公演，受到广泛好评。2010年10月，剧组赴京拍摄电视片。2011年1月，参加国家发改委春节晚会演出，并出版发行DVD光盘。2011年11月，获得第四届江苏曲艺最高奖"芦花奖·音乐奖"。

蘗漪悲歌

又名《蘗漪之恋》

（弹词开篇）

胡磊蕾 词
潘益麟 曲
盛小云 演唱

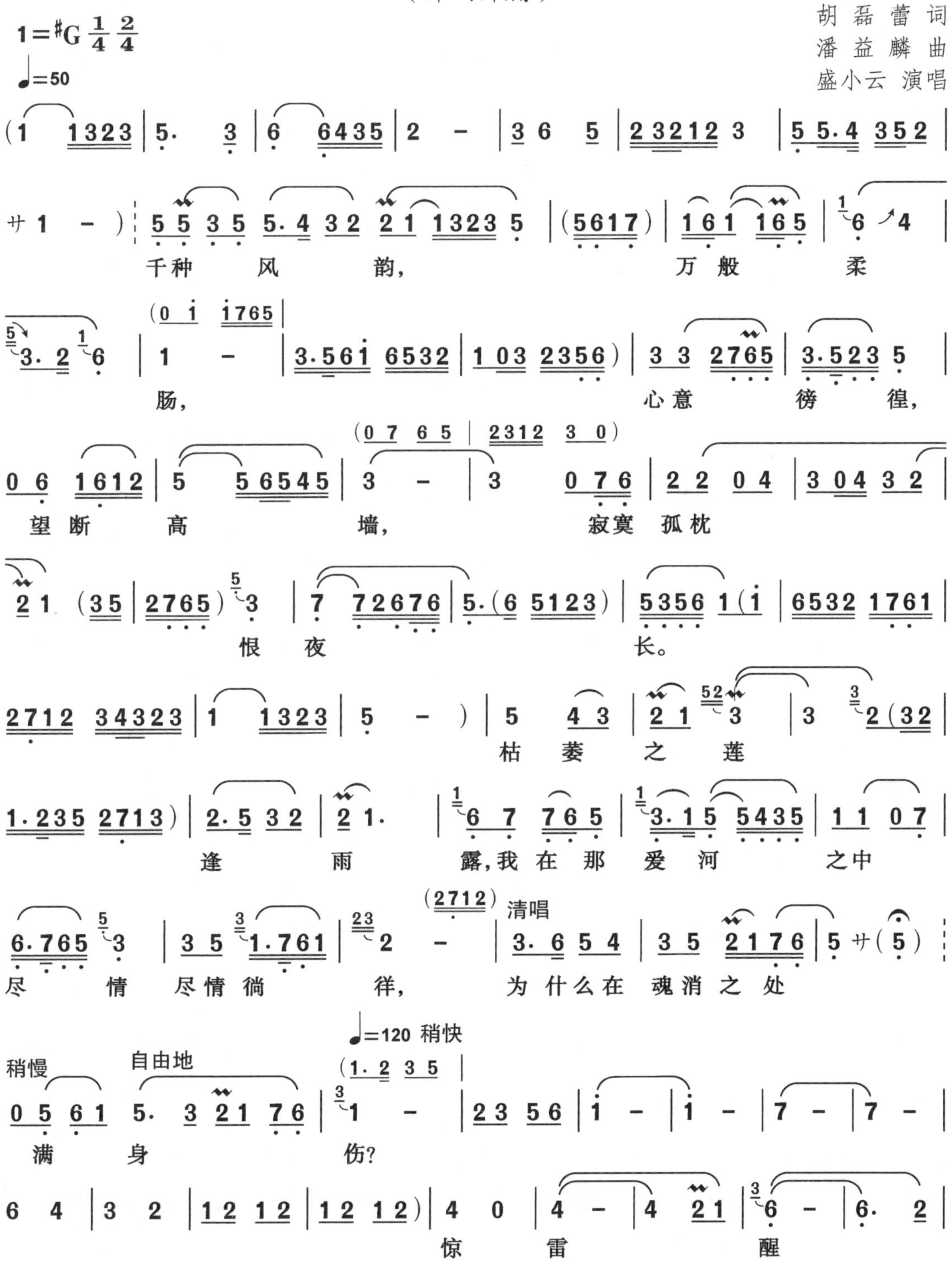

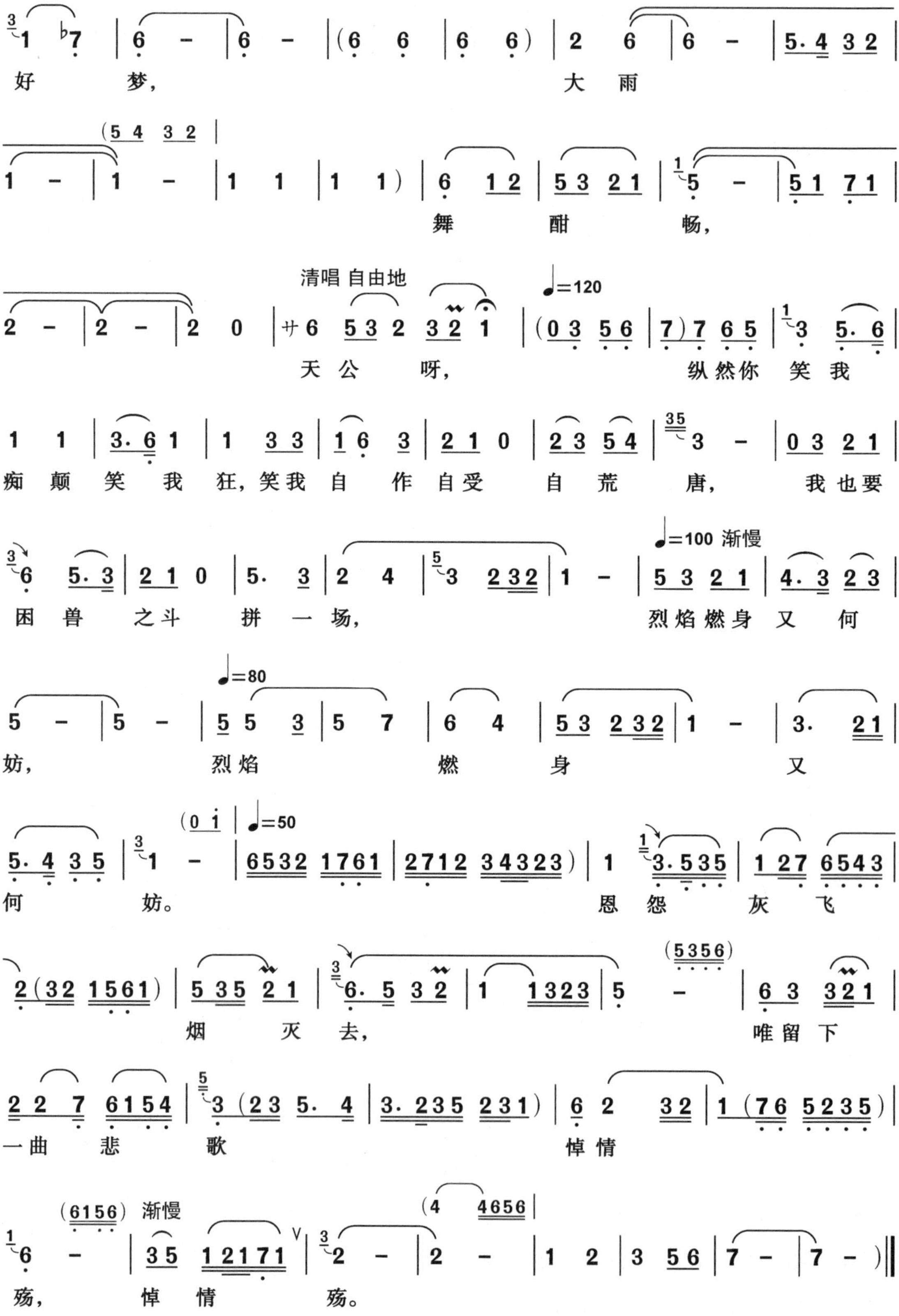
好梦，
大雨
舞酣畅，
清唱 自由地
♩=120
天公呀，
纵然你笑我
痴颠笑我狂，笑我自作自受自荒唐，我也要
♩=100 渐慢
困兽之斗拼一场，
烈焰燃身又何
♩=80
妨，烈焰燃身又
♩=50
何妨。
恩怨灰飞
烟灭去，
唯留下
一曲悲歌
悼情
渐慢
殇，悼情殇。

作品简介

弹词开篇《蘩漪悲歌》又名《蘩漪之恋》，创作于2010年。作品以委婉深沉、清丽婉约的弹词丽调唱腔为基调，设计构思的“蘩漪主题音调”：$\overset{\frown}{1\quad \underline{\underline{1323}}}\ \underset{\cdot}{5}\quad -\ |$先后在前奏、唱腔、间奏和尾奏中多次重复出现，贯穿于整个作品，使“千种风韵，万般柔肠”的女主人形象呼之欲出。

第一、二乐段的慢板，精心设计的丽调缠绵悱恻，抒发了“枯萎之莲”从心意彷徨、望断高墙、寂寞孤枕到坠入爱河、尽情徜徉的情感历程。第三乐段是作品高潮部分，不但节奏转快，而且唱腔设计运用上方四度临时转调和紧拉慢唱的手法，渲染了惊雷声声、大雨倾盆的意境，表现了蘩漪对封建势力的抗争与呐喊，达到了音乐表达和人物情感浑然一体的艺术效果。作品尾声虽是传统开篇的落调方法，但又不落窠臼，移位变奏的蘩漪主题音调再次响起，给人留下“言有尽而音意无穷”的深深回味。

本作品于2010年10月参加第六届中国曲艺牡丹奖“金陵牡丹曲”颁奖晚会演出；2015年获第六届江苏曲艺最高奖“芦花奖·音乐奖”。

乡　愁

（弹词开篇）

余光中词
潘益麟曲
盛小云 演唱

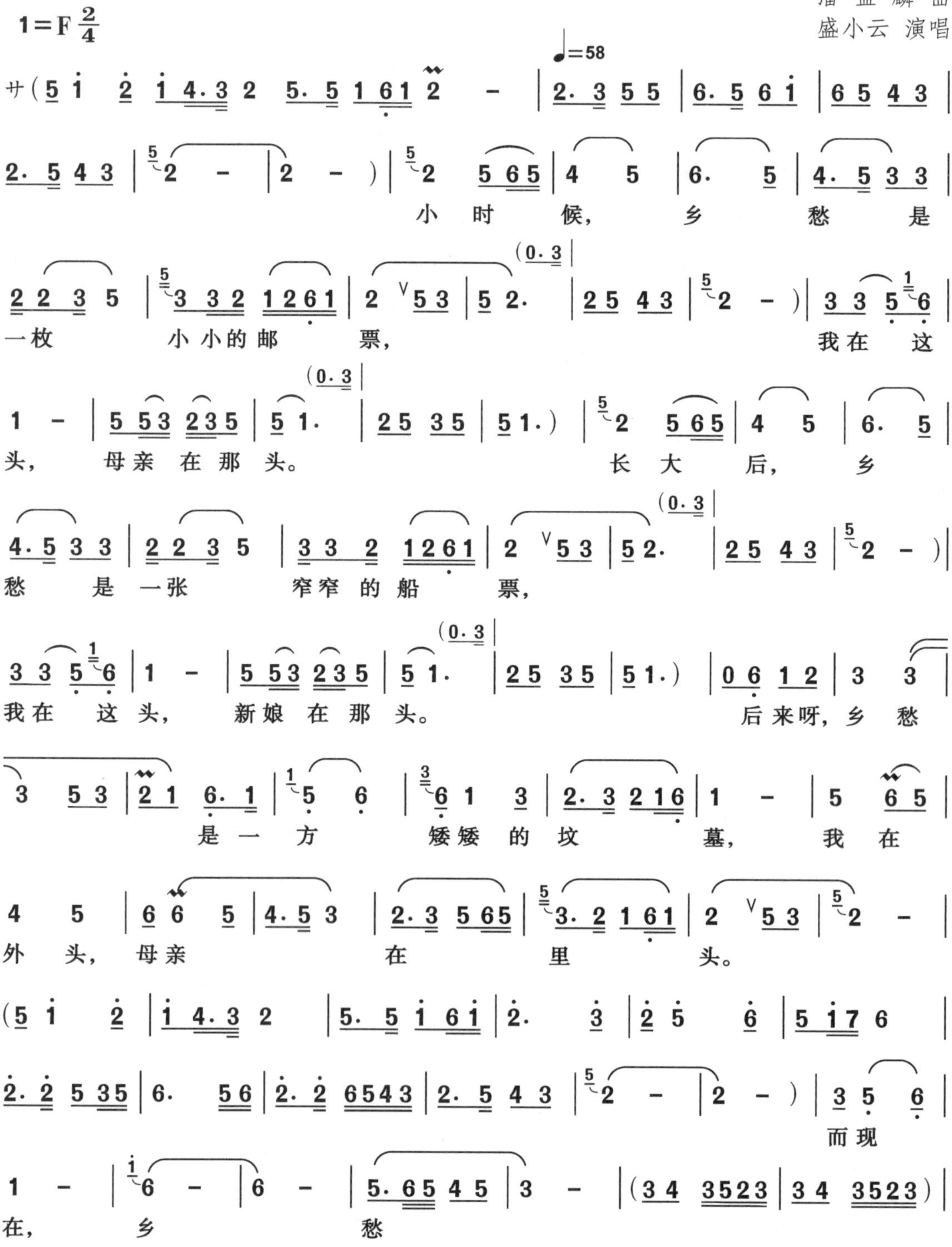

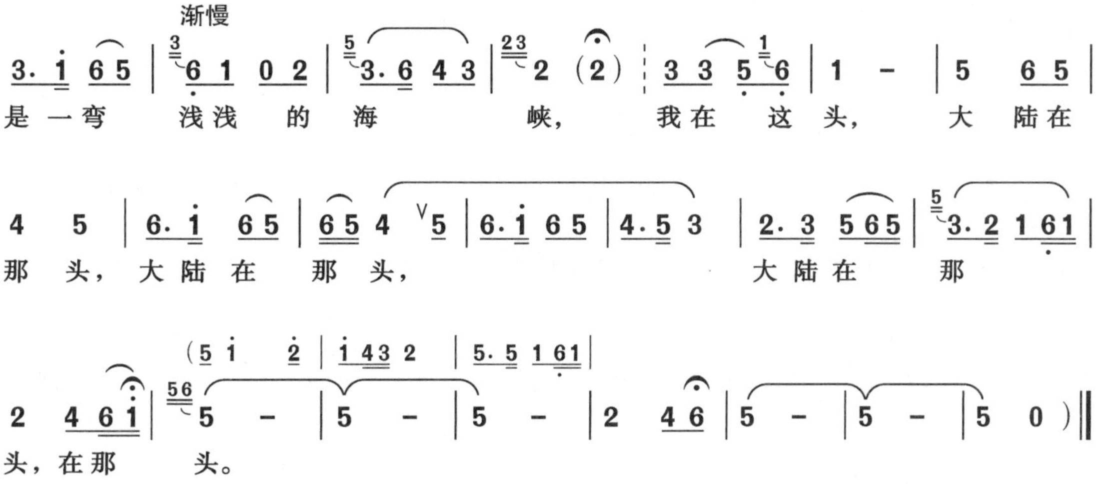

作品简介

弹词开篇《乡愁》创作于2012年。唱腔设计紧紧抓住诗人看似简单却是精心设计的人生四个阶段，并借鉴运用了弹词曲牌“湘江浪”进行构思，层层递进地表现了“小时候”的“邮票”“长大后”的“船票”“后来”的“坟墓”和“现在”的“海峡”。具有歌唱性的曲调简练流畅、朗朗上口。前两个“乡愁”的曲调是板腔体的重复回旋，后两个“乡愁”的曲调又有新的变化和突破，从而表达了海外游子对大陆、对故乡、对土地、对亲人的无限眷恋和思念。

如何对弹词传统板腔体曲牌进行改革创新，并用它来表现和诠释现代诗歌作品，这是作者的一次尝试和收获。

作品由盛小云演唱，参加2013年文化部“春天，你好！”春节电视晚会演出；2013年获第五届江苏曲艺最高奖“芦花奖·音乐奖”。

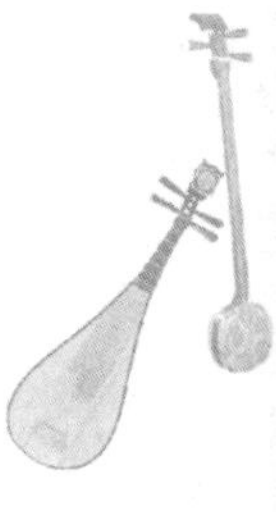

好人礼赞

（评弹小组唱）

胡磊蕾 词
潘益麟 曲
盛小云 领唱

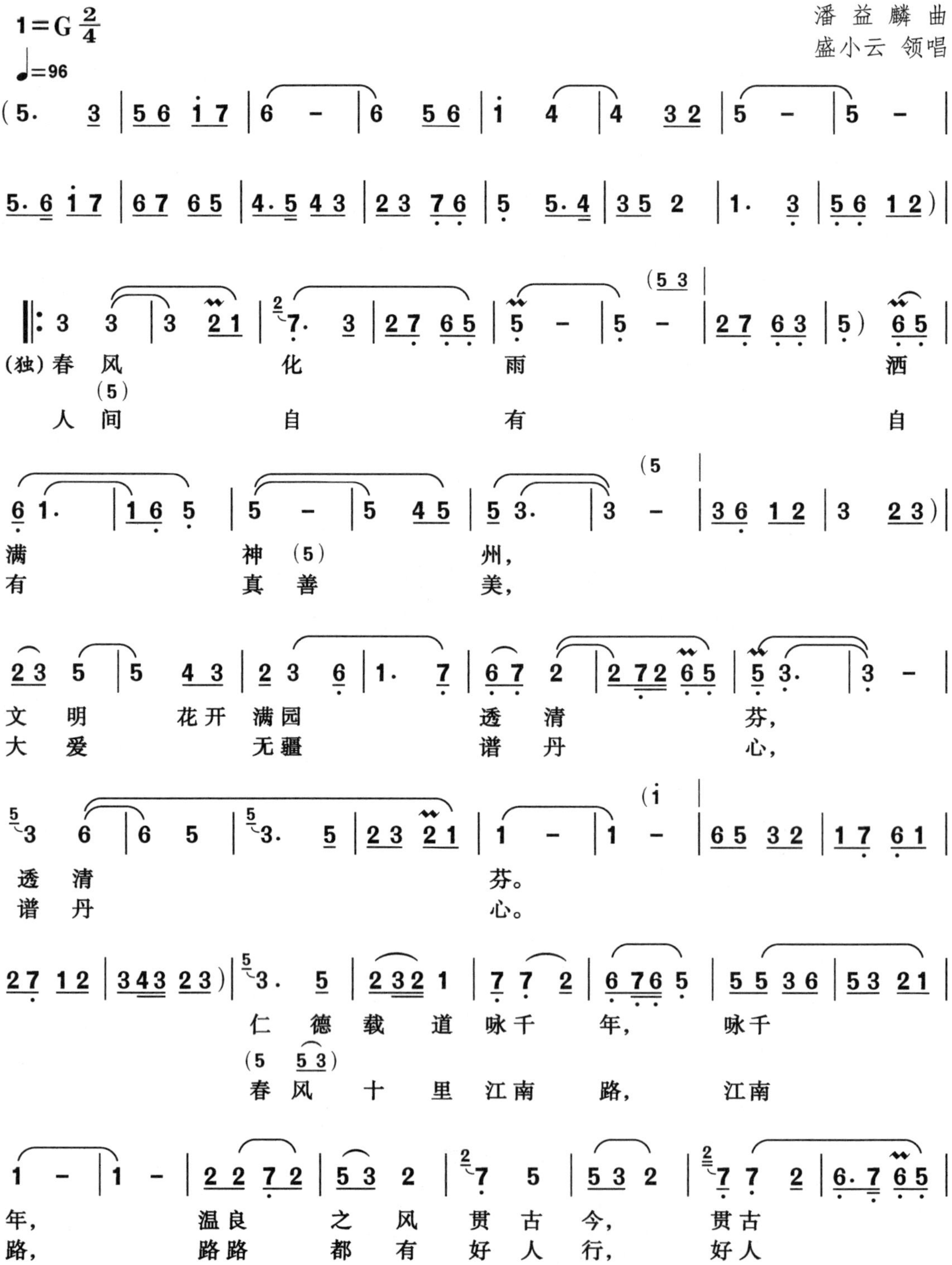

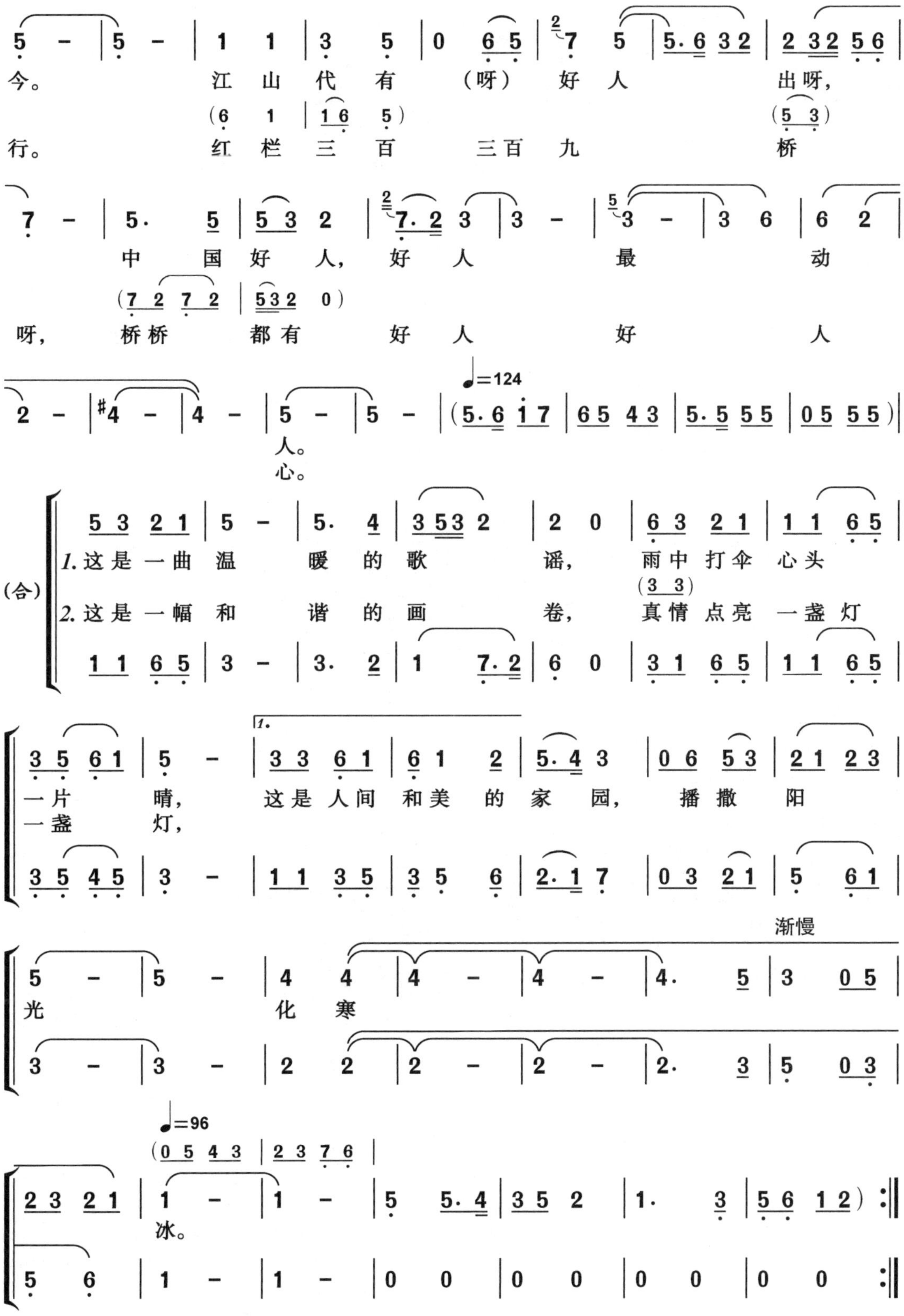
今。江山代有（呀）好人出呀，
行。红栏三百三百九桥
中国好人，好人最动
呀，桥桥都有好人好人
人。
心。
♩=124
(合)
1.这是一曲温暖的歌谣，雨中打伞心头
2.这是一幅和谐的画卷，真情点亮一盏灯
一片晴，这是人间和美的家园，播撒阳
一盏灯，
渐慢
光化寒
♩=96
冰。

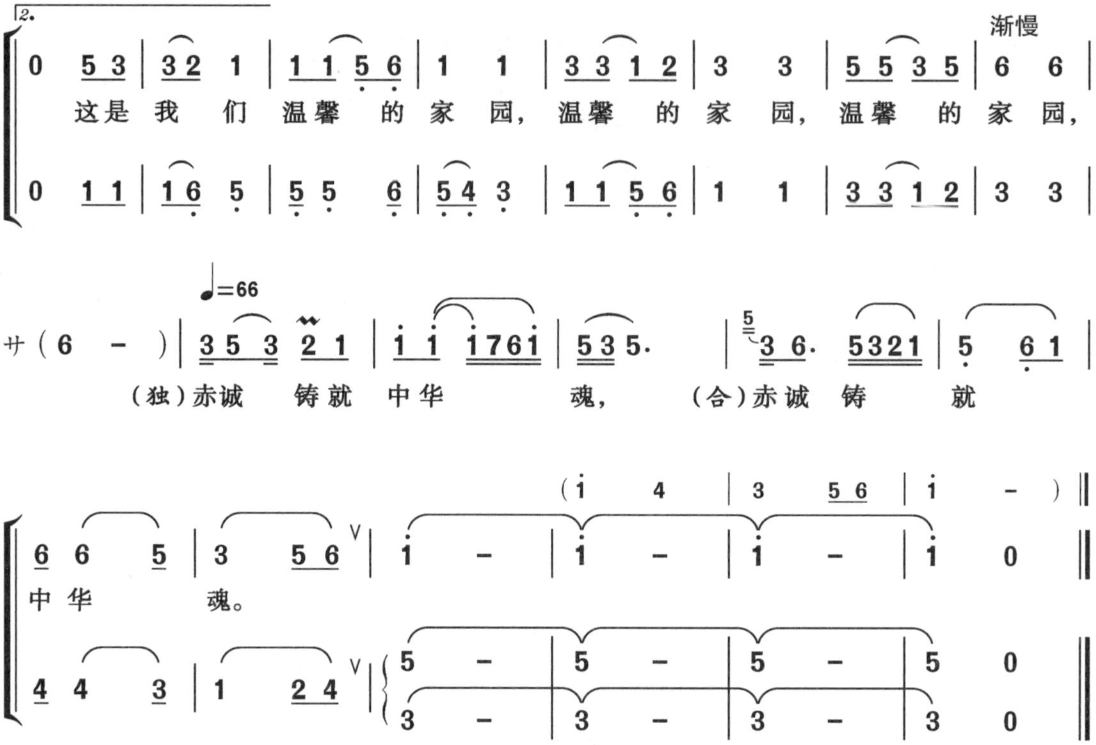

作品简介

评弹小组唱《好人礼赞》创作于2012年，是一首中国好人的颂歌。诚实守信、敬业奉献、孝老爱亲、见义勇为、助人为乐……这些中国的凡人善举，彰显了蕴含在亿万群众心中强大的道德力量，生动具体地践行着社会主义核心价值观。

本作品用弹词丽调唱腔为基调，进行歌化处理。全曲为A、B二段式结构，A段是富有丽调特色的女声独唱，抒情优美，字少腔多，跌宕深沉；B段的女声合唱，速度转为行板，字密腔短，近似一字一音，淋漓酣畅，一气呵成，与A段形成鲜明对比。在B段结束前，“化寒冰”的“寒”字，“**4**”（fa）音处理成一个长长的“甩腔”，然后节奏突然转慢，重新回到缓缓的A段，进入第二遍。而B段第二遍尾声“温馨的家园”处，则运用了连续的上行级进、模进手法，从而将“赤诚铸就中华魂”的合唱推向了高潮！

本作品是为苏州市文明办宣传道德模范、中国好人而作的主旋律作品，同时参加了中央文明办主办的“全国道德模范与身边好人”现场交流活动。

吴中山水美

（男女声小组唱）

朱 寅 全词
潘 益 麟曲
莫桂英、陈薇华、马志伟等 演唱

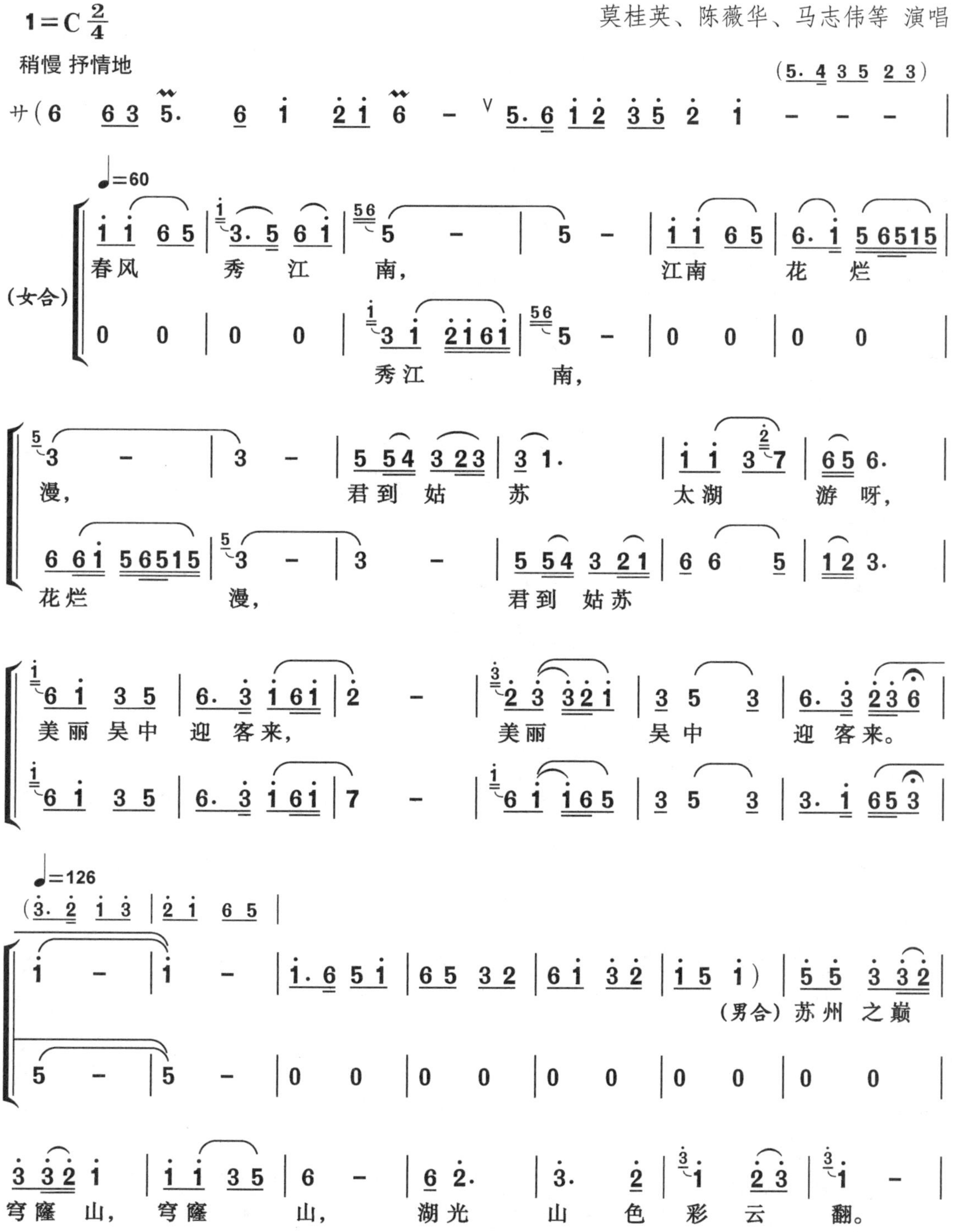

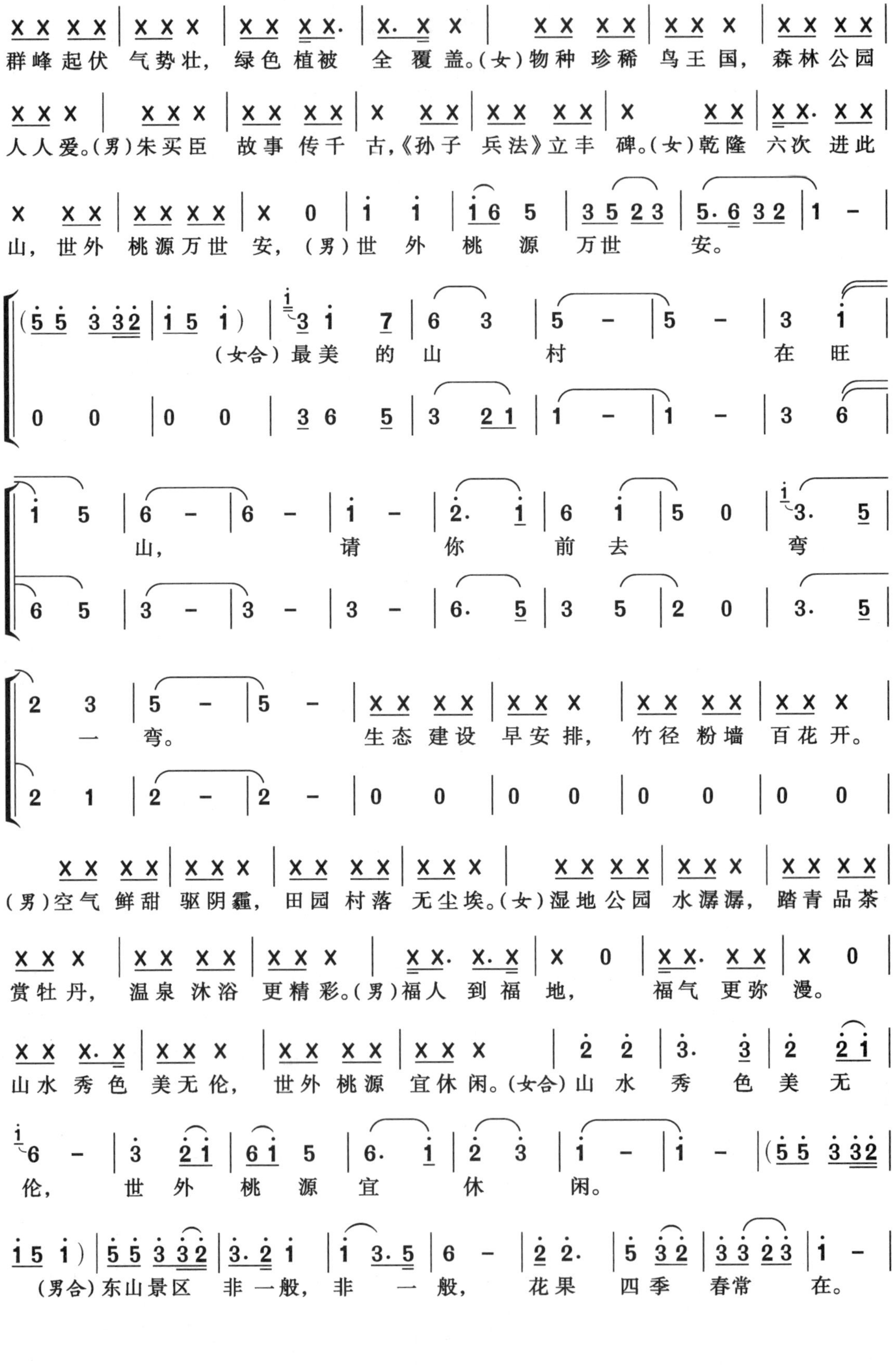
群峰起伏 气势壮，绿色植被 全 覆 盖。(女)物种 珍稀 鸟王国，森林公园
人人爱。(男)朱买臣 故事 传千 古，《孙子 兵法》立丰 碑。(女)乾隆 六次 进此
山，世外 桃源万世 安，(男)世 外 桃 源 万世 安。
(女合)最美 的山 村 在 旺
山， 请 你 前去 弯
一 弯。 生态 建设 早安排，竹径 粉墙 百花开。
(男)空气 鲜甜 驱阴霾，田园 村落 无尘埃。(女)湿地公园 水潺潺，踏青品茶
赏牡丹，温泉 沐浴 更精彩。(男)福人 到 福 地， 福气 更弥 漫。
山水 秀色 美无伦，世外 桃源 宜休闲。(女合)山 水 秀 色 美 无
伦， 世 外 桃 源 宜 休 闲。
(男合)东山景区 非一般，非 一 般， 花果 四季 春常 在。

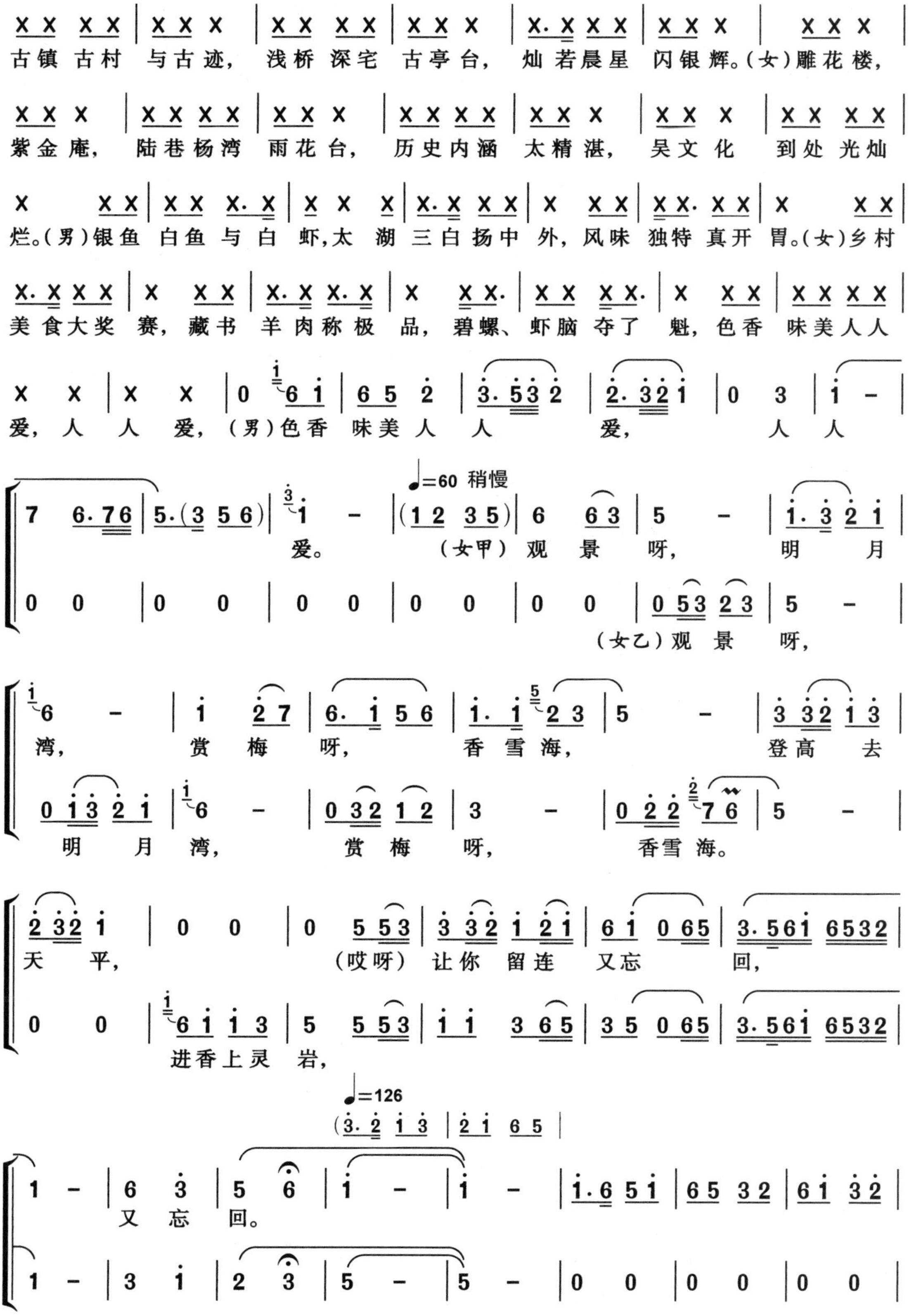
古镇 古村 与古迹，浅桥 深宅 古亭台，灿若晨星 闪银辉。(女)雕花楼，
紫金庵，陆巷杨湾 雨花台，历史内涵 太精湛，吴文化 到处光灿
烂。(男)银鱼 白鱼 与 白 虾,太 湖 三白扬中 外，风味 独特 真开 胃。(女)乡村
美食大奖 赛，藏书 羊肉称极 品，碧螺、虾脑 夺了 魁，色香 味美人人
爱，人 人 爱，(男)色香 味美人 人 爱， 人 人
♩=60 稍慢
爱。 (女甲)观 景 呀， 明 月
(女乙)观 景 呀，
湾， 赏 梅 呀， 香 雪 海， 登高 去
明 月 湾， 赏 梅 呀， 香雪 海。
天 平， (哎呀) 让你 留连 又忘 回，
进香上灵 岩，
♩=126
又 忘 回。

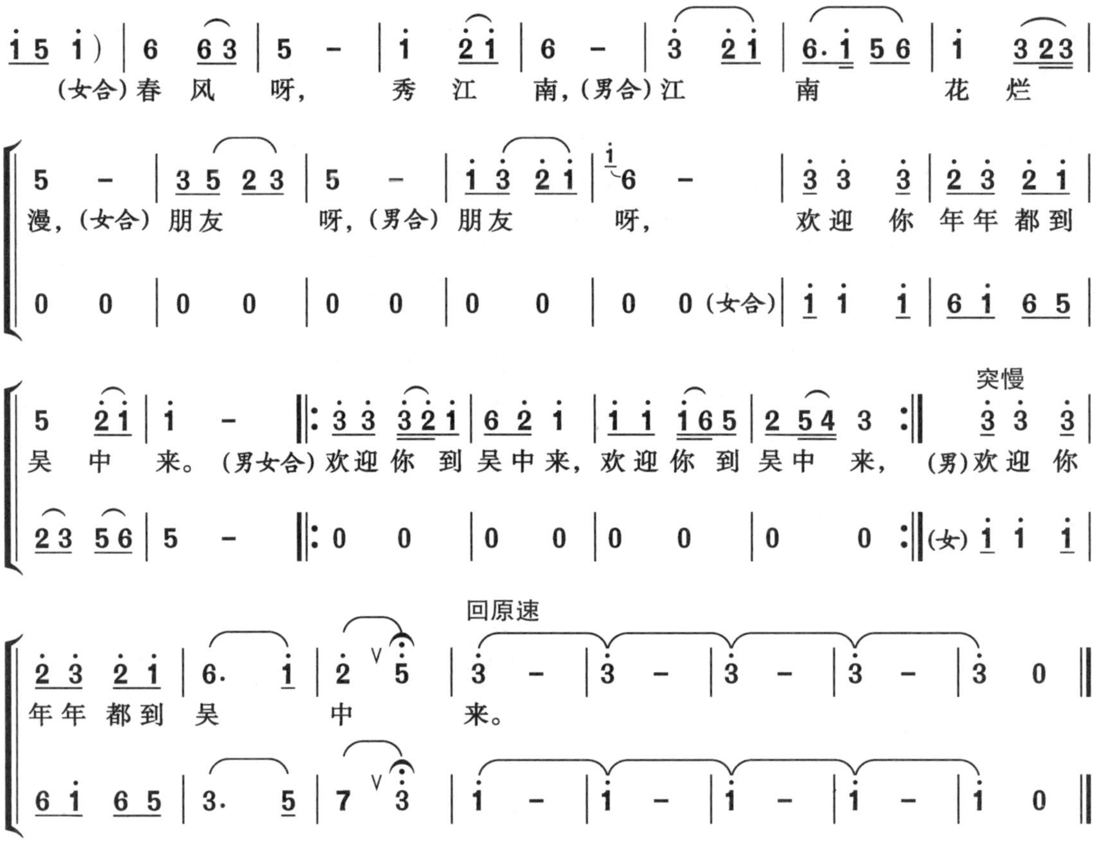

作品简介

该作品创作于2013年。弹词曲牌唱腔丰富多彩，江南民间小调悦耳动听，用它们来表现秀美的吴中山水风光，是非常合适的选择。通过男女声对比变化的唱腔，营造出情景交融的意境氛围，给人以身临其境的愉悦，这是笔者弹词音乐创作的一次有益尝试。当然，音乐素材的运用并不是原封不动。如  这一句女声音乐主题，根据不同唱词的感情表达，笔者运用了一些“音程扩大”的手法，使之有所发展变化。比如：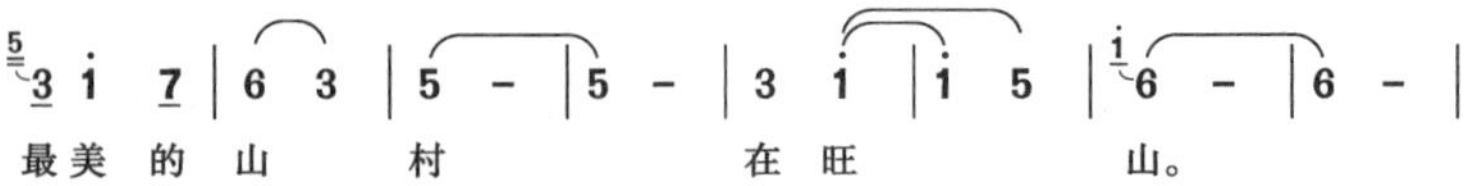

在原来四小节的基础上发展成了八小节。还如：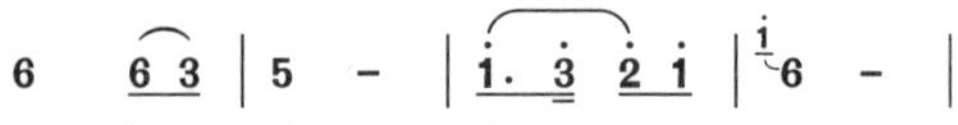

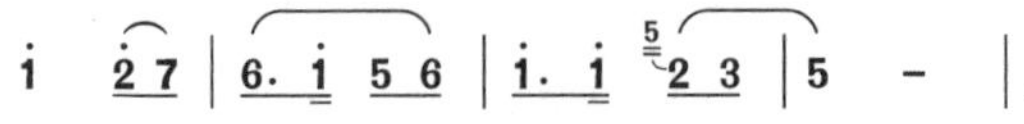

，旋律由简洁明快变为细腻抒情。

本作品为苏州市吴中区评弹团委约之作。

姑苏游

（少儿评弹表演唱）

胡　磊　蕾 词
潘　益　麟 曲
苏州少儿艺术团 演唱

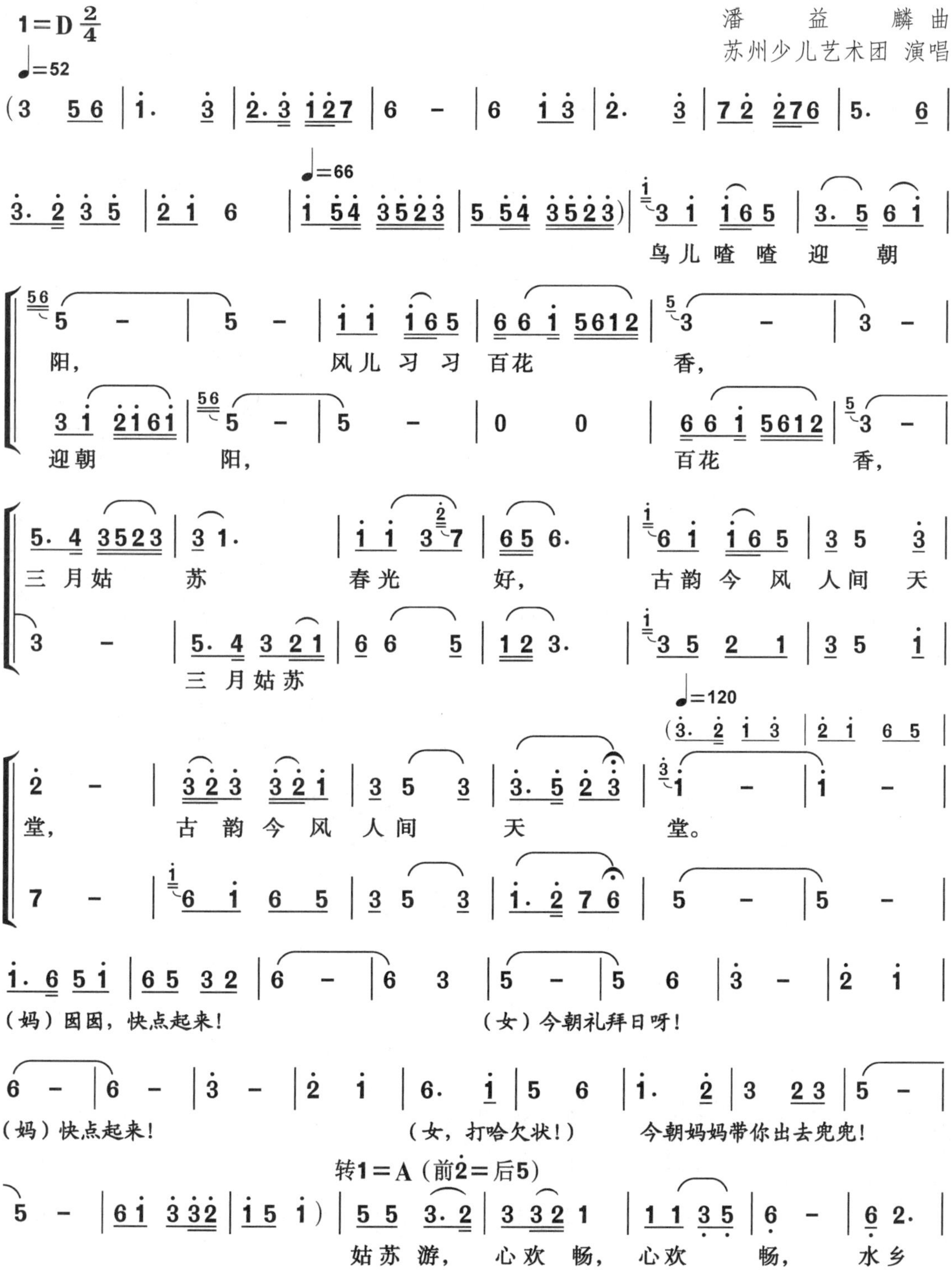

Xian Suo Yin

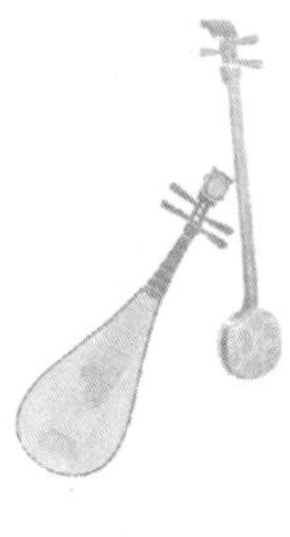

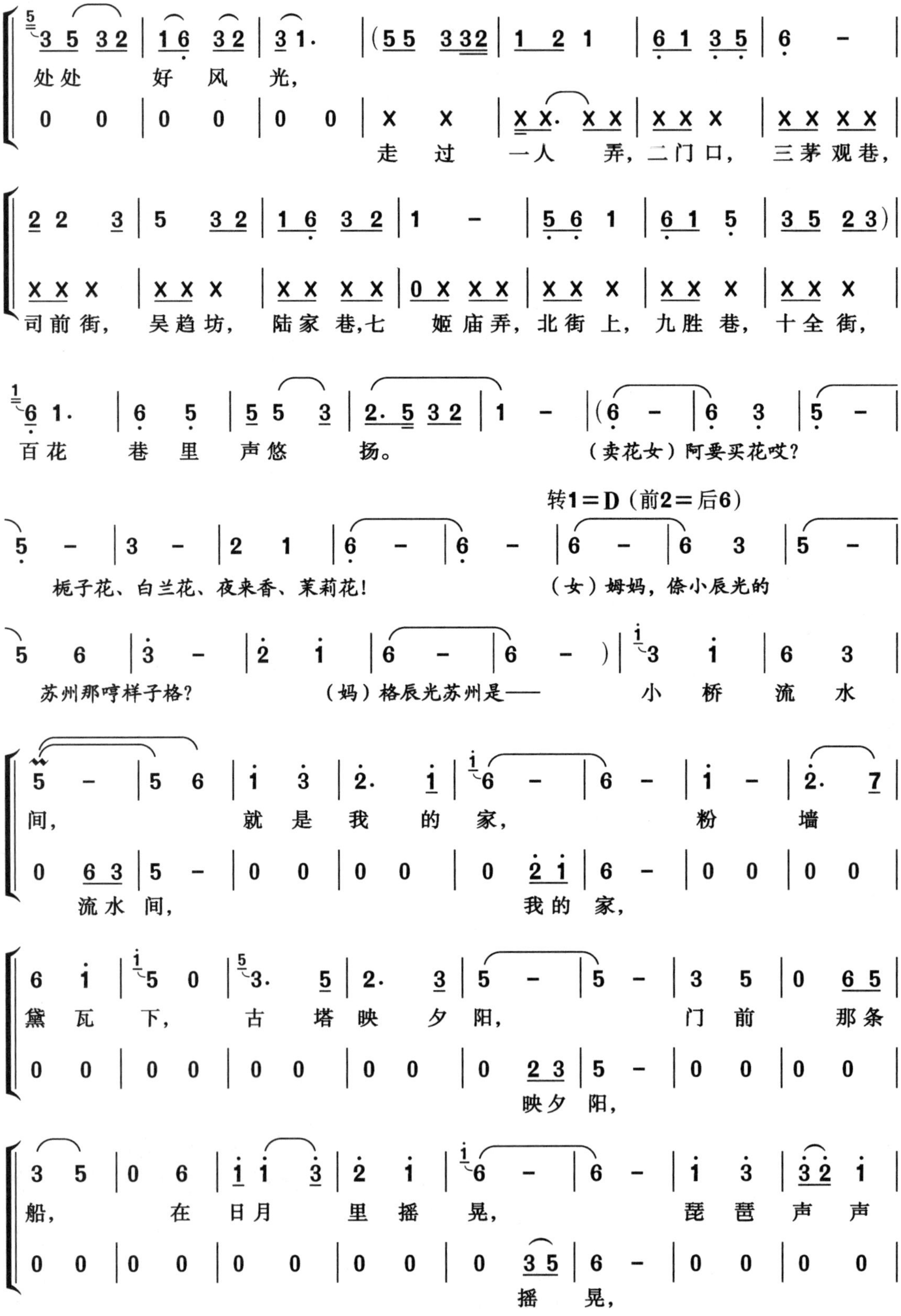
处处 好 风 光，
走 过 一人 弄，二门 口， 三茅 观巷，
司前 街， 吴趋 坊， 陆家 巷，七 姬庙弄，北街 上， 九胜 巷， 十全 街，
百花 巷 里 声悠 扬。
（卖花女）阿要买花哎？
转1＝D（前2＝后6）
栀子花、白兰花、夜来香、茉莉花！
（女）姆妈，倷小辰光的
苏州那哼样子格？
（妈）格辰光苏州是——
小 桥 流 水
间， 就 是 我 的 家， 粉 墙
流水 间， 我 的 家，
黛 瓦 下， 古 塔 映 夕 阳， 门 前 那条
映夕 阳，
船， 在 日月 里 摇 晃， 琵 琶 声 声
摇 晃，

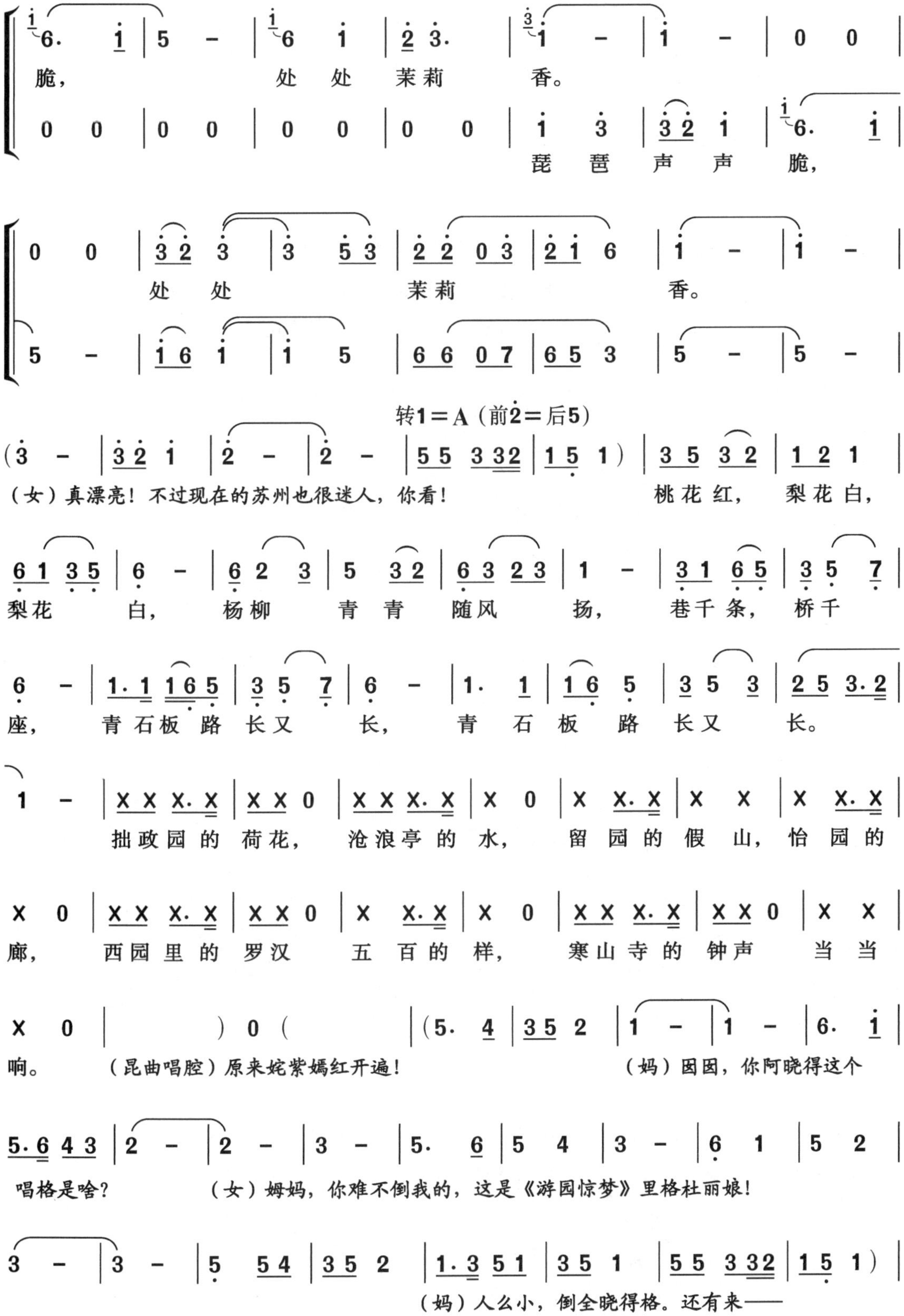
脆，处处茉莉香。
琵琶声声脆，
处处茉莉香。
转1＝A（前2＝后5）
（女）真漂亮！不过现在的苏州也很迷人，你看！
桃花红，梨花白，
梨花白，杨柳青青随风扬，巷千条，桥千
座，青石板路长又长，青石板路长又长。
拙政园的荷花，沧浪亭的水，留园的假山，怡园的
廊，西园里的罗汉五百的样，寒山寺的钟声当当
响。（昆曲唱腔）原来姹紫嫣红开遍！（妈）囡囡，你阿晓得这个
唱格是啥？（女）姆妈，你难不倒我的，这是《游园惊梦》里格杜丽娘！
（妈）人么小，倒全晓得格。还有来——

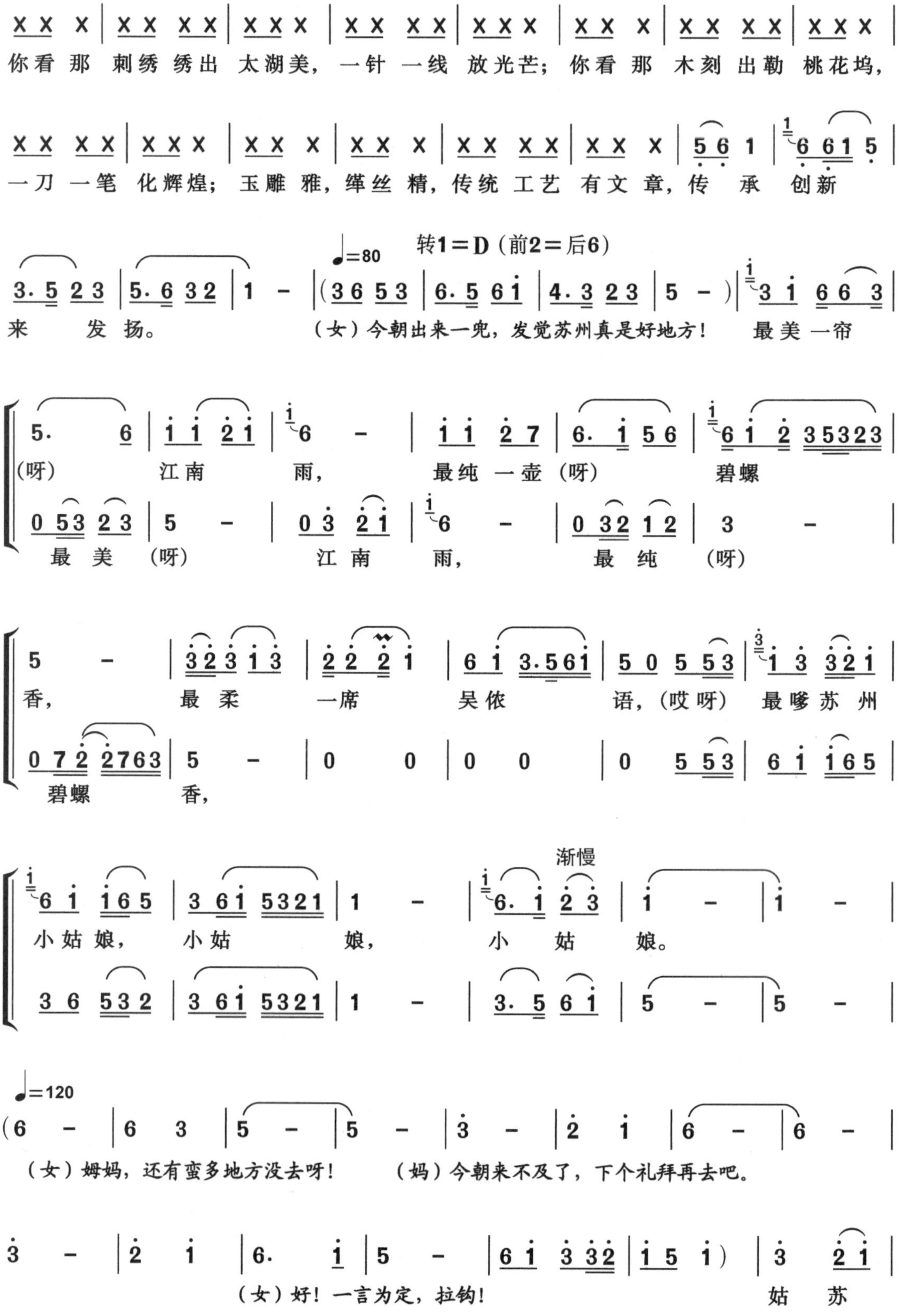
你看那 刺绣绣出 太湖美，一针 一线 放光芒；你看那 木刻 出勒 桃花坞，
一刀 一笔 化辉煌；玉雕 雅，缂丝 精，传统 工艺 有文 章，传 承 创新
来 发 扬。
♩=80
转1=D（前2=后6）
（女）今朝出来一兜，发觉苏州真是好地方！
最美一帘（呀） 江南 雨，最纯 一壶（呀） 碧螺 香，最柔 一席 吴侬 语，（哎呀）最嗲苏州 小姑娘，小姑 娘，小 姑 娘。
最美（呀） 江南 雨，最纯（呀） 碧螺 香，
渐慢
♩=120
（女）姆妈，还有蛮多地方没去呀！ （妈）今朝来不及了，下个礼拜再去吧。
（女）好！一言为定，拉钩！
姑 苏

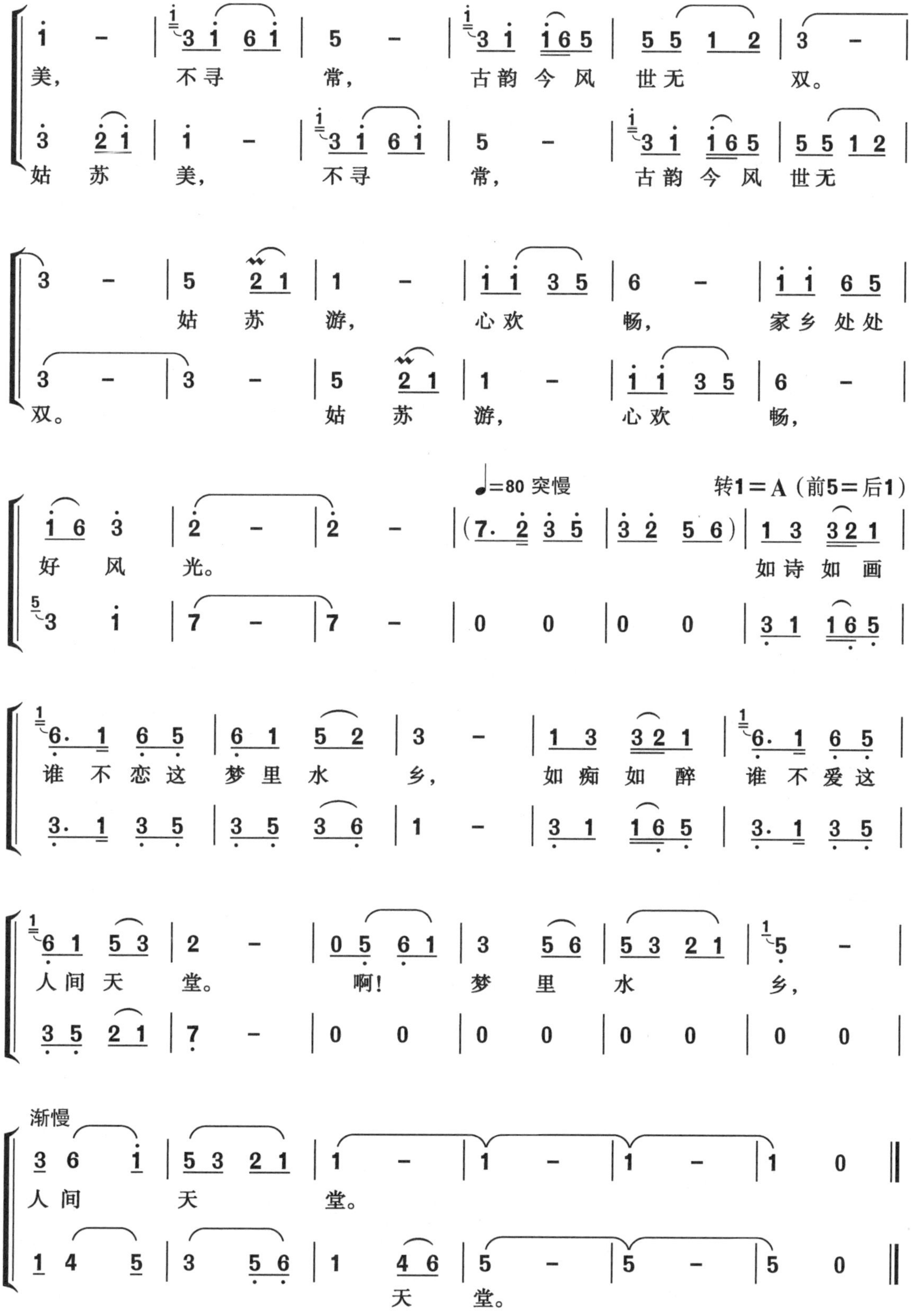
美， 不寻 常， 古韵今风 世无 双。
姑 苏 美， 不寻 常， 古韵今风 世无
姑 苏 游， 心欢 畅， 家乡处处
双。 姑 苏 游， 心欢 畅，
♩=80 突慢
转1＝A（前5＝后1）
好 风 光。 如诗如 画
谁不恋这 梦里水 乡， 如痴如 醉 谁不爱这
人间天 堂。 啊！ 梦 里 水 乡，
渐慢
人间 天 堂。
天 堂。

作品简介

《姑苏游》创作于 2014 年。作品对少儿评弹题材的创新做了有益尝试。为适合少年儿童载歌载舞地表演，音乐创作遵循了“既好听、音乐性强，又简单、容易掌握”的理念。全曲主要由两个音乐元素组成：一是活泼欢快带有干板的弹词曲牌【银绞丝】，二是快慢有致委婉抒情的江南民间小调《青年曲》。两个个性鲜明的旋律如潺潺流水一般地流淌交汇，音乐层次分明而又富有变化。

清纯稚气的童声演唱，字正腔圆的吴侬软语，热情奔放的情感表达，淋漓尽致地诠释了他们对千年古城的无比眷恋和热爱！

2014 年，本作品由苏州市少儿艺术团参加江苏省少儿音乐舞蹈电视大赛，荣获金奖。

枫桥夜泊

（男女声对唱）

［唐］张　　继　诗
潘　益　麟　曲
盛小云、吴伟东　演唱

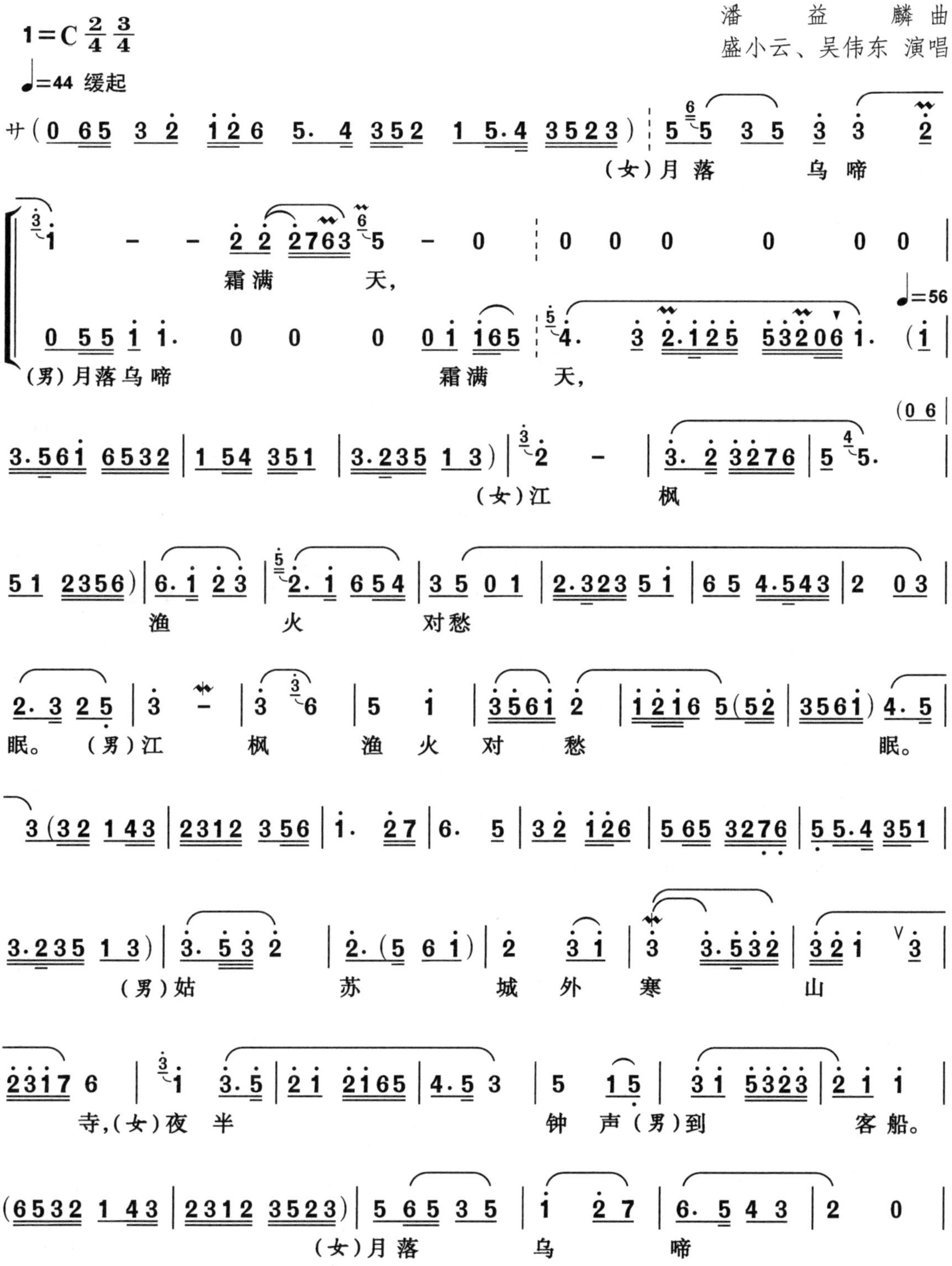

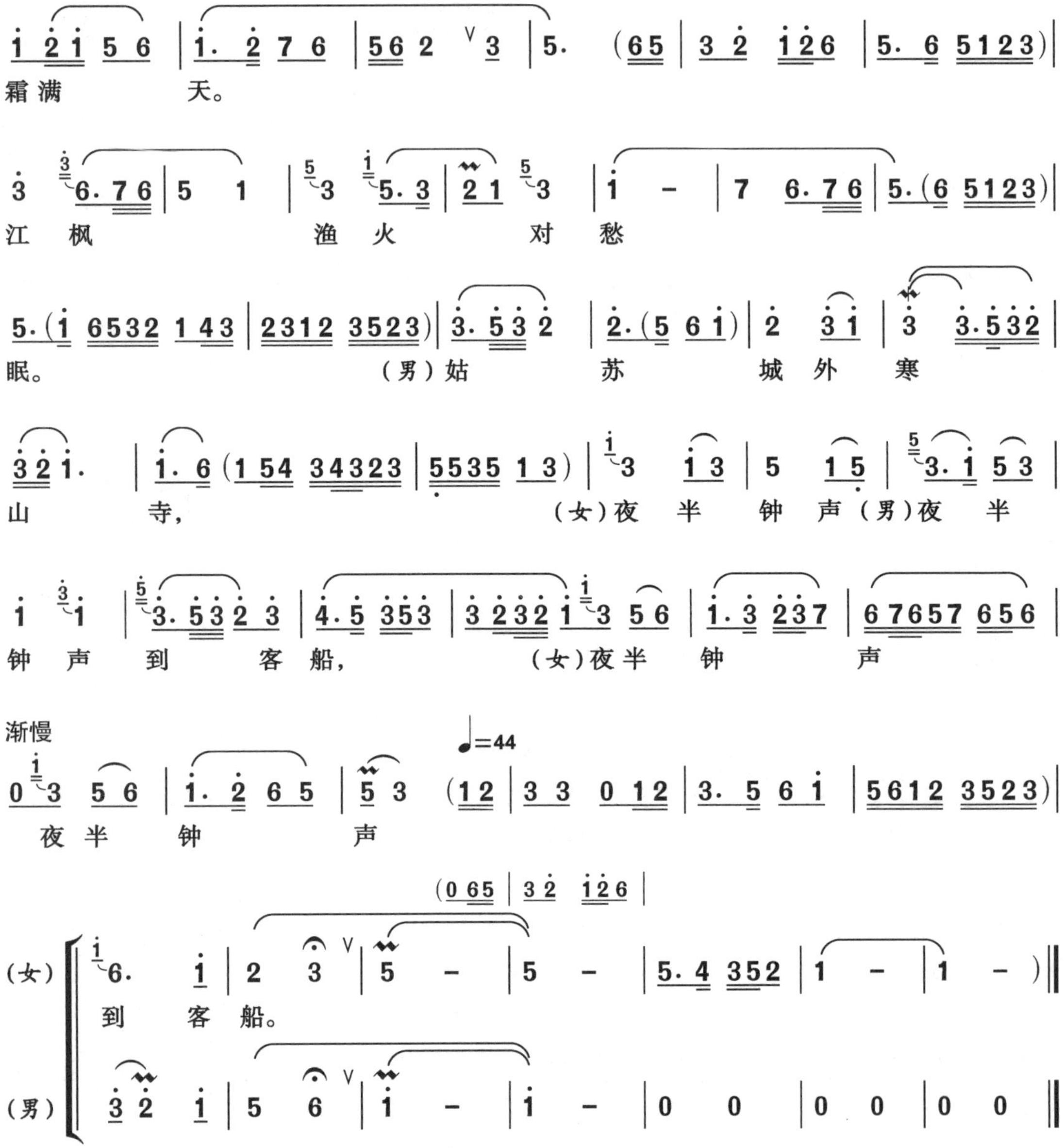

作品简介

该作品创作于2015年。这首唐诗用弹词俞调和蒋调唱腔谱曲，由著名评弹艺术家盛小云、吴伟东以男女声对唱的形式进行演绎。作品于2015年11月参加“第四次中国中东欧国家领导人16+1峰会”迎宾文艺晚会演出。

芦花谣

（评弹表演唱）

丁　　凯 词
潘 益 麟 曲
苏州市北桥中心小学 演唱

1＝D $\frac{4}{4}$ $\frac{2}{4}$

♩＝56

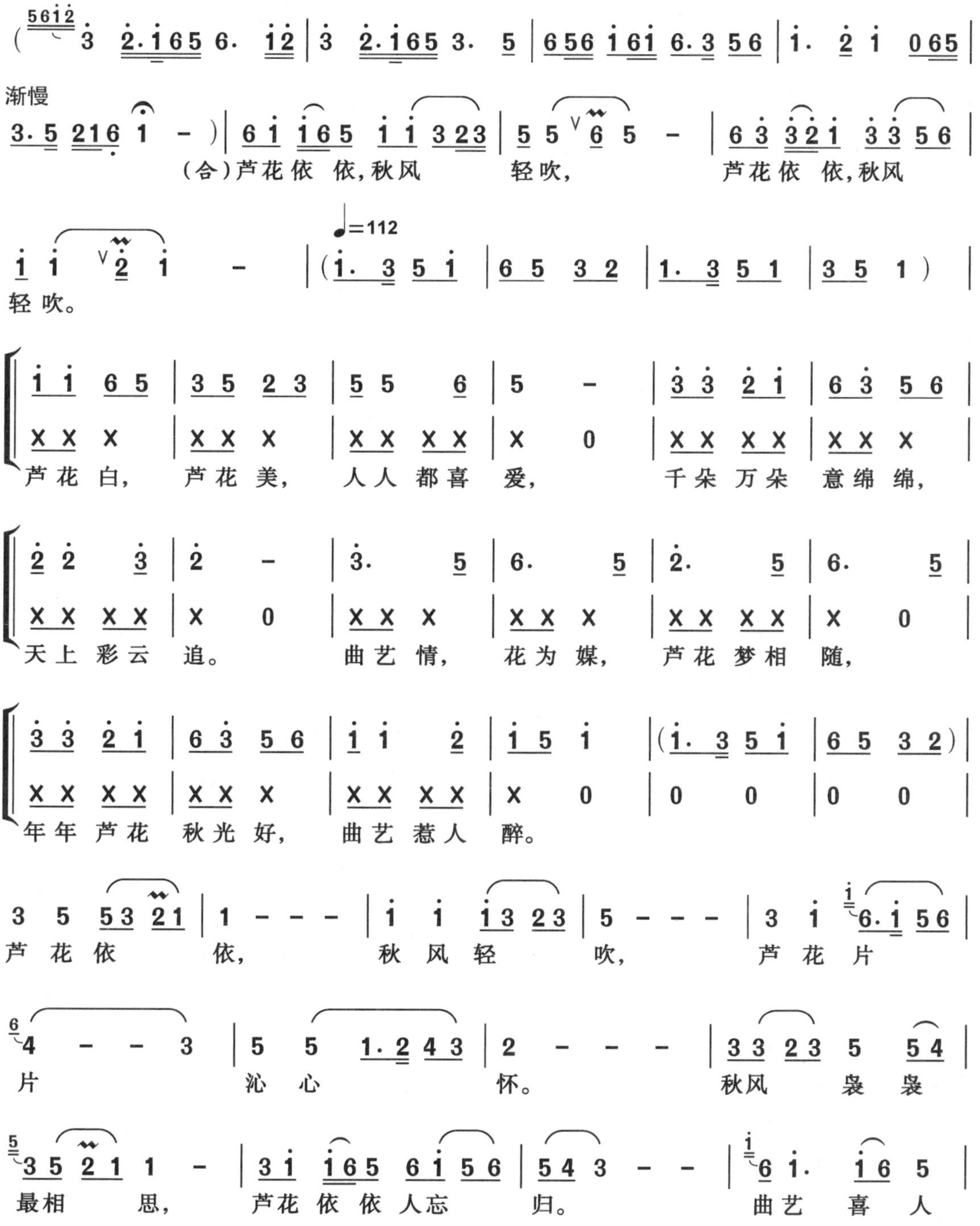

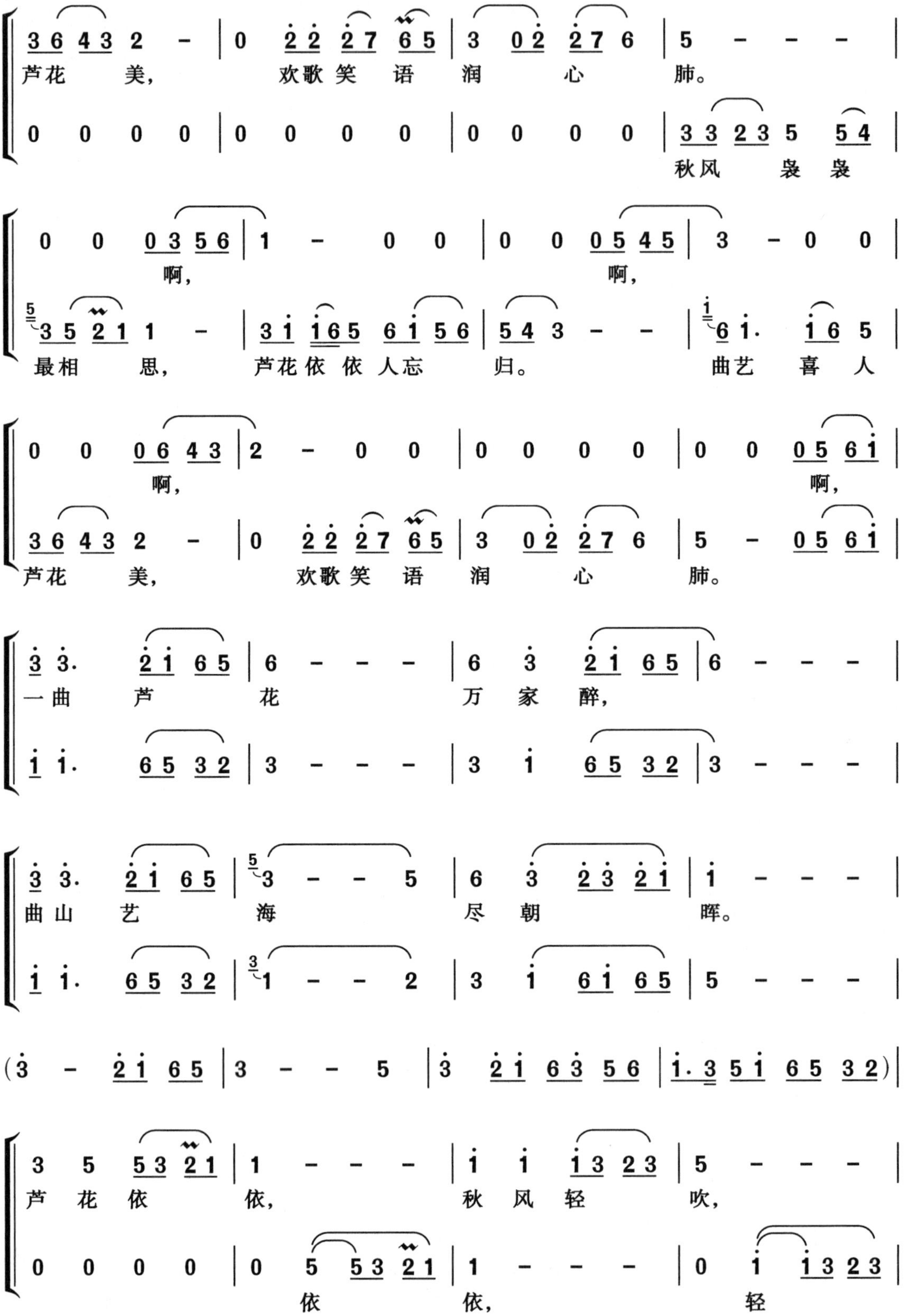
芦花美，欢歌笑语润心肺。
秋风袅袅
啊，
啊，
最相思，芦花依依人忘归。
曲艺喜人
啊，
啊，
芦花美，欢歌笑语润心肺。
一曲芦花万家醉，
曲山艺海尽朝晖。
芦花依依，秋风轻吹，
依依，轻

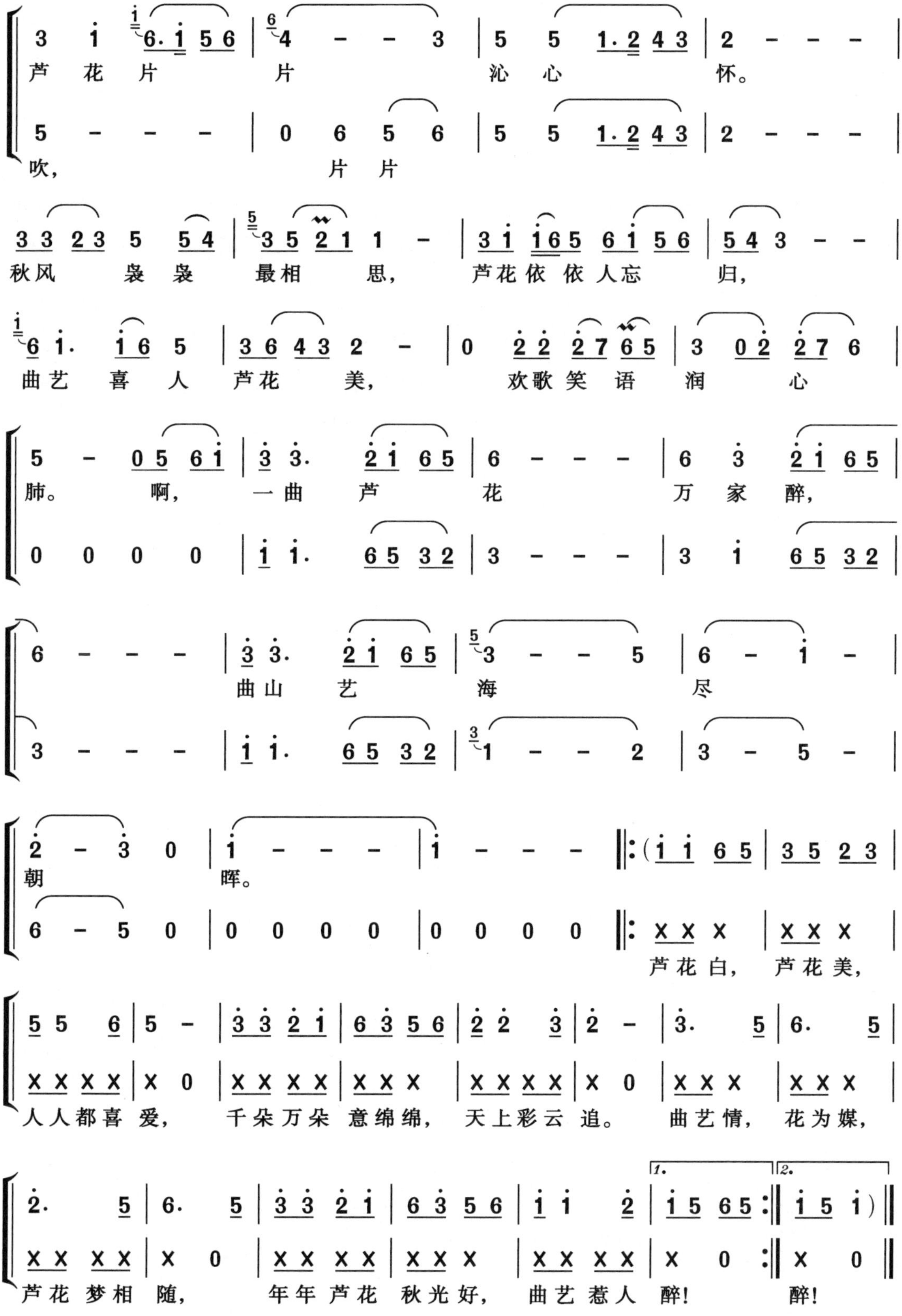
芦花片 片 沁心 怀。
吹， 片片
秋风 袅袅 最相 思， 芦花依依人忘 归，
曲艺 喜 人 芦花 美， 欢歌笑 语 润 心
肺。 啊， 一曲 芦 花 万 家 醉，
曲山 艺 海 尽
朝 晖。
芦花白， 芦花美，
人人都喜爱， 千朵万朵 意绵绵， 天上彩云 追。 曲艺情， 花为媒，
芦花梦相 随， 年年芦花 秋光好， 曲艺惹人 醉！ 醉！

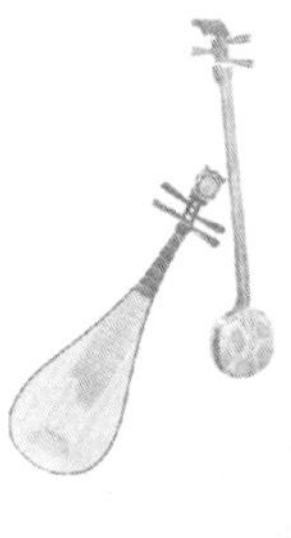

作品简介

该作品创作于 2017 年。这是一首专门为“第七届江苏曲艺芦花奖”颁奖晚会及惠民演出创作的作品。根据词作者“歌谣”的定义，作曲时从弹词曲调出发，并进行歌化处理，设计的主题乐句 3̇ 3̇ 2̇ 1̇ | 6 3̇ 5 6 | 1̇ 1̇ 2̇ | 1̇ – | 贯穿于作品。开头“芦花依依，秋风轻吹”山歌风格的合唱采用模进手法，使之上下对称、呼应；然后是“说一样唱的念诵”：“芦花白，芦花美，芦花人人都喜爱……”；接着，核心部分是稍微拉开、抒情的唱腔，与前面的念诵一紧一松形成对比；最后，作品尾声在“芦花白，芦花美，人人都喜爱……”“说一样唱念诵”的再现中结束，给人意犹未尽的感觉。

作品应邀参加中央电视台少儿频道“银河之声”2018 元旦新年晚会演出。

附　　录：

潘益麟弹词音乐主要作品一览表

创作时间	作品名称	获奖、发表（演出）	主办、颁奖部门
1986 年	开篇《凯旋曲》	全国曲艺新曲（书）目比赛唱腔设计三等奖（合作）	中华人民共和国文化部、中国曲艺家协会
1986 年	开篇《贾巧姐》	“金陵十二钗”评弹流派演唱会、中国唱片公司上海分公司出版	上海曲艺家协会、上海电台、上海唱片公司
1987 年	《杨淑英告状》选曲	入选首届中国曲艺节	中国曲艺家协会
1989 年	《爱的升华》选曲	“长治杯”全国曲艺（鼓曲唱曲）大赛节目奖	中国曲艺家协会、中央电视台文艺部
1991 年	弹唱《欢庆龙舟》	江苏省第二届音舞节比赛音乐创作三等奖	江苏省文化厅、江苏省音乐家协会、江苏省舞蹈家协会
1993 年	小组唱《相女婿》	入选中央电视台首届“中国农民文艺晚会”、江苏省首届曲艺节优秀节目奖	江苏省文学艺术界联合会、江苏省曲艺家协会
1995 年	开篇《孔繁森》	江苏省优秀曲艺节目展演二等奖	江苏省文学艺术界联合会、江苏省曲艺家协会
1997 年	小组唱《英雄谱》	入选中央电视台“我们的旗帜”庆祝建党 76 周年文艺晚会、江苏省第二届曲艺节优秀节目奖、苏州市“五个一工程”入选作品奖	中共中央宣传部、组织部、广电部、江苏省文化厅、江苏省曲艺家协会、苏州市委宣传部
1997 年	开篇《水乡泽国》	江苏省第二届曲艺节节目奖	江苏省文化厅、江苏省曲艺家协会
1998 年	开篇《伍子胥》	入选第三届中国曲艺节	中国曲艺家协会
1998 年	小组唱《佛缘》	入选纪念中国佛教二千年“吉祥颂”大型文艺晚会	纪念中国佛教二千年组委会、中央电视台
1998—2000 年	开篇《姑苏水巷》	文化部第九届文华新节目奖、江苏省集体三等功、第十九届中国电视金鹰奖、江苏省第三届曲艺节创作银奖、苏州市“五个一工程”入选作品奖	中华人民共和国文化部、中国电视金鹰奖组委会、江苏省文化厅、苏州市政府、苏州市委宣传部等

续表

1999 年	小组唱《口衔祥云燕归乡》	苏州电视书场 1000 期	苏州电视台
2001 年	小组唱《肝胆相照》	入选中央电视台“同心千秋——庆祝中国共产党建党八十周年”文艺晚会	中共中央统战部、各民主党派中央、中央电视台
2002 年	开篇《盘门行》	上海电视台电视书苑“新开篇展演”观众喜爱的十首开篇	上海东方电视台
2002 年	小组唱《光前裕后五十年》	苏州市评弹团五十周年团庆晚会	江苏省曲艺家协会、苏州市曲艺家协会等
2002 年	开篇《江南小阿妹》	张家港撤县建市文艺晚会、中央电视台《曲苑杂坛》录像播放	中央电视台
2003 年	小组唱《好一朵江南奇葩》	第二届中国评弹艺术节颁奖大会	中国曲艺家协会
2004 年	曲牌连缀《十佳展唱》	苏州电视书场“观众喜爱的十佳评弹演员”元宵评弹晚会	苏州电视台
2005 年	小组唱《忆峥嵘岁月》	苏州市曲艺家协会、苏州市广电总台电视书场举办抗日战争胜利六十周年“爱我河山　爱我中华”大型评弹演唱会	苏州市曲艺家协会、苏州电视台
2006 年	《评弹摇滚 3 · 15》	大型评弹演唱会	苏州市曲艺家协会、苏州电视台
2006 年	中篇《四大美人》序曲（四首）	香港大会堂公演	上海市政协华夏文化经济促进会、上海新文化演出有限公司
2006 年	小组唱《梅兰竹菊吟》	苏州电视书场春节评弹晚会	苏州电视台
2007 年	表演唱《乐为农家添春光》	代表江苏参加全国卫生系统文艺会演获最佳节目奖	国家卫生部
2008 年	开篇《盘门行》	第二届江苏曲艺最高奖“芦花奖 · 音乐奖”	江苏省文学艺术界联合会、江苏省曲艺家协会
2008 年	小组唱《万代千秋儿女心》	苏州电视台电视书场“中国历代爱情系列”评弹专场演出序曲	苏州电视台

续表

2008—2009 年	开篇《茉莉情》	第五届中国曲艺牡丹奖“金陵牡丹曲”颁奖晚会、第三届江苏曲艺最高奖“芦花奖·音乐奖”	中国文学艺术界联合会、中国曲艺家协会、江苏省文学艺术界联合会、江苏省曲艺家协会
2009 年	开篇《美德扬帆》	获“中国好人颂——全国道德模范先进事迹”新创优秀节目	中国曲艺家协会
2009 年	评弹与快板《生命的价值》（合作）	参加中国人民解放军第九届全军会演	中国人民解放军二炮文工团
2009 年	小组唱《和之韵》	四川曲艺家协会国庆六十周年晚会	
2010 年	开篇《蘩漪悲歌》	参加第六届中国曲艺牡丹奖“金陵牡丹曲”颁奖晚会、第六届江苏曲艺最高奖“芦花奖·音乐奖”	中国文学艺术界联合会、中国曲艺家协会、江苏省文学艺术界联合会、江苏省曲艺家协会
2010 年	《大拜年》	苏州市春节团拜会	
2011 年	小组唱《劫后北川》	第四届江苏曲艺最高奖“芦花奖·音乐奖”	江苏省文学艺术界联合会、江苏省曲艺家协会
2013 年	开篇《乡愁》	入选文化部“春天，你好！”春节文艺晚会、第五届江苏曲艺最高奖“芦花奖·音乐奖”、苏州市曲艺“光裕奖”荣誉奖	中华人民共和国文化部、江苏省文学艺术家联合会、江苏省曲艺家协会、苏州市文学艺术界联合会
2014 年	少儿评弹《姑苏游》	江苏省少儿音乐舞蹈电视大赛金奖	江苏省文化厅
2014 年	小组唱《好人礼赞》	“全国道德模范与身边好人”现场交流活动	中央文明办
2015 年	开篇《梦在江南》	“中国梦·我心中的梦”比赛一等奖	中国曲艺家协会
2016 年	开篇《枫桥夜泊》	国务院“中东欧 16+1 苏州峰会”	迎宾文艺晚会
2017 年	少儿评弹《芦花谣》	第七届江苏省曲艺“芦花奖”颁奖晚会、中央电视台少儿频道“银河之声”2018 元旦晚会	江苏省文学艺术界联合会、江苏省曲艺家协会、中央电视台

由小巷深处飘来的旋律

——记评弹曲作者潘益麟及其作品

华觉平

潘益麟，在评弹听众中似乎是一位名不见经传、知名度也难以与盛小云相媲美的苏州评弹学校专业老师，但又有谁能想到多年来由盛小云演唱的那么多旋律优美动听、富有江南韵味，并被广大听众赞不绝口的弹词开篇的音乐，都是出自这位“名不见经传”的潘益麟之手。

其实在评弹界当中，潘益麟早是一位负有名望的弹词曲作者。有些听众之所以对其不了解，是因为曲作者不像演唱者那样，在听众或观众跟前的曝光率高。他是一名默默耕耘，为他人作嫁衣的幕后英雄。潘益麟用评弹曲调谱写的许多风格各异的弹词新作如《姑苏水巷》《好一朵江南奇葩》《苏州小阿妹》《伍子胥》《忆峥嵘岁月》《盘门行》以及《梅兰竹菊吟》等唱段，在听众和评弹界中都是很有影响的。这些作品有抒情的、有含蓄的、也有奔放的。不论是独唱、小组唱、领唱，还是二重唱、合唱，听来都十分流畅、明快、清新、和谐。同时，演员在演唱当中也有很大的表现空间。在他谱写的作品中，由朱寅全作词、盛小云演唱的弹词开篇《姑苏水巷》就是他的代表作品之一。

弹词开篇《姑苏水巷》展现了唐代诗人杜荀鹤在《送人游吴》一诗中所描述的“君到姑苏见，人家尽枕河。古宫闲地少，水巷小桥多……”那种富有苏州风情的姑苏水巷画卷。曲作者在进行唱腔设计的时候，首先要深刻领会词作者的词意，并用最佳的手法，通过音乐语言来演绎作品的内涵。潘益麟在谱写《姑苏水巷》弹词音乐的起句时，就用了一个意想不到的手法来表现“悠悠水巷巷悠悠”那诗情画意的意境。他没有用引子，也没有用长腔前奏，而是在潺潺的流水声中，用了一段无音乐伴奏的散板“叫卖声”。然后再在轻弹低吟声中，舒缓地唱出“悠悠水巷巷悠悠”的首句。

卖花的“叫卖声”是旧时苏州小巷或水巷中最典型的民风之一。凡是苏州人，尤其是上了年纪的老苏州，当听到这种耳熟能详的“叫卖声”后，立刻就会回忆起自己童年时的情景。在这“叫卖声”中，似虚如真地看到在小桥流水中飘来一叶扁舟，有卖西瓜的、有卖红菱的；在这“叫卖声”中，人们似乎看到了一位身穿蓝底白花图案衣服的农家姑娘手提花篮，穿小巷、走大街，卖栀子花、白兰花。那甜润、悦耳、清脆的叫卖声，从静谧的苏州街巷中传来，使人在陶醉之余，不知又有多少美丽的遐想会闯入脑海；在这“叫卖声”中，人们似乎又看到了“小巷深深深几许”和“悠悠水巷巷悠悠”那梦幻般的情景，看到了“门前石街人履步，屋后河中舟楫行”的独特景观。这就是音乐形象的魅力，听来韵味无穷，可谓春秋晨昏各有不同，水巷人家乐在其中。一曲由小巷深处飘来的旋律，充分展现了那幽雅而恬静的小巷情景。潘益麟就用如此简单的手法，却达到了人们意想不到的、最佳的艺术效果。这也是曲作者通过自己的艺术想象，对作品文字意境的再创造。

在弹词开篇《姑苏水巷》中，起句的卖花“叫卖声”给人由远而近的感觉，而结尾句的卖花“叫卖声”，又给人一种由近而远的印象，产生了一种“动态”的艺术效果，真是“妙笔生花”的艺术构思。

《姑苏水巷》整个作品是以评弹的俞调和祁调这两种委婉、舒展的流派唱腔进行谱曲的，听来真有身临其境的感觉，给人以一种赏心悦目的艺术享受。一曲《姑苏水巷》能有如此浓郁的苏州韵味，也只有地地道道的苏州人，才能创作出来，而潘益麟就是这样一位地道的苏州人。

20世纪60年代初期，潘益麟毕业于苏州评弹学校。之后，他随弹词名家薛小飞学艺，擅长弹唱沈调、薛调和小飞调，并与评弹前辈朱丽安合作演唱长篇弹词《珍珠塔》。自20世纪七八十年代苏州评弹学校恢复之后，他就一直在苏州评弹学校任弹词专业老师，后来又担任苏州评弹学校的副校长。退休后，还继续留校任教至今。

潘益麟从小生活在苏州濂溪坊一带，水漉漉的名字，他是在一个典型的苏州水巷环境当中长大的。白天听惯了穿街走巷的叫卖声，晚上头枕在清澈的河流上，听潺潺的流水声，日复一日，年复一年，潘益麟就这样得益于小巷流水的灵气。他的性格不温不火，讲话不快不慢，与人相处也不卑不亢，是一个典型的苏州人。这些潜在的特征和灵气，随着他音乐创作的成熟，都融合在他一个个跳跃的音符之中，汇成了一曲曲清新、流畅的旋律，并逐渐地形成了他独特的艺术风格，那就是求真实，不求浮华；求清新淡雅，不求浓妆艳抹。

要是说《姑苏水巷》是以一种明快而抒情的旋律来表现幽静的苏州水巷的话，那么在谱写同为苏州风光的另一首弹词开篇《盘门行》时，潘益麟则是采用了一种较为含蓄的咏叹调，演唱时的韵味就大不一样了。

《盘门行》歌唱了苏州六城门之一的盘门的变迁，整首开篇唱词优美。但人们静心听来，在那优美的旋律声中，似乎能感受到有一种凝重的情感在呼唤着人们的记忆。

盘门是苏州一个标志性的历史名胜，也是当年伍子胥建造苏州城池的遗迹。她记载了苏州二千五百多年厚重的历史，可谓是沧海桑田。这里能勾起人们对吴越春秋战事的回忆。还有，当人们看到今天盘门的变迁，旧貌换新颜，很自然地就会想起，那时被称之为“冷水盘门”的情景。

同样是风光开篇，《姑苏水巷》听来明快亮丽，而《盘门行》是以弹词流派祁调为基础来设计唱腔的，听来较委婉、缠绵，带有凝重的情感色彩，很引人入胜。应该说，这种创作方法是很有深度的，在整个作品的音乐构思上不仅仅是旋律的优美，而且要使听众在品味优美旋律的同时，也能感受到作品深沉的内涵，这里充分体现了潘益麟在音乐创作上拥有很深的文化底蕴。

从普通的评弹演员，到有一定造诣的评弹曲作者，这是潘益麟平时勤奋努力的结果。在音乐创作上，他从来没有进行正规的学习和深造，尤其是评弹音乐创作，更是没有什么理论专著给他参考。潘益麟是通过自己在艺术实践中的不断摸索自学成才的。他的评弹唱腔设计，先从谱写一段段的毛泽东语录开始，再是为某个短篇或中篇中的一档唱段进行编曲，然后再为某一首开篇设计整个唱腔。长年累月的音乐创作，持久反复的磨炼，就这样从量变到质变，不断地提高，从而使他从一个业余的评弹音乐爱好者，成为一名专业的、富有成就的评弹音乐曲作者。他所设计的音乐作品获奖率越来越高，参加大型演出活动的机会和次数也越来越多。仅《姑苏水巷》这首作品，就先后获得了 2000 年文化部第九届文华新节目奖、江苏省政府“集体三等功”、2001 年第十九届中国电视金鹰奖以及 1999 年第三届曲艺节创作银奖等。

我与潘益麟曾是苏州评弹学校的校友，以前与他接触得并不多，直到我在苏州人民广播电台当《广播书场》的评弹编辑后，我俩才开始交往，但他能为弹词开篇谱曲是早有耳闻的。当我于 1982 年回苏州工作后，我与他除了同学之交外，还在业务上先后有过三次合作。第一次是在我进苏州广播电台工作后不久，我编写了一部评弹广播剧《爱的升华》，我首次约请潘益麟同学帮忙，请他为其中一段需要“静场”的对唱唱段《此时房内寂无声》设计弹词唱腔。

评弹广播剧《爱的升华》，故事讲的是苏州姑娘李晓军，在看到苏州籍战士张平山在战争中身受重伤，并双眼失明的事迹报道后十分感动，她主动到前方医院探望张平山，而且自愿留下来照顾张平山的生活起居。这虽遭到张平山的多次拒绝，但李晓军却执意坚持。随着时间的推移，两个人的情感也悄悄地发生着变化，两颗真诚的心撞击出了爱情的火花。《此时房内寂无声》的唱段，正是反映了张平山和李晓军两人复杂的内心矛盾，而彼此又都十分真诚的情感。

业内人士都知道，“对唱”不是你唱一句、我唱一句，或你唱一段后，接着我再来唱一段那么地简单。一般来说，“对唱”的唱段，感情色彩特别丰富，不是矛盾对立的，就是相互关联的，有的则是有言而难以启齿的，只能深深地埋藏在心间，或是两人间又有共同的意愿，欲向对方坦承的。词作者写这样的“对唱”唱段，比起写一般的独唱唱段要难得多，而曲作者设计“对唱”唱段的唱腔，要比词作者更难。由于唱段所表达的情感丰富，且又是复杂、矛盾的，所以曲作者在考虑演唱的形式上，亦然是多样的。有独唱、有合唱、有轮唱、有二重唱，而且还要考虑到男女声之间音区的差异。如此复杂的编曲过程，只有经由曲作者的巧妙发挥，才能使作品旋律优美，融洽和谐，动听感人。当然，音乐设计的完美成功，都是曲作者在符合唱词词义的基础上来完成的。看来与潘益麟同学的第一次合作，我就给他出了这样一道难题。

俗话说“天下无难事，只怕有心人”。没过多久，一档原汁原味用蒋、俞调设计的“对唱”唱段问世了。演员唱得到位、唱得感人，听众听得出神、听得过瘾。在整个唱段中独唱、轮唱、重唱等演唱手法都运用了。整个唱段把故事中的现场气氛，男、女主角各自内心复杂且矛盾的情感抒发得淋漓尽致。潘益麟用弹词的音乐语言，完美地诠释了剧中人物纯洁而真诚的心灵。在20世纪80年代初期，苏州的评弹曲作者就有这种新颖的创作构思，应该说是很前卫的了。潘益麟能如此娴熟地运用这样的音乐设计，是他多年实践经验的累积，也是他博采众长并善于融会贯通的结果。这次我写的评弹广播剧名为《爱的升华》，而从潘益麟这次对该剧《此时房内寂无声》唱段的音乐设计来看，他在评弹唱腔设计道路上的艺术才能，早已得到了升华。

潘益麟作曲的作品，有一个很大的特点，那就是每首作品都是在评弹流派旋律的基础上进行唱腔设计。纵观潘益麟作曲的唱段，我们可以用“不变”与“变”来说明他的作品。所谓“不变”，就是音乐素材都以原汁原味的评弹流派唱腔为基调的理念不变。所谓“变”，就是说每一首作品在旋律或唱腔上都必须有变化。即使是用同一个流派唱腔谱写的作品，也各具特色，都会给人一种新鲜的感觉，即在不变中求变。要是没有一定的艺术功底，是很难做到这一点的，而潘益麟却做到了。

要是说评弹广播剧《爱的升华》是我与潘益麟初次合作的话，那弹词开篇《梅兰竹菊吟》的曲调设计，则是在2006年我与他的“第二次握手”。

《梅兰竹菊》是我早期的作品。是由“咏梅”“吟兰”“赞竹”“颂菊”四首唱段组成的“弹词套曲”。原曲作者是苏州评弹学校的音乐教师陈勇老师。多少年之后，适逢苏州广电总台广播新闻频率（原苏州人民广播电台）举办“声音的盛宴”庆典演出，展现电台历年来在文艺节目中所取得的成就。《梅兰竹菊》是原苏州人民广播电台评弹节目中具有代表性的作品，所以在这台庆典的演出中，必须要亮相，以作表彰。但是由于整台演出节目的时间关系，主办方不仅要求将原作品的唱词压缩，四个唱段要改为一首开篇来演唱，而且还规定演唱的时间不能超过5分钟。为此，我把唱词进行了修改（其实是重写了一首）。当我改好了唱词后，我再次邀请潘益麟为新写的《梅兰竹菊吟》开篇来设计唱腔。因为原先的《梅兰竹菊》弹词套曲不是由他编曲的，所以对潘益麟来说，他就没有旧框框，不受原来的唱腔束缚。而且这次在编曲前，已定向由盛小云演唱。由于盛小云是潘益麟的长期合作者，她的演唱风格，潘益麟是再熟悉不过的，知己知彼，使他在设计唱腔时更能得心应手。潘益麟在设计《梅兰竹菊吟》开篇唱腔前，先与词作者和演唱者进行了认真的沟通，听取我与盛小云对谱曲的要求。然后，他再把唱词进行了仔细的分析和研究。众所周知，梅、兰、竹、菊清新淡雅，是花中精品。它们具有坚韧的性格、高尚的品格、蓬勃向上的精神风貌。潘益麟在谱写这首弹词开篇时，根据作品的词意以及演唱者的演唱风格，以评弹俞调、祁调、薛调和丽调等弹词流派的旋律为骨架，再通过巧妙的融合将它们熔于一炉，使整个作品的唱腔旋律成为一个完整的统一体，并能形象地展现梅、兰、竹、菊的品质和性格。清丽婉转且具有坚韧性格的俞调表现了梅花铁骨、凌寒的品格；委婉多姿、柔中带刚的祁调咏叹了兰花的冰清玉洁；流畅明快的沈薛调演绎了翠竹的挺拔刚毅和高风亮节；飘逸潇洒的丽调，吟唱了菊花独立枝头的飒爽英姿。作品还通过独唱、领唱、合唱、二重唱等表现手法，抒写了梅、兰、竹、菊的高贵品质以及世人对梅、兰、竹、菊的赞美。由此可见，潘益麟在弹词音乐设计的艺术实践中，完全进入了他的自由王国。

众所周知，弹词流派唱腔的可塑性很大，具有不变与多变相统一的唱腔特征。在评弹界有关弹词唱腔的特征，大家都有共识，有的叫“一曲百唱”，或者称之为“一曲多唱”；也有的称它是“音随情回”，就是说用同一个流派唱腔，根据不同人物的感情可以唱出喜怒哀乐的不同情绪。例如《三笑》中的《笃穷》是一段著名的陈调选曲，唱来哀怨、悲切，听来十分凄惨；而同样用陈调演唱的《林冲踏雪》中的《踏雪》唱段，唱来却激奋、高亢、悲壮，唱出了林冲的英雄气概。同样是陈调，但表现了不同人物的不同情景及不同情感，这就是弹词唱腔的魅力，给演员有很大的表演空间，同时，也为评弹的曲作者提供了宽广的创作天地。

我与潘益麟的第三次合作，是因为苏州市曲艺家协会等单位为庆祝世界反法西斯战争胜利和中国人民抗日战争胜利七十周年而联合举办的“爱我河山，强我中华”的评弹专场演出。我创作了一首弹词小组唱《忆峥嵘岁月》，而作品的音乐设计又是由潘益麟来完成的。潘益麟在《忆峥嵘岁月》的作曲过程中，充分发挥了弹词唱腔这种不变与多变相统一的唱腔特征。作品分前后两段，前半段是控诉日本帝国主义侵华的罪行，描述了中华大地遭受磨难的凄惨情景；后半段颂扬了中华儿女奋勇抗击日寇侵略的大无畏精神。前后两段的唱腔设计，潘益麟都采用弹词流派陈调为主旋律，但感情色彩是先抑后扬，犹如以上所介绍的《笃穷》和《踏雪》两段陈调唱腔的组合。同样唱的是陈调，而情感的抒发却大不一样。第一段是以悲切、凄冷的情感来表达被日本鬼子铁蹄践踏的中华大地的腥风血雨，犹如山河哭泣；而第二段则是以悲壮、高亢的激情来表现中华儿女奋起反抗日本鬼子的坚强决心和豪迈气概，情绪好比翻江倒海。该作品前后表达的感情虽然不一样，演唱效果也明显不同，但作品的旋律就是一个完整的统一体，演出也达到了预期的效果。

我与潘益麟前后曾合作过三次。在合作中我对他的创作理念和表演技巧有了一定的了解。当然，我还聆听了许多由他设计唱腔的其他作品。他为许多作品谱写的旋律，总体给我的感觉似乎都是从苏州的小巷深处飘来。苏州无论是街巷之美，还是水巷之美，都有着共同的特征，就是清幽而雅致，秀气而静谧，而由潘益麟作曲的弹词作品恰恰都渗透着苏州小巷的宁静和灵气，听来赏心悦目，可谓“此曲只应天上有”。由潘益麟设计的弹词唱腔旋律，就像是从苏州的小巷深处飘来，使人听来感到清新、飘逸、幽雅……

此稿完成于2016年11月18日

（华觉平，评弹作家，苏州广电总台原主任编辑。）

音声相和话对唱

——弹词传统经典男女声对唱赏析

潘益麟

一、绪言

“七里山塘景物新，秋高气爽净无尘。云儿片片升，船儿缓缓行，酒盅儿举不停，脸庞儿醉生春，情致缠绵笑语温……但愿夫妻好比秋江水，心与秋江一样清，一清到底见鱼鳞，但愿君心似我心，心心相印心连心。但愿花常好，但愿月长明，人长寿，松长青，但愿千秋百岁常相亲，地久天长永不分……”聆听弹词艺术大师蒋月泉、朱慧珍脍炙人口的蒋、俞调男女声对唱《白蛇传·赏中秋》，涓涓流水般的优雅唱腔，仿佛把听众带到了姑苏七里山塘，贤淑端庄的白娘子与温文憨厚的许汉文坐着小船沿着山塘河缓缓而行，在良辰美景中喃喃细语情意绵绵、赏景对饮互诉情愫……音声相和的演唱和人物情感的表达似水乳交融一般，将人们带入“言有尽而音意无穷”[①]的美妙境地。

弹词男女声对唱所表现的弹词音乐之美，正好应验了老子“音声相和”[②]的音乐美学观点。我国古代伟大思想家老子强调的“音”和“声”的相互对立统一、相互依存的关系，即只有不同的音调组合在一起，构成相互和谐关系的声音才能形成美妙的音乐。对于家底丰厚的苏州弹词而言，蒋俞调对唱这样的组合仅仅是男女声对唱组合的一种，其他朱（雪琴）郭（彬卿）档组合、徐（云志）王（鹰）档组合、薛（小飞）邵（小华）档组合的男女声对唱，同样都为老子“音声相和”的音乐美学观点进行了各具特色的注解。

弹词男女声对唱的载体是男女双档。早在20世纪30年代，苏州弹词就正式出现了男女双档。据史料记载，当时“苏州普裕社会长钱景章，参加者为男女合演的艺人和女艺人。社员曾发展至七十余人……”。[③]这里提到的“男女合演”，毫无疑问应该就是男女拼档了。再据记载：“醉疑仙16岁到上海，先后与陈莲卿、祁连芳、黄兆熊拼档”“王

① 清·刘熙载。《艺概·词曲赋》：“故知词也者，言有尽而音意无穷也”。

② 《老子》第二章：“有无相生，难易相成，长短相形，高下相盈，音声相和，前后相随，恒也”。

③ 周良：《苏州评话弹词史》，中国戏剧出版社，2008年10月。

再香10岁随父王如泉学艺，翌年拼档演出”“顾韵笙1940年后与妹顾竹君拼档”[①]。这些材料都说明正规的男女双档在20世纪30年代就有了。那么，有了男女双档，演出中是否就有男女声对唱呢？这在《苏州评话弹词史》中没有找到答案，而且我们发现许多中华人民共和国成立前流传下来的弹词名家灌录的唱片，大部分演唱者是形成于20世纪20—40年代的流派唱腔创始人，且清一色的都是男性。如果要说有对唱的话，似乎也只局限于男声，比如沈俭安、薛筱卿对唱的《珍珠塔·方卿见娘》；蒋月泉、王柏荫对唱的开篇《王贵与李香香》等。虽然也有一些女艺人的音响资料，比如黄静芬的长篇弹词《倭袍》《四进士》选曲；范雪君的长篇弹词《秋海棠》选曲等，但全是一个人的单档弹唱。不过，当时对唱形式应该是存在的，这在吴宗锡撰写的《评弹文化词典》中可以佐证。该书收列了那个年代所流传的弹词开篇集目录，有几十种之多，其中1939年编印的《倪高风对唱开篇集》收集的全部是弹词对唱开篇。那么，这个收集对唱的开篇集是否也包括男女声对唱呢？如果有的话，那为什么评弹史料上没有给我们留下任何男女声对唱的音响资料呢？或者也有可能那个年代已经有男女声对唱了，可就是当时没有记录下来？鉴于这样的情况，所以我们的赏析暂且只能从有了男女声对唱音响资料的20世纪50年代开始进行。

20世纪50年代，随着苏州弹词男女双档在江、浙、沪评弹界的大量涌现，“弹词在大城市有了更快的发展，听弹词的人多了，喜欢听唱的人多了，听众中文人增加，妇女多了，这些是客观上的推动力。弹词音乐在发展中，艺人的自觉性也提高了。”[②]为了跟上时代的发展，顺应社会的需求，提高和丰富弹词艺术的表现手段，弹词艺人虚心向其他姐妹艺术借鉴学习为我所用，在演唱形式、表演手段等方面进行创新，男女声对唱这一演唱形式开始运用于长、中篇书目和开篇中。

20世纪50年代涌现的男女双档不计其数，周玉泉（周调创始人）、薛君亚双档，徐云志（徐调创始人）、王鹰双档，蒋月泉（蒋调创始人）、朱慧珍双档，刘天韵、徐丽仙（丽调创始人）双档，朱雪琴（琴调创始人）、郭彬卿双档，苏似荫、江文兰双档，金月庵、金凤娟双档，薛小飞（小飞调创始人）、邵小华双档等都是名闻遐迩的响档。难能可贵的是，这些流派创始人并没有因为有了自己的流派而停下脚步故步自封，正如周良先生说的“弹词音乐在发展中，艺人的自觉性也提高了。”他们深知“流派要流”的道理，在不断提高完善自创流派的同时，还兼顾了在男女声对唱上来强化自己、丰富自己、突破自己。“宝剑锋从磨砺出”，经过不断实践、磨合，蒋朱档、朱郭档、徐王档、

① 周良：《苏州评话弹词史》，中国戏剧出版社，2008年10月。

② 同上。

薛邵档这四种男女声对唱都形成了自己的风格体系，成为传统弹词男女对唱的典型代表，许多对唱作品流传广、影响深，成为流派唱腔的传世之作。男女声对唱成功运用，极大地推动了弹词音乐的创新发展，也为弹词流派唱腔的发展注入了新的活力。男女声对唱的出现，丰富和增强了书目、唱段的艺术感染力，拓展了苏州弹词的艺术表演空间和弹词音乐的艺术内涵。

二、传统经典对唱

总的来说，蒋朱档、朱郭档、徐王档、薛邵档的男女声对唱各具特色，各有千秋。相对而言，蒋、朱的对唱作品较多，流传下来的音响资料也多，在重新整理演出的传统长篇书目《白蛇传》和《玉蜻蜓》中屡有佳品，如《庵堂认母》《赏中秋》《合钵》《端阳》《断桥》等，还有《击鼓战金山》《人强马壮·接归》等开篇和现代书目的选曲。朱郭档在长篇弹词《珍珠塔》中有许多经典对唱，最为著名的有《妆台报喜》《陈翠娥下扶梯》等，另外还有《宝玉夜探》《游水出冲山》等开篇、选曲。徐王档对唱代表作有长篇弹词《三笑·梅亭相会》、开篇《宝玉夜探》等。薛邵档对唱代表作有《珍珠塔·方卿见娘》、开篇《我的名字叫解放军》等。

笔者把传统弹词男女声对唱分为蒋朱档、徐王档、朱郭档和薛邵档等四种类型，[①]是因为它们具有一定的代表性和典型性，它们在弹词艺术的继承发展中具有一定的地位和引领作用。

然而，因流派特点的不同，组合的不同，或者是原创演员本身的一些特殊性，或者是学唱者艺术条件的限制，无论是“文革”前还是“文革”后，这几种对唱在传承中都出现了冷热不均的情况。学唱蒋朱档蒋、俞调对唱的人较多，较热门，《赏中秋》《庵堂认母》还纳入了苏州评弹学校的弹唱教材，而其他几种对唱学的人不多，有的甚至几乎没有人学唱和继承。

下面，笔者结合自己的学习理解，逐一对四种不同类型、各具特色的弹词传统经典男女对唱做粗略分析，对某些对唱存在的一些局限提出个人拙见，抛砖引玉，以求同行批评指正为感。

（一）蒋朱档蒋、俞调组合

1. 演唱定调科学标准

在传统长篇书目演出中，蒋月泉主要表演金贵升、元宰、张国勋、徐上珍、许仙、法海、王永昌等男性角色，而朱慧珍主要担任志贞、金张氏、白素贞、小青等女性角色。

① 可能还有其他类型，可能还有模仿的、派生发展的。

演唱时，他们一般定音 C 调，或是 C 调上下。蒋月泉嗓音深沉雄浑、韵味醇厚、刚柔相济，自成一格的蒋调唱腔以“**1**”（do）—“**3**”（mi）—“**5**”（sol）为核心，音高的范围：从小字组 d（“**2**”，re）到小字一组 f^1 或小字一组 g^1（“**5**”，sol），大概在十度左右的音区中回旋。而朱慧珍的俞调唱腔以真假声结合，音色清纯自然，音区跨度较大，高音到小字 2 组 g^2（“**5**” sol），落低音在小字组的 g（低音“$\underset{\cdot}{\mathbf{5}}$” sol），曲调缠绵、跌宕起伏。应该说，C 调的定调，男女声高音到 G，这对所有业内、业外男女演员同调演唱都较适合，演唱起来也较舒服。

蒋、俞调组合如同京剧中老生与青衣的对唱，阳刚阴柔，错落有致，声情并茂，配合默契，在弹词男女声对唱中几乎达到完美的地步，具有别的组合所不具备的优势。

2. 对唱曲目多、流传广

蒋、俞调同调对唱是蒋月泉与朱慧珍在 20 世纪五六十年代形成的一种新的演唱形式。在长篇弹词《白蛇传》《玉蜻蜓》的演出中，为更好地表现故事内容和人物感情，他们往往会采用对唱形式，或叙事，或抒情，或慢板长腔，或快板短腔，上下呼应，着力渲染，向听众传递评弹声腔艺术的无限魅力。

虽然都是对唱，然而蒋、朱都能根据不同的内容、不同的人物进行不同的演绎。如《玉蜻蜓·庵堂认母》对唱，主要表现元宰与智贞各自的内心活动，如同戏曲表演中人物的“背唱”。法华庵智贞师太看到眼前年轻倜傥的解元公，回想起 16 年前与亲生骨肉分离的往事；元宰看到神色慌张的智贞，不由暗暗生疑，她是否会是自己的亲母？这段唱用的是慢蒋调和慢俞调，缓缓的节奏，恰如其分地表现了人物特定场合的特定心理活动，表面看似波澜不惊，其实平静之中涌动着不平静的浪花，此段对唱为即将展开的故事矛盾冲突进行了必要的铺垫。

而在现代中篇《人强马壮·接归》中，蒋、朱的对唱又有别于《庵堂认母》和《赏中秋》的对唱。因为马棚里养马的芒种和赌气回家养猪的水娥并不是在同一场景，这时候蒋、朱的快蒋调、快俞调以穿越时空的对唱，上句唱芒种，下句唱水娥，把身处不同时空的两个人物同时推到了听众面前，表演手法可谓巧妙而富于新意。

正因为蒋调旋律优美、节奏舒缓、朗朗上口，俞调委婉悠扬，演唱时可借助于假声，真假声结合；也正因为 C 调的定调，非常适合演员嗓音条件的发挥；再加上男女角色的相互配合，相映成辉，使蒋俞调对唱成为业内、业外人士乐于模仿学习演唱的艺术类型，受到广大听众、粉丝喜爱和追捧。所以，诸如《白蛇传·赏中秋》《庵堂认母·轻移步》《白蛇传·合钵》《人强马壮·接归》和开篇《击鼓战金山》等蒋、俞调对唱，能够流传了五六十年并直至今天还被广泛传唱、经久不衰，这充分证明了蒋俞调对唱的独具魅力、广泛的群众基础，也证明了其传承中的独特优势。总之，蒋、俞调同调对唱为弹词流派唱腔的组合和演唱形式的变化注入了新的活力，拓展了演员的表演空间，为弹词音乐和流派唱腔的发展做出了重要贡献。

蒋、俞调男女声同调对唱是非常完美的组合，其对唱曲目已成为弹词演出中的代表性曲目。不过，在我们苏州评弹学校的基础教学中，有时会因班级里缺少男生的缘故而将原来男女对唱改为女声对唱，用C调唱志贞，转G调唱元宰，这样的凑合，只会破坏原来男女同调对唱的艺术特色，应该尽量避免。

（二）朱郭档琴、薛调组合

蒋朱档、朱郭档、徐王档、薛邵档这四种组合，都具有自己的特殊性。这种特殊性有的来自流派本身的特点，有的是演员自身条件的原因，也有的是演员组合的原因等，然而恰恰因为这种特殊性，这些组合反而形成了独特个性和鲜明特色。但是不可否认，某些组合正因其独特的个性，以至于在推广、传承、普及等方面都有一定的局限性。最为突出的问题就是拥有特殊条件的弹词演员、弹词学生非常难觅。现在评弹界具备唱徐调的嗓音条件的男演员可谓凤毛麟角；能与小飞调对唱、同调唱高八度的女演员也非常难觅；而能与女演员琴调同调对唱的男生几乎没有。不少后辈学唱琴薛档对唱的段子时，要么女双档，要么男女档用两套乐器，各定各的调，[①] 造成原本琴、薛组合男女同调对唱的特点荡然无存。

朱郭档男女对唱的风格特点与蒋朱档等其他双档的男女对唱风格特点是迥然不同的。首先是拼档形式的不同。翻开弹词男女拼档的历史，向来都是男的任上手弹三弦，女的任下手抱琵琶，这可以说是一种约定成俗的规矩。而朱郭档却打破常规反其道而行之，女的任上手而男的任下手。上下手的倒置，造成了在长篇弹词《珍珠塔》中有意无意的角色反串，朱雪琴演的方卿洒脱粗犷，郭彬卿演的小姐温柔细腻。正是这种性别、角色上的错位，表演上的与众不同和别出心裁，成为朱郭档艺术上的特色和优势所在。朱郭档琴调与薛调的同调对唱的作品也比较多，影响也比较大。

琴薛调组合同调对唱的成功，笔者以为有这样几个原因：

1. 琴薛同种

琴调唱腔的基础是沈、薛调[②]，琴调的过门框架与沈、薛调的过门框架又完全相同（同时又创造并拥有了成为琴调自身特点的弹奏过门），因此，在相同的节奏形态下，既可唱琴调，又可唱薛调。就琵琶伴奏而言，郭彬卿在沈调伴奏基础上创造出了许多琴调伴奏过门，熨帖而富于变化，流畅而富于规则，花俏繁复，恰到好处，成为琴调音乐的重要组成部分。

---

① 当然不是绝对说女双档不可以学唱，也不是说男女声必须定一个调。

② 同时又创造并拥有了成为琴调自身特点的唱腔和唱法。

2. 特殊的女声

朱雪琴的嗓音也很特殊。弹词女演员演唱以真声为主的流派唱腔，如蒋调、薛调等，一般定调可在 G 调或 A 调的范围内，有的略低一些，唱 F 调或 $^{\#}$F 调。而朱雪琴的中低音较宽厚扎实，定调比一般女声要低一些，如《珍珠塔 · 妆台报喜》《红楼梦 · 宝玉夜探》都是 E 调，《芦苇青青 · 游水出冲山》是 F 调。

3. 特殊的男声

郭彬卿的嗓音条件较特殊，他的声音较薄、较细，比一般男演员可高 1—2 度音。如果给他唱一般男声的 C 调或 D 调，就会觉得太低，因此，朱郭档对唱是“二凑凑”，一般定调为 E 调。不过，这 E 调对用真声演唱的男声而言可能也达到了极限，所以在《芦苇青青 · 游水出冲山》中，因为是 F 调同调对唱，定音高，郭只能采取“高音低腔”的方法，唱腔以中低音区为主，平直简朴，字多腔少，最高音“$\dot{5}$”（sol）多为经过音，很少长音，非常巧妙地为自己的嗓音减了负。相反，琴调高音区一些转假声的特性唱腔没有能展现出来。

4. 改革创新

正因为朱郭档绝大多数对唱的定音是 E 调，所以这正好为朱雪琴在唱腔和唱法的创新上提供了极大的发挥余地和回旋空间。她明白，如果按照沈调路子来唱，与薛调差不多也一样的字多腔短，也一味在“5”（sol）至低音“$\underset{\cdot}{5}$”（sol）之间徘徊，那么，对女声而言，这样的唱只会显得低沉、平淡、呆板，声音亮不出来，缺少穿透力；曲调没有高低对比，缺少变化；情感渲染不出来，缺少感染力。因此，她在沈调基础上，根据自身条件进行大胆革新，单是上呼末尾字的拖腔[①]，就设计了好几种：

（1）“4”（fa）—“3”（mi）—“2”（re）—“1”（do）

（2）“5”（sol）—“2”（re）—“1”（do）

（3）“6”（la）—“2”（re）—“1”（do）

（4）高音“$\dot{1}$”（do）—“5”（sol）—“2”（re）—“1”（do）

以上第（3）（4）例，突破了“5”（sol）的瓶颈，扩展、设计出“6”（la）至高音“$\dot{1}$”（do）的新腔，形成了以真声为主、融入假声，以短腔为主、融入长腔的运腔和演唱模式。如在对唱开篇《宝玉夜探》时宝玉劝黛玉的十几句唱词中，为体现贾宝玉的体贴入微、情真意切，朱雪琴在演唱时都以真声、短腔为主，欲扬先抑，为最后一句进行铺垫，直至“想起扬州旧墙门”时，她才融入假声唱法，将“扬州”二字用了翻高音“$\dot{1}$”（do）的高腔和一字多音的长腔，然后再转入真声唱完“旧墙门”的下呼腔，平中出奇，

① 沈调上呼末尾字几乎没有拖腔。

高低落差，准确生动地表现了宝玉对黛玉的一往情深。

又如在《珍珠塔·妆台报喜》的对唱中，丫鬟采萍有八十多句唱词，由于篇幅较长，都为叠句连唱，因此，朱雪琴在演唱中加快了节奏，唱腔爽朗、明快、跳跃，以真声、短腔为主，突出采萍聪明伶俐、俏皮可爱的性格。但到重点段落重点句子处，朱雪琴会采取"平中出奇""异峰叠起"的方法拎一拎，变一变，抖一抖。如在七句"千分……好似……"的排比句式中，她将"好似穷秀才连捷藏乌纱"中的"穷秀才"三字采用了假声的高音和一字多音的长腔，与前面一段的平唱形成对比和反差。

固然，朱郭档同调对唱独树一帜，特点鲜明，但不可否认，正是它的独特性带来了今天传承中的某些困惑，这也就是为什么至今没有新的琴薛调女男组合出现的原因。当今评弹界不要说让男生做女生的下手，就是唱F调或E调的男生也很难寻觅。何况现在的女生唱琴调都不是定E调或F调，一般都要定G调，哪一个男声能用薛调与之对唱呢？难怪，现在所能看到的琴薛调组合《珍珠塔·妆台报喜》都是两个女演员表演。可能有人会说，女男档与男女档是不同的，让一个男演员做下手反串演女角色，缺乏美感，不符合审美习惯。其实不然，梅兰芳不是男演女吗？杨振雄在长篇弹词《西厢记》中不是也做下手演崔莺莺的吗？当然评弹演员不同于戏曲演员，评弹表演不同于戏曲表演，但只要掌握分寸，照样可以获得成功得到听众的认可。

（三）徐王档"徐、蒋调"组合

"伶俐聪明寇宫人，她奉主命且向御园行。手捧妆盒心忐忑，一步一思一沉吟……"这是20世纪30年代开始风靡书坛、半个多世纪以来历久不衰的弹词徐调代表作开篇《狸猫换太子》的唱段。徐云志真假声结合的演唱，委婉细腻，情真意切，一个具有正义感的"奴虽奴婢也解义，岂肯青史留骂名"的宫女形象呼之欲出。随着缓缓的音调，听众眼前似乎看到寇宫人手捧妆盒，正慢移莲瓣在王宫后园花径，忐忑不安、进退全非，难以忍心将太子抛掷绿波的情形。尤其是"一步一思一沉吟""进退全非难万分"等几句唱腔，更是一步三叹，字与腔、腔与情的完美融合，不知倾倒了多少听众、同行，人们为之击节叫绝。

其实要说徐调的创造、发展、形成，那是与徐云志弹唱的长篇弹词《三笑》密不可分的，可谓没有《三笑》就没有徐调，没有徐调也就没有《三笑》。徐老在介绍徐调形成的经过时说"……老唱一种调子的确太单调，尤其单档演出更是如此。《三笑》中的人物很多，一个人要演各种角色，许多角色唱同一种调子，听众不易分清书中的人物，也给表演带来一些不便。由于这些缘故，我很想翻出一种新的弹词唱调……"① 徐老天生好

① 苏州曲艺家协会编:《凌云之志：徐云志诞生一百周年纪念文集》2001年，第81页。

嗓子，音质明亮，音域宽广，原先在长篇书目演出中经常唱的是俞调和小阳调。经过几年摸索，他从自身条件出发，在俞调和小阳调中，吸收、糅进了包括《打夯歌》《机房帮长腔山歌》《宣卷》《堂名》等吴地民间山歌小调，再吸收了一些京剧等戏曲唱腔因素，甚至将走街串巷小贩的“卖腌金花菜”“卖馄饨菱”等各种叫卖声也借鉴过来，融为一体，终于创造出真假声结合、旋律悠扬、圆润软糯被称为“糯米腔”“迷魂调”的徐调。徐老认为“这种曲调比较适合青年男女抒情所用，如《三笑》中的唐伯虎、秋香、周文宾、王月仙等人物唱它，就显得分外协谐”①。除了《三笑》，徐老所弹唱的《狸猫换太子》《莺莺操琴》《莺莺拜月》《宝玉夜探》等许多弹词开篇都成为脍炙人口、广为流传的代表性曲目。最令人敬佩的是，这位20世纪30年代就大红大紫的大响档，审时度势，再接再厉，从来就没有停止过对艺术的改革创新。他说：“徐调风行以后，我并不以此自满，而是继续对徐调进行加工，力求完善。我认为，艺术固然贵在独创，但是创造无止境，还要在这个基础上加以发展，使其日臻完善，达到更高境界”②。

20世纪50年代中期，加入苏州市评弹团的徐老开始与青年演员王鹰拼档弹唱长篇弹词《三笑》和《贩马记》。凭着“艺无止境”的信念，他开始尝试运用徐调与女声蒋调的对唱形式来为情节和人物感情服务。无论是《三笑》中唐寅与秋香的对唱《梅亭相会》《载美回苏》，还是开篇《宝玉夜探》中贾宝玉和林黛玉的对唱，都是徐调继续发展创新的耀眼亮点。这种全新的、原创的弹词男女声对唱组合类型，不仅进一步丰富和拓展了徐调和徐云志表演艺术的内涵，也为后辈留下了赖以学习、继承、借鉴的蓝本，并给人以无穷的启迪。

以下，笔者就《梅亭相会》《载美回苏》男女声对唱的演唱特点做简要分析：

男声徐调——

1. 高音不破“$\dot{3}$”（mi）

《梅亭相会》这段唱的定调是G调。虽说徐云志天然好嗓子，可以男女声同调对唱，但男女声音域毕竟还是有所不同。徐调的最高音一般为“$\dot{3}$”（mi），起句“他们花街同步手相携”，“相携”的“相”最高音为“$\dot{3}$”（mi），达到小字二组的b^2；下句“你好比绿珠红线未为奇”，“绿珠”拖的长腔是从“$\dot{3}$”（mi）落到低音“$\underset{\cdot}{3}$”（mi）的一个八度内。再如徐调最富特色的下呼长拖腔也是从“3”（mi）或“2”（re）开始下行的，如大家最为耳熟能详的徐调代表性旋律《狸猫换太子》中的“一步一思一沉吟”，“沉”字的拖腔有十几拍，从“2”（re）下行到低音“$\underset{\cdot}{7}$”（si），再到低音“$\underset{\cdot}{5}$”（sol），并在“$\underset{\cdot}{5}$”

① 苏州曲艺家协会编:《凌云之志：徐云志诞生一百周年纪念文集》2001年，第83页。

② 苏州曲艺家协会编:《凌云之志：徐云志诞生一百周年纪念文集》2001年，第91页。

（sol）音周围绕了几个来回，最后出下句末尾字“吟”。“沉”字长长的拖腔悠扬婉转、韵味深长，但是，它的最高音基本没有超过“$\dot{3}$”（mi）。

2. 不是句句“花”

徐老在总结徐调唱腔时说，徐调有“短腔、低音短腔、短长腔、长腔、长长腔、高音长长腔、变腔、新腔等九种唱腔”。可见，他在设计、安排唱腔时，非常注意腔的长短高低与演唱内容情感的有机结合。同样，在《梅亭相会》中徐调的运腔确实也不是句句高音，句句长腔，句句花腔，对于一般叙述的唱词，其唱腔也是以短腔、中低音为主。如唐寅唱的“你是玉骨冰肌人间少，兰质蕙蕊世所稀”，这是恋人间充满柔情蜜意的喃喃细语，因此表现为腔短、音平，不翻高，不花哨，听来纯真、自然，朴实无华。正是这样的短腔、低腔与长腔、花腔、高腔的辩证统一和相互映衬，才准确生动地展现了徐调唱腔在人物情感表达上的独特魅力。

女声蒋调——

1. 运腔加花

王鹰的唱腔主要以蒋调为框架，同样G调的定调。女声在与唱徐调的男声对唱时，由于女声的音域比男声宽，所以其唱腔的音区就会突破男声的最高音“$\dot{3}$”（mi）。王鹰在《梅亭相会》中唱的“子建子都（被你）都占尽”这句秋香的唱腔时，最高音是“$\dot{5}$”（sol），经过音到“$\dot{6}$”（la），达到小字三组的e^3，要比徐调最高音“$\dot{3}$”（mi）高出2—3度。前半句“子建子都”的腔是下旋的，“都”字落在低音“$\underset{\cdot}{2}$”（re），而后半句“被你都占尽”的“尽”字，音调上扬至“5”（sol）、“6”（la），这是整个唱段中的唱腔的最高音，然后一个转弯，音调下滑到“2”（re），再掠过低音“$\underset{\cdot}{5}$”（sol）、“$\underset{\cdot}{6}$”（la）、“$\underset{\cdot}{7}$”（si），最后稳稳地落在“1”（do）上。这短短一句上呼唱腔，其音的高低落差就有十几度，音区跨度大，真假声转换收放自如，证明了王鹰娴熟的演唱技巧，她用女声蒋调的加花，为表现秋香丰满的人物形象增添了聪慧和妩媚的色彩。

2. 多种吸收

为了使唱腔准确表达人物感情和为塑造人物形象服务，王鹰在唱腔设计上确实花了不少心思，因为唱腔首先要悦耳动听，才能抓住听众的心。王鹰说：“我摸索如何使唱腔符合《三笑》的人物，无论越剧、锡剧、电影的插曲……我依照徐先生的经验，拿来在琵琶上试唱，以蒋调、丽调为基调，把电影插曲等音调融化到我演唱的角色唱腔中去……”①。“只要功夫深，铁杆磨成针”，正是这样的孜孜不倦和不断的反复磨炼，王鹰终于改变了原来唱腔旋律呆板、缺少变化的局面，使得秋香的唱段既符合感情又越发

① 苏州曲艺家协会编：《凌云之志：徐云志诞生一百周年纪念文集》2001年，第103页。

优美动听。比如在《载美回苏》这段对唱中，先是唐寅假意试探秋香的一段唱，他称自己不是唐寅，也非康宣，只是一个赌棍败家子而已；贤德善良的秋香闻听后，一边忍住心中的苦楚，一边言语安慰，相劝丈夫能弃邪归正。王鹰经过缜密构思，将这段以慢蒋调为基调的唱腔，唱得别致独特，婉转深沉，尤其几处别出心裁的转腔甩腔，给人留下深刻的印象。从“难道说你婢奴的生涯还甘愿当”“回转相府有何面庞”“我们夫妻耕读在吴邦”等几句唱腔中，可以听辨出王鹰有意识将一些戏曲、歌曲的因素融化在弹词的唱腔中，十分熨帖、和顺动听。不但如此，在王鹰设计的唱段中，有时还会有意出现几句正宗的徐调唱腔。《梅亭相会》中，秋香的“足尖儿踢动了小砖飞”，这一句下呼腔就是借鉴的徐调，“小砖飞”的“砖”字运用了一个十几拍长的徐调下呼长拖腔，出其不意的手法，如同对弈时的一步妙招，恰好表现出秋香当时的调皮和娇俏，既在情理之中，又在意料之外，十分传神。

除了唱腔特点，从以上《梅亭相会》和《载美回苏》的分析中，我们还可以看到徐王档在过门弹奏和相互伴奏上的一些特点。在对唱中，徐云志演唱时弹奏徐调过门，王鹰的琵琶跟徐调唱腔、过门进行伴奏；而王鹰演唱时又转换成蒋调过门，徐云志三弦则随王鹰的唱腔进行映衬，相互配合默契自然，毫无生硬之感。“他们花街同步手相携，此刻秋姑红两颐。你好比一西施，我好比一范蠡，与你相扶同伴到浣纱溪……”男女声唱腔此起彼落，音声相和，前后相随，似潺潺流水，如长空行云，一幅唐伯虎与秋香携手相随、梅亭相会的温馨画面呼之欲出。

（四）薛邵档“低弹高唱”组合

从以上分析来看，弹词不同男女声对唱的组合，它们所呈现的艺术风格特点不尽相同。

以下介绍的薛小飞、邵小华双档“低弹高唱”组合，同以上几种男女声组合相比，呈现出另一种别致、小巧、充满活力、勃勃生机的特点，这是薛邵档弹唱传统长篇弹词《珍珠塔》的情景。它的与众不同当然首先是薛小飞首创的小飞调，但是就男女声对唱来讲，女声唱男声的高八度，这样的组合令人耳目一新，受到业内外人士的肯定和欢迎，很多业内人士将这样的表演形式称为“低弹高唱”组合。在分析薛邵档对唱前，我们不妨先简单分析一下薛小飞创造的小飞调。

1. 小飞调

薛、邵档先后师从弹词名家朱霞飞和魏含英，于20世纪50年代初开始拼档演出长篇弹词《珍珠塔》。20世纪60年代，正值风华正茂、睿智的薛小飞，并没有满足于朱霞飞、魏含英所教的一招一式，而是在保留原来马调、魏调传统精华的基础上，广泛吸纳其他流派的元素，结合自身嗓音条件，在唱腔高低长短的变化和字位节奏的灵活多变等方面体现出独到之处，如行云流水，一气呵成，充满活力，弥补了某些传统唱腔过分强调四平八稳、缺少变化的不足，为苏州评弹艺术的发展增添了新的内涵。

弹唱《珍珠塔》的马、魏、沈、薛调等马调腔系最大的特点是字多腔少，旋律简单，基本以一字一音为主，尤其是上呼末尾字几乎都是一音一字，缺少变化，这在薛筱卿“薛调”代表作开篇《紫鹃夜叹》中可见一斑。这首开篇有十几个上句，而上句末尾字“息”“寐”“节”“闹”“属”“蒂”“漆”“种”“意”“误”“处”“趣”“逝”等全部都是一字一音，没有一个字是拖腔的。长腔、拖腔也有，但很少。难得出现的长腔要么是下呼第六字落低音“6̣”（la）的拖腔，如薛筱卿在《珍珠塔·陈翠娥哭塔》一段中，“强徒口供亲招认”开始的十几句叠句连唱，到这一乐段的最后一句“不问可知性命捐”唱下呼，这第六字“命”就是落低音“6̣”（la）拖的一个长腔。这是拖腔的一种，还有的拖腔是第二字或第四字、落“2”（re）音的延长。如薛惠君唱的《珍珠塔·逼唱道情》，开头两句“简板敲，渔筒响，走来踱去自思量”，“走来”的“来”，就是第二字“2”（re）音的延长，在落“1”（do）音前，拖了好几拍。另外在衔接下呼的上一句末尾字有一些拖腔，如以上所举例子《哭塔》中，下呼“不问可知性命捐”的前一句“出山饿虎把乳羊估”的尾字“估”，是从“5”（sol）音往下落，拖了几拍后落到“1”（do）音上。旧时弹唱《珍珠塔》的艺人在演唱中往往会“卖力”地把“6”（la）或者“2”（re）这两句长腔拖得很长很长，以获取听众的掌声。

同属马调腔系、在魏调基础上发展形成的小飞调，总体上说字多腔少、一字一音的特点基本没变，然而他的与众不同，不仅仅体现在继承方面，锐意创新也是他的可贵之处。他既保留马调、魏调、沈薛调咬字清晰爽利、叠句流畅一气呵成的特点，又有所突破、有所创新，“旧貌换新颜”，使旧曲有了新的变化。他的具体做法是：

（1）吸收借鉴蒋调等其他流派唱腔的某些运腔和唱法因素，将富于歌唱性的长腔、拖腔创造性地加入字多腔少的唱腔中。比如《方卿哭诉》中“害人不浅竟如此”这句腔，“如此”的“此”字，从“4”（fa）—“2”（re）—“1”（do）十几拍的转腔、拖腔；《试探河南方子文》中“背负行囊就昂然去”一句，“去”字从“2”（re）到“1”（do）的转腔、拖腔等。这些长腔、拖腔的运用恰到好处地弥补了原来魏调等运腔略显单调、陈旧的缺陷。

（2）打破一句唱腔一段过门、缺少变化的死板程式，在叠句演唱中打破句读规律，巧妙安排气口。比如《试探河南方子文》，其中有这样一段叠句：“然而我，要想自己比他人，他是一去三年杳无音，不成名何故要唱道情？唱道情何必到襄城？到襄城何故到内园林？到内园林何故到紫薇厅？到紫薇厅何故要见夫人？”唱词表现人物内心层层递进的推测、疑问和思索，每句唱词结束处都清楚地标有问号。而薛小飞在唱腔设计中，并没有让唱腔一味跟着标点去走，而是有意突破句读，将前句的最后三字与下句的开头三字连在一起，两句唱词中间的问号至少在听觉中被巧妙地隐去。如“唱道情”与“唱道情”连在一起，“到襄城”与“到襄城”连在一起，“到内园林”与“到内园林”连在一起等，环环相扣，紧密相连，人物内心深处的层层波澜让人一览无遗。

就这样，一字一音与一字多音、长腔高腔与短腔低腔、叙事性与抒情性的有机结合，再加上他飘逸委婉、充满活力的演唱风格，使他的唱腔在马调腔系中脱颖而出，发展形成了自成一格的小飞调。

薛邵档自 20 世纪 50 年代开始合作弹唱长篇弹词《珍珠塔》。《珍珠塔》这部书的特色之一是唱篇较其他书目多，有句话叫作“唱煞《珍珠塔》”，且人物之间的对唱相当多。为了解决好男女声同调对唱问题，薛邵档没有模仿其他组合模式，走他们的老路，而是从自身条件出发，另辟蹊径，从而开创了弹词男女声对唱的又一种新的类型。

2. **“低弹高唱”组合**

《珍珠塔》中人物的对唱比较多，在《赠塔》《婆媳相会》《二进花园》《妆台报喜》《下扶梯》《论功名》《反复文章》《逼唱道情》《方卿见娘》《训子》《责子》等回目中，有陈翠娥与采苹对唱，陈翠娥与方卿、采苹对唱，也有方卿与采苹对唱，方卿与夫人对唱，还有方太太与方卿对唱等。弹唱《珍珠塔》的艺人，一般传承的都是马调系统的魏、沈、薛、琴等流派唱腔，单档有马如飞、魏钰卿、魏含英等，双档有杨月槎和杨星槎、沈俭安和薛筱卿、朱雪琴和郭彬卿等，对于书中大量出现的人物对唱，单档、男双档或者女双档在演唱的定音上都不会有问题，前文所述的朱雪琴与郭彬卿因为两人的嗓音条件较特殊也能做到同调对唱。

薛邵档的“低弹高唱”，同前面介绍的三种男女声对唱组合一样也是同调对唱。不过，它有与众不同之处。首先，薛小飞演唱时定音要比其他男声流派唱腔低，一般定音为 A 调或 B 调。第二，因为男声定音低，所以邵小华的女声薛调是唱男声的高八度。虽然是高八度，如果 A 调的话，实际上最高音“**5̇**”（sol）刚到 e^2，女声用假声是没问题的。《珍珠塔》中人物的对唱，薛邵档都是用这种方式完成的。20 世纪 70 年代后期，薛小飞与王月香曾经拼档弹唱过《珍珠塔》，但遗憾的是因演员演唱风格不同等原因，书中的许多对唱上下手只能各定各的调，同调对唱的特色也荡然无存。

除了《珍珠塔》，薛邵档在“文革”前曾说过新编现代书目《追踪》，演出过许多中、短篇书目，如《云台山下》《家庭问题》等，还有许多开篇，如《三代民兵武艺强》《妈妈你请放心》《我的名字叫解放军》等，这些开篇中有许多精彩的对唱。[①] 有些开篇甚

① 其实《妈妈你请放心》这首开篇的确切名字我已记不得，只记得开篇中的青年叫伟民，是薛小飞唱的，邵小华唱的是伟民妈妈，伟民的每一段下呼唱词都是“妈妈，妈妈你请放心”，整个对唱开篇感人肺腑。

至都是当时词作者特意为薛邵档量身定做的，可惜当时留下的录音资料不是很多。但是，窥一斑而见全豹，我们只要从《珍珠塔·方卿见娘》和开篇《我的名字叫解放军》等代表性曲目中，就能清晰明了地把薛邵档“低弹高唱” 的艺术魅力尽收眼底。

《方卿见娘》是男女声对唱非常集中的一回书，小飞调与邵小华的薛调轮番出现，十分和谐协调。先是邵小华唱“他是未见娘亲先断肠，才见娘亲泪两行。和身扑到娘膝下，万种心酸哭一字娘”。接着是薛小飞唱“说道太太见儿如获宝，千分欢变作万分伤。她是泪眼糊涂难仔细，含悲咽喉唤儿郎，双手前来捧面庞……”然后是邵小华唱“悲则悲，慈亲面目今非昔，惨则惨，思儿两鬓白如霜……”，接着再唱“不是姑娘忘骨肉……”，最后是薛小飞的叠句连唱“诉恩人”，方太太细诉恩公的九个照拂之恩，句句相连，荡气回肠，把《方卿见娘》的气氛推向高潮。

再如20世纪60年代薛邵档演唱的代表作开篇《我的名字叫解放军》，一个演雷锋，一个演大婶，小飞调与薛调浑然交织：

（雷锋唱）大雨倾盆下不停，
东西南北冷清清。
飞鸟归林人寂寂，
听那公路旁何故有哭声音？
（大婶唱）有那母子三人狼狈走，
踉跄脚步步难行。
冷雨寒风经不住，
小孩童嚎哭唤娘亲。
（雷锋唱）蓦然间，一声大婶轻轻唤，
一件雨衣披上身，
（大婶唱）好比蓦地凭空来了大救星。
她们是睁双眼，细看清，
只见站立身旁一位解放军，
红光满面笑盈盈。
（雷锋唱）大婶啊，你从哪里来，往何处行，
看你急急忙忙有什么大事情？
（大婶唱）我丈夫有病须归去，
……
（雷锋唱）……小事情何必挂于心，

我们军民本是一家人，

若要问我姓和名，

那就是中国人民解放军。

热情、奔放，类似于现代音乐的摇滚节奏，男声富有磁性的声音与女声明亮的高八度此起彼伏，遥相呼应，演唱者的青春活力和艺术风采随着一泻千里、流畅跌宕的唱腔而感染着听众，从而较好地表现了平凡而伟大的雷锋精神和浓浓的军民鱼水情。

现在评弹界传承薛邵档“低弹高唱”模式的演员不是很多，可能受自身艺术条件的限制，毕竟女声要唱男声的高八度，没有好的嗓音条件是唱不下来的，何况下手还要能够胜任小飞调快速演唱的琵琶伴奏本领。但是即便如此，这种特殊的男女声组合在当今苏州弹词艺术的发展中、在艺人的艺术实践中仍然具有较重要的应用和参考价值。

三、几点思索

第一，创新是艺术的生命和灵魂。党的文艺方针一贯提倡“百花齐放，推陈出新”。纵观苏州评弹发展的历史，它之所以绵延几百年经久不衰，其根本原因在于它能不断地在内容和形式上继承又创新。就弹词流派唱腔而言，最终能成为一种不同于他人的、自成一格的唱腔，发展完善的过程中始终离不开继承和创新，其中当然也包括“音声相和”的男女声对唱形式的创新运用。不过，这种艺术创新，不单单是一种形式，它不是片面地为创新而创新，为对唱而对唱，传统经典的男女声对唱与长篇书目演出密不可分，是艺人长期实践的产物，离开了长篇演出，弹词艺人的创新发展就只能是无本之木、无源之水。

第二，坚持继承与创新两条腿走路的方针。本文所分析的四种弹词传统经典男女声对唱，虽然其内容、形式、风格、特点各不相同，但它们所凸显的内涵实质是一致的，那就是敢于突破所谓的“正宗”，敢于跨越雷池，不墨守成规。今天我们在做好弹词传统经典传承的同时，一刻也不能忽视艺术的推陈出新，要发扬老前辈敢于跨越雷池，不墨守成规的精神，以继承和创新为己任，不断在继承中摸索创新，以使评弹艺术之树常青！

可喜的是，当今评弹界已经涌现出了一些新的男女声对唱组合类型，如严调或薛调与俞、祁调组合（邢晏春、邢晏芝《杨乃武·廊会进室》；胡国梁、俞雪萍《宝玉夜探》），尤、蒋调与俞调组合（袁小良、盛小云《莺莺操琴》），周调与侯调组合（周三博、许芸芸《莺莺操琴》）等。笔者于 20 世纪 80 年代创作的男女声对唱作品《此时房内寂无声》（陈勇、邢晏芝演唱，收录在本书中），是蒋、尤调与俞、祁调的组合。这个作品的特点在于，它不囿于简单的“你唱一句我唱一句”的对唱形式，而是借鉴运用了和声复调、男女重唱等音乐作曲技法，在传统男女声对唱的基础上有一定的突破和创新，拓展了弹词男女声对唱的表演空间和内涵，给人以“曲调老，手法新”，既老又新的感觉。

“请君莫奏前朝曲，听唱新翻《杨柳枝》”①。今天，老子“有无相生，难易相成，长短相形，高下相盈，音声相和，前后相随，恒也”的音乐美学观点，正在新一代评弹演员的艺术实践中得到新的诠释。

2015 年 12 月于独墅湖畔

① ［唐］刘禹锡《杨柳枝词》第一首。

琴调开篇《潇湘夜雨》的艺术特色

潘益麟

摘要：本文通过对琴调开篇《潇湘夜雨》的唱词、唱腔和伴奏等方面的特点分析，分析了该作品鲜明的艺术特色；同时，也指出其存在的不足，以求同行专家的赐教指正。对弹词经典作品做广泛深入的研究探讨，是不断提高专业教学水准、提升教师自身内涵学养的重要途径，有利于促进弹词艺术教学的可持续发展。

关键词：琴调开篇；潇湘夜雨；唱词特点；唱腔特点；伴奏特点；存在不足。

一、前言

弹词演员朱雪琴（女，1923—1994）所创立的琴调，是弹词流派唱腔中的一朵奇葩。朱幼年随父习唱《珍珠塔》《描金凤》，后曾短期与沈俭安拼档弹唱《珍珠塔》。她以沈、薛调吟诵类唱腔为基础，结合自己的嗓音条件，又吸收了其他流派唱腔的元素，以真声为主，融入假声；以短腔为主，加入长腔，形成了既酣畅淋漓又一波三折、异峰迭起、气势豪放、爽快流畅的琴调。琴调代表作有《珍珠塔·七十二个他》《潇湘夜雨》《岳母刺字》《西厢记·拷红》《芦苇青青·游水出冲山》《南京路上好八连》《南泥湾》等，可谓俯拾皆是，脍炙人口。本文着重分析开篇《潇湘夜雨》的艺术特色。

二、作品特色

《红楼梦》开篇《潇湘夜雨》，代言和叙事相结合，简约和抒情相辉映，以借景抒情、情景交融的艺术手法，渲染和表现了潇湘馆中病入膏肓的林黛玉，在风雨飘摇的秋夜里"凄凄惨惨戚戚"[1]"脉脉此情谁诉"[2]的悲惨情景。开篇体现了琴调叙事性和抒情性交相辉映的特点。

1. 唱词特点

纵观弹词流派唱腔的经典作品，无一不是词与腔的完美统一。一首好的开篇或唱段，

① 【宋】李清照：《声声慢·寻寻觅觅》。
② 【宋】辛弃疾：《摸鱼儿·更能消几番风雨》。

首先得有上乘的唱词，只有感人的文字触动了演唱者的灵感，才能变平面的文字为跃动感人的音符，也才能使听众为之动容，最终也才有可能成为经典精品。比如蒋月泉的《庵堂认母》《厅堂夺子》，朱慧珍的《长亭送别》《寿堂唱曲》，徐丽仙的《梨花落》《新木兰辞》，张鉴庭的《骂敌》《留凤》等，篇篇珠玑，曲曲动人，都是唱词与唱腔两者完美结合的典范。

同样，《潇湘夜雨》的唱词也具有极其鲜明的特色。弹词唱词无论是开篇还是书目中的唱词，其格式一般以七字句为多，如“窈窕风流杜十娘，自怜身落在平康。落花无主随风舞，飞絮飘零泪数行……”[①]；还如“元宰是他在后跟，暗疑心，母姨见我到庵门，因何神态不安宁，其中必定有原因……”[②]。而《潇湘夜雨》则打破了弹词唱词一般采用的七字句格式，全篇从头至尾采用了“三五”句式，如“云烟烟，烟云笼帘房，月朦朦，朦月色昏黄。阴霾霾，一座潇湘馆，寒凄凄，几扇碧纱窗……”，新颖、别致、清丽、雅驯，描景抒情、文质兼美，文学性和艺术性相得益彰，具有很高的文学鉴赏价值。

开篇结构严谨，层次分明，有很强的层次感和立体感：

第一层次，作者采用类似电影“空镜头”的表现手法，先后出现了潇湘馆周围弥漫的烟云、天上朦胧的月色、凄厉的寒风、瘦弱的纤竹，还有青草、海棠……这些自然景物的描写，为表现潇湘馆中的悲剧人物做了浓浓的渲染和着力的铺垫。

第二层次，作者的“镜头”从对景物的描写，转而移向对林黛玉的近景描写，是更为具体、细微的类似“特写镜头”般的描写。如“只见她薄嚣嚣，嚣薄罗衫薄，黄瘦瘦，瘦黄花容黄。眼忪忪，忪眼愁添怀，眉蹙蹙，蹙眉恨满腔……”从身上单薄的衣裳，到瘦黄憔悴的面容，勾勒出了她病入膏肓、孤苦伶仃的悲惨境况。

第三层次，也是开篇的核心部分，用第一人称“我”的口吻，表现出颦卿发自肺腑的悲叹和倾诉：“我是生离离离别故土后，孤凄凄栖迹寄他方。路迢迢云层千里隔，白茫茫总望不到旧家乡”。然后，词作者又巧妙地借助这位弱女子的眼、耳等感官进行抒发：“见那夜沉沉……，听那风飒飒……，雨霏霏……滴铃铃……哒啷啷……笃隆隆……淅沥沥……叮当当……扑咚咚……”，看似描景，实际上，是将尘世间的人情冷暖和贾府上下的冷酷无情隐喻在肃杀凄厉的秋风秋雨之中，可谓景中有情、情中有景，情景交融，很好地表达了林黛玉难以释怀的绵绵长恨。

2. 唱腔特点

繁花似锦的苏州弹词流派唱腔，每一种流派唱腔都有其鲜明的、与众不同的个性特

① 弹词开篇《杜十娘》。

② 《庵堂认母》选曲。

点，俞调、夏调、沈调、薛调、徐调、蒋调、丽调、张调、侯调……所有的流派唱腔，都具有其自己独特的“特性音调”和自成一格的唱法。琴调也不例外。它脱胎于沈、薛调，又不同于沈、薛调，我们只要将琴调与沈、薛调略加比较，就可以清晰明了琴调的独特魅力。

沈、薛调节奏明快，音域跨度小（八度之内），最高音不超过“**5**”（sol），真声演唱，字多腔少，很少长腔，抒情性弱。

琴调节奏跳跃，音域跨度大（十四度），真声为主，融入假声，短腔为主，融入长腔、花腔，简繁有致，叙事与抒情并存，形成了“特性音调”唱腔和爽朗干脆的独特唱法。

琴调的这些特点在《潇湘夜雨》中得到了很好的体现，表现为唱腔流畅而又有起伏，爽快而又有回旋，特性音调安排合理，有简有繁，耐人寻味。演唱者从表现《潇湘夜雨》特有的意境和人物的情感出发进行设计布局，使作品的整体效果非常完美。如：

（1）开篇第一句“烟云笼帘房”借鉴了夏调、小阳调的唱腔和唱法，“烟”字出口就用假声上到高音“$\dot{1}$”（do），“帘”字先用假声后转入真声在高中音区回旋（有四拍），落到“**1**”（do）上，然后真声唱出“房”字。这样的开头，别出心裁，不但富有琴调特色，而且达到了先声夺人的艺术效果。

（2）琴调的润腔，经常会有一种顿音的唱法，这在其他弹词流派唱腔中比较少见。听来跳跃、爽朗，不拖泥带水。作品中的上呼腔“湘妃榻”“千里隔”“敲三下”和下呼腔的“打五更” 等处都采用了这种顿音技巧。

（3）从“**3**”（mi）—高音“$\dot{1}$”（do）—“**1**”（do）六度大跳，是琴调的特性音调之一。这在字多腔少、叙述性较强的唱腔中，起到一种“挑一挑”的调剂作用。六度大跳的运腔，都通过三个字来表现，第二个字承载着转假声、上到高音、一字多音、用顿音等多种演唱技巧。作品中“冷清清”“雨霏霏”“泪汪汪”等处都运用了这样的六度大跳。

（4）真假声结合自然、娴熟，不露痕迹。无论是顿音唱法，还是六度大跳，唱腔凡是“**6**”（la）音以上，一般都得用假声。如顿音唱法中“湘妃榻”的“湘”，“千里隔”的“千”，这些字一出口就得用假声。再如六度大跳中的第二个字，“冷清清”的“清”，“雨霏霏”的“霏”，到达高音“$\dot{1}$”（do），用假声是毫无疑问的。当然，真假声的具体运用，可根据演唱者不同的嗓音条件和定调来灵活掌握。

（5）演唱者为“三五”格式唱词所设计的唱腔非但熨帖、自然、流畅，毫无突兀之感，而且还富有变化。以“三五”格式的前面三字为例：①以唱 4 拍或 5 拍为主。如“云烟烟”“呼啸啸”“病恹恹”“眼松松”等。② 7 拍长腔。如“冷清清”“雨霏霏”等。③紧缩为 2 拍。如“可怜她”“扑咚咚”等。

（三）伴奏特点

长期与朱雪琴拼档合作的郭彬卿，其琵琶伴奏具有精深的艺术造诣。他的琴调琵琶伴奏，超越了沈、薛调琵琶伴奏的固有模式，他的伴奏音乐成为琴调唱腔不可或缺的有机组成部分。在《潇湘夜雨》中，琵琶伴奏对情景的烘托可谓琴随情回、丝丝入扣，极大丰富了琴调的音乐表现力和艺术感染力，成为弹词沈、薛调系列琵琶自由（即兴）伴奏的典范。其特点为：

（1）弹奏为唱腔服务。琵琶伴奏尽可能地运用与唱腔内容般配的过门，随唱词内容的变化而变化，间奏过门中描摹出的风声、雨声、谯楼打更声、铜壶滴漏声等，形象生动，入木三分。

（2）过门力求变化。整个开篇中，每个间奏过门、每个下呼过门几乎都不尽相同，变化无穷，花俏灵动，很好地渲染和烘托了特定的场景和人物的思想感情，伴奏与唱腔达到了水乳交融的艺术效果。

（3）与演唱者的弹唱（琴调演唱一般用三弦自弹自唱）配合默契，浑然一体。一般的弹词演唱，弹奏过门时，上手的三弦弹奏音符比较简单，而下手的琵琶弹奏旋律比较繁杂，上下手弹的旋律是不同的。而朱、郭档则在琴调演唱中的一些关键之处，有时候是间奏，有时候是下呼过门，三弦、琵琶的过门会出现相同的旋律，这是他们根据唱腔走向、唱词内容需要，刻意安排设计的。朱雪琴20世纪80年代在苏州评弹学校上课时，谈到郭彬卿的琵琶伴奏时曾经说过："为了在台上配合默契，台下除了吃饭睡觉之外，一有空就是合'傢生'[①]，他所以与我的唱合得牢，因为我的唱腔他都熟悉，我唱的时候，他心中也在唱"。俗话说，知己知彼，百战不殆。由此可见，双档之间平时合"傢生"是何等的重要。朱郭档是这样，老前辈中的张双档、杨双档、蒋朱档、薛邵档等恐怕都是这样，默契的配合、高超的艺术都归功于平时的切磋和磨砺。

三、存在不足

俗话说"瑜不掩瑕"。笔者认为，如果说琴调开篇《潇湘夜雨》也存在一些缺憾的话，那就是它的"琴调"运用得还不够完美极致。就如本文在唱腔特点的分析中，讲到了六度大跳这个琴调的特性音调。其实琴调的特性音调还不止这一个，还有一些唱腔甚至比这个六度大跳的特点还要鲜明。下面略举几点：

（1）上句末尾字拖腔。如朱雪琴在《梁祝·楼台会》中梁山伯的唱段，里面一句"今日楼台来相会"的"会"，"**4**"（fa）拖长音落"**1**"（do），中间在"**3**"（mi）音处用

① 傢生，苏州方言，泛指用具、器物。此处指伴奏乐器。

顿音唱法作一回旋，这样就有别于蒋调的运腔了。

（2）在七字句“凤点头”中，第五字用“**6**”（la）拖长腔，使唱腔有高低起伏。同样是梁山伯唱的：“终身另配马文才”的“马”字就是这样处理的。

（3）琴调中另一句最长的花腔，是吸收了俞调、夏调、小阳调等运腔和真假声结合的唱法，一般在上句中出现。如开篇《南泥湾》的最后部分，一句“创业由来须苦斗”，先是“创业由来”的“来”字，其旋律借鉴了俞调的运腔，在高音“**1̇**”（do）和“**6**”（la）之间回旋转腔，拖了足足二十多拍；末尾字“斗”，又是拖了很长的腔，最后落在“**1**”（do）上。这样的设计，与整篇字多腔少的唱腔形成对比，可谓异峰迭起、跌宕起伏。还有开篇《岳母刺字》中“媳妇从旁香墨奉”一句，也是用了这样的长花腔。

（4）琴调上句第七字从“**5**”（sol）到“**2**”（re）再到“**1**”（do）的拖腔，上句从“**6**”（la）到“**2**”（re）再到“**1**”（do）的拖腔等，也是琴调经常出现的旋律。如《岳母刺字》中“男儿自有凌云志” 这一句的“志”字，就是运用了从“**5**”（sol）到“**2**”（re）再到“**1**”（do）的拖腔。

稍感遗憾的是，以上四种琴调固有的特色唱腔，在《潇湘夜雨》中没有体现出来。笔者以为，假如“我是生离离，离别故土后”的唱腔能用长花腔来表现，也许对林黛玉的感情抒发更加合适，效果会更好。

以上观点，不一定正确，望各位专家同仁不吝赐教。

［**参考文献**］

1.《苏州弹词大观》编委会 . 苏州弹词大观［M］. 上海：学林出版社，1999.

2. 苏州评弹研究 . 评弹艺术［M］. 北京：中国曲艺出版社，1984.

2016 年 2 月于独墅湖畔

试论艺术创造中的借鉴

——以弹词部分流派唱腔对蒋调的借鉴为例

潘益麟

摘要：在艺术创造中，“借鉴”是艺术家们经常采用的一种手段。毕加索说过：“优秀的艺术家靠的是借鉴”。这并非将别人的东西拿来占为己有，而是重新思考和重组，创造出真正属于自己的东西。本文以弹词蒋调中的上呼唱腔作为切入点，以弹词丽调、尤调、张调、侯调、琴调、小飞调等流派的上呼唱腔对蒋调的借鉴为案例进行分析，以小见大，以阐明“借鉴”是评弹艺人艺术创造中不可或缺的重要手段。

关键词：借鉴；艺术创造；蒋调；部分流派唱腔。

如同风儿吹皱了一池春水，如同浪花泛起了层层涟漪，有一种弹词流派唱腔——蒋月泉创造的蒋调，对弹词部分流派唱腔的形成发展产生了广泛而重要的影响。

苏州弹词流派唱腔形成的时间有早有晚。在几百年的传承中，一代代弹词艺人前赴后继，呕心沥血，创造出了数十种风格迥异、各领风骚的流派唱腔，他们繁花似锦，争奇斗艳，久盛不衰。各个流派唱腔既个性鲜明、风格独特，又相互渗透、相互交融，也正是前辈们的艺术创造，才促进了评弹艺术的繁荣发展。

蒋月泉创造的蒋调形成于20世纪30年代中叶，是在周调（周玉泉）的基础上逐步发展形成的。蒋调的特点为韵味醇厚，委婉抒情，是具有鲜明个性、独树一帜的流派唱腔。蒋调的经典曲目，不但受到广大听众的喜爱和欢迎，就是在评弹界也同样具有极其重要而广泛的影响。丽调、张调、尤调、侯调等弹词流派唱腔，在一定程度上都借鉴了蒋调的艺术元素，以此丰富自己，为我所用。其中就包括蒋调上呼唱腔的旋律骨骼，那么所谓的蒋调上呼唱腔究竟是怎样的呢？

一、蒋调上呼唱腔的几种类型

众所周知，蒋调脱胎于周调。尤其是第二或第四字落“**2**”（re）后，末尾字舒展的拖腔的上呼唱腔，特点尤为鲜明。在周调的基础上，蒋月泉不因循守旧，还大胆借鉴其他声腔艺术，使上呼唱腔又有了新的丰富发展。蒋调上呼唱腔的类型有：

（一）“2”（re）—“1”（do）—“2”（re）—“1”（do）类型

此类型旋律长短不一的四个乐句是：

第一乐句——第二或第四字落“2”（re），接五拍间奏过门；

第二乐句——第六字落“1”（do），填一拍过门；

第三乐句——第七字落“2”（re），接四拍过门；

第四乐句——第七字拖腔落“1”（do）。

这种类型的例子如下：

（1）《海上英雄·游回基地》中的“英雄受困山礁上”乐句（“二五”句式）。

例 1

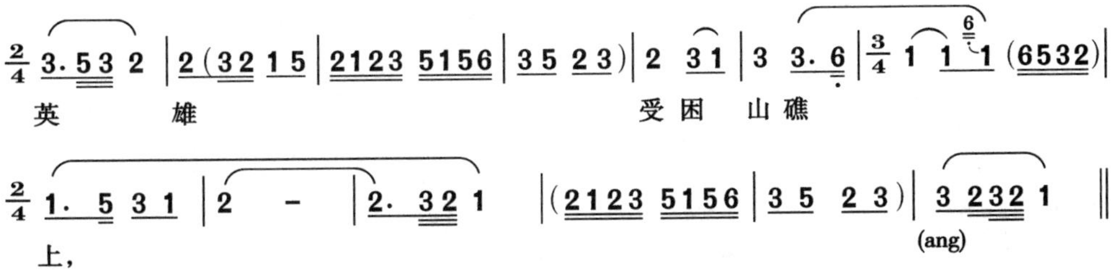

（2）《一定要把淮河修好·赵盖山报名》中的“本则是我应当留在工地上”的（“二五”句式）。

例 2

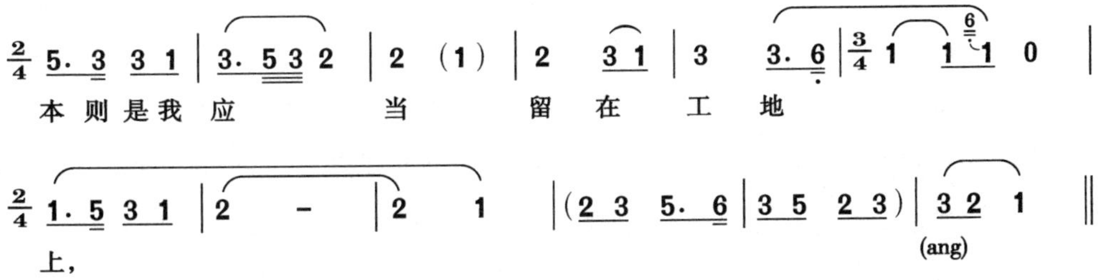

这一句是快蒋调的雏形，“应当”后面间奏过门简化为一拍。

（3）开篇《战长沙》中的“莫道黄忠他年已迈”乐句（“四三”句式）。只是“黄忠”的落音稍往下滑，后面的间奏过门与落“2”（re）过门相同。

例 3

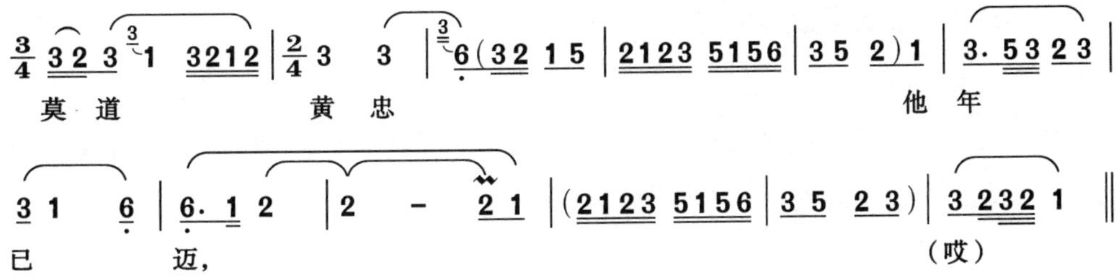

（二）“2”（re）—“4”（fa）—“1”（do）类型

此类型唱腔有两个乐句。末尾字从“4”（fa）到“1”（do）的转腔、拖腔是原来周调中没有的，这是蒋月泉学习京剧《打渔杀家》肖恩的“桂英儿拿稳了舵，父把网撒”的唱腔，化到自己唱腔中来的。这种类型的例子有：

（1）开篇《战长沙》中的“一个儿好似蛟龙刚出水”乐句（“四三”句式）。

例 4

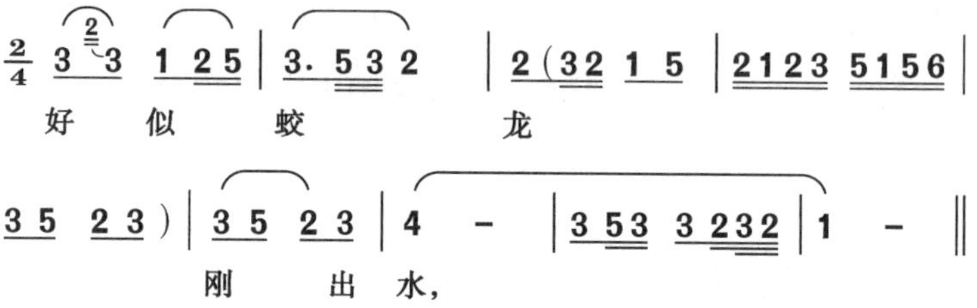

（2）《林冲·酒店》中的“想起去年辞岁酒”乐句（“四三”句式）。

例 5

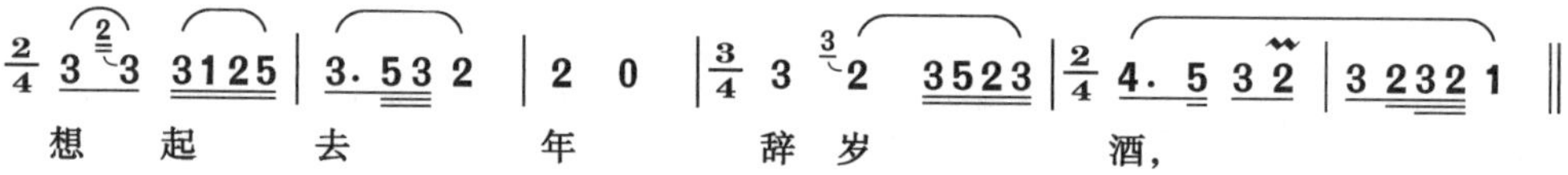

（三）“1”（do）—“1”（do）—“2”（re）—“1”（do）类型

此类型都为“三五”句式。如：

《庵堂认母》中的“步匆匆直往庵堂去”乐句，《上金山》中的“倒不如冲破袈裟去”乐句，《海上英雄·游回基地》中的“抱木板滚入波涛里”乐句。

综上所述，蒋调上呼唱腔的这三种类型都表现为上呼末尾字舒展、拉开、加花，转腔拖腔婉转抒情，有较强的音乐性和表现力。蒋调唱腔博大精深，本文所论及的上呼唱腔只是蒋调的冰山一角。何况，蒋调上呼末尾字多数时候并无拖腔，基本只有一拍时值。那么，为何唯独要将上呼末尾字拖腔这样的唱腔句式撷取出来呢？笔者以为，部分弹词流派的上呼唱腔都借鉴自蒋调，在末尾字拖腔的设计上，都受蒋调的影响，且每个乐句的落音点都与蒋调相似，有着跟蒋调基本一致的骨骼，蒋调的影子清晰可见。

二、借鉴蒋调的部分流派唱腔

（一）徐丽仙的丽调

丽调是在蒋调基础上发展形成的，唱腔、唱法婉约深沉，个性鲜明，自成一格。要论丽调的发展形成如何借鉴蒋调、受蒋调的影响，只需观其上呼唱腔便可窥其一斑。

（1）《罗汉钱·回忆》中的“这二十年的光阴不是容易过”乐句。

例 6

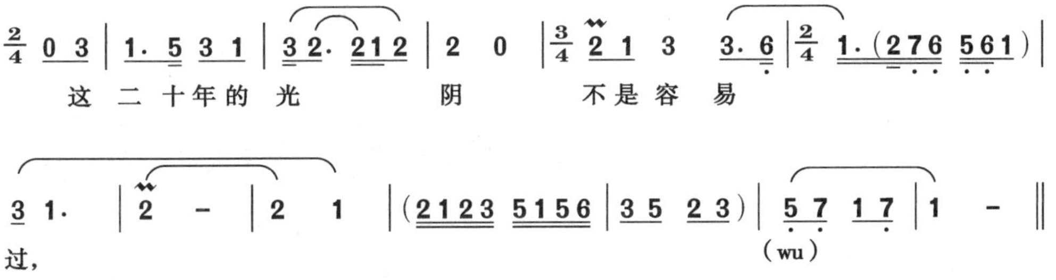

运腔与蒋调基本相同，只是在第 4 乐句，落“**1**”（do）之前一小节内小腔有了变化，连续出现两次“**7**”（si）音，深沉优美，表现出了丽调特有的个性。

（2）《情探·梨花落》中的“奴推窗只把你郎君望”乐句。

例 7

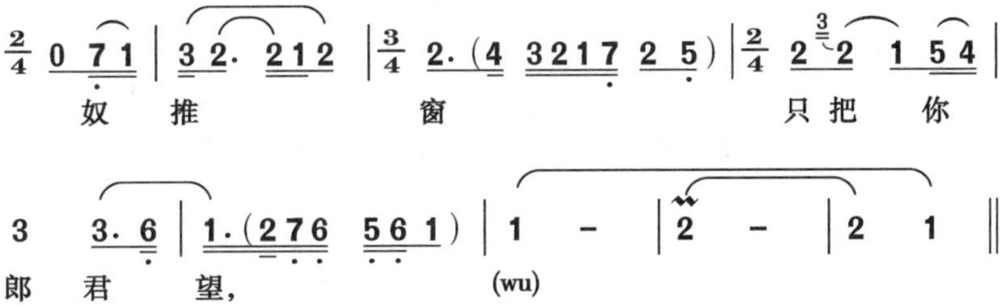

这显然是在蒋调上呼腔的完整模式基础上进行了改革。最为突出的是过门，很有特色：第二字落“**2**”（re）后，由原来蒋调五拍间奏过门缩短为两拍，且旋律动听①；“望”后面的间奏和拖腔则全部省略，人物望眼欲穿的情感呼之欲出。

（3）开篇《新木兰辞》中的“登山涉水长途去”乐句。

例 8

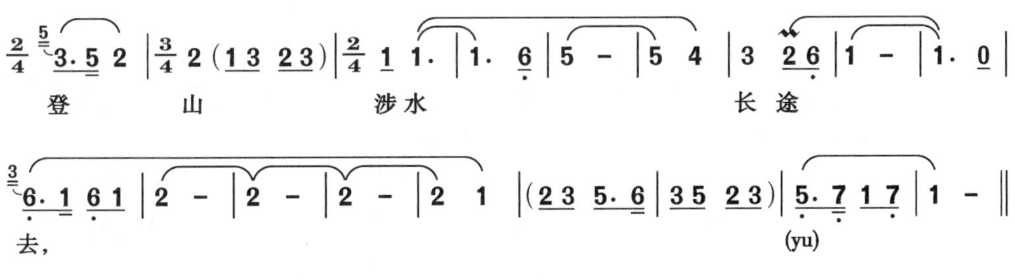

这句唱腔与蒋调唱腔基本相同，但由于是小快板，速度快，“水”“去”二字运用紧弹慢唱，强烈地表现出木兰不畏艰难的刚强气概。

① 已成为丽调的特色过门。

以上几例是丽调上呼末尾字拖腔的一种类型。以下是另一种“**2**”（re）—“**4**”（fa）—“**1**”（do）类型：

（4）《罗汉钱·回忆》中的“泄露风声祸殃起”乐句。

例 9

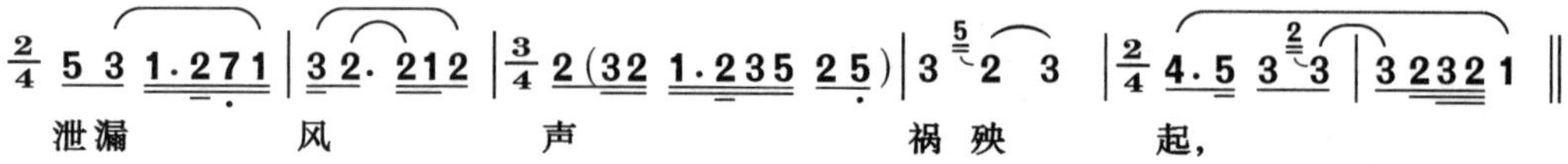

这句唱腔跟蒋调差不多，唱腔落“**2**”（re）音后的过门有了革新，原来蒋调五拍过门，现缩为两拍，是丽调特色过门。

（5）《罗汉钱·回忆》中的“我与保安哥哥情意好”乐句。

例 10

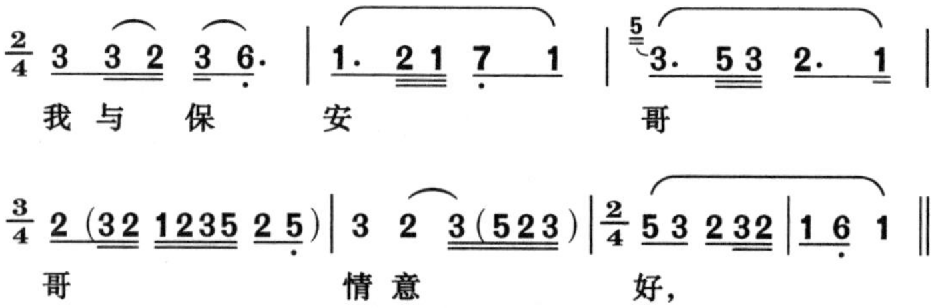

末尾字的转腔拖腔有了变化，由蒋调“**4**”（fa）落“**1**”（do）变为从“**5**”（so）落“**1**”（do），再加滑音唱法的运用，成为丽调的特性唱腔之一。

（二）尤惠秋的尤调

尤惠秋的尤调转腔细腻委婉，唱法收放自如，演绎富于情感，尤调慢板时蒋调的借鉴较多，蒋调上呼唱腔的两种类型在尤调代表作《梁祝·送兄》中皆有体现。以下为《送兄》二例：

例 11

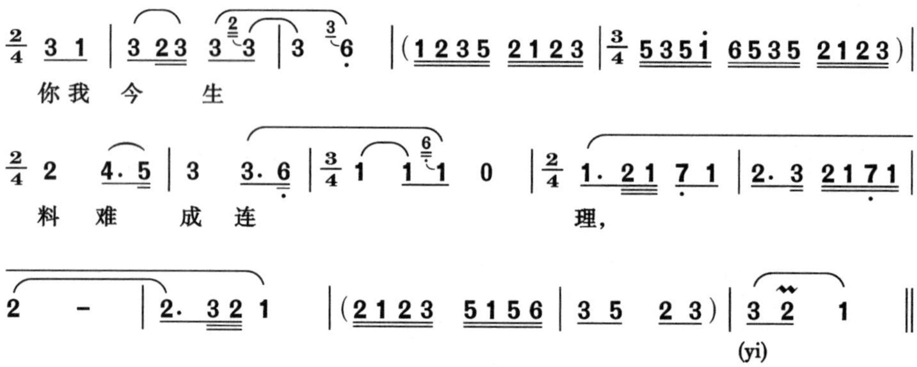

例 12

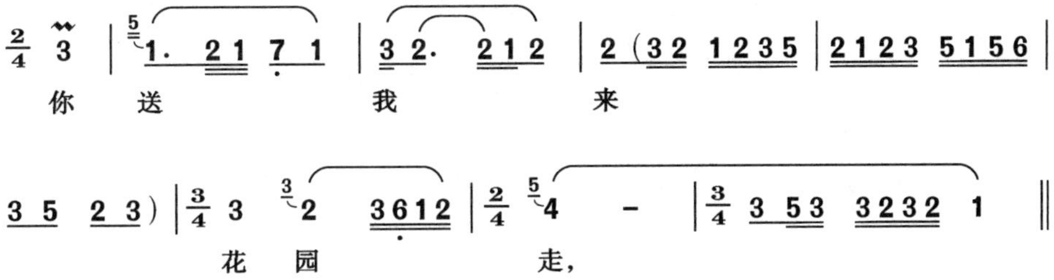

（三）杨振言的“言派”蒋调

杨振言的“言派”蒋调受蒋月泉的蒋调影响较深。他俩曾合作演唱过较多作品，如经典开篇作品《宝玉夜探》《喜儿自叹》、选回《厅堂夺子》等。两人虽都唱蒋调，却呈现出不同的风格。杨振言在借鉴蒋调之外，结合自身嗓音条件，形成了自己“言派”蒋调的运腔和唱法——唱腔妩媚委婉，咬字位置靠前，刚柔相济，独具魅力。在代表作开篇《莺莺操琴》中，其上呼运腔在蒋调模式基础上有了新的创造。例如：“（唱）她是先抚一支《湘妃怨》”。

例 13

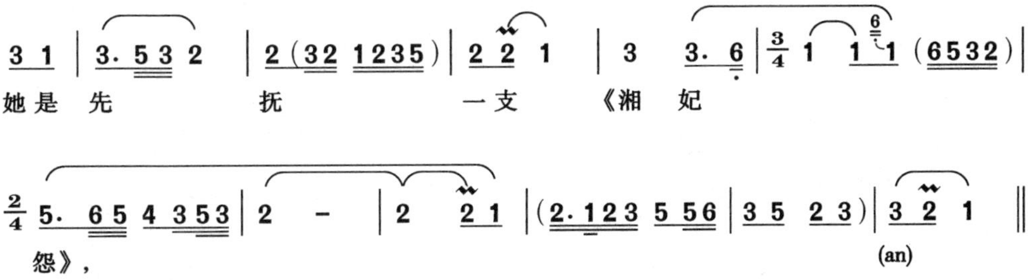

“怨”字从“**5**”（sol）往上经过音“**6**”（la）再回“**5**”（sol），然后下行级进落“**2**”（re），转腔俏丽圆润，唱法讲究，表现了莺莺在琴声中直抒胸臆的人物形象，这是蒋月泉蒋调中所没有的运腔。而同样的蒋调，杨振言在《厅堂夺子》中，则用不同声音、唱法表达了人物悲戚的情感。

例 14

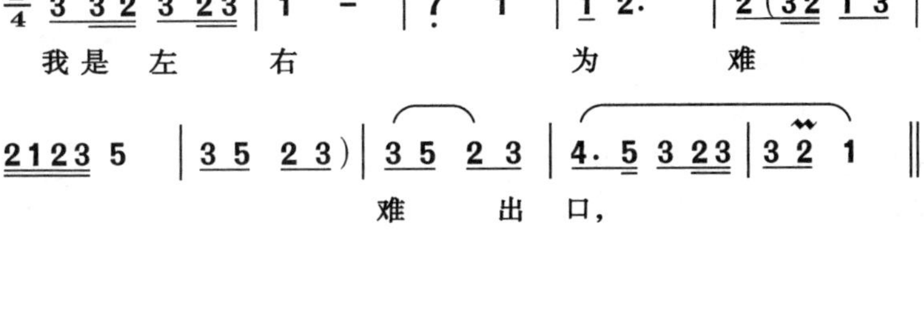

（四）侯莉君的侯调

侯莉君的侯调缠绵委婉，如泣如诉，音域跨度大，真假声结合，唱腔中既有舒展迂回的俞调唱腔和其他戏曲声腔的因素，又有经过借鉴、革新的蒋调成分。下面请看蒋调上呼唱腔经过借鉴侯调融合后的不同表现。

（1）《莺莺拜月》中的“你看那月明明，明月当空照”乐句。

例 15

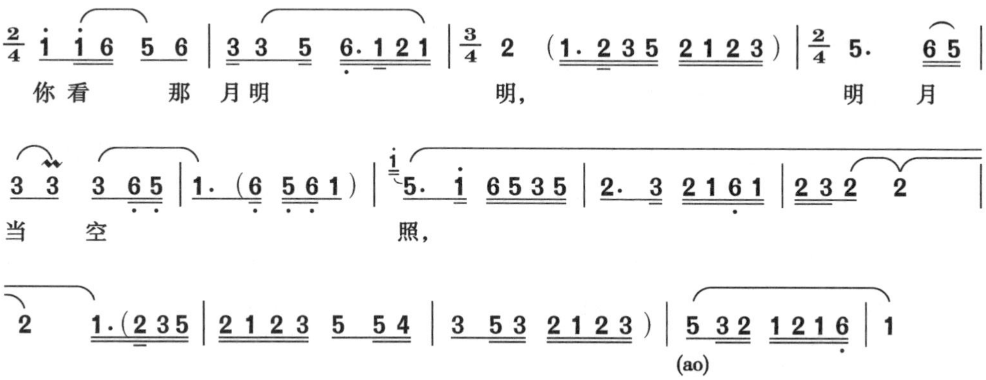

蒋调的四个乐句骨骼没变，每个乐句最后字的落音点没变，只是唱腔变了。

（2）《楼台会》中的“马家有财又有势”乐句。

例 16

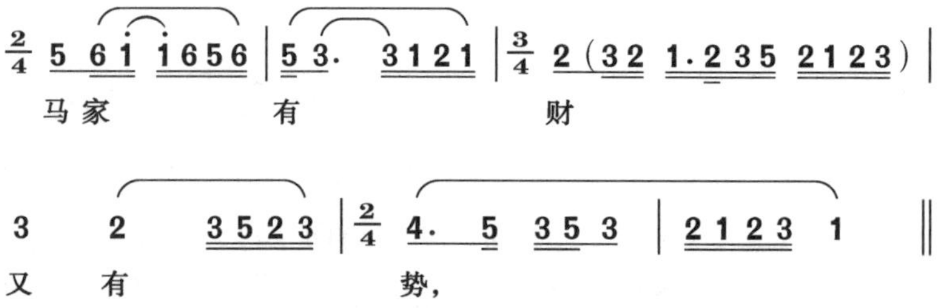

透过变化的转腔，可以看到其骨骼与蒋调的“**2**”（re）—“**4**”（fa）—“**1**”（do）类型完全相同。

（五）张鉴庭的张调

张鉴庭的慢张调借鉴自蒋调，它以蒋调为基础，唱法富有激情，苍劲有力，擅于表达人物感情，具有极强的艺术感染力。例 17 是《张勇怒责贞娘》中的张调上呼腔。

例 17

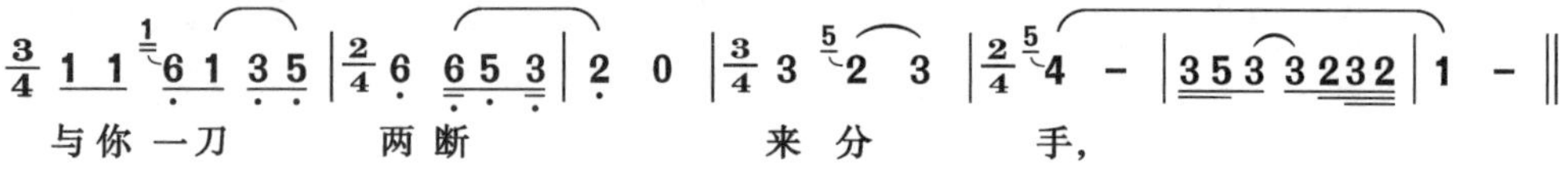

旋律与蒋调完全相同，只是唱法与蒋调不同。

（六）朱雪琴的琴调

琴调虽属沈薛调系列，但其开始形成时，一定程度上也借鉴了蒋调。请看以下二例《琵琶记·蔡伯喈哭坟》中的上呼腔：

（1）“叫一声爹娘声自苦”乐句。

例 18

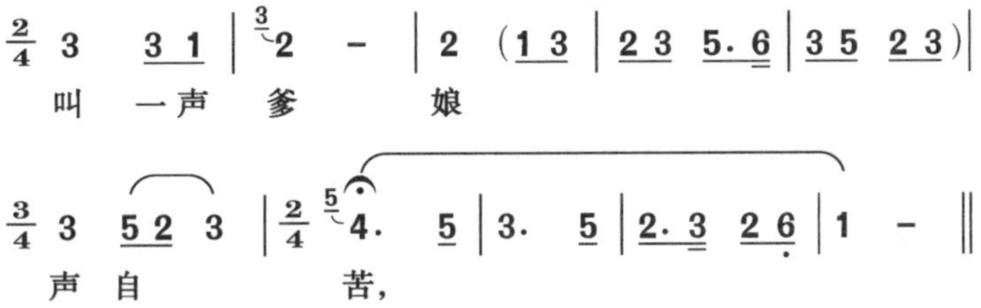

例 18 明显借鉴了蒋调“**2**”（re）—“**4**”（fa）—“**1**”（do）的类型，只是“**4**”（fa）的拖腔有了两拍小腔变化，加上“**4**”（fa）音的拉慢、滑音处理，竟然成了琴调的特色。

（2）“但知晓我从今见不到爹娘面”乐句。

例 19

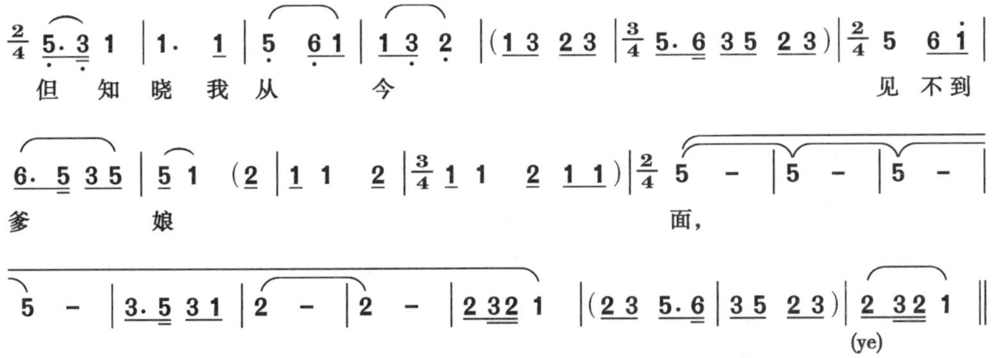

这是借鉴蒋调“**2**”（re）—“**1**”（do）—“**2**”（re）—“**1**”（do）的上呼腔旋律，但用了琴调的行腔。第二乐句先上行跳进到高音“$\dot{1}$”（do），再下行跳进落到“**1**”（do）；第三乐句落“**2**”（re）前，“**5**”（sol）音拖得很长，这种富有琴调特色的唱腔，很好地渲染了蔡伯喈失去双亲的悲恸之情。

（七）薛小飞的小飞调

同样属于沈薛调系列的小飞调，在节奏快、字多腔少的唱腔中，借鉴了蒋调上呼末尾字两种类型的拖腔，使腔的长短、字的疏密有了对比变化，为小飞调增加了抒情的成分，起到了一定的调节作用。例如：

（1）《二见姑》中的“背负行囊就昂然去”乐句。

例 20

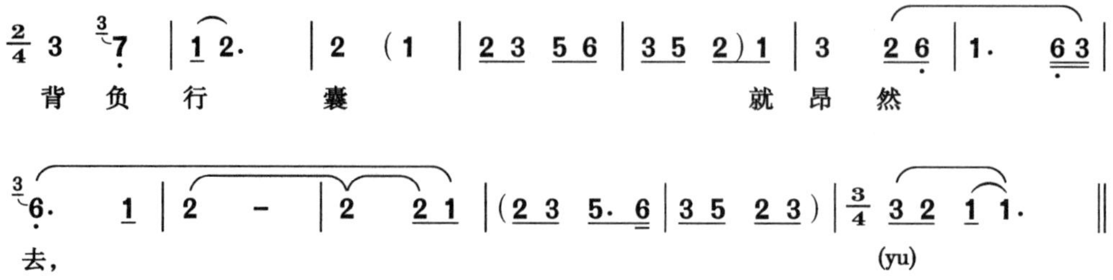

（2）《哭诉》中的“害人不浅竟如此”乐句。

例 21

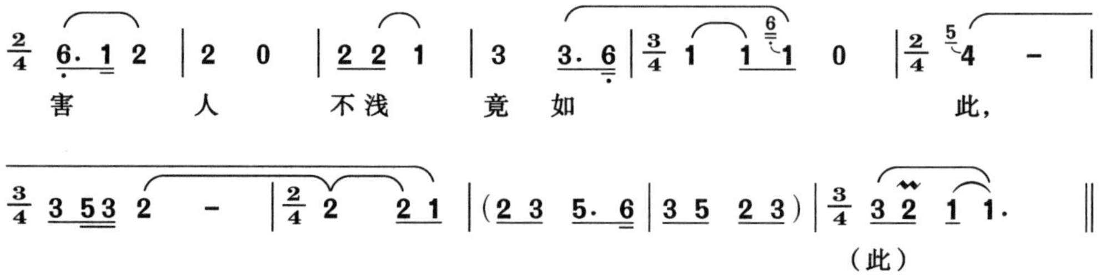

三、结语

通过以上分析，不难看出，在丽调、张调、尤调、侯调、琴调、小飞调等流派唱腔的创作中，都不同程度受到蒋调的影响，它们或多或少都借鉴了蒋调，这是不容置疑的。这充分证明了借鉴是评弹艺人艺术创造、弹词流派唱腔形成发展的不可或缺的重要手段。

蒋月泉先生谈到蒋调的创造时，也强调了向同行借鉴的重要性。继承周调的他，一方面孜孜不倦地借鉴戏曲、北方曲艺的元素，一方面又煞费苦心地向业内其他流派唱腔进行借鉴，比如《庵堂认母》中“一个儿是低头思索诗中意”的唱腔，就是借鉴了姚荫梅的姚调；“哪怕你在地角天涯也要把你娘来寻”中的两处小过门就借鉴了徐丽仙的丽调过门。

我国著名的文艺理论家、美学家、艺术教育家王朝闻说：“艺术的生命在于创造”。作为国家级非物质文化遗产的苏州评弹，在近四百年发展的历史长河中，正是一代代评弹艺人的艺术创造，才有如此厚重的艺术积淀；正是一辈辈艺人的薪火相传，才有事业的绵绵不绝。在新的历史条件下，相信所有从事这一行业的同仁们，一定会在做好传承传统经典的同时，破除因循守旧的观念，坚持评弹艺术的创新创造，向一切优秀的艺术门类借鉴学习，开创评弹艺术繁荣的新局面！

【参考文献】

1. 苏州评弹研究会编，周良主编．评弹知识手册［M］．上海：上海文艺出版社．1988.

2. 上海曲艺家协会．评弹艺术家评传录［M］．上海：上海文艺出版社．1991.

3.《苏州弹词大观》编委会．苏州弹词大观［M］．上海：学林出版社．1999.

2016年6月于独墅湖畔